여행해도
불행하던데요

여행해도 불행하던데요

초판 1쇄 발행 2021년 11월 20일

지은이 최승희
편집인 옥기종
발행인 송현옥
펴낸곳 도서출판 더블:엔
출판등록 2011년 3월 16일 제2011-000014호

주소 서울시 강서구 마곡서1로 132, 301-901
전화 070_4306_9802
팩스 0505_137_7474
이메일 double_en@naver.com

ISBN 979-11-91382-08-2 (03810) 종이책
ISBN 979-11-91382-58-7 (05810) 전자책

여행해도 불행하던데요

2년 전의 나와 지금의 내가 같이 쓰는
하루하루 교차 에세이

최승희 지음

더블:엔

■ ◆ ●

2018년 5월. 프랑스에서 '한달살기'를 했습니다.

2년 후, 2020년. 2년 전의 나를 구경하며 다시 글을 썼습니다.

그런데 글쓰기가 어려워서 프랑스에 있었을 때처럼 매일 쓰지 못하고 하루, 한 주, 한 달씩 늦어지다가 3년 후가 되는 2021년에 글을 완성했습니다. 2년 전의 나는 그대로인데 2년 후의 나는 글을 쓰던 중간에 3년 후의 내가 됩니다. 읽으시는 분의 편의를 위해 3년 후의 시점도 '2년 후'로 표기한 부분이 있습니다. 2년이든 3년이든 개의치 마시고 편하게 읽어주세요.

이 이야기는 저의 생각을 두서없이 따라갑니다.

인생, 사랑, 행복, 가족, 꿈, 친구, 영화, 한국사회까지.

저는 생각을 많이 합니다.

여기엔 분명 큰 흐름이 있습니다.

그 흐름이 조각조각 묘하게 들어가 있어요.

추리소설을 읽는 마음으로 시간의 틈을 추리해주세요.

그럼 더 재밌게 보실 수 있습니다.

그리고 마지막으로,

시나리오를 쓰던 버릇 때문에 불쑥불쑥 현재형 문장이 나옵니다.

■ ◆ ●

프랑스에서 한 달 살기, 아니 있기

나는 서른한 살이 되어서야 처음으로 여권을 만들었다. 수학여행을 일본이나 중국으로 가지도 않았고, 대학생 때 배낭을 메고 유럽으로 떠나지도 못했다. 부산으로 가는 기차표보다 일본으로 가는 비행기 항공권이 더 싸져서 20~30대 여성이라면 누구나 갔다왔다는 일본 여행도 못 해봤다. 나는 한국에 있었다.

해외로 여행을 떠날 만큼의 돈, 그러니까 백만 원 단위의 돈이 생긴 적이 한 번도 없었다. 그래서 그냥 한국에 있었다. 두 개의 대학을 다니고, 세 명의 남자를 만나고, 여러 번 학자금 대출을 받았다. 친구를 새로 채우는 만큼 원래의 친구들을 흘렸다. 나는 그냥 그렇게 사는 사람이었고 그렇게 살기만 할 줄 알았다.

그러다 처음으로 천만 원이 생겼다. 보조 작가로 참여했던 드라마의 방영이 끝난 후, 너무 고생했다며 메인 작가님에게 수백만 원의 보너스를 받았다. 통장에 그렇게 많은 돈이 있어 본 게 처음이었다. 이 돈으로 뭘 해야 할지 알 수 없었다. 일단 지금보다 조금 더 나은 곳으로 이사를 하고 싶었다. 그러나 당장은 집에 문제가 있는 것도 아니고 새로운 직장을 구한 것도 아니어서 굳이 이사를 할 이유가 없었다. 나는 돈을 꿈꿔본 적이 없다. 돈이 생기면 이걸 해야지, 하고 벼러둔 일이 없어서 막상 돈이 생기니 당황했다. 작가님을 따라 미국을 여행하고 돌아와서 조금 쉬고, 혼자서 일본을 여행하고 돌아와서 조금 쉬고, 어영부영 서너 달이 지나고 나니 남은 돈이 거의 없었다. 아직 아무것도 못 해본 것 같은데, 진짜로 하고 싶은 것에 대해 생각해보기도 전인데 벌써 돈이 떨어졌다. 나는 속이 탔다. 그래서 갔다. 정말로 뭔가를 해야할 것 같아서, 내가 아무것도 아닌 사람이라는 걸 부정하고 싶어

서, 내가 뭐라도 되는 사람일 수 있는 마지막 기회일 것 같아서, 프랑스로 떠났다. 세계에서 하루 숙박비가 가장 비싼 도시라는 프랑스의 칸, 바로 옆에 있는 앙티베에서 한 달 동안 살기로 했다.

프랑스에서 돌아온 후 2년이 지났다. 나는 그때 이사 가고 싶었던 그 집에서 아직도 살고 있다. 새로운 직장이 생기지도 않았고 집에 큰 문제가 있는 것도 아니어서 아직도 이사 갈 이유가 없다. 외국에서 한 달을 살았다고 내 인생이 바뀌지는 않았다. 인생을 바꾸고 싶은 의지가 나에게 없었으니 프랑스의 잘못은 아니다. 쌍방과실이다. 나는 여전히 뚱뚱하고, 여전히 가난하고, 여전히 미래가 막막하다. 그런데 아주 가끔 친구들과 얘기를 하다가, 나 그때 황정민 배우 봤어, 프랑스 칸 영화제 가서 〈공작〉 상영 끝나고 나올 때, 라는 말을 하는 사람이 됐다.

해외에서 한 달을 산다는 건 귀에 아주 작은 귀걸이 하나를 다는 것이다. 머리카락에 다 가려 평소엔 보이지도 않지만, 아주 가끔 사람들 앞에서 머리카락을 쓸어 귀 뒤로 넘길 때 갑자기 나타나 반짝거린다. 사람들은 놀라고 나는 조금 쑥스러워진다. 나는 초라해서 그런 게 필요했다. 나의 초라함은 시간이 지나도 변하지 않는다. 2년 전에도 그랬고 지금도 그러니 적어도 2년 후에도 그럴 것 같다.

나는 프랑스에 있으면서 아무것도 하지 못했다. 제대로 여행을 하지도 제대로 살지도 못했다. 그냥 있었다. 돈이 아주 많이 들었고, 떠올리면 마냥 행복한 기억도 아니지만, 그래도 누군가 만약 나에게 떠날까 말까를 묻는다면 나는 확신을 담아 대답할 것이다. 당신도 어서 떠나라고. 무사히 돌아오면 당신의 귀에도 잘 보이지 않는 작은 귀걸이 하나가 달릴 것이다.

나는 아직도 아무것도 가지지 못한 지금의 내가 문득 너무 허전해서, 2년 전 프랑스에서 살았던 기억을 꺼냈다. 그때 그곳에서 썼던 글을 읽었다. 그 안에 담겨있는 어린 내가 보고 싶어졌다. 이 책은 2년 전 프랑스에 있던 서른한 살의 나와 2년이 지난 지금, 한국에 있는 서른세 살의 나의 교환일기가 될 것이다. 아니, 2년 전의 나는 절대 읽을 수 없으니 일기가 아닌 일방적인 편지다. 그리고 2년 후 서른다섯이 된 내가 챙겨야 할 계산서이기도 하다.

차례

런던에서 엉망진창

12시간 비행기를 타는 게 이렇게 힘들 줄이야. 미국 하와이에서 LA로 이동하며 탔던 델타항공에서 통로에 앉아 6시간 갔을 때도 괜찮았고, LA에서 한국으로 돌아오는 비행기에서 12시간을 있었을 때도 영화 보느라 오히려 시간이 부족했었는데, 이번엔 정말 죽는 줄 알았다. 통로 자리였는데 승무원들이 자꾸 치고 가고, 사람들이 지나가는 걸음마다 바닥은 또 얼마나 울렁거리던지. 제대로 잠도 못 자고, 볼 만한 영화는 한국어 자막이 없어서 못 보고, 기내식도 그저 그렇고, 아주 최악의 컨디션으로 영국에 도착했다. 빨리 숙소에 가서 싹 씻자. 그리고 맛있는 걸 먹자. 그러면 다 괜찮아질 거야. 그런데, 휴대폰이 안 터진다.

아무리 껐다 켜도 유럽 유심이 인식되지 않는다. 망했다. 오만 가지 백업을 생각해본다. 프랑스 칸까지 가는 직항이 없어 선택한 경유지인 런던에서 머무는 시간은 단 하룻밤. 가보고 싶은 곳이 너무 많아 이것저것 계획을 초 단위로 세워놨는데, 아무것도

♥♡♥   15

할 수가 없다. 시간은 계속 흘렀고 바스러져 가는 멘탈을 겨우 붙잡아 일단 지하철을 탔다. 나는 할 수 있다. 엄청난 겁쟁이인 나는 혹시나 이런 일이 생길까 봐 사전에 길 검색을 할 때 늘 화면 캡처를 해놓는다. 구글맵이 안 터지니 아날로그로 간다. 최신식 디지털 스마트폰이 갑자기 종이지도가 된다. 생전 처음 와본 나라의 공항에서 휴대폰이 안 터진다는 건 호흡곤란 급의 일인데, 산산이 조각난 멘탈을 고이 쓸어 담고 혼자 대중교통을 타고 숙소를 찾아가다니. 나는 내가 얼마나 대단한 줄도 모른 채 생존을 위해 걸었다. 숙소와 가까운 지하철역에서 내려 커다란 캐리어를 끌고 숙소까지 걸어가는데 길가에 있는 작은 바 앞에서 영국 사람들이 삼삼오오 모여 서서(아니 영국 사람들이니까 삼삼오오는 조금 그렇고, twos and threes 모여 서서) 병맥주를 손에 들고 마시고 있었다. 우와 영국이다! 이것이 런던이구나! 땀에 전 내가 이럴 바엔 차라리 죽여달라는 표정으로 드르럭 드르럭 캐리어를 끌고 가며 폼나게 맥주를 마시는 영국 사람들을 쳐다봤다.

런던은 건물도 예쁘고 바닥도 예쁘고 내가 지금 런던에 있다는 관념 자체도 예쁘다. 이 관념은 해리포터가 어린 나에게 와서 한번 심어주었고, 셜록 홈스가 어른이 된 나에게 와서 다시 심어주었다. 나는 스쳐 지나가는 벽돌 하나하나를 눈에 담으며 숙소를 찾아갔다. 그리고 숙소에 도착하기 바로 직전, 갑자기 휴대폰이 개통됐다. 휴대폰이 안 되니 패닉이 와서 멘탈 터지는 줄 알았는데, 그 순간 모든 괴로움이 사르르 녹았다. 아니 그래도 그렇지,

무슨 두 시간이나 걸려…. 만약 해외여행을 준비 중이라면 공항에서 숙소까지 휴대폰이 없어도 갈 수 있도록 꼭 만반의 준비를 해놓아야 한다. 이건 조언이 아니다. 경고다, 경고.

숙소에 무사히 도착한 후 체크인을 했다. 남녀 혼용 14인실 도미토리룸이었다. 커튼이 쳐 있어 안이 살짝 어두웠다. 누군가 잠을 자고 있었고 2층 침대 사다리 여기저기에 빨래가 널려 있었다. 나는 살금살금 내 자리로 가서 줄이 달린 자물쇠로 캐리어를 침대 기둥에 묶어놓고 일단 밖으로 나왔다. 시간이 없었다.

셜록 홈스 박물관

서둘러 셜록 홈스 박물관을 찾았다. 6시에 닫는데 벌써 5시. 숙소 바로 옆이라 금방 도착했다. 이름만 박물관이고 사실 그냥 기념품샵과 함께 〈셜록 홈스〉 소설에 나오는 소품들과 악당들의 더미를 전시해놓은 가짜 집을 돌아보는 게 전부지만, 그래도 내가 세계에서 가장 유명한 주소, '베이커가 221번지'에 와 있다는 게 너무 좋았다. 내가 런던에 있다니! 아시아에서 온 사람들이 정말 많았고 중국어, 일본어로 된 안내지도 있었지만, 한국어로 된 안내지는 없어 아쉬웠다. 돈 많은 중국 언니들이 5만 원이 넘는 셜록 모자를 너도나도 아무렇지 않게 턱턱 샀고 나는 옆에 서서 부러운 눈으로 쳐다보며 만 원짜리 작은 조각품 하나를 샀다.

♥♡♥

셜록 홈스의 집도 영국 드라마 〈셜록〉의 세트장 같을 줄 알았는데 너무 좁고 뭐가 없어서 아쉬웠다. 적어도 의자에는 한 번 앉아볼 수 있을 줄 알았는데. 그래도 베이커가 221번지에 왔으니까 됐다. 문화 콘텐츠의 힘이라는 게 이렇게 위대하다. 내가 여기에 왔다는 것만으로도 충분히 행복하니 말이다.

바로 옆엔 비틀스샵이 있다. 나는 비틀스 팬이 아니다. 그래도 워낙 유명한 밴드라 들어가서 구경했다. 어떤 할아버지가 매장에서 흘러나오는 비틀스 노래를 흥얼거리며 기념품들을 둘러보고 있었다. 조심히 그 옆에 서 있다가 작은 배지 하나를 샀다.

날씨가 정말 좋다. 얼른 숙소로 돌아와 일단 씻었다. 깨끗이 씻고 어댑터에 헤어드라이어를 꽂으니 안 돌아간다. 망했다. 빨리 나가야 하는데. 시간은 벌써 7시. 8시에 뮤지컬 〈시카고〉를 예매해놨는데, 그 전에 식당에 가서 뭘 좀 먹으려고 했는데 망했다.

뮤지컬 〈시카고〉를 런던에서 보기

영화 〈시카고〉는 내 인생 5대 영화 중 하나다. 애초에 런던을 경유지로 잡은 것도 뮤지컬 공연을 보기 위해서였다. 비행기 표를 끊자마자 〈시카고〉 공연 맨 앞자리 티켓부터 끊었다. 이건 내 일생일대의 경험이 될 것이었다. 격식을 갖추고 공연을 보고 싶어서 서둘러 단정한 원피스로 옷을 갈아입고 대충 화장까지 하니 7시 20분. 말리지 못한 머리카락에서 물방울이 뚝뚝 떨어졌다. 진짜 망했다. 8시 공연인데. 급히 밖으로 나가 우버를 잡아탔다. 잔뜩 울상을 하고 8시까지 가야 한다고 진짜 큰일 났다고 늦었다고 살려달라고 해서 겨우 7시 55분에 극장 앞에 도착했다. 얼마나 급했던지, 원래 입고 있던 치마 위에 그냥 원피스를 입은 바람에 치마만 두 겹이었다. 자리에 앉아 숨을 고르던 나는 치마가 두 겹임을 확인하고 한참을 웃었다. 아쉽게도 나 지금 치마만 두 개 입었다고 말해줄 사람이 아무도 없었지만, 그래도 나는 웃었다. 아무것도 더는 바랄 게 없었다. 나는 지금 영국이고, 런던이고, 〈시카고〉 공연장 맨 앞줄에 앉아 있으니까.

나는 제일 앞줄 왼쪽 끝자리, 배우들 바로 턱밑에서 공연을 관람했다. 렌즈가 빠질까 봐 그러진 못했는데 정말 펑펑 울고 싶었다. 그렇게 물고 빨았던 〈시카고〉를 런던에서 보다니! 공연은 어마어마했다. 매일 공연 하나씩 보며 평생 여기서 살고 싶었다. 특히 주인공 록시를 연기한 배우한테 정말 푹 빠졌다. 바닥에 떨어진 반짝이 종이라도 주워갈 판이었다. 공연이 다 끝난 후 록시가 손에 들고 있던 장미꽃 다발에서 꽃을 한 송이씩 뽑아 관객에게 던져주는데 마지막에, 무대에서 사라지기 직전에, 나에게 꽃을 던져줬다. 세상에 어떻게 이런 일이. 평생 보관할 수 있게 조화였으면 했는데 정말 다행히도 조화였다. 대대손손 가보로 물려주리라. 록시의 꽃이라니.

〈시카고〉는 정말이지 남자 배우들을 잘 쓴 공연이다. 춤이며 동선이며… 앙상블로 나오는 남자 배우들이 너무 멋있어서 주인공들만 멋있지 않고 다 같이 멋있어서 더 좋은 공연이었다. 영국에서 살고 싶다. 맨 앞자리 말고 중간 좌석에서도 보고 2층에서도 보면서, 〈시카고〉 보고 또 보고 싶다.

여행 첫날이었는데 마치 마지막날처럼 화려하고 숨 막혔다. 평생 잊지 못할 런던이여. 꼭 다시 올 거야. 다른 뮤지컬도 다 볼 거야. 진짜 돈 많이 벌어야겠다.

런던의 지하철

공연이 다 끝나고 나오니 10시 반. 트리팔가 광장과 런던아이까지 걸어가니 11시. 빅벤은 공사 중. 어디든 들어가서 뭐든 먹으려고 했는데 쉽지 않았다. 기내식으로 나온 작은 머핀 하나를 안 먹고 가방에 넣어둔 게 생각나서 공연 중간에 인터미션 때 꺼내 먹은 게 영국 와서 먹은 것의 전부였다. 이럴 거면 환전은 뭐하러 10만 원씩 했나. 그럴싸한 식당에 들어가서 빵 쪼가리와 맥주 한 잔 마시면 참 좋을 것 같은데, 뭘 알아야 들어가지. 아니면 적어도 대담하든가. 나는 용기도 없고 아는 것도 없어서 그냥 굶었다. 춥고 배고파서 구경을 멈추고 지하철을 탔다.

런던의 지하철엔 스크린도어가 없다. 저쪽 멀지 않은 곳에서 작은 생쥐들이 돌아다녔다. 세상에서 제일 끔찍한 게 쥐인데. 라따뚜이들이(아니 스튜어트 리틀에 더 가까운 쥐들이) 우르르 돌아다니다니 경악. 그 자리에서 얼어붙었다. 아니, 신사의 나라에서 뭐하는 겁니까.

숙소에 도착해서 정리도 안 된 짐들을 꺼내 1층으로 내려오니 12시가 넘었다. 온종일 정말 바빴다. 햄버거라도 그냥 사 먹을걸. 영국 돈도 많이 남았는데. 숙소 1층에서 bar도 같이 하고 있었는데 맥주 있냐 하니 닫았단다. 한참을 고민하다 주변에 혹시 뭐라도 있을까 싶어 나갔더니 다 닫았다. 내가 사는 도시(아니 도시라기보단 마을 정도)에는 24시 식당이 널렸는데. 영국은 런던 시내 한복판도 조용하구나. 절망하며 뒷짐 지고 걷다가 아랍 가게 같은 곳을 발견했다. 야채도 팔고 과일도 파는 동네 슈퍼인 듯했다. 과자 2개와 구아바 음료를 하나 샀다. 가게 사장님께서 뭔지는 잘 모르겠으나 뭐라고 뭐라고 한참 말씀하시더니 친절하게 할인까지 해주셨다. 나는 이유도 모른 채 거스름돈을 조금 더 받았다.

♥♡♥   21

모든 공항이 인천국제공항은 아니다

　프랑스로 떠나는 비행기를 타기 위해선 아침까지 런던 시티 공항으로 가야 했다. 숙소에서 공항까지 가려면 버스를 최소 2개는 타야 했고 런던 버스는 현금을 안 받아서 교통카드나 티켓이 있어야 한다고 했는데 새벽에 많은 짐을 들고 티켓을 끊어가며 다닐 용기가 나지 않았다. 그렇다고 비행기 시간에 맞춰 새벽 4시에 우버를 부를 수 있을 것 같지도 않았다. 그래서 결국 그 밤에 우버를 불렀다. 아예 공항에 가서 밤을 새우며 식당에서 여유롭게 밥을 먹어야겠다고 생각했다. 1시에 우버를 타서 거의 2시쯤 도착했는데, 공항이 잠겼다. 네? 4시 반 오픈. 네? 세상에 공항이 잠겨있다니. 이 무슨⋯. 나는 아무것도 모르면서 인천공항 때문에 눈만 높아져 있었다. 공항은 늘 24시간 열려있는 건 줄 알았다. 영국은 끝까지 호락호락하지 않았다. 나는 이 밤의 끝을 어떻게 놓아야 할지 궁리하며 캐리어를 바닥에 눕히고 그 위에 노트북과 카메라를 올려 둔다. 남은 시간은 2시간 반. 글을 쓰기 시작한다.

　피부가 까만 아주머니가 나에게 와 왜 안으로 들어갈 수 없는지 영문을 묻는다. 나는 영국이 처음이라 영문을 모른다. 아주머니는 브라질에서 왔다고 한다. 아주머니가 어디서 왔고 어디로 간다고 말해도 나는 공항 관계자가 아니라 알려줄 수 있는 게 없다. 아주머니는 영어를 못하고 나도 영어를 못해서 우리는 서로의 말을 아주 잘 알아듣는다. 다만 할 수 있는 말이 별로 없을 뿐이다. 아주머니가 입구 한쪽에 자리를 잡는다. 잠시 후 젊은 백인 커플이 온다. 둘은 조금 두리번거리더니 이내 입구 바로 앞에 자리를 잡고 눕는다. 브라질에서 왔다는 영어를 모르는 아주머니와 국적을 알 수 없는 커플이 지금 바닥에 신문지 깔고 누워 공항 입구에서 노숙 중이다. 나는 아랍 가게에서 샀던 과자를 먹는다. 바닥에 누워서 자던 커플 중, 여자가 난데없이 뿌웅 방귀를 뀐다. 나는 깜짝 놀란다. 캐리어 위에 카메라를 올려두고 영상을 찍고 있었다. 난데없이 너무 사적인 필름이 되어버린다.

1+1을 사야 하는 이유

밤이 깊어가고, 아침이 가까워지면서 점점 견디기 괴로울 정도로 추워진다. 다들 부들부들 떨며 4시 반을 기다린다. 동의보감식 표현으로 입 돌아가기 딱 좋게 추운데 다들 그냥 잔다. 나는 그나마 치마가 두 겹이라 다행이다.

브라질 아주머니가 뒤척인다. 나는 오늘 하루 있었던 일들을 적어 내려가다가 고개를 들어 아주머니를 살핀다. 티셔츠를 조금이라도 내리려고 아래로 당기고 또 당기시는 모습이 보인다. 나는 문득 캐리어 안에 든 비치타월이 생각나 얼른 꺼내 들고 아주머니에게 다가가 살짝 덮어드린다. 아주머니가 눈을 뜨고는 타월을 보더니 나에게 오… 땡큐… 나는 입에서 영어를 꺼내 너무 추워요, 이거 쓰셔도 돼요, 라고 말한다. 아마 못 들으셨겠지만, 마

음은 잘 전달됐겠지. 하필 이런 건 카메라로 안 찍었다. 이걸 찍어야 하는데. 방귀만 찍고. 비치타월은 1+1로 산 거라 나도 다리에 하나 덮었다. 세상 따뜻하다. 비치타월이 이렇게 따뜻한 담요였다니. 브라질 아주머니도 조금 덜 추우시겠지. 새벽 3시 반. 아직 한 시간이 더 남았다.

런던은 모든 건물이 다 예쁘다. 해리포터 속에 들어온 것 같다. 처음 만나는 유럽. 모든 게 다 신기하고 행복한데 정작 다큐멘터리에 쓸 게 없다. 한달살기가 다 끝나면 다큐멘터리를 만들려고 영상을 촬영 중이다. 영국에서는 이거 뭐 겨우 5분 나오겠네, 싶었는데 그래도 떠나기 전에 작은 에피소드가 하나 생겼다. 제대로 못 찍었지만.

브라질 아주머니가 코를 곤다. 진짜 따뜻하신가 보다. 다행이다. 비치타월을 1+1로 산 것도 정말 다행이다. 2개가 아니었다면 내가 저 아주머니에게 하나를 드렸을 거라는 보장이 없다. 런던엔 고작 14시간 있는 건데 참 알차다. 안 왔으면 어쨌을까 싶다. 다시 또 올 수 있을까? 돌아오는 비행기도 런던 경유이긴 한데 그건 공항 안에서 3시간 대기하는 거다. 영국에서 하고 싶은 것도 가고 싶은 곳도 너무 많은데 아쉽다. 무엇보다도 뭘 좀 제대로 먹어보고 싶다. 어쨌든, 이제 곧 프랑스다.

■■ # 2년 후 # 2020년 5월 3일

날씨는 화창했고
모든 게 끔찍했다

2년 후, 5월의 같은 날. 나는 한국에 있고, 단편 영화를 만들기 위해 친구들을 만난다. 웃긴 일이다. 영화 따위 다시는 안 하겠다고 생각하고 있으면서.

1년에 한 번씩 만나는 배우 친구들이 있다. 그중 한 명이 연기를 안 한 지 너무 오래돼서, 이대로 영영 배우 생활이 끝나버리지 않게 우리끼리 영화 스터디를 하자고 했다. 나는 감독으로 데뷔

♥♡♥   25

해서 성공하고 싶은 생각이 없지만, 만약 하더라도 아주 먼 훗날, 몇십 년 후의 일이라고 생각하고 있지만, 그래도 재밌을 것 같아서, 아니면 친구가 필요해서, 그런 이유로 알겠다고 했다. 공을 들이지 않고 찍을 수 있는 가벼운 시나리오를 썼다. 우리는 차근차근 두 작품을 찍었다. 이번이 세 번째 작품이다. 배우로 성공하고 싶은 두 친구는 열정적으로 스터디에 임했다. 그러나 한 달, 두 달이 지나자 점점 삶에 치이고 서로에게 치이면서 스터디 모임도, 우리 셋의 관계도 조금씩 금이 가고 있다. 이번 작품은 스릴러다. 연기력을 폭발시켜버릴 수 있는 센 내용이다. 저번에 만났을 때 각자 준비해온 대로 리딩(연기하며 대본을 읽는 것)을 해봤는데 내가 생각한 정도에 전혀 조금도 미치지 못했다. 준비할 시간이 없어서 그랬겠지만 그래도. 기운이 빠진다. 아무리 친구들의 성공을 위해 스터디를 하는 거라지만, 이렇게 기운이 빠질 때마다 내가 여기서 뭐하고 있나, 하는 생각이 든다. 이번 작품을 무사히 끝낼 수 있을 것 같지 않다.

서른셋의 나는 현재 백수다. 예술대학교를 나왔고 영화를 전공했다. 학교를 졸업한 후엔 영화도 했고 드라마도 했고 방송도 했고 팟캐스트도 했고 책도 했다. 2년 전 프랑스에 한달살기를 하러 갔던 것은 내가 영화를 정말로 할 건지 안 할 건지, 결정하기 위해서였다. 영화의 끝, 정점, 크리스마스트리의 별과 같은 '칸 영화제'에 가서 그게 어떤 건지 보자, 보고 정하자, 영화를 계속할 건지, 아니면 여기까지만 할 건지. 그래서 떠난 거였다. 나는 9개월간 드라마 보조 작가를 하고 모두 소진되어버려 완전히 지쳐 있었고 성공한 사람들을 가까이에서 보면서 그들이 실제로는 행복하지도, 그렇게 멋있지도 않다는 걸 알게 되었다. 영화감독이 된다는 건 사람들과 계속 치대며 살아야 한다는 걸 의미했고 그게 나를 평생 불행하게 할 거라는 것도 알아버렸다.

프랑스에 다녀온 후 거의 1년간 나는 아무것도 하지 않았다. 아무것도 할 수 없었다. 나는 그만 시달리고 싶었다. 나는 근근이 백수 생활을 이어가며 이곳저곳을 기웃거리고 있다. 평생 다닐 회사를 찾고 있다. 영화를 만들면 언제나 불행할 것이다. 그래서 다 버리고 회사원이 될 것이다. 과거의 나는 지금의 내가 이런 내가 될 줄은 전혀 몰랐겠지만, 어쨌든 나는 이렇게 됐다. 영화는 나를 불행하게 한다. 최대한 불행에서 멀어져야 한다.

다시 리딩을 했다. 상태는 여전히 엉망이었다. 배우들은 대사도 외우지 못했고 캐릭터 분석도 되어 있지 않았다. 나는 감정이 상하지 않도록 최대한 착하게 말하기 위해 애썼다. 목소리를 이렇게 해보면 어떨까, 말끝을 이렇게 해보면 어떨까. 나의 표현은 앞에 앉은 친구에게 닿지 않았다. 친구들은 나에게 내가 무슨 말을 하는지 모르겠다고 했다. 우리는 점점 언성을 높였고 결국 이번 영화는 찍지 않기로 했다. 목구멍에 커다란 돌멩이 하나가 턱 박힌 것 같았다. 날씨는 화창했고 모든 게 끔찍했다.

♥♡♥ 27

하필⋯ 팬티를⋯

어제, 런던에서 꿈과 같은 시간을 보내고, 새벽에 공항에서 너무 춥고 졸리지만, 에피소드 하나 채웠다 싶은 시간을 보내고, 아쉽게도 끝끝내 식당은 없었지만, 공항이 문을 열고, 안으로 들어가 샌드위치 카페에서 뜨거운 커피와 햄&치즈 토스트를 따뜻하게 대충 먹은 후, 그 후에도 한참을 기다린 다음에야 티켓 발권을 할 수 있었다.

런던에서 출국하기

한국에서 런던으로 떠날 때 인천국제공항에서 생으로 버려야 했던 선크림이 눈에 아직도 아른거린다. 기내 반입 가능한 물건은 뭐고 가방 안에 넣어서 수화물로 부쳐야 하는 건 뭔지 수십 번도 더 살펴봤는데. 미국도 입국해보고 일본도 입국해봤었는데. 그런데도 실수를 했다. 기내에 반입할 수 있는 액체 용량을 넘어서 결국 버려야 했다. 여행 내내 생각날 것 같다. 차라리 잃어버렸으면 에이 그래 잃어버릴 수도 있지 뭐, 하고 홀홀 금방 털었을 것 같은데, 뚜껑 한번 열어보지 못한 새 제품을 내 손으로 내 입으로 버릴게요, 라고 해야만 했다니. 잔인한 공항. 멍청한 출국자.

그래서 살짝 긴장했으나 그래도 이미 한 번 인천공항을 통과한 짐이니 뭐 있겠나 싶었다. 버릴 건 이미 다 버렸으니까 당당하게 검색대를 통과했는데, 어? 내 노트북 가방이 왜 옆 레일로 새는 거지? 내가 뭘 잘못했나? 이미 공항을 한 번 통과했던 짐인데? 초조함을 애써 숨기며 내 짐 앞에 가서 섰다. 키가 나의 두 배는 되어 보이는 흑인 남자 직원이 나에게 가방을 열어도 되냐고 동의를 구할 생각도 없는 질문을 했다. 나 역시 무의식이 시키는 대로 고개를 끄덕이는데, 아차차… 망했다. 런던 숙소에서 샤워하고 난 후, 벗었던 팬티를 하필… 속옷 가방 안에 넣기가 귀찮아서… 어차피 내일 프랑스 가서 짐 풀 거니까 일단 대충 넣어둔다는 게… 바로 그 노트북 가방 안에 넣어놨던 것이다. 아, 내 팬티.

노트북 가방엔, 각종 전자기기 연결선들과 외장 하드와 SD 카드가 들어 있는 작은 '전자기기 가방'과 비비크림, 아이라이너, 립글로스, 스킨, 로션 샘플 등이 들어 있는 '화장품 가방'과 샴푸, 린스, 치약, 칫솔이 들어 있는 '세면 가방', 그리고 우산, 마우스, 향수, 블루투스 스피커 등 생활에 필요한 모든 잡동사니가 들어가 있었다. 직원은 가방을 검사하는 게 일상이고 그게 직업이니까, 거침없이 모든 걸 열어젖혔다. 직원이 화장품 가방을 열어보며 죄다 꺼내 속이 보이는 투명한 세면 가방으로 옮겨 담았다. 그사이 나는 재빨리 가방에 손을 넣어 팬티를 일단 급한 대로 전자기기 가방 안에 넣었다. 심장이 두근두근 두근두근 터질 것 같았다. 직원이 엄격한 얼굴로 가방 제일 바닥에 있는 걸 꺼내라고 한다. 네? 아! 향수! 내가 향수 박스를 꺼내자 직원이 박스를 열어 향수역시 세면 가방 안에 집어넣는다. 매니큐어, 비비크림, 향수, 심지어 새끼손가락보다 작은 안연고까지. 액체라고 할 수 있는 모든 것들을 안이 훤히 보이는 세면 가방 안에 넣었다. 아… 저렇게 해야 하는 거구나. 안이 보이는 가방 하나에 모두 담아서 밀봉해야하는 거구나. 그런데 인천 공항에서는 왜 그냥 보내준 거지. 직원이 이것저것 끝도 없이 나오는 내 노트북 가방 안을 한 번 더 쓱둘러본다. 그러다 결국…. 전자기기 가방을 꺼내고야 만다. 지퍼를 열고 뚜껑을 여는 순간, 나는 세상 다 끝난 표정으로, 결국 그에게 말을 해야만 했다. 제 팬티가 거기 있어요….

직원은 그대로 뚜껑을 닫고 가방을 다시 노트북 가방 안에 넣었다. 끝났습니다. 지퍼 잠그세요. 세면 가방 안에 들어가 있는 수많은 내 물건들을 나는 참담한 심정으로 쳐다봤다. 속속들이 모든 것을 털린 기분이었다. 지퍼를 잠그려는데, 너무 많은 것들이 들어가 있어서 도저히 잠기질 않았다. 이리 주무르고 저리 주물러도 잠기지 않는데, 이게 잠겨야 내가 여길 빠져나가는데, 이게 잠겨야 되는데, 안 잠기면 안 되는데…. 나는 진짜 울 것 같은 표정으로, 이미 열 번도 더 울고도 남았을 심정으로 이리 누르고 저리 눌러 겨우 꾸역꾸역 극적으로 자크를 잠갔다. 만약 그때 자크가 끝까지 잠기지 않고, 애쓰다 퍽 하고 터져버렸다면, 프랑스고 뭐고 진짜 다 때려치우고 싶었을 것이다.

공항을 뭐 한두 번 와본 것도 아니고, 그동안 다니면서 단 한 번도 검색대에서 걸려본 적 없는데, 도대체 왜… 하필 걸려도 거기에 입었던 팬티가 있을 때… 왜!!!!!

분명 어제 런던에서 뮤지컬 볼 때까지만 해도 천국이었는데. 왜 천국과 지옥은 이렇게 가까이 붙어 있는 걸까. 왜 팬티는 누가 봐도 팬티처럼 생겼을까. 언뜻 보기에 손수건처럼 보여서 패스하고 넘어가게 생겼으면 얼마나 좋았을까.

니스행 비행기

밤을 꼴딱 새우고 드디어 비행기 안, 비행시간은 단 두 시간. 짧은 비행이니 당연히 밥은 안 주겠지 싶었는데 어머나, 빵이랑 요거트 등 아침을 줬다. 분명 너무 배가 고팠지만 나는 거절했다. 커피나 차도 필요 없어요? NO. 그래도 촬영은 해야 하니까 이륙하는 모습만 창밖으로 한 컷 찍고, 정말 만취한 사람처럼 정신을 잃고 잠들었다. 예전에 학교 다닐 때, 밤새 촬영하고 집까지 지하철 타고 돌아가야 했을 때의 컨디션이었다. 그냥 인생이 여기서 다 멈춰버리고 모든 걸 내려놓고 그대로 바닥에 누워 자고 싶은 심정. 프랑스에 딱 도착하는 순간이니까 착륙하는 것도 찍고 싶었는데 너무 졸리고 내 몸이 내 몸이 아닌 상태라 헤드뱅잉만 계속하다 보니 어느새 덜컹, 비행기가 바닥에 닿아 있었다. 이틀 만에 프랑스에 도착했는데, 프랑스고 뭐고 그냥 제발 자고 싶었다.

숙소 가는 길

그러나 숙소는 니스 공항에서 버스를 타고 한 시간을 더 가야 했다. 뭐가 뭔지 하나도 모르겠지만, 초인적인 길 찾기 파워를 끌어올려 버스정류장을 찾아 버스를 타고 요금을 냈다. 그런데, 버스는 만석. 캐리어에 노트북 가방에 에코백까지 세 개를 주렁주렁 달고 거기에 자리가 없어 하필 한가운데에 서 있어야 하는 바람에 잡고 있을 기둥도 없었다. 프랑스 사람들이 야속하게 느껴졌다. 내가 아무리 씻지도 못하고 잠도 못 자서 몰골이 거지꼴이긴 했으나 사람이 짐을 그렇게 주렁주렁 매달고 이리 비틀 저리 비틀거리며 끙끙거리고 있으면 적어도 기둥은 잡을 수 있게 자리를 좀 바꿔주거나 할 수도 있는 거 아닌가. 사람들은 나에게 아무 관심이 없고, 캐리어는 자꾸만 미끌미끌 움직이고, 어느 버스정류장에서 내려야 하는지 도저히 검색해도 나오질 않는데 졸려 죽을 것 같아서, 그냥 펑 하고 터져버리고 싶었다. 그렇다고 내려서 택시 타고 갈 건 아니니까 꾹 참을 수밖에. 참자. 참아내자.

도대체 왜 구글맵은 프랑스 버스는 검색 지원을 안 해주는 걸까. 심지어 왜 버스정류장까지 검색이 안 되는 걸까. 구글맵에 표시된 현재 위치가 움직이는 걸 내비게이션처럼 지켜보며, 숙소와 가장 가까운 버스정류장이 어딜까, 짐을 이고 지고 검색을 하고 또 하다가, 숙소 바로 옆에 삼거리가 있는데, 가는 길에 'Tro' 어쩌구로 시작하는 버스정류장이 있어서 혹시 저거 트로이카, 트라이앵글, 트리오, 뭔가 세 개를 뜻하는 게 아닐까, 삼거리이지 않을까 싶어서 내리니 딱 맞았다. 길 찾기 능력이 한 단계 진화했다.

드디어 도착한 숙소

에어비앤비에서 보고, 구글맵으로 검색해서 또 봤던 바로 그 숙소에 도착했다. 여기를 오기 위해 얼마나 많은 고생을 해야만 했던가. 내가, 프랑스에 있다니! 숙소에 도착하니 그제야 나의 지금 상황이 실감이 나면서 어안이 벙벙하고 가슴이 두근거렸다. 무엇보다도, 이제 드디어 잘 수 있다. 세상에.

호스트가 말해준 장소에서 열쇠를 찾아 문을 열었다. 헬로? 이유를 알 수 없으나 이럴 때 문은 꼭 끼이익~ 하고 열린다. 사람이 없는 남의 집에 들어가는 것은 아주 무서운 일이다. 나는 아무도 없다는 걸 알면서도 혹시 모를 불상사에 대비해 계속해서 헬로? 헬로? 하며 살금살금 집안을 둘러봤다. 그러다 주방으로 들어간 순간, 손에 들고 있던 카메라를 떨어트릴 뻔했다. 눕히면 눈이 감기는, 공포 영화에 무조건 나오는 인형이 의자에 앉아 나를 쳐다보고 있었다. 아니 도대체 왜? 주방 의자에 왜? 깜짝카메라라도 하는 줄 알았다. 문은 또 왜 이렇게 많아서 무서워 죽겠는데 어쨌든 하나씩 다 열어서 확인을 해봐야만 안심이 되게끔 되어 있는 건지. 헬로? 밤에 도착하지 않은 게 그나마 천만다행이었다. 정말 진짜 밤에 도착했다면… 그냥 다 포기하고 현관에서 비치타월 덮고 노숙한 후 아침에 들어갔을지 모른다.

1층에 마사지 침대가 있는 용도를 알 수 없는 방 2개와 주방, 뒤뜰이 있다. 내 방은 2층이다. 2층엔 방 2개와 부엌, 그리고 욕실이 있다. 내 방에 들어가니 침대 위에 호스트가 준비해준 웰컴 선물이 있었다. 런던에 하루 들렀다가 온다고 말했었는데 런던은 어땠냐는 편지와 함께 영국 공중전화 모양 장식품을 선물해줘서 마음이 사르르 녹았다. 아, 내가 프랑스에 있다니!

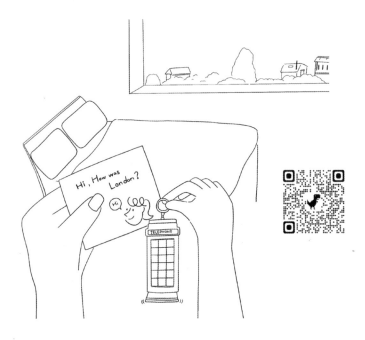

뭘 제발 먹어야 해

런던에서 뮤지컬 인터미션 중에 먹은 머핀, 새벽에 공항 문 열리기를 기다리며 먹은 감자 칩과 과일 음료, 아침에 공항에서 커피랑 토스트. 이틀 동안 요깃거리만 조금씩 먹고 제대로 식사를 못 해서 정말 뭐라도 먹어야 할 것 같았다.

안 씻어서 얼굴이며 머리며 모든 게 다 엉망이고 졸려 죽을 것 같아서 눈도 제대로 떠지지 않았지만, 살기 위해 먹을 것을 찾아 밖으로 나갔다. 걷고 또 걸어 헤매고 헤매다가 커다란 마트를 찾았다. 천 원에 오렌지 열 개씩 막 팔았으면 좋겠는데, 아쉽게도 그렇진 않았지만 신기한 것들이 많았다. 특히 치즈 코너가 그랬다. 한국의 라면 코너처럼 수십 가지 종류의 치즈가 가득가득 쌓여 있었다. 각종 소스며 햄, 통조림 등 먹어보고 싶은 것들이 너무 많았다. 마트 자체가 맛집이고 꼭 먹어봐야 할 음식 리스트 전체였다. 세상에, 이거 다 먹어보고 가려면 한 달도 부족하겠다 싶었다. 한국하고 그렇게 큰 차이는 없을 것 같은데 하나하나 다 신기하고 맛있어 보인다. 일단 급한 대로 냉장고에 채워 넣을 물이랑 음료수랑 전자레인지에 데워먹을 즉석식품과 요거트, 그리고 오렌지 한 망을 샀다. 내일 다시 와서 구경은 그때 제대로 하자는 심정으로 계산대에 가서 계산하는데 직원이 나에게 뭐라고 한다. 손가락으로 바구니를 가리키며 뭐라고 뭐라고 하는데, 순간 뇌가 정지하고, 뭘 어떻게 해야 할지 모르겠는데, 뒤에 있는 사람이 카트를 밖으로 빼준다. 아, 카트를 빼라는 거였구나. 한국에서는 카트를 가지고 밖으로 나갈 수 있어서, 아니 그것보다 일단, 내 앞에 서 있던 프랑스 사람이 커다란 음료 여러 묶음을 무거우니까 계산대 위에 올려놓지 않고 그냥 카트 위에 올려놓은 채로 계산하고 밖으로 나가는 것을 봐서, 여기도 그냥 그렇게 하나 보다 했는데, 아니었다. 분명 그 직원은 나에게 그냥 말한 거고 내가 전혀 알아듣지 못하니 반복해서 말한 거겠지만 나의 멘탈은 와장창 산산조각이 났다. 호되게 혼난 기분이었다. 아, 한국어 쓰고 싶다. 내가 무례한 아시아인이 아니라 이런 오해가 있어서 이런 상황이 벌어진 거라고 해명하고 싶다. 프랑스에 있으면서 프랑스어 하나도 모르는 나의 잘못도 있겠으나, 그래도. 너무 해명하고 싶다.

일단 자자

집에 돌아오니 마당에 경차 두 대가 주차되어 있다. 뭐지? 누가 왔나? 호스트는 내일 온다 그랬는데. 조심히 문을 열고 헬로? 하며 들어가니 아무 반응이 없다. 아무도 없는 건가? 일단 마트에서 사 온 짐이 많으니 2층으로 올라가 짐을 정리하고 콜라 하나를 따서 먹고 밥이고 뭐고 일단 그냥 자야겠다 싶어 자려는데 어디선가 대화 소리가 들린다. 소…름. 안 그래도 무서워 죽겠는데 정말 왜 이러는 건지. 심장 꼭 움켜쥐고 1층으로 내려가 마사지 침대가 있던 방의 문을 열어보니 팬티가 보였다. 이놈의 팬티 정말. 어떤 여자가 마사지 침대 위에 엎드려 있었는데 하의를 벗은 건지 원피스를 올린 건지 뭔지, 엉덩이와 팬티가 보였다. 이게 도대체 무슨 상황인지 모르겠다. 그대로 다시 한 번 헬로? 했는데 반응이 없어 그대로 문을 닫았다. 누워있던 여자는 내가 문을 열 때 오! 한 번 했을 뿐 돌아보지도 않고 일어나지도 않았다. 워낙 문을 조금 열어서 안에 몇 명이 있었는지도 모르겠지만 차가 두 대니 일단 최소 두 명. 자기들끼리 안에서 무슨 얘기를 한다. 나와 볼 생각은 아무도 안 한다. 뭐지, 도대체 뭐지. 호스트가 혹시라도 자기 없는 동안 도움이 필요하면 자기 친구들에게 전화하라고 번호를 알려줬었는데 그 친구들인가. 여기가 혹시 사이비 종교 집단 같은 곳인가. 상상이 과해서 굉장히 무서워졌다. 그러나 무서운 건 무서운 거고 일단은 자야 한다. 졸음은 공포를 이긴다. 침대에 누워 눈을 감으니 살 것 같았다.

나는 지금 프랑스에 있다

스물세 살. 다니던 대학을 자퇴할 결심으로 휴학을 하고 더 특별한 삶을 살아보겠다고 편입을 준비하며 혼자 독서실에 앉아 영어 공부를 하던 스물세 살. 생활비를 벌기 위해 과외를 하는데 수업 준비를 하기 위해 중학생 영어 문제집을 펴놓고 혹시 내가 모르는 단어는 없나, 내가 해석하지 못하는 문장은 없나, 예문을 찬찬히 살펴보다가 알게 된 쇼팽의 이야기가 있다. 작곡가 쇼팽은 소설가인 조르주 상드와 사랑하는 사이였는데 결핵으로 몸이 너무 안 좋아져서 따뜻한 남쪽 나라 마요르카로 함께 떠난다. 그러나 도착해보니 마요르카는 따뜻하지 않았고 그곳에 사는 주민들도 병에 걸린 쇼팽을 반가워하지 않았다. 조르주 상디가 자신의 두 아이와 장을 보러 나간 사이, 집에 혼자 남아있던 쇼팽은 밖에 내리는 빗소리를 들으며 빗방울 전주곡을 작곡했다. 중학생 아이들의 영어 공부를 위해, 건조하게 작성된 이 지문은 나에게 어떠한 큰 울림을 줬다. 나는 당장 휴대전화로 빗방울 전주곡을 다운로드받은 후, 곡을 듣고 또 들으며 나의 첫 번째 시나리오를 써 내려갔다. 글을 쓰는 형식이나 방법, 구조, 서사, 아무것도 모를 때, 심지어 시작점과 끝점도 모를 때, 펑 하고 터진 팝콘처럼, 순식간에 써 내려간 나의 첫 번째 이야기는 글과 콘티가 뒤섞인 형태였다. 그 모든 것이 한꺼번에 호흡을 가진 영상으로 온 것이다. 나는 바로 그해에 예술대학교에 합격했다. 영화를 좀 배우고 나서 보니 내가 처음으로 썼던 글이 얼마나 볼품없는 글인지 너무 잘 알아서 그 글은 여전히 처음인 상태로 남아있지만, 빗방울 전주곡을 우연히 다시 듣게 되는 순간마다 이야기가 처음 나에게 와 내가 펑 하고 터졌던 순간이 떠오른다.

나는 지금 자다 깨서, 프랑스 남부, 앙티베에서 창문을 활짝 열어젖힌 2층 주방 식탁에 앉아 글을 쓰다가 다시, 빗방울 전주곡을 들었다.

지금 이 순간이 너무 낯설어서 내 인생이 아닌 것 같다. 너무 좋아서, 진짜일 리 없다.

아빠의 아빠가 죽었다

　　부모님을 만나러 가는 날은 늘 언제나 너무 피곤하다. 잠을 푹 자고 컨디션이 좋은 상태에서 만나면 참 좋을 텐데 그러기가 쉽지 않다. 나는 늘 밤을 새니까, 푹 자고 일어나면 오후 2시다. 부모님은 섬에 계시기 때문에 차가 없는 난 부모님이 계신 곳으로 가기 위해서 아침 일찍부터 움직여야 한다. 내가 사는 자취방에서 부모님의 집까지는 얼추 세 시간 정도 걸린다. 공항 리무진 버스를 타고 인천국제공항까지 간 후에 그곳에서 선착장까지 가는 버스를 타고 거기서 다시 섬으로 들어가는 버스를 탄다. 작년까지는 배를 타고 들어가야 했으나 이제는 다리가 생겨 버스를 탄다. 일본에 가는 것보다 부모님 집에 가는 게 더 오래 걸린다.

　　나는 부모님의 생신, 명절 말고도 회사 취직이나 퇴직 등 내 인생에 큰 일이 생겼을 때마다 부모님을 찾아뵙는다. 짧게는 한 달에 한 번, 길게는 석 달에 한 번씩이다. 그때마다 여행을 가는 심정으로 마음을 단단히 먹는다. 가면 밥을 먹고 선물을 드리고 그동안 어떻게 지냈나 줄줄이 브리핑한 후 다시 나의 집으로 돌아온다. 한두 시간 정도 있는 셈이다. 집에 도착하면 밤이다. 왕복 6~7시간을 쓴다. 나는 기진맥진한다. 부모님을 만난다는 건 이런 거다. 부모님은 한 번도 내가 사는 곳으로 온 적이 없다. 생일에 찾아와준 적도 없다. 늘 나만 간다.

♥♡♡

잠을 아예 못 자거나 아주 조금 잔 상태로, 무거운 짐을 들고 세 시간을 넘게 가서 부모님을 만나면 나는 늘 극도로 피곤해서 신경이 곤두서 있다. 부모님은 너무 배고파서 일단 밥부터 먹는 나에게 다짜고짜 휴대폰 사용법을 묻는다. 카카오 스토리가 안 들어가진다, 애니팡이 안 된다. 나는 밥을 먹다 말고 휴대폰을 건네받는다. 부모님 휴대폰은 내가 쓰는 휴대폰과는 완전 달라서 나는 휴대폰 잠금 화면을 푸는 법도 알지 못한다. 나는 몇 분을 휴대폰을 붙들고 끙끙대다가 이내 짜증이 터진다. 눈물이 왈칵 올라와서 서둘러 심호흡을 한다. 이런 건 매일 보는 남동생에게 물어보면 되지 않느냐고 해도 엄마는 됐다고 한다. 부모님에게 스마트폰을 알려드리는 건 쉽지 않은 일이다. 문자 쓰는 법도, 카카오톡 하는 법도, 다 가르쳐드렸지만 더는 불가능하다. 나는 너무 멀리 살고, 거기서 여기까지 도착한 후엔 지쳐서 아무것도 할 수가 없는데 엄마는 그것도 헤아려주지 않고 내가 갈 때마다 밥도 못 먹게 자꾸만 뭔가를 물어본다. 나는 어느 순간 참지 못하고 제발 밥 좀 먹게 해달라고 화를 낸다. 엄마는 알았어, 알았어, 하며 황급히 물러나지만 나는 이미 울음이 터진 후다. 나는 부모님을 만나면, 밥 먹는 게 너무 힘들어서 운다. 힘들어 죽겠는데, 꽉 차서 터져버릴 것 같은데, 거기에 뭔가를 쑤셔 넣으려고 하니 결국 찢어진 것이다. 그래서 아파서 울었을 것이다.

할아버지가 돌아가셨다. 췌장암 말기였다. 지금의 아빠는 엄마가 재혼해서 만난 분이다. 새아빠다. 그러니 할아버지는 나에겐 거의 남이다. 모르는 사람이다. 그런데 할아버지의 병을 발견했다는 소식을 처음 전화로 엄마에게 들었을 때, 나는 엄청 울었다. 회사에서 일하다 말고 잠깐 나와 전화를 받은 거였는데, 다시 사무실로 들어갈 때 어쩌려고, 무턱대고 마구 울었다. 내가 섬에 찾아갈 때마다 따뜻하게 웃으며 반겨주시던 모습이 떠올라서 울었고, 무엇보다 할아버지를 애틋하게 생각하는 아빠의 슬픔이 떠올라 울었다. 이제 곧 아빠를 잃게 될 아빠가 걱정돼서 울었다.

할아버지는 그 후 6개월을 버티셨다. 새해 선물로 할아버지에게 지리산 벌꿀을 드렸고 뭘 이런 걸 사 왔냐는 할아버지의 말에 돈 많이 번다고 걱정 마시라고 떵떵거렸다. 할아버지가 그 말에 활짝 웃었고 나는 할아버지를 한 번 웃겼으니 내가 해드릴 수 있는 건 다 했다고 생각했다. 곧 돌아가실 분에게는 절을 하는 게 아니라고 해서 꿀만 드리고 돌아왔다. 그게 내가 본 할아버지의 마지막 모습이었다. 코로나19의 감염 확산이 너무 심해져서 아빠는 장례식장에 애들을 부르지 않았다. 나는 서른셋인데도 애들이었다. 그리고 오늘, 할아버지의 산소에 가기로 했다.

오랜만에 만난 아빠는 수척했다. 나는 눈물이 날 것 같았고 아빠에게 미안해서 눈물을 참았다. 봉분이 오른 지 얼마 되지 않아 잔디가 듬성듬성한 할아버지의 산소 앞에서 나는 두 번 반 절을 했다. 꽃을 사 왔어야 했다는 걸 묘지에 도착해서야 깨달았다. 부모님의 이혼으로 친가 쪽과 외가 쪽 친척들 모두와 인연이 끊긴 나는 결혼식이나 장례식 등의 문화에 무지하다. 돌잔치나 환갑잔

치도 가본 적이 없다. 그래서 친구가 결혼하던 날, 결혼식 시작 시간에 딱 맞춰서 갔다. 나는 앉을 자리를 찾지 못하고 구석에 서서 눈물을 꾹 참았다. 예식이 모두 끝난 후 사진 촬영을 할 때, 친구가 왜 이렇게 늦게 왔냐고 핀잔을 줬다. 결혼식에 갈 땐 예식 시간보다 일찍 가야 한다는 걸 몰랐다. 친척들의 경조사에 부모님과 함께 다녀봤었다면 알았을 텐데 나는 그러지 못했다. 그래서 오늘도 할아버지의 산소에 꽃도 없이 창피하게 빈손으로 왔다.

아빠는 나에게 바로 가지 말고 밥을 먹고 가라고 했다. 나는 엄마, 아빠, 그리고 남동생과 함께 비싼 곱창구이를 먹었다. 엄마는 맥주를 한두 잔 하다가 내가 긴 머리카락을 한쪽으로 부여잡고 밥을 먹는 걸 보고 편하게 먹으라며 머리카락을 대신 잡아줬다. 그러더니 갑자기 머리를 땋아줘야겠다며 만지작거렸다. 나는 그런 엄마를 그냥 두었다. 엄마가 내 머리카락을 만져준 게 20년 만인 것 같았다. 엄마는 내 머리를 한데 모아 잡아보더니 머리숱이 왜 이렇게 줄었냐며 놀랐다. 나는 늙어서 머리카락이 다 빠졌다고 말했다. 우리는 별 대화 없이 밥을 다 먹었고 계산은 아빠가 했다. 나는 웃으며 손을 흔들고 부모님과 헤어졌고 꾸벅꾸벅 졸며 겨우 집에 도착했다.

분명 졸려 죽을 것 같았는데, 집에 도착하면 늘 잠을 자지 못하고 한참을 서성인다.

여기는 왜 해가 안 지냐

정신이 끊어지기 직전, 오후 4시에 잠이 들었다. 눈을 뜨니 밤 10시쯤, 캄캄하다. 다시 자야 하는데 잠이 오지 않았다. 뭘 어떻게 할까 고민하다 일어나서 즉석식품 하나를 데워먹었다. 프랑스에서 처음으로 제대로 먹는 식사가 전자레인지 요리라니. 쌀알이 조금 크고 식감이 통통한 게 이상했지만 그래도 맛있게 먹었다. 자두를 넣은 돼지고기 볶음밥 같은 건데, 불고기에 밥 비벼 먹는 것과 맛도 식감도 비슷했다. 피클을 사야겠구나, 생각했다.

프랑스에서의 첫 끼

밥을 먹고, 노트북에 저장해 온 영화 〈40살까지 못해본 남자〉를 보고 샤워를 했다. 아직 해 뜨기 전이라 욕실이 캄캄했다. 욕실 전등이 거울 앞에 있는데 불을 켠 거울 앞만 딱 밝아진다. 심지어 'ㄱ'자형 구조라 안쪽에 있는 변기는 불을 켜도 캄캄하다. 이

집은 괜히 이것저것 다 무섭다. 잠도 잤고, 개운하게 씻고 나오니 이제 좀 사람 같았다. 머리도 말리고 옷도 깔끔하게 입고 화장도 곱게 하니 보기 좋은 상태가 됐다. 식탁에 앉아 글을 쓰고 촬영 데이터를 정리하니 6시, 해가 뜬다.

오늘은 꼭 식당에 가야지, 결심하고 휴대전화로 근처 식당을 찾고 또 찾아봤다. 리뷰며 평점, 메뉴까지 싹 다 훑어본 후에 그래 여기 가야겠다 결정했다. 그러나 가게 입구 사진을 보자 내가 그 앞에 서 있는 상황이 연상되면서 아… 못 들어갈 것 같은데 아무래도… 바로 포기하게 된다. 이렇게 소심해서 어떻게 한국에서 사회생활 했나 모르겠다. 한국에서는 혼자 식당에 가서 밥을 먹을 수 있었다. 그러나 생각해보면 그것도 자취방 바로 앞에 있는, 손님이 거의 없는 식당들이었다. 그래, 미쳤다고 한국에서 강남이나 홍대 같은 완전 도심에서 그것도 손님이 바글바글한 피크타임에 한 명 자리 있나요? 하고 들어가서 밥을 먹었을 건 아니니까. 여기도 똑같이 사람 사는 곳인데 여기서만 기준을 바꾸지 말자. 못 들어가는 건 당연한 거다.

10시에서 11시쯤 오겠다는 호스트 마르실라를 기다리며 8시 30분이니까 잠깐 자야지, 하고 편한 옷으로 갈아입고 침대에 누워 정말 잠깐 눈을 감았는데, 갑자기 밑에서 쿵 하는 소리와 누군가 말하는 소리가 들려서 소스라치게 놀라며 일어났다. 시계를 보니 10시 반. 어머 세상에 이렇게 꿀잠을 자다니. 서둘러 다시 깔끔한 옷으로 갈아입고 밑으로 내려
가려는데 거울을 보니 볼에 베개 자국
이 찍혔다. 어디서 싸움 좀 한 사람처럼
얼굴이 험상궂어졌다. 게다가 자다 깜짝
놀라며 깬 사람이 그러하듯이 억지로 더 크
게 뜨고 있는 눈과 얼떨떨한 머리 상태와
묘하게 부은 얼굴. 첫인상을 이걸로 해도
되나.

집주인 마르실라를 드디어 만났다

마르실라는 밝고 상냥하고 힘찬 사람이었다. 집안 곳곳에 그
림들이 걸려 있었는데 모두 그녀의 작품 같았다. 이렇게 많은 작
품을 만들 정도면 기운찬 아티스트임이 틀림없을 것이긴 했는데,
정말 그런 사람이었다. 마르실라는 딸과 함께 왔는데 18살쯤으로
보이는, 머리를 하나로 묶은 여자아이 역시 건강하고 따뜻하고
상냥하고 예뻤다. 마르실라는 주방에 있는 세탁기에 대해 알려줬
고 마르실라의 딸은 그 옆에 천진난만하게 앉아 있었다. 나는 친
절한 마르실라와 상냥하게 웃어주는 마르실라의 딸을 위해, 용기
를 끌어모아 조크를 하나 던졌다. 어제 여기 집에 왔을 때 너무 무
서웠다고. 둘은 무슨 소린가 싶었는지 진지한 표정으로 나를 쳐
다봤다. 나는 손가락을 쭉 뻗어 앞에 있는 아기 인형을 가리켰다.

♥♡♥

BABY! 라고 하자 모두 빵 터져서 깔깔 웃었다. 그래, 맞지? 당신 들이 봐도 무섭지? 영어만 조금 더 잘하고 용기만 조금 더 있었으 면 어제 혼자 집에 들어와서 아무도 없어요? 하면서 집안을 살펴 보는데 주방에 들어간 순간 누가 날 쳐다보고 있어서 심장 떨어 지는 줄 알았다고, 영화 〈컨저링〉 느낌도 나고 무서워 죽는 줄 알 았다고, 말하고 싶었지만, 어쨌든 BABY! 한 마디로 모든 마음이 통했을 것이다. 사람들을 웃겼다는 사실에 나는 너무 기뻤다.

마르실라는 혹시라도 불편한 게 없는지 살피며 나에게 이것저 것 알려줬다. 마사지 방이 무슨 싸이언… 무슨 뭐를 하는 곳이라 고 했는데 알아듣지는 못했다. 눈치상 다른 사람한테 빌려준 공 간인 것 같았다. 안에서 누가 뭐 하고 있지 않으면 그 방을 통과해 서 뒤에 있는 정원을 써도 된다고 했다. 마르실라의 딸이 여자 친 구들과 놀러와 이 방에서 며칠 지낼 수도 있다고 했다. 마르실라 는 어젯밤에 프랑스에 도착했다고 했고 그전에는 미국에 있었다 고 했는데 미국에 사는 건지 프랑스에 사는 건지도 모르겠고, 미 국 사람인지 프랑스 사람인지도 모르겠다. 하지만 마르실라가 쓰 는 영어를 내가 대부분 편하게 알아들을 수 있는 것으로 보아 영 어를 잘하는 프랑스 사람인 것 같다. 숙소 안은 마르실라의 작품 들로 꽉 차 있고 바로 옆엔 마르실라의 작업실도 있다. 그녀는 자 신의 집인데도 불구하고 여기에 오랜만에 와보는 거라며 내가 먼 저 들어와 자리를 잡은 2층을 잠깐 살펴봐도 되겠냐고 했다. 프랑 스에 잘 안 쓰는 자기 집이 하나 있다니. 그런 삶은 어떤 삶일까.

내가 쓰는 방 옆에 작은 방이 하나 있는데 만약 게스트가 생기면 더 올 수도 있으니 그땐 욕실을 쉐어해서 쓰면 된다고 했다. 제발 누구 한 명 더 왔으면 좋겠다. 한국인이 왔으면 좋겠다. 대화하고 싶다. 모르는 것 좀 물어보고 싶다.

마르실라가 자전거를 빌리고 싶다면 센터로 나가면 된다고 했다. 아마도 시내를 말하는 것 같았다. 나에게 혹시 센터에 어떻게 가는지 아냐고 해서 버스? 라고 대답했더니 그래도 되는데 저쪽으로 쭉 직진해서 걸어가면 된다고 했다. 구글맵에서 쭉 직진하면 뭐가 나오나 보니 시내가 맞는 것 같다.

앙트레 시내

집 안에 있을 땐 공기가 차가워 쌀쌀해서 옷을 두 겹이나 껴입고 있었는데 밖으로 나오니 해가 따가워서 더웠다. 돌아오는 길에 선크림도 꼭 사야겠다.

오늘의 목표는 하나다. 식당에 들어가서 밥을 먹는다. 그래, 저기다 싶으면 망설이지 말고 바로 들어가자. 그러나 보이는 식당마다 사람이 바글바글… 도저히 들어갈 수 있을 것 같지 않았다. 저쪽으로 가볼까, 아니면 저쪽으로. 돌고 돌고 돌다가 이러다 큰일 나겠는데, 2시가 되면 식당들이 다 문을 닫는다고 했는데 어떡하지 싶을 때쯤 한적한 식당 하나를 발견했다.

자리에 앉아 메뉴를 고르는데 직원이 다가와 음료는 뭐로 하겠냐고 묻는다. 나에겐 남들보다 고민할 시간이 5배 이상 더 필요한데, 이렇게 갑자기 물어보시면 정말 곤란하다. 나는 기내식으로 먹었던 음료를 떠올리며 확신 없는 목소리로 스프라이트? 라고 했다. 한국에서는 콜라만 마시면서 외국에서는 콜라를 달라고 할 용기가 나지 않는다. 코크보다 스프라이트의 발음이 백배 더 쉽다. 그래서 언제 어디서든 어쨌든 스프라이트가 최고다.

직원이 가고 천천히 메뉴판을 살펴보는데 그제야 실감이 난다. 식당에 들어왔다! 들어오는 게 어렵지 자리를 잡고 앉으면 그다음부터는 조금 쉬워진다. 고민하다 샐러드와 스테이크로 결정하고 고개를 드니 직원이 한걸음 떨어져서 나를 기다려주고 있었다. 내가 몸을 돌리니 바로 다가온다. 이렇게 자상할 수가. 땡큐 쏘 머치. 아니 매흐시보꾸. 심지어 스테이크에 사이드로 그린 빈도 나온단다. 내가 제일 좋아하는 구운 야채! 내가 프랑스 레스토랑 테라스에 앉아서 밥을 먹다니! 정말 실감 나지 않는 순간이었다. 피자도 다양하게 팔고 있던데 여기를 단골집으로 할까. 직원분 너무 잘생기고 스위트해서 마음을 벌써 뺏겨버렸는데.

어제 갔던 프랑스 마트에서의 사건을, 카트를 저쪽에 놓으라고 혼났던 일을 나는 잊기로 했다. 사람들이 친절하지 않은 게 아니라, 나 스스로의 마음가짐이 그들을 불친절하다고 추측하고 넘겨버렸던 것 같다. 내가 지금 너무 피곤하고 초라하고 꾀죄죄해서 나라도 이런 사람에게 친절하고 싶지 않을 거라고 생각했기 때문에 나의 부정적이고 날카롭고 공격적인 기운 때문에 친절한 사람들이 눈에 담기지 않았었던 것 같다. 생각해보면 마트 캐셔 아줌마도 그냥 우리 엄마가 영어를 못하시는 것처럼 같은 동년배로서 똑같이 영어를 못해서 그런 상황이 벌어진 것뿐이었을 텐데. 물론 애초에 프랑스어 못하는 내가 원흉이고.

그나저나 사람 얼굴을 좀 정확히 봐야겠다. 분명 내가 보고 지나친 사람인데 쓰면서 다시 돌이켜보니 얼굴이 떠오르지 않는다.

나는 사람들의 얼굴을 조금 더 정확하게 봐야 할 필요가 있다. 사실 마르실라 얼굴도 안 떠오른다.

식사를 마치고 진짜 엄청나게 용기를 끌어 올려 모아 "라디시옹 씰부플레(계산서 주세요)"와 "쎄 트헤 봉 멕시(아주 맛있어요. 감사합니다)"를 했다. 그러자 "뭐?" 라며 다가오던 직원이 아, 하며 내 어깨에 툭 손을 올리더니 웃으며 "SURE" 하고 갔다. 어쩌면 나보다 어릴지도 모르는데, 뭔가 엄청 어른에게 칭찬받은 기분이 들었다. 어쨌든 프랑스 회화 첫걸음을 뗐다!

자전거는 내일 빌리자, 빌릴 수 있을 것 같지가 않다. 정보가 부족해서 오늘은 불가능.

식당에서 나와 코너를 도니 바로 영화관이다. 〈어벤져스: 인피니티 워〉를 한 번 더 보고 싶었다. 대사가 죄다 빠른 영어라 알아들을 수 있을 것 같진 않지만 그래도 자막이 없으면 연기를 더 자세히 보게 돼서 좋다. 내용은 어차피 한국에서 보고 와서 대충 다 아니까 괜찮다. 그런데 작은 동네 영화관이라 〈어벤져스〉 상영이 하루에 3번뿐이다. 내가 도착한 건 2시, 다음 상영은 5시 이후다. 영화는 내일 봐야겠다. 영화의 나라 프랑스에 와서 보는 게 〈어벤져스〉라니. 프랑스 영화 좋아하는 사람이 들으면 통탄할 일이지만, 뭐 어때. 프랑스 영화든 고전 영화든 고상한 영화든 뭐든, 자막 없어서 이해 못 할 텐데. 그러니 괜찮다.

돌아오는 길, 마트에서 꽃을 샀다. 햇빛이 너무 따가워서 모자도 샀으면 좋겠는데 모자는 안 팔았다. 어서 마트에서 재료를 사서 요리를 만들어 먹고 싶다. 맛있어 보이는 게 정말 많다. 오늘은 어제보다 조금 더 어려운 일인, 린스와 바디 워시와 선크림을 산다. 휴대전화로 번역기를 켜고 사진 검색 기능을 십분 이용해서 필요한 물건들을 찾아냈다. 구글이 없으면 아무것도 못 한다.

어제 생긴 마트 트라우마를 극복하기 위해, 이번에는 계산 전에 사람들이 카트를 어떻게 하나 유심히 관찰했다. 그냥 뒤에 아무 데나 놓으면 직원이 알아서 수거해간다. 아하, 그렇군. 오늘은 실수하지 않는 모습을 보여줘야지, 하고 계산대로 갔는데 그때 아주머니 직원분이 아닌 다른 젊은 남자 직원이 있었다. 하루하루 조금씩 발전해가는 당당한 모습을 보여드리고 싶었는데….

직원이 물건을 집어 바코드를 찍으며 나에게 뭐라고 하는데 무슨 말인지 하나도 모르겠다. 정황상 봉투 드릴까요? 라고 하는 거 아닐까 싶기도 한데. 거기다 대고 내가 영어로 봉투 있나요? 라고 하니 직원이 나를 잠깐 빤히 쳐다보고는 모드를 바꾼다. 예쓰. '위'가 아니라 예쓰다. 프랑스어 모드에서 영어 모드로 바뀐 직원이 봉투를 건네주고 금액을 영어로 말해준다. 투웨니 쎄븐. 가격이 눈앞에 숫자로 딱 보이면 좋을 텐데 아직 최종 가격이 찍히는 곳을 찾지 못했다.

계산하고 나오다 문득 이런 생각이 들었다. 내가 한국에 있을 때 한국말을 하나도 못 하는 외국인이 나에게 영어로 뭔가를 물어봤을 때 나도 저런 모습이었겠구나. 저 직원처럼 갑자기 당황해서 살짝 흔들렸지만 그래도 당차게 영어로 말해주었겠구나. 예쓰. 투웨니 쎄븐. 친절한 사람들 리스트에 저 직원도 추가.

영어를 잘하면 좋은 대학에 갈 수 있다는 게 아니라 영어를 잘하면 친절한 사람이 될 수 있다고 학교에서 가르쳐줬다면 어땠을까. 영어를 열심히 공부해야 할 이유가 사라지는 결과를 낳았을까. 적어도 외국어를 공부할 때, 진짜 절대 그런 일이 안 생길 것 같지만 살다 보면 언젠가 한 번은 너희가 꿈꾸던 곳에 가게 되는 일이 생긴단다. 그때 언어를 잘할 수 있다면 너는 정말 꿈과 같은 시간을 보내게 되는 거고, 그렇지 않다면 공부를 열심히 할 걸 하는 생각만 하다 다시 한국으로 돌아오게 되는 거란다, 라고 가르쳐줬다면 어땠을까.

집으로 돌아오니 4시가 조금 넘었다. 집안은 쌀쌀하다. 화장을 지우고 세수를 하고 옷을 따뜻하게 갈아입고 글을 쓰니 벌써 7시가 넘었다. 마트에서 사 온 자두 맛 요거트는 대추 맛이 난다. 오른쪽 아래 어금니가 아프다. 왜 하필 프랑스에 왔을 때 아플까. 사실 한국에 있을 때 아프다고 해서 답이 있는 것도 아니다. 큰 치료가 될 것 같은 느낌이 강하게 온다.

일본 여행 갔을 때 혼자 밥을 먹으며, 나도 옆에 앉은 다른 사람들처럼 친구와 함께 맛있게 식사를 하며 즐겁게 떠들고 싶다는 생각을 했다. 프랑스로 떠나기 전 친구들을 만나 시간 가는 줄 모르고 즐겁게 떠들다가 문득, 내가 여행을 가서도 이렇게 친구들과 어울리고 있는 사람이었으면 좋겠다고 생각했던 게 떠올랐다.

목 뒤가 햇볕에 탔는지 따끔거린다. 선크림을 샀으니 내일은 꼼꼼히 바르고 돌아다녀야겠다. 내일은 자전거를 빌려야 한다. 오늘의 목표는 식당에서 밥 먹기였다. 클리어. 내일의 목표는 자전거 빌리기다. 그것만 성공하면 아무것도 안 해도 된다. 스스로 부담을 주지 말자. 나는 그렇게 용감하지도 뻔뻔하지도 않은 사람이다. 스스로 합의를 굉장히 잘하는 자아를 가졌다.

가진 거 다 털어 프랑스에 왔는데 이렇게 아무것도 안 해도 되나 싶다. 그러나 이렇게 식탁에 앉아 글을 쓰고 있어도 이건 프랑스에서 글을 쓰는 거기 때문에 특별한 순간이 된다. 식당은 한 번 잘 갔으니 두 번째에도 잘 갈 수 있을 것이다. 자신은 없지만 0보다는 1이 낫다. 한국으로 돌아가기 전까지 마트에 있는 모든 음식을 다 먹어보고 싶다.

다큐멘터리가 걱정이다. 카메라가 최소 3대는 있어야 하고 적어도 핸디캠이어야 앵글이며 무빙이 안정적일 텐데 이것도 저것도 다 못하고 있다. 하다못해 얼굴이라도 나와야 보기에 시원할 텐데 나는 내 얼굴도 보여주지 않는다. 무슨 다큐멘터리를 찍고 있는 건지 모르겠다. 1인칭 시점 다큐멘터리를 찍는 거야, 라고 생각했으나 사실 내 모습을 보여줘야 그게 진짜 다큐멘터리인 걸 알면서도 나는 크게 한 발짝 앞으로 나갈 용기는 없다. 셀카도 1년에 한 번 찍는데 뭐. 어쩔 수 없다. 편집을 잘하자.

♥♡♥

그냥 드는 생각

앙티베 다운타운에 갔다오는 길, 동네 골목을 걸으며 차례로 세 명의 남자를 봤는데 세 명 다 손에 페인트나 붓을 들고 집을 수리하고 있었다. 런던 공항에서 오픈 시간을 기다리며 바닥에 누워 자고 있던 여자도 그랬고, 여기서도 그랬고, 엉덩이골이 보이고 팬티가 보였다. 쪼그려 앉은 사람, 의자에 앉은 사람, 무언가를 꺼내기 위해 손을 위로 뻗는 사람, 그냥 걸어가는 사람… 왜 이렇게 다들 자기 엉덩이를 보여주는 걸까. 나도 어릴 때, 스키니 바지를 입고 쪼그려 앉으면 엉덩이골이 보였을까. 생각해보니 보였다. 그래도 나는 그때 바지가 꽉 끼는 허벅지를 가리기 위해 늘 긴 상의를 입었다. 그러니 10번 중의 9번은 잘 숨길 수 있었을 것이다. 이젠 엉덩이 보일 일이 없다. 살이 쪄서 꽉 끼는 바지를 입지 않는다. 보여주고 싶은 엉덩이도 없다.

하이힐은 특권이다

나는 하이힐이 특권인지 몰랐다. 그러나 여행을 하는 동안 계속해서 이 생각이 든다. 하이힐을 신고 걸으면 발이 너무 아프다. 이러다 큰일 나겠다 싶을 정도로. 처음엔 괜찮지만 좀 걷다 보면 한 시간도 채 지나지 않아 마치 신발 안쪽에 가시를 심어 넣고 걷는 것처럼 발이 너무 아프다. 내가 왜 미쳤다고 하이힐을 신고 나왔을까, 나 자신을 원망하지만, 힐을 신었을 때 나타나는 당당함과 찰나의 아름다움 때문에 어쩔 수 없이 또 신는다. 나이가 들수록 하이힐을 선택하는 횟수가 급격하게 줄어들었다. 어릴 땐 친구를 만나러 나갈 때면 무조건 힐을 신었다. 그러나 요즘은 힐을 신어야 할 것 같은 순간에도 에이 뭐 어때, 하며 낮은 구두를 신는다. 그나마도 발이 불편해서 혼자일 땐 늘 운동화를 신는다. 그러나 여행을 하다 보면 정말 꼭 힐을 신고 가고 싶은 장소와 순간들을 만나게 된다. 그럴 때 차를 타면 모든 게 해결된다. 차를 타면 발 아플 일이 없으니까 필요한 순간에만 딱 예쁘게 걷고 다시 차로 돌아와 집에 가면 끝이다. 이걸 아는 나는, 차가 없다.

이틀을 제대로 잠도 못 자고 생고생을 하고 프랑스에 왔더니 체력 회복이 잘 안 된다. 아직 낮인데, 이따 밤에 자야 하는데 너무 졸리다. 일단 자고 일어나서 시차를 어떻게 해야 할지 생각해봐야겠다. 한국에 있을 때 밤에 잠을 안 자서 그 상태 그대로 밤낮이 반대인 프랑스에 오면 낮에 깨어있을 수 있을 줄 알았다. 그러나 오는 동안 너무 고생해서 아무 때나 자버렸더니 여기서도 밤에 깨어있게 생겼다. 그러면 안 되지. 여긴 24시 가게가 없어서 밤에는 할 수 있는 게 아무것도 없는데 그러면 안 되지.

아침 6시에 해가 떴고 밤 8시가 됐는데 해가 안 진다. 아직 여름도 아닌데 프랑스 뭐야. 검색해보니 여름엔 밤 9시, 10시는 돼야 어두워진다고 한다. 세상에나. 그래서 다들 저녁을 늦게 먹는구나. 나는 조금씩 프랑스에 대해 알아가고 있다.

♥♡♥

인생은 누군가 일부러 쓴 소설 같다

프랑스에서 한 달 동안 찍은 영상은 편집해서 다큐멘터리로 만들려고 했다. 그러나 게을러서 그러지 못했다. 프랑스에서 한 달 동안 썼던 글을 사진과 함께 블로그에 올린 걸로 끝이었다. 다큐멘터리를 만들어서 어딘가에 출품하고 싶었는데 지금까지 손도 못 댔다. 시간은 잘만 가고 나는 게으르다는 죄책감 하나를 스스로 만든 셈이 됐다. 나는 늘 무언가를 하느라 바쁘지만 정작 가장 해야 한다고 생각하는 일은 하지 못한다. 프랑스에서 찍어 온 영상들은 오늘도 외장 하드 용량만 차지한 채 방치되어 있다.

지금은 책을 쓴다. 아는 사람들 넷이 모여 에세이를 쓴다. 취업도 안 되는데 마냥 놀기만 하는 것보다는 뭔가를 만드는 게 나으니까 한다. 그래서 직장생활을 할 때보다 백수인 지금이 더 바쁘다. 카페에 가서 노트북으로 글을 쓴다. 나를 보는 사람은 아무도 없지만 나는 그런 내 모습이 좋다. 아직도 철이 없어서 별걸 다 멋있다고 생각하고, 그 멋에 산다. 지금 쓰고 있는 이 책은 크라우드 펀딩으로 자금을 모아 독립출판으로 낼 것이다. 어쨌든 조금이라도 돈이 되어 돌아와야 할 텐데, 아직 모르겠다.

직장생활에 관한 글을 쓰는 거라 요즘 계속 예전에 직장 상사들과 있었던 일들을 떠올린다. 많이 괴롭다. 행복하게 일했던 기

억이 많지 않다. 당분간 감독으로 데뷔하지 않기로 한 건 내가 결심한 건 줄 알았는데 어쩌면 다른 사람들에 의해 그냥 결정된 건지도 모르겠다.

나는 잘한다고는 할 수 없지만 어쨌든 할 줄 아는 게 많아서 여기저기에 많이 쓰인다. 나는 결정을 잘 내리고 추진력도 있어서 나와 함께 뭔가를 하면 결과물이 나온다. 얘기만 하다 흐지부지되는 경우는 없다. 그래서 나는 늘 친구를 잃었다. 프랑스에서 돌아온 후 같이 드라마를 하며 알게 된 작가들이 유튜브를 하자고 해서 알겠다고 했다. 재밌을 것 같았다. 각자 하고 싶은 걸 정하고 함께 출연해주며 영상을 만들기로 했다. 그런데 어떻게 된 게 나만 하고 다른 사람들은 하지 않는 상황이 돼버렸다. 나만 영상을 기획하고 구성하고 진행하고 촬영하고 편집하고 업로드했다.

다른 사람들은 나도 해야지, 해야지 하면서 그냥 내 영상에 출연하는 것만 했다. 거기에서 금이 갔다. 같이 하자고 해놓고 나만 하고 있으니 나는 불만이 쌓였고, 다른 사람들은 그냥 재밌자고 시작한 건데 너무 열심히 하는 내가 불편해서 불만이 쌓였다. 돌이켜보니 그건 그냥 웃으면서 설렁설렁 해야 하는 일이었다. 그런데 내가 정색하고 열심히 해버리는 바람에 다른 사람들에게 상처를 줬다. 우리는 몇 달 못 가 사이가 멀어졌다.

나는 언제나 나를 확신하고 그래서 다른 사람들을 지치게 한다. 나는 멍청하다. 그걸 나는 아는데 사람들은 모른다. 나는 안다. 다음엔 또 어떤 사람들을 만나 어떤 사람들에게 이용당하고 어떤 사람들을 힘들게 할까. 사람들은 모른다. 분명 또 누군가가 나에게 같이 뭔가를 하자고 할 것이다. 나는 안다. 그때에도 또 내가 전부 망칠 거라는 걸.

그래서 나는 항상 친구가 없다

점심으로 엄마가 보내준 파김치와 김치를 섞어 김치전을 해 먹었다. 나는 파김치를 먹지 못 한다. 한 젓가락만 먹어도 속이 더부룩해진다. 나는 아무래도 익지 않은 파를 소화하지 못 하는 것 같다. 엄마는 내가 파김치를 먹지 못 한다는 걸 모르는 것 같다. 김치를 보내주실 때마다 파김치를 한가득 같이 보낸다. 나는 이 사실을 엄마에게 어떻게 말해야 할지 몰라 아직도 말하지 못 하고 그냥 이렇게 김치전에 넣어 먹거나 김치찌개에 넣어 먹는다. 파김치는 먹어도 먹어도 줄지 않는다.

오늘 작가 한강의 책 《검은 사슴》을 읽다가 다음 부분을 메모했다.

'인영은 사람들이 먼저 전화해주면 반가워하기는 했지만 결코 먼저 연락하는 법은 없었다. 그녀는 자급자족할 수 있는 조그만 섬에서 혼자서 살아가는 가난한 주민과 같았다. 그녀의 에너지는 자신에게 호의를 베푸는 사람들에게 그에 상응하거나 약간 못한 보답을 하는 것만으로도 녹초가 될 만큼 빈약했다. 더구나 그런 식으로 형성된 인간관계조차, 조금만 더 나아가려 하면 완고한 성벽 같은 그녀의 경계선에 부딪히게 되는 것이었다. 그녀에게 호감을 가졌던 사람들은 대부분 그 성벽 바깥에서 물러서곤 했다.'

인생은 무작위로 돌아가는 꿈같다가도 해석을 하러 붙잡고 보면 누군가 일부러 쓴 소설 같아진다.

003 제발 주목하지 마세요

15시간을 잤다. 밤 8시에 잤는데 일어나니 11시. 정말 죽은 듯이 잤다. 옆집에 7살 정도 되어 보이는 남자아이가 산다. 마당에서 뛰어놀며 말하는 소리가 새가 지저귀는 것 같다. 프랑스어 특유의 종이 울리는 것 같은 상큼한 소리다. 그나저나 오늘은 뭘 하나. 어제 땡볕에 걸어서 시내를 갔다온 게 너무 힘들었나 보다. 팔이며 손까지 새까맣게 탔다. 온몸이 쑤신다. 클래식을 틀어놓고 식탁에 앉아 커피를 마시니 제법 우아해진다. 비록 살이 너무 많이 쪄서 가져온 옷들이 예쁘게 맞질 않아 제일 멍청이 같은 검은색 박스티를 입고 있지만, 마음만은 드레스다. 오늘은 아무것도 하지 말아야겠다. 자전거를 빌리고 싶은데 검색해보니 일요일이라 다들 쉰다.

한국에 돌아가면 자취방에도 작은 식탁과 의자를 두고 싶다. 지금 여기에서처럼 창밖으로 탁 트인 곳을 보며 쉴 수 있는 공간은 없지만 그래도 나도 언젠가 전망이 있는 집으로 이사 갈 수도 있으니까.

어제 사 온 꽃을 컵에 담아 물을 채워 창가에 놔뒀는데 조금씩 피어나고 있다. 영수증을 보니 꽃 이름은 Lys. 백합류의 어떤 꽃인가 보다. 2시가 되기 전에 얼른 밥 사러 갔다와야겠다.

난 정말 그런 사람이 아닌 줄 알았다

어설픈 행동으로 어디에서나 시선을 끄는 사람이 있다. 200명이 듣는 대형 강의실로 들어오는 길에 꼭 입구에서 우당탕 넘어져서 사람들의 시선을 한몸에 받는 사람, 조용한 엘리베이터 안이나 조용히 영상을 시청하는 순간에 에취 하고 기침을 해서 주목받는 사람(이럴 땐 꼭 기침 소리도 엄청 특이하다), 뜬금없이 필통을 떨어트려 수십 개의 펜이 우르르 쏟아져 나와 주변 사람들이 다 나서서 도와줘야 하는 사람, 이렇게 덜렁거리는 성격이면서 꼭 짐을 주렁주렁 이고 지고 다니는 사람, 다른 방향으로 몸을 한 번 돌리기만 해도 와장창 우당탕 뭔가를 떨어트리고 깨트리는 사람, 그런 사람이 있다. 나는 그런 사람이 아닌 줄 알았다.

나는 주목받는 걸 싫어한다. 어릴 땐 반장도 하고 싶었고 무대에 올라가 춤도 추고 싶었지만, 나이가 들면서 그런 사람으로 살아간다는 게 힘들다는 걸 알게 됐다. 그래서 난 어딜 가나 조용히 맨 뒷자리에 앉아 있는 사람이 되려고 했다. 늘 조용히 최대한 가만히 있었다. 차분하게 움직이고 침착하게 대응했다. 그런데 여기 프랑스에 와서 그 모든 것들이 다 와장창 깨져버렸다.

♥♡♥   61

피자를 사서 먹으려고 했다. 숙소에서 10분 정도 걸어가면 도미노 피자집이 나온다. 거기에 가서 피자를 사 와야지. 그래서 커피도 마시다 말고 식탁 위에 둔 채 그대로 나갔다. 그러나 피자집에 가보니 문을 닫았다. 일요일이면 피자집도 문을 닫는구나. 한국의 24시 시스템이 정말 그렇다. 누군가 내게 말을 걸거나 물어본 적은 없지만 여기 와서 하루에도 몇 번씩 '한국에는 어디에나 24시간 가게가 있어요. 특별히 큰 도시가 아니어도 외곽 지역이어도 똑같아요. 편의점, 치킨집, 카페, 식당. 이렇게 4개의 가게가 골목마다 세트처럼 있어요. 24시간 운영하는 편의점에서 고개를 옆으로 돌리면 또 다른 편의점이 보여요. 거기서 또 고개를 돌리면 그다음 편의점이 또 있어요.' 라는 말을 영어로 하고 또 했다.

피자를 먹을 수 없으니 햄버거를 먹자. 그대로 쭉 더 직진하면 맥도날드가 나온다. 바다가 보이진 않았지만 커다란 리조트들 너머로 해변이 느껴졌다. 테라스에 손님들이 꽉 들어차 있는 맥도날드의 풍경도 마치 바닷가에 있는 느낌이었다. 주문을 어떻게 해야 하는지 살펴보니 자동 주문기(키오스크)가 보인다. 빅맥 세트를 주문하고 자리에 앉았다. 프랑스어로 주문 번호를 불러주면 나는 어떻게 알아차리고 가져올 수 있을까, 고민하고 있는데 직원이 메뉴를 사람들의 자리로 직접 갖다주고 있었다. 주문기에서 주문할 때 자리가 안에 있는지 테라스에 있는지 선택하게 되어 있었는데 그래서였구나. 자리로 배달해주는 맥도날드라니, 대박이다. 직원이 나의 빅맥 세트도 갖다줬다. 아, 하필 그때 카메라의 영상이 끊겼다. 연속 촬영 시간 30분이 넘으면 자동으로 영상이 끊어진다. 배달해주는 걸 찍어야 했는데 이 신기한 걸 놓치다니! 아쉬워하며 직원이 놓아준 트레이를 내 몸쪽으로 돌리는 순간… 커다란 콜라가 원심력을 이기지 못하고 기우뚱 몸이 기울더니… 바닥으로 퍽 떨어졌다. 세상에 어떻게 나에게 이런 일이.

벌떡 일어서서 주변을 둘러보는데 그 어떤 직원도 퍽 소리를 듣지 못한 것 같았다. 이걸 어쩌나 싶어서 일단 콜라 컵이랑 뚜껑부터 주워들었는데 내 앞자리에 앉아 있던 사람이 직원에게 가서 상황을 알렸다. 직원이 다가왔다. 암 쏘 쏘리… 어려 보이는 남자 직원이 커다란 티슈 뭉치를 조금씩 뜯어가며 콜라를 닦았다. 나에게 빈 컵을 카운터로 들고 가 콜라를 다시 받으라고 했다. 나는 울고 싶었다. 콜라는 또 왜 이렇게 커서 쏟아진 양도 어마어마할까. 미안하다고 말하며 빈 콜라 컵을 들고 카운터에 가서 서 있는데 너무 염치가 없어서 울고 싶었다. 콜라를 새로 받고 자리로 돌아왔는데 아직 바닥에 쏟아진 콜라는 그대로다. 휴지가 산처럼 쌓여 있었다. 세상에. 도대체 내가 무슨 짓을. 그 와중에 이걸 카메라로 찍어야 하는데 라는 생각이 들었다. 콜라를 한 바가지 쏟아놓고 그걸 닦는 직원을 촬영까지 하고 있으면 진짜 사람도 아닌 것 같아서 참고 최대한 반성하는 표정으로 가만히 자리에 앉았다. 직원이 대걸레 같은 걸로 척척 닦았으면 정말 좋았을 텐데 바닥에 쪼그려 앉아서 휴지를 너무 하나씩 뜯으며 닦아서 더 미안했다. 진짜… 암 쏘 쏘리…. 나는 계속 미안하다고 하고 직원은 계속 괜찮다고 한다. 세상 착한 사람이다. 복 받으실 거예요. 동양인 여자애가 와서 빅맥 세트 하나 시키더니 갖다주자마자 콜라를 쏟아버린다. 그래놓고는 자리를 옮기지도 않고 그 자리에 그대로 앉아 콜라 다 닦을 때까지 가만히 앉아 지켜본다. 사이코패스야 뭐야. 지금 생각해보니 자리라도 옮길걸. 진짜 바보 같았다.

한참 걸려 콜라를 다 닦은 직원이 산처럼 쌓인 엄청나게 많은 휴지를 모두 치운 후, 그 자리에 노란색 'Caution(조심)' 경고 팻말을 갖다 둔다. 그쯤 되니 민망했던 나도 빵 터진다. 내가 푸흡하고 웃자 직원도 푸흐흡 웃는다. 세상 살다 살다 정말. 나는 노란색 경고 팻말이 세워진 자리에 앉아 햄버거를 먹었다. 미끄러우니까 조심하라고 그런 거긴 한데 맥시멈으로 풀 충전되어 있던 나의 창피함에 하나가 더해지며 펑 터져버렸다. 콜라를 쏟고 암쏘쏘리 한 직후에 바로 다른 곳으로 자리를 옮겼어야 했는데… 바보. 아니다. 나의 잘못을 내가 온전히 견뎌내야지. 동물원에 갇힌 원숭이처럼, '경고! 이 사람은 언제든 콜라를 쏟을 수 있으므로 위험함'이라는 팻말이 앞에 달린 것처럼. 나는 구경거리가 된 채로 햄버거를 먹었다. 감자튀김에 찍어 먹을 케첩을 주지 않아서 카운터에 가 케첩을 달라고 하고 싶었지만, 주목 게이지가 꽉 차서 움직일 수 없었다. 더는 주목받고 싶지 않았다. 지금도 힘들지만, 이 이상은 너무 힘들었다.

나는 정말, 그런 사람이 아닌 줄 알았다. 그런데 프랑스에서 나

는 그런 사람이었다. 공항에서 경고를 그렇게 했는데도 짐을 제대로 싸지 않아 망신을 당하는 사람, 패스트푸드 가게에서 콜라를 쏟아 민폐를 끼치는 사람. 오늘은 아무것도 안 하기로 했는데, 그래서 다큐멘터리 영상에 쓸 게 없다고 생각했는데, 이게 뭐야! 이딴 에피소드 필요 없는데! 창피한 마음이 사그라들질 않는다.

　오후엔 잠깐 비가 왔다. 오후라기보단 밤 8시인데 아직 해가 떠 있는 정도였다. 비 오는 소리가 예뻐서 괜히 기분도 낼 겸 삼각대를 설치하고 카메라를 켜는데 그새 그친다.

　이틀 후면 칸 영화제가 열린다. 칸에서 영화를 보려면 드레스를 입고 구두를 신어야 한다고 해서 가져온 옷들을 죄다 꺼내 입어보며 포즈를 취해봤다. 거울이 얇고 길어서 실제보다 괜찮아 보였다. 꾸며 입은 옷차림에 어울리는 예쁜 가방도 좀 가지고 올걸. 짐이 많아 마지막에 포기하고 가방을 뺐는데 이제 와 아쉽다.

♥♡♥

2년 만에 생긴 동네 친구

　　자취를 시작한 건 집에서 너무 먼 곳으로 취직을 했기 때문이었다. 1년은 살까 싶었는데 벌써 3년이 넘었다. 나는 인천에서 나고 자랐고 대학은 서울에서 다녔다. 지금 이곳은 경기도 안양이다. 이곳에 있는 방송 제작 프로덕션에서 작가를 뽑는다는 공고에 붙었다. 취직도 한 김에 아예 독립까지 해버렸는데 회사를 그만둔 지금도 여기에 산다. 전업주부인 여자가 남편이 이직하는 바람에 남편과 함께 아무 연고도 없는 곳으로 이사를 하게 됐을 때, 불안장애를 겪는 경우도 있다는 말을 들었다. 아는 게 없는 곳에서 느끼게 되는 무력함과 외로움을 나도 공감한다. 회사에서 퇴근하고 집에 돌아오면 막막했다. 아는 장소도, 아는 친구도 없어서 할 수 있는 게 아무것도 없는 기분이 들었다.

　　이곳으로 이사 온 지 3개월이 채 되기도 전, 나는 드라마 보조 작가가 되어 여의도에서 합숙 생활을 시작했다. 나의 자취는 1년간 방치되어 있었다. 드라마 종영 후엔 여행을 다녔다. 집은 여행 준비와 여행 후 피로를 푸는 용도로만 사용됐다. 본격적으로 집에서 살았다고 할 수 있는 건 2년이 지난 후였다. 여행을 다 마친 후 세상 모든 것에 질려 긴 백수 생활을 했다. 매일 뭔가를 바쁘게 하며 살았던 것 같은데 지금 돌이켜보니 내가 그때 뭘 했는지 아무것도 떠오르지 않는다.

오후 2시와 새벽 2시 중 나는 새벽 2시에 더 연락이 잘 되는 사람이다. 둘 중 내가 명료하게 깨어있을 가능성은 새벽 2시인 경우가 더 많다. 밤 12시부터 새벽 6시, 해가 뜨기 전까지의 그 시간대를 나는 가장 안전하다고 느낀다. 낮엔 갑자기 누군가 찾아올 수도 있고 어딘가에서 전화가 올 수도 있다. 낮은 그 어떤 일도 발생할 수 있다. 그러나 밤엔 아무도 찾아오지 않고 그 어떤 연락도 오지 않으며 아무 일도 일어나지 않는다. 세상이 멈춰있는 시간이다. 나는 아무 방해도 받지 않고 방 안에서 나 혼자 내가 하고 싶은 일을 할 수 있다. 나는 안전하다. 그래서 나는 밤에 깨어있고 그래서 외롭다. 동네 친구에 대한 로망이 생긴 것은 이 때문이다. 새벽 2시에 맥주 한 잔이 마시고 싶을 때, 슬리퍼를 신고 어슬렁 걸어 나가 가볍게 만날 수 있는 친구가 있으면 좋겠다는 생각을 늘 했다. 그러나 내가 다닌 대학교엔 나와 같은 동네에 사는 사람이 없었고 학교 근처에서 자취할 형편도 되지 않았다.

드라마 보조 작가를 했던 건 나에게 아주 큰 경험이자 내 인생에서도 아주 큰 일이었다. 그때 번 돈으로 해외여행을 시작했으며 프랑스에서 한달살기도 했다. 소설책을 쓸 수 있었던 것도 그때 긴 글을 쓰는 호흡을 배웠기 때문일 것이다. 나는 많은 것을 배웠다. 그리고 결정했다. 이런 거 다 하지 말자고. 나는 그때 너무 질려서 그 후로 아무것도 하지 않기로 했다. 드라마가 끝난 후 거의 1년 반 동안 제대로 된 일을 하지 못했다. 아무도 만나지 않고 집에 혼자 있었다. 그러다 문득, 이러다 안 될 것 같다는 느낌이

드는 날이 있었다. 이렇게 아무도 만나지 않고 집에만 있으면 안될 것 같다, 밖에 나가야 할 것 같다. 그래서 나는 살기 위해, 집 근처에서 열리는 동호회 모임에 나갔다. 처음 모임에 나간 날, 입구 앞에 서서, 이 문만 열고 안으로 들어가면 된다고, 그러면 그다음부터는 모두 다 알아서 될 거라고 나를 다독였다. 손에서는 식은땀이 났고 숨이 가빠졌고 심장이 빨리 뛰었고 머릿속이 멍해졌다. 여기 이 문만 열고 안으로 들어가면 된다.

모임에 적응하기까지는 1년이 걸렸다. 아직도 문 앞에 서면 심장이 빠르게 뛰긴 하지만 괴로울 정도는 아니다. 나는 그곳에서 많은 친구를 사귀었다. 그 중엔 내가 그렇게 염원했던 동네 친구도 있다. 버스 한 정거장 거리에 사는 친구다. 갑자기 술이 마시고 싶을 때 몇 번이나 나와서 같이 술을 마셔준 친구다. 덕분에 동네에 대해 더 많이 알게 되었고 남자친구 때문에 힘들었을 때도 큰 위로를 받았다. 갑자기 만날 수 있는 동네 친구가 있다는 건 정말 좋은 일이다. 그러나 우리 사이는 앞으로 점점 멀어질 것이다. 내가 이사라도 가게 된다면 바로 끊어질 사이다.

나는 우정을 연애처럼 한다. 누군가를 알게 되고 친해지고 편해지고 익숙해지면 싫어지고 결국 헤어진다. 연애를 많이 한 사람이 연애에 지치듯 나도 우정에 지쳐있다.

나는 우정을 많이 했나.

400

프랑스에서 생리대가 필요할 때

　　며칠 전 일도 아닌데 하루를 기억하는 게 쉽지 않다. 새벽 2시, 아니면 3시쯤 잠들었던 것 같다. 15시간을 자고 일어나니 잠이 오지 않아서 잠들기가 쉽지 않았다. 아침에 눈을 뜨니 10시. 몇 시간 잔 건가 대충 헤아려보고 잠깐 눈을 감았다 뜨니 11시. 몸을 일으킬 수가 없다. 가슴과 배, 그 중간쯤 어딘가 한가운데 깊숙한 곳에 가로등 같은 불 하나가 있는데 그 불빛이 희미하게 깜빡, 깜빡이는 것 같았다. 자양강장제 몇 개 챙겨왔어야 했나.

　일어나 샤워하고 시리얼로 아침을 해결하고 룰루랄라 고데기로 머리도 말고 발이 아프니 양말 두 개를 껴 신고 굽 있는 워커를 장착하고 나니 1시 10분. 오늘은 영화관에 가서 1시 50분에 상영하는 〈어벤져스: 인피니티 워〉를 볼 생각이다. 한글 자막이 나온다면 정말 좋겠지만, 그래도 뭐. 선글라스 탁 끼고 또각 또각 몇 걸음 걷다가 이내 바로 선글라스를 벗었다. 이게 뭐라고 어쩜 이렇게 쑥스러운지 모르겠다.

프랑스에서 어벤져스 보기

집에서 나와 20~30분을 걸으면 앙트레 센터까지 갈 수 있다. 그러나 구두를 신고 조심 조심 걷다 보니 40분이 걸렸다. 딱 1시 50분에 영화관에 도착했다. 저 지금 어벤져스 보러 들어갈 수 있나요? 직원은 당연히 된다고 하며 지갑을 찾고 있는 나에게 그런데… 프랑스어로 나오는데 괜찮은가요? 라고 물었다. 아? 노 자막? 오 마이 갓. 내일 저녁에 상영하는 건 영어 자막이 나온다고 했다. 우리나라에서는 극장에서 〈어벤져스〉 한국어 더빙판이 상영된다는 건 상상하기 어려운 일인데.

프랑스어로 상영되는 어벤져스에 대한 호기심도 있었지만, 그건 세 번째나 네 번째 관람쯤이나 오케이고, 지금은 내용을 한 번 더 보고 싶기 때문에 내일 저녁에 다시 와야겠다. 영화관에 가서 영화를 보는 게 오늘의 목표였는데 이제 어쩐다. 시각은 2시.

일단 아무 카페에 가서 앉아서 쉬며 생각을 좀 해보기로 했다.

주변 카페를 검색해보는데 2시부터 닫는 곳이 많아 찾기가 쉽지 않다. 두리번거리니, 저 앞에 첫날 시내에 나왔을 때 봤던 레스토랑이 있었다. 테라스가 있는 카페 겸 레스토랑. 저기를… 갈까? 가게를 바로 앞에 두고 횡단보도 앞에 서서 차마 건너가지 못한 채 고민하고 서 있으니 지나가는 차들이 나를 위해 차를 멈춰줘야 하는 건지 왜 안 지나가는 건지 같이 갈팡질팡하고 있어서 일단 길부터 건넜다. 그 다음엔 주먹을 불끈 쥐고 에이 몰라 나도 몰라! 하며 가게로 들어가 자리에 앉았다.

와, 앉았다!

첫날에 저긴 죽어도 절대 못 가겠다고 생각했던 그곳이었다. 뭔가 너무 사거리에 떡하니, 대표 식당처럼 쫙 펼쳐져 있고 사람도 엄청 바글바글해서 저 안을 뚫고 들어가 자리를 잡는다는 건 불가능이라 생각했다. 그러나 이제는 시내도 두 번 와봤다고 조금 익숙해졌는지 당당하게 들어가 앉았다. 직원이 다가와 봉주흐 마담이라고 하며 뭘 시킬 거냐 묻는다.

- 아이스 커피, 씰부플레.
- 응?
- 아… 아이스… 커피….
- 아, 카페, 위.
- 씰부플레.

플리즈를 뜻하는 씰부플레는 놓치지 않았다. 휴우우우우우. 크게 한숨 돌리고 나니 투둑 투둑 비가 온다. 어머 마침 앉은 자리가 파라솔이 꽂혀있는 자리다. 타이밍 예술이다.

아이스 커피는 웬 수저가 하나 꽂혀서 나왔다. 이게 뭐야 설탕이라도 들어있는 건가, 하며 수저로 휘휘 저어 한 모금 마셔보니 설탕이 들었다. 아이스 커피가 이거구나. 아이스 커피를 달라고 하면 아메리카노를 줄 줄 알았다. 갑자기 아저씨가 된 기분이 들었다. 여기! 아이스 커피!

점원은 영화 〈위플래쉬〉의 선생님을 연기했던 배우 JK시먼스 느낌이 나는 사람이었다. 대머리와 다부진 체격에 약간은 수분기 없는 피부. 그래서 조금 무서우면서 굉장히 멋있었다. 커피를 마시는 동안 바로 앞 큰길에서 이상한 아저씨가 나타나 소리를 지르고 사람을 막 때리려고 하자 점원이 가서 싸움도 말리고 아저씨도 진정시켰다. 옆집 가게에서 일하는 다른 점원이 박수를 쳤다. 다부진 남자, 굉장히 멋있다.

커피를 마시며 내 앞에 혼자 앉아 커피를 마시고 있는 다른 여자를 괜히 의식하며, 의기소침해 보이지 않게 나도 뭔가 사색에 잠긴 듯, 뭔가를 적었다. 다음은 카페에서 적은 내용.

5월 7일 월요일. 프랑스 4일차.

첫째 날엔 죽어도 못 들어갈 것 같았던 카페에 들어왔다. 아주 조금 익숙해져서 아주 조금 용기가 생겼다. 특히 혼자 앉아 있는 사람들이 눈에 보일 때 용기가 배가된다. 겁먹을 필요 없는데도 겁이 많이 난다. 조금만 용기를 내면 여행이 훨씬 재밌어진다는데 나는 그럴 자신이 없고 의지도 없다. 프랑스인들이 모두 한국어를 한다면 용감해질 자신이 있다. 근데 나 너무 프랑스까지 와서 아무것도 안 하고 있는 것 같다. 뭘 좀 해야 될 텐데. 어차피 한 달이니까 괜찮을까. 이러다 한 달이 그냥 가려나. 기운이 너무 없다. 자양강장제 같은 걸 좀 가지고 왔어야 했나. 이곳은 사람들이 다 크다. 아기 빼고는 다 크다.

폼 잡고 쓴 거에 비해 내용이 폼이 안 난다. 그렇게 잠시 앉아 쉬다가 자전거를 사러 가기로 했다. 자전거 전문 대여 가게는 아무리 검색해봐도 나오질 않았다. 자전거가 없으면 그냥 버스를 타고 다니면 되고 그게 더 편한데도 나는 자전거가 타고 싶었다.

나 지금 어디 놀러 와 있다, 방금 연예인 누구 봤다, 지금 뭐 먹는다, 휴대전화로 사진 찍어 보내면서 친구에게 자랑하는 스타일이, 나는 절대 아니다. 나는 뭘 해도 늘 혼자 하고 혼자 느끼고 견뎌낸다. 그런데 오늘 난, 한국에 있는 친구에게 앞에 놓인 아이스커피와 그 뒤로 보이는 프랑스 여자의 뒷모습 사진을 찍어 보냈다. 나는 지금 오후 2시, 한국은 밤 9시. 밤 9시면 보통 자고 있을 시간은 아니니 괜찮을 것 같았다. 친구는 부럽다며 답장을 했다. 나는 여기가 굉장히 좋은데 아시아 사람이 나뿐이라 주눅 든다고 했다. 친구는 기죽지 말라고 해줬다. 우리는 하나라고 했다. 너랑 나는 하나구나. 그런 말을 듣게 될 줄 몰랐는데, 정말 고맙고 예쁜 말이야. 고마워. 한국에서 열심히 일하고 있는 사람한테 이 무슨 민폐고 진상이고 이기적인 행동인가 싶은데, 앞에 계속 혼자 앉아 있던 여자의 남자친구가 오더니 둘이 쪽쪽 뽀뽀를 하고는 다정하게 이야기를 나누기 시작해서, 나도 잠깐은 혼자가 아니었으면 해서, 선택한 극단의 나쁜 짓이었다. 미안해, 프랑스에 있다고 자랑하느라 재수 없었어서. 내일부턴 안 그럴게.

앙트레 시내에서 버스를 타고 조금 위로 올라가면 스포츠 용품점이 있다. 내부 사진을 보니 자전거를 팔고 있다. 지도를 확대해 옆엔 뭐가 있나 가게들을 살펴보는데 중고 제품 매장이 있다. 내부 사진을 보니 거기서도 자전거를 팔고 있었다. 나이스! 버스 타고 윗동네로 가보기로 한다. 어딘가 새로운 곳으로 가기 위해서는 그곳에 대한 수많은 이미지 정보를 확인해야 마음이 놓인다.

생전 처음 보는 모르는 버스 타기

지하철은 차량 내부에 노선도가 있고 역이 몇 개 되지 않아서 타기가 편하다. 그러나 버스는 정류장도 훨씬 많고 이동도 구불구불하기 때문에 지금 이 버스가 어디로 갈지 알기 힘들다. 버스 정류장에 서서 암호를 해독하듯 이 버스가 어디로 갈까 내가 원하는 그곳으로 갈까, 찾아보고 있는데 다행히 버스 전체 노선도가 그려진 지도가 있었다. 앙티브 시내에서 출발해 도시 이름은 모르겠지만 내가 원하는 그곳, 시내 위쪽으로 가는 노선이 딱 하나 있었다. 6번 버스. 정류장 바로 앞에 마침 6번 버스가 서 있었는데 문이 닫혀있고 그 앞에서 사람들이 기다리고 있었다. 언제 출발하려나, 답답한 마음을 여미고 가만히 카메라를 들고 서 있는데 버스정류장 부스 뒤편에서 계속 시끌시끌하던 남자들 중 한 명이 빼꼼 고개를 내밀더니 나에게 뭔가를 말한다. 나는 얼굴로 열심히 물음표를 그리며 암 쏘리? 하고, 그 사람은 프랑스로 말했다가 영어로 말했다가 한다. 남자는 나보고 좀 알아들으라고 이리저리 애를 쓰는데 나는 끝까지 암 쏘리? 암 쏘리… 하며 고개를 절래절래 흔들고 만다. 사실 대충은 알아들었다. 남는 돈 있냐고 하는 것 같았는데, 프랑스까지 와서 삥 뜯기고 싶지 않아서 프랑스어도 영어도 못하는 척했다. 그 남자는 알겠다며 사라지는가 싶더니, 잠시 후 아예 내 옆으로 와서는 어디서 왔냐고 물었다.

- 암프롬코리아.
- 싸우스?

싸우스는, 싸우스는, 싸우스는, 뭐였더라. 조금 전 영어 모른 척의 후폭풍인지, 싸우스가 갑자기 생각나지 않는다.

- 놀스?
- 오 노, 싸우스.

아아아 그래, 북쪽이 놀스지, 그럼 난 싸우스. 내가 대답을 좀 늦게 하니 그 사람이 미심쩍은 듯 쳐다본다. 그 사람은 말할 수 있는 단어를 찾는 듯 한참 고민하더니 아주 힘겹게, 북쪽은 압박이 심하지, 라고 나에게 이야기를 건넸다. 나처럼 영어가 능숙하지 않은 프랑스인인가 보다. 남쪽은 그렇지 않지? 라고 묻는 남자에게 나는 조심스럽게, "데모크라시(민주주의)" 하고는 말았다. 남자는 오케이 굿 바이 하고는 젠틀하게 사라졌다. 너 영어 할 수 있네, 그럼 나 돈 좀 줄래, 라고 할까 봐 가슴 졸이고 있었는데, 다행이었다. 주변을 둘러보니 너무 나만 혼자 떨어져 서있었다. 급히 사람들이 모여 있는 쪽으로 후다닥 자리를 옮겼다.

이 타이밍에 이런 얘기를 하는 게 참 멋쩍지만, 나는 외고를 나왔다. 한국인이 해외에 나가 한국에서 왔다고 말하면 많은 사람들이 북인지 남인지 묻는다. 나는 태어났을 때부터 이미 분단된 상태였기 때문에 내가 남쪽인지 북쪽인지 의식하지 않았다. 한국에 살다가 둘로 갈라진 게 아니라 태어날 때부터 남한사람이었기 때문에 내가 싸우스인지 놀스인지 매번 인식하고 있지는 않다. 외국에 나가야만 내가 한국 사람이 아니라 남한 사람이라고 하게 되는 것이다.

나는 관종인 게 틀림없어

프랑스 버스는 아직 어떻게 타는 건지 잘 모르겠다. 우리나라 빨간 버스를 탈 때처럼, 기사님에게 가려는 목적지를 말하고 그만큼에 상응하는 요금을 내고 티켓을 받고 타면 되는 건 줄 알았는데, 우루루 버스에 타는 앞사람들을 유심히 살펴보니 아무도 돈을 내지 않는다. 딱 한 명이 카드를 찍었을 뿐이다. 나는 교통 카드가 없는데. 열 명 정도가 올라탔는데도 답이 안 나왔다. 나는 쭈뼛거리며 기사님에게 습관처럼 하는 말, 툭 치면 툭 나오는 말, 단골 멘트, 두 아이 헤브 투 페이 나우(지금 내야 되나요)? 하고 물었다. 그러나 기사님은 무심도 하시지, 나에게 그냥 손만 내민다. 일단 5천 원이면 대충 될 것 같아 5유로를 내미니 티켓과 잔돈을 주고는 끝이다. 그냥 들어가면 되는 건가? 혼돈 속에 앉을 자리를 찾아 들어가니 맨 뒷자리 중 양 끝이 차 있어 자연스럽게 가운데에 앉았다. 수학여행 갈 때 일진 중에서도 일진이 앉는다는 그 자리. 나는 관종인 게 틀림없다. 사람들이 은연중에 나를 한 번씩 쳐다본다. 나도 사람들을 한 번씩 쳐다본다. 나는 그 사람들에게 한 표씩 준 거고 그 사람들도 나한테 한 표씩 준 건데, 내가 받은 표는

15표, 몰표다. 부담을 이겨내기가 쉽지 않다. 그래도 일단은 앉을 만한 자리가 여기밖에 없다. 프랑스 버스는 특이하게 역방향으로 앉는 자리가 있었는데 그런 곳에 앉으면 내가 언제쯤 어떻게 내려야 하는지 상황 파악을 할 수 없다. 버스가 출발한다. 버스에 타는 사람들은 들어오면서 그리고 싶지 않아도 나를 무조건 한 번은 쳐다보게 되어있다. 내가 딱, 맨 뒤 가운데에 앉아 있으니까. 나는 오늘 한 번도 아시아인을 본 적이 없다. 이곳엔 아시아 사람이 흔하지 않은 것 같다. 나는 너무 소심해서 이곳의 유일한 아시아인이 될 수 없다. 그런 타이틀을 가질 자격이 없다.

구두를 신었음에도 불구하고 다리가 바닥에 안 닿는데 딱히 잡을 것도 없어서 허리를 꼿꼿이 세우고 엉덩이에 힘을 빡 주고 앉았다. 피부가 까만 어떤 남자 애 하나가 내 왼쪽 자리에 앉는다. 고마워, 내 옆에 아무도 안 앉으면 어쩌나 걱정했어. 브루노 마스를 닮은 남자 애는 앉은키가 나랑 고만고만한데, 내가 조금 더 큰 것 같은데 무릎이 나보다 훨씬 앞에 있다. 다리가 길구나. 내 다리는 어디 갔지. 사람들이 좀 더 들어차고, 짐을 들고 서 있던 여자애가 안 되겠는지 내 옆자리에 앉는다. 드디어 뒷줄 다섯 석이 다 찼다. 고마워, 사람들이 다 서 있기만 하고 내 옆 빈자리엔 안 앉아서 신경 쓰였는데.

지하철이나 버스에 외국인이 앉아 있으면 그 옆자리는 아무리 사람이 바글거려도 비어있는 경우가 있다. 딱히 인종에 따라 크게 좌우되지 않는 현상이고 굳이 외국인이 아니더라도 가장 먼저 그 빈자리에 앉았어야 할 가장 가까이에 있는 사람이 무언가 살짝 마음에 들지 않았거나 아니면 앉을 필요가 없어서 그냥 서서 가는데, 두 번째 우선순위에 있는 사람, 세 번째, 네 번째 사람들도 앉지 않으면 사람이 바글바글한데도 빈자리가 생기고는 한다. 그런 경우 대개, 앉아 있는 사람이 한국인이든 외국인이든 상처를 받는다. 뭐지, 왜 내 옆에 안 앉지, 내가 냄새 나나, 자리를 너무 많이 차지했나, 뭐지. 그깟 일쯤엔 상처를 안 받는 사람이 더 많을지도 모르겠다. 그렇다면 문장을 이렇게 바꾸겠다. 그런 경우 대개, 내가 한국인일 때도 상처를 받았고 이번처럼 외국인일 때도 상처를 받았다.

프랑스 버스를 두 번째로 타보는 거라 일반화를 못 하겠지만, 정말 이상하게도 프랑스 버스는 너무 심하게 흔들린다. 경운기보다 더 덜덜거리는 것 같다. 내가 엔진 위에 앉아 있었던 건지, 정차 중에는 진동이 너무 심해서 이가 다다다닥 부딪히는 것 같았다. 버스가 기우뚱하며 앞으로 나아가면 나는 양 옆에 앉은 친구들에게 몸을 기대지 않기 위해 최대한 어깨를 당겼다. 기분 탓이었겠지만, 오른쪽에 앉아 있는 어린 여자애가 내 팔이 자기 팔에 닿으면, 흠칫 팔을 떼어내는 바스락거리는 옷자락 소리가 들렸다. 한국에 있을 때 특히 여름에 지하철을 타면 양 옆에 앉은 사람 중에서도 가끔 반팔을 입고 피부를 맞대는 사람이 있는데, 그땐 나도 엄청 짜증나고 싫어서 내 팔을 확 떼고 닿지 않으려고 했기 때문에, 아마 그때와 같은 리듬, 같은 움직임, 같은 에너지, 그리고 몇 번 팔을 떼어낸 후부터는 다시는 닿지 않는 팔, 때문에 그게 맞는 것 같다는 생각을 했다. 미안해, 이게 내가 접을 수 있는 어깨의 한계야. 왼쪽에 앉은 남자 애는 아까부터 팔뚝이 닿아 있는데 아무렇지 않은 것 같았다. 점퍼가 두꺼워서 괜찮은가. 너라도 가만히 있어줘서 고맙다. 같은 유색인종끼리 돕고 살자. 남에게 피해를 주지 않고 사는 게 그렇게 호락호락하게 쉽지는 않다.

프랑스에서 자전거 사기

구글맵으로 현재 위치를 확인하며 중고 제품 매장과 가장 가까운 곳에서 내려 걸어가니 가게는 금방이었다. 사진에서처럼 가게 앞에 자전거 몇 대가 있었다. 새 자전거의 가격을 확인하고 올까 아님 그냥 여기서 살까 잠깐 고민했는데, 내가 탈 만한 크기의 자전거는 120유로고 다시 이 매장에 팔 수도 있다고 해서 오케이, 결제 완료. 원래 그런 투 머치 인포메이션, 부가 설명은 안 하는 타입인데, 제가 한 달 후면 고향으로 돌아가기 때문에 이걸 사고 다시 팔려고요, 호호호, 라고 말하며 내가 이 자전거를 여기에 다시 팔 수 있음이 확실한 팩트임을 한 번 더 확인했다. 혹시 내가 팔 땐 얼마쯤에 팔 수 있냐 물으니 50에서 55유로란다. 그럼 난 4주 동안 자전거를 70유로에 타는 셈이다. 자전거 대여 비용으로 100~200유로까지 생각하고 왔는데 이 정도면 너무 잘 됐다. 프랑스에서 중고 자전거를 사다니!

내가 너무나도 애정하는 자전거 바구니를 사기 위해 그 옆에 있는 스포츠 용품 매장으로 향했다. 자전거 렌트하는 곳이 없으면 차라리 새 자전거를 그냥 사버릴까, 하면서 봐뒀던 가게였다. 가게 안으로 들어가니 새 자전거들이 줄지어 서 있다. 가격이… 응? 가격이? 응? 네? 점이 안 찍힌 거 아닌가? 가격이 9000유로다. 9백만 원? 천만 원? 내가 이런 자전거를 사려고 했던 건가? 아무리 둘러봐도 10만 원, 20만 원 하는 저렴한 자전거가 없다. 중고 매장을 찾아내고 거기서 자전거를 사기 정말… 너무 잘했다. 자전거 바구니를 사고, 주차장에서 바로 바구니를 설치하는데 맨손과 집 열쇠로는 도저히 나사가 돌아가지 않는다. 다시 매장으로 들어가니 그새 손님이 많아졌다. 한쪽 구석에 있는 직원과 눈이 마주쳐버려서, 플러스 드라이버를 달라고 했다.

- 플러스… 드라이버….

- 뭐?

- 드라이버….

- 뭐라고?

땀이 삐질삐질 난다. 그냥 제가 찾아볼게요, 라고 하고 매장을 나왔다. 검색해보니 크로스 드라이버다. 생활용품을 파는 옆 가게로 갔다. 이번엔 제대로! 크로스 드라이버? 라고 해도 못 알아듣는다. 프랑스어로 찾았어야 했나. 이미지를 보여주니 단번에 알아차린다. 드라이버를 사고 계산을 하는데 이젠 가게에서 계산 몇 번 해봤다고 캐셔가 봉주흐 하면 나도 자연스럽게 봉주흐 한다. 바코드를 찍고는 직원이 열심히 길게 말한다. 기이이일게.

나의 표정이 일그러진다. 언제쯤 끊고 들어가야 할까. 편견 없는 이 착한 사람에게 내가 프랑스어를 하지 못함을, 알아듣지 못함을 언제 어필해야 할까. 암 쏘리? 맨날 미안하단다. 이번에도 암 쏘리? 라고 하자 직원은 그제야 오! 하며 나를 대하는 모드를 바꾼다. 나와 똑같은 영어 발음으로 잇츠 오케이, 잇츠 오케이, 라고 말한다. 내 뒤에 서서 순서를 기다리던 아주머니가 허허허 하고 젠틀하게 웃는다. 직원은 프랑스어로 설명할 때는 일상에 젖은 단조로운 톤이었는데 잇츠 오케이 할 때는 순간 목소리가 올라가고 다정해졌다. 멤버십 카드나 교환 환불이 안 된다거나, 그런 말이었겠지? 잇츠 오케이라니 어쨌든 다행이다. 외국인을 대하는 관대하고 다정한 태도에 마음이 녹는다. 나의 봉주흐 한 마디가 썩 괜찮았었나 싶어서 괜히 살짝 들떴다.

십자 드라이버까지 사서 앉은 자리에서 뚝딱 자전거 바구니를 달고, 올 때는 금의환향, 자전거를 타고 집으로 돌아왔다. 길이 좁고 구불구불하고 오르막 내리막 난리도 아니라 자전거 타기 진짜 안 좋았다. 자전거 괜히 샀나.

프랑스에서 하필 그 날이 왔다

나는 늘 생리 주기가 불규칙했다. 여성의 난자의 수는 무한하지 않고 개채수가 정해져 있는데 생리가 불규칙하면 오히려 보존되어 있는 난자의 수가 나이가 들 때까지 많이 남아있는 것이라 늦게까지 임신할 수 있는 가능성이 커져 괜찮다는 말도 있지만, 나는 평생을 불안하게 살아왔다. 몽상가인 나는 몽상과 같은 계열의 능력치인 망상도 때때로 가능하기 때문에, 생리가 늦으면 남자와 잔 적이 없는데도 임신한 건 아닐까 술 먹고 필름이 끊긴 적은 없었나 괜히 불안해하고, 고등학교 때 무려 7개월이나 생리를 안 했을 땐 벌써 폐경이 온 걸까 혼자 맘 졸이고는 했다. 이제 나이가 드니, 혹시 무슨 병이라도 생긴 건 아닐까 불안해 한다. 생리불순은 스트레스와 관계가 크다고 했다. 스트레스를 안 받고 한 번이라도 살아본 적이 있을까. 이번엔 왜 또 생리를 안 할까 맘 졸이며 휴대전화 달력을 넘겨본다. 생리를 시작하면 달력에 항상 별표 표시를 해둔다. 한 달을 넘기고 두 달을 넘겨도 별표가 보이지 않는다. 입 안이 바짝 마른다. 별표가 없는 달력 안에는 내가 만나야만 했던 사람들, 내가 지켜야만 했던 약속들, 내가 해야만 했던 일들이 드문드문 적혀 있다. 그리고 아무것도 적혀 있지 않은 달력, 이게 제일 무섭다. 한 가지 일만 미친 듯이 해야 했던 달. 그 일 말고는 아무것도 할 수 없어서 달력에 메모해야 할 게 없던 달. 그런 달들이 몇 개 더 지나니 마지막으로 표시한 별표가 나온다. 5개월 전이다. 여행을 갈 때마다 혹시나, 하며 생리대를 듬뿍 챙겼다. 속옷이나 바지에 피가 묻는 것은 상관 없었으나 자는 동안 숙소 침대에 묻을 걸 생각하면 끔찍했다. 그래서 나는 취침용 대형 생리대를 꼭 많이 챙겨갔다. 그러나 이번 여행에는, 저번에도 안 했고 그 전에도 안 했으니 괜히 희망을 갖지 말자, 짐이나 줄이자는 생각에 챙기지 않았다. 챙기지 않으니 그 날이 왔다. 샤워를 하는데 바닥에 피가 떨어져 있었다. 설마 하는 마음에 확인해 보니, 맞다. 드디어 시작했다. 세상에서 가장 기쁘고 반가운 피다. 아무리 기다려도 시작하지 않던 생리가, 여기 이렇게 멀리 프랑스까지 와서야 터졌다. 터졌다는 건 어쩐지 경박한 느낌이 들지만, 수개월간 마음 졸인 나로선 터진 게 맞다.

평소처럼 잔뜩, 충분히 생리대를 챙기진 않았지만, 그래도 혹시 몰라 챙겨온 두 개를 우선 쓰고 숙소로 돌아오는 길에 마트에 들렀다. 6시. 사람이 바글바글하다. 이따가 사람 좀 없을 때 다시 올까? 그렇지만, 이왕 온 거 사는 게 맞다. 아무리 봐도 생리대가 보이지 않았다. 누굴 붙잡고 물어볼까 하는 생각이 들었을 때 머릿속에 '멘스'라는 단어가 떠올랐다. 엄마는 생리를 '멘스'라고 했다. 엄마는 가위를 '가새'라고 했고 나는 알아듣고도 그게 뭐냐고 했다. 멘스가 생리를 뜻하는 영어 menses(멘시즈)였다는 건 내가 다 크고도 한참 후의 일이었다. 그때 내가 느꼈던 '멘스'라는 단어의 어감은 아직도 불편하고 별로인 '생리'라는 단어보다 더 불경한 느낌이 들었다. 그런데 여기 프랑스에서, 5개월만에 생리를 다시 시작한 서른한 살의 딸이 '멘스'를 떠올린다. 프랑스 사람을 붙잡고 멘스… 라고 말하면 생리대가 어디 있는지 찾아줄 것만 같다.

코너를 돌고 돌고 돌아, 세 바퀴 쯤 다시 돌았을 때 겨우 생리대 코너를 찾아냈다. 그 앞에서 한참을 고민한 후에 하나를 집어 들었다. 이게 맞겠지. 취침용 큰 거 하나를 사서 낮이고 밤이고 안전하게 돌아다녀야지. 어차피 여기서 다 쓰고 갈 건데 뭐, 낭비하

자. 계산대로 가니 모든 줄이 꽉 차 있다. 저녁 장을 보는 프랑스 사람들. 그 사이에 생리대 하나를 들고 서 있는 동양 여자. 나는 최대한 우리 서로 문화 시민으로서 여자가 생리대 사는 건 부끄러운 일이 아니라, 그 날이면 몸이 불편하시겠네요, 당신을 응원합니다, 뭐 이런 거잖아요? 라는 느낌으로 서 있었다. 최대한 자연스럽게 생리대를 옆구리에 끼고, 상표가 안 보이도록.

숙소에 돌아오니 마당에 차 한 대가 서 있다. 문을 열고 들어가니 처음 보는 긴 얼굴의 여자가 놀라며 인사한다. 봉수흐. 나도 봉수흐. 그 여자는 자기를 소개하며 나에게 뭔가를 설명한다. 죄송합니다, 나는 프랑스어를 알아듣지 못해요. 이 멘트를 프랑스어로 외워봐야겠다. 여자는 영어로 서툴지만 다정하게, 나는 누구인데 저 방에서 뭘 할 건데 10시에 갈 거라고 말한다. 나는 최대한 행복하고 착한 표정으로 웃으며 오케이를 한다. 도대체 저 마사지 방은 뭘 하는 방인지 모르겠다. 첫째 날 내가 실수로 살짝 문을 열었을 때 침대에 누워있던 사람 말고 안에 같이 있던 사람이 저 사람인가. 아차차, 나는 누구입니다 라고 내 소개를 안 했다. 집주인 마르실라랑 딸을 만났을 때에는 아임 초이, 하면서 악수도 힘차게 했었는데. 영화 〈레이디 버드〉에서 처음 만나 자기를 소개하며 인사할 때 레이디 버드가 악수를 하니까, 너는 인사할 때 악수해? 라며 친구들이 이상하게 생각했었다. 악수하면 이상한 거구나. 하긴, 한국에서도 그랬으면 이상했을 것 같다. 그럼 나는 왜 그랬지. 내가 본 영화들에서는 서로 만나서 이름 말할 때,

악수를 많이 했나. 너무 아저씨들 나오는 영화만 봤나.

저녁을 뭘 먹을까 고민하다가, 그래 마트에서 장을 봐서 해 먹자, 결심하고 나갔다오니 차가 두 대 더 있다. 마사지 방 안에서 남자 목소리, 여자 목소리가 들린다. 그때 문 열었을 때 분위기가 향초 켜놓고 자는 느낌 같은 거였는데. 아니지, 팬티 보였으니까 옷 벗고 마사지하는 게 맞나. 호스트 마르실라도 그렇고 그 사람도 그렇고 나에게 뭐라고 설명을 잘 해줬는데 내가 못 알아들으니, 괜히 의심만 든다. 이상한 사람들만 아니면 좋겠다.

프랑스에서 직접 요리 해 먹기

메뉴 선택은 아주 간단한 걸로 했다. 그냥 고기 사다가 구워 먹고, 사이드로 야채 조금. 당근하고 그린빈 통조림도 사고, 아스파라거스도 좀 사고, 이것도 신기하고 저것도 신기해서 조금씩만 담았는데, 제일 싼 걸로만 담다 보니 질이 별로 좋지 않았다. 모든 게 최악이었다. 그냥 고기 굽고 야채 구워서 먹는 건데도, 사이드에 놓을 토르텔리니를 익히고, 뭔지도 모르는, 박스에 '부드러운 진주'라고 쓰여 있는 밥알 같은 거랑 해서 뚝딱거리니 한 시간이 걸렸다. 다 먹지도 못하고 버렸고, 그마저도 먹기 위해 콜라 세 잔을 마셨다. 나는 왜, 음식의 나라 프랑스에 와서 이런 삽질을 하고 있을까. 아무리 싼 거라고 해도 한국에서 몇천 원짜리 장조림 통조림이랑, 메추리알 통조림이랑, 참치 통조림이랑, 깻잎 통조림이랑 뭐 그런 것들 사다가 **쫙쫙** 까서 먹으면 맛있지 않나? 내가 너무 프랑스를 띄엄띄엄 봤나? 한국에선 그래도 이것저것 사다 해 먹으면 대충 사도 대충 맛이 있게 잘 나왔는데. 그냥 얌전히 시리얼이나 먹고 그렇게 아낀 돈으로 식당가서 밥 사 먹고, 그렇게만 할 걸 그랬다. 왜 까분다고 이런 일을 벌였지. 프랑스 오기 전에 영화 〈줄리&줄리아〉를 보는 게 아니었나.

글 쓰는 데만 하루에 2~3시간씩 걸리는데, 내가 여행을 잘 하고 있는 건가 싶다.

내일, 드디어 칸 영화제가 시작한다.

인생이 불규칙해서
생리도 불규칙한가 봐

나는 늘 생리주기가 불규칙했다. 거의 20년을 했는데 한 달에 한 번씩, 30일 간격으로 규칙적이었던 순간을 다 모아도 1년이 될까 말까 하다. 가볍게는 한 달 반 정도 주기, 심하게는 2~3개월씩 안 하기도 한다. 오랜만에 생리를 해도 양이 많진 않다. 평생 배란되는 난자의 수가 정해져 있다고 하니 나는 난자를 아껴 쓰는 셈이다. 쓴다고 할 수가 있나. 안 쓰고 버려지는 건데. 어쨌든

♥♡♥

그렇다. 아직까지 결혼도, 임신도 못한 나에겐 그나마 다행인 점이다. 생리가 끝난 지 한 달이 지나고 나면 언제 또 생리를 시작하게 될지 몰라 밖에 나갈 때마다 아랫배에 지뢰를 달고 나가는 조마조마한 심정이 되긴 하지만 어쨌든 평생 그랬으니 괜찮다. 물론 이건 어디까지나 혼자일 때의 얘기다. 남자친구가 생기면 얘기가 달라진다. 불규칙한 생리 주기는 커플의 피를 말린다.

여자에게 생리란 건강의 척도다. 드라마 보조 작가를 하며 방송 쪽에서 일한 언니들을 많이 만났다. 그 언니들은 하나같이 하혈을 해본 경험이 있었다. 며칠씩 밤을 새며 쪽잠을 자고, 꼼짝도 못하고 컴퓨터 앞에 열 시간 넘게 앉아 있고, 극도의 스트레스 속에서 몇 개월을 살면 누구나 몸이 망가진다. 고생한다고 몇만원짜리 비싼 음식을 때려 넣으면 뭘 하나. 소화할 시간도 안 주는데. 이렇게 힘든 마감이 지나고 나면 누군가가 말한다. 사실 나 그때 하혈했었다고. 남성들이 어떤 식으로 건강이 무너지는지 알 수 없다. 여자들 사이에서도 이런 이야기는 정말 한참 후에나 아주 조심스럽게 나오는 거니까. 세상 어떤 직업이 하혈까지 버텨내야 하는가. 생리주기가 불순한 나는 다행히도 하혈을 하지 않았다. 딱 한 번 생리할 때가 안 됐는데 속옷에 피가 묻어 있어서 심장이 철렁했었는데 다음날 추이를 지켜보니 생리가 일찍 시작한 거였다. 생리가 한 달도 되지 않아 시작한 것은 태어나 처음이었다. 만약 정말 하혈을 했다면 나는 어떻게 했을까. 그 자리에서 일을 그만뒀을까. 거기가 나의 마지막 최종라인이었을까. 어쨌든 그때 나는 죽을 것 같은 극도의 스트레스 상황을 꾸역꾸역 넘겨 가며 끝까지 버텼다. 건강해서 다행이었다.

　작가는 머리와 감정을 쓰는 일이다. 몸을 쓰진 않지만, 전력으로 몸을 쓰는 일을 했을 때와 마찬가지로 머리와 감정을 쓰고 나면 완전하게 소진된다. 매일 글을 쓰는 와중에 건강을 위해 한 시간씩 밖에 나가 걷는다는 얘길 했을 때, 아는 배우 오빠가 나에게 그랬다. 이제는 뛸 때도 되지 않았냐고. 나는 황당했다. 나는 걸으러 나왔고 그래서 걷는 건데 뛰라니. 내가 왜 뛰어야 하지? 그는 운동하러 나간 거니 뛰어야 한다고 생각했을지 모른다. 뛸 생각이 없다고 아무리 여러 번 말을 해도 오빠는 그 다음에 또, 이제 뛸 때도 되지 않았어? 라고 했다. 나는 몇 시간씩 글을 쓰고, 다음엔 뭘 써야 하나 늘 시달리는데 그런 사람에게 왜 안 뛰냐니.
　작가는 스트레스와 싸워야 한다. 작가는 예민해서 작은 것에도 큰 반응을 하기 때문에 감당해야 할 스트레스가 어마어마하다. 예민한 사람이 작가가 되는 거긴 하지만, 예민함을 유지해야 할 의무가 있는 직군이기도 하다. 예민한 감수성으로 예민한 순간들을 직물을 짜듯 엮어내야 한다. 고통이 더는 고통이 아니라면 작가가 무슨 글을 쓰겠는가. 행복하기만 한 사람이 쓴 글이 어떻게 슬픈 누군가를 위로할 수 있겠는가. 애초에 소설책을 집어드는 것은 행복하게 끝나는 다른 사람의 불행이 보고 싶은, 지금 불행한 누군가가 아닌가. 나는 밖에 나와 걷는다는 나에게 이제 뛰라며 농담을 건네는 친구의 말을 그냥 흘려보내지 못하는 사람이다. 나의 감수성은 사회생활이 불가능하다. 작가 생활은 가능하다. 어쨌든 하혈은 하지 않으니까. 나는 몇 년 전에 스친 눈빛에도 오늘 아파하며 나를 더 날카롭게 벼른다. 그런 사람이 아니라면 글을 쓰고 싶다는 생각도 하지 않았을 것이다.

나는 여전히 불행하고 생리는 오늘도 하지 않는다. 내가 생리를 한 달 간격으로 일정하게 하는 건 어딘가에 적응한 후 한 달 정도가 지나 그 이후로 아무 일도 생기지 않는 2~3개월 정도가 전부다. 나는 3개월에서 6개월 사이에 꼭 무언가 새로운 일이 터지는 삶을 살았다. 인생 자체가 불규칙해서 내 몸도 규칙적일 수 없었을 것이다. 나는 한 곳에 고정되기를 원하는데 삶은 그렇지 않다. 내가 안 그런 쪽만 선택했기 때문이다.

최근에 섬에 계신 부모님을 방문했다. 인천공항까지 바로 가는 리무진 버스가 생겨서 한결 편해졌다. 그러나 코로나 때문에 상황이 달라졌다. 온종일 운행했던 공항 리무진 버스가 하루에 딱 두 번만 운행하고 있었다. 세상은 변했다. 기술 발전이 야금야금 20년에 걸쳐 바뀌어온 세상인데, 전염병이 단 3개월 만에 더 크게 세상을 바꿔버렸다. 나는 그것도 모르고 평소처럼 공항버스 타는 곳으로 갔다가 1시간 30분을 기다렸다. 잠을 몇 시간밖에 못 자서 얼굴 속 혈액이 혈관을 타고 흐르며 자글자글 끓는 느낌이 들었다. 울고 싶었다. 도저히 두세 시간을 들여 거기까지 갈 수 없을 것 같았다. 가고 싶지 않았다. 그러나 가야 했다. 새로 나온 내 책도 갖다 드려야 하고 8월부터 중학교에서 영화 수업을 가르치게 됐다는 말도 해드려야 했다. 그래서 참았다. 어른이라면 하기 싫은 것도, 너무 힘든 것도 참아야 하니까, 다들 그렇게 사는 거니까 나도 참았다. 돈도 없고 미래도 없어서 자존감이 바닥인 상태에서 부모님을 만나러 가야 하는 내가 참담했다. 물론 책도 나왔고 새롭게 하게 된 일도 있지만 이건 근본적인 해결이 아니었다. 부모님과 부모님의 친구들이 놀러오셔도 될 만큼의 번듯한 집과 회사가 있어야 했다. 서른셋이라는 나이가 감당해야 하는 건 그런 거였다. 나는 아무것도 없으면서 뭐라도 있는 것 마냥 손에 바리바리 책을 싸들고 섬으로 갔다. 결국 가서 울었다. 아빠에게, 내 인생이 아무래도 지금 바닥인 것 같다고, 사람이 인생을 살면서 뭘 해도 안 되고 끝도 없이 안 좋아지는 때가 있지 않냐고, 나는 그게 지금인 것 같다는 말을 하고는 울었다. 여기 오기 전에 버스 정류장에서 울었다고, 도저히 못 갈 것 같아서 너무 힘들어서 울었다고 하니 부모님이 그러면 오지 말지 왜 힘들게 왔냐고 걱정을 하는 말에 또 고개를 돌리고 울었다. 눈물이 끝없이 떨어졌다.

만약 마주한 스트레스가 크다면 나는 어떻게든 그 상황을 피하라고 말해주고 싶다. 버텨서 남은 게 무엇인가. 울면 안 되는 상황에서 울었다는 것밖에 없지 않은가. 나는 남들 앞에서 울고 싶은 사람이 아니다.

그나저나, 2년 전 프랑스에서 신나서 이것 저것 말하느라 정신 없는 나를 보니 참 부럽다. 2년밖에 되지 않았는데 그때의 나는 왜 이렇게 천진난만해보일까. 뭐가 그렇게 신이 났을까.

칸 영화제 가서
칸한테 두드려 맞았다

12시에 알람을 맞춰 놓았는데 9시에 깼다, 10시에 깼다, 11시에 깼다, 결국 욕실에 들어간 순간 12시 알람이 울렸다. 오늘 드디어 칸에 가는 날인데, 정말 너무나도 웃기게도 칸에 가기 싫었다. 칸에 가려고 프랑스에 왔는데, 칸에 가는 날 미치도록 칸에 가기 싫다니. 알다가도 모를 일이다.

옆집 아이들이 아침부터 시끄럽다. 평소엔 남자애 한 명만 재잘거렸는데 오늘은 앙상블이다. 무슨 일 있나 싶어 내다보니 수영하는 날인 것 같다. 옆집엔 수영장이 있다. 수영복을 입은 남자 꼬맹이들 셋이 깔깔거리며 뛰어다닌다. 풍덩 소리가 들린다. 나도 집에 수영장이 있었으면 좋겠다. 우리 집은 아니더라도, 이 집에 수영장이 있었으면 좋겠다. 아무 때나 사람 없을 때 혼자 수영할 수 있는 집이었으면 좋겠다. 처음 숙소를 예약할 때 그런 집들을 찾았었는데 모두 거절당했다. 원래 5월엔 집을 내놓지 않는다고 하질 않나, 칸에서 친구들이 오기로 했다고 하질 않나. 그럴 거면 애초에 예약 자체를 못 하게 해놓던가. 마음이 많이 상했었다. 해변에 가면 되지 뭐! 하고 인터넷으로 큰 튜브를 사 왔는데, 왠지 느낌이, 여기선 아무도 바다에서 튜브를 사용하지 않는 것 같다. 아직 해변에 가보지 않았으니 걱정하지 말자.

씻고 나와 머리를 말리고 옷을 갈아입고 화장을 하는데 열어둔 창문에서 바비큐 냄새가 난다. 미드 〈모던 패밀리〉랑 〈심슨〉에서 본 적이 있다. 수영장 옆에 큰 그릴이 있고 애들은 깔깔거리고 아빠는 듬직하게 서서 바비큐 하는 모습. 고기 냄새가 피어오르고 나는 푸석푸석 시리얼을 퍼먹는다. 좋겠다, 수영도 하고 고기도 먹어서. 수영장이 있는 집을 가진 엄마 아빠가 비치타월을 둘러주고 고기를 구워주는 환경에서 자라는 애는 어떻게 클까. 나는 그런 애가 어떻게 크는지 알 길이 없다.

준비를 다 끝마쳤는데도 밖으로 나갈 수가 없다. 속이 울렁거린다. 칸을 가려고 여길 왔는데, 왜 그럴까.

어쨌든 칸에 간다

버스 정류장에 나가 버스를 기다렸다. 한 시간 만에 버스를 탔다. 어떻게 버스가 한 시간 만에 올 수 있는지 모르겠다. 버스는 만석이었고 모두 피곤한 얼굴을 하고 화려한 옷을 입고 있었다. 칸으로 가는 사람이 너무 많아 버스가 밀리고 밀렸나 보다.

칸에 도착하니 4시다. 버리는 우와 칸이다… 라고 했지만, 마음
은 아무 말도 하지 않았다. 오늘은 개막식 레드카펫 행사만 보고
돌아올 생각이다. 사람이 정말 많았지만, 도시가 작고 골목이 좁
아서 눈으로 한꺼번에 볼 수 있는 사람 수가 많지 않아 오히려 사
람이 생각보다 적어 보였다.

레드카펫은 메인 극장인 뤼미에르 극장 앞에 있다. 그 주변으로
크게 펜스가 쳐 있고 스텝들이 아무도 출입하지 못 하게 지키고
있었다. 여기가 바로 그 '레드카펫'이구나. 나는 펜스 앞에 서서 기
다리기 시작했다. 그곳에 서자마자 왜 구두를 신고 왔을까… 바로
후회했다. 격식있게 옷을 입은 것도 아니면서, 왜 티셔츠에 구두
를 신고 왔을까. 레드카펫 앞 전광판에는 칸 영화제에 관한 몽타
주 영상이 나왔다. 칸을 방문했던 배우들의 모습을 이어붙인 것이
었다. 거기에 배우 김태리 씨도 있었다. 유명한 배우들 사이에 한
컷 당당히 클로즈업을 차지하고 있었다. 졸업작품을 찍기 전, 학
교에서 찍으라고 하니까 찍는 거 말고, 남들처럼 그냥 영화가 좋
아서 찍는 영화를 하나 만들고 싶었다. 그래서 방학 때 아는 배우
오빠에게 연락해 영화를 찍자고 했다. 시나리오를 완성하고, 하나
둘 배우를 모으고, 우리 집에 모여 촬영을 했다. 내가 유일하게 아
직까지 완성하지 못한 영화다. 촬영을 끝내고 가편집을 한 후, 편
집해주기로 한 언니에게 보여줬는데 언니가 상태가 심각하다며
미안한데 편집을 못하겠다고 했다. 영화는 거기에서 끝났다. 내
가 카메라 하나 들고 그냥 찍은 거라 영상과 사운드가 엉망이긴

해도, 스토리까지 엉망이진 않았다. 나는 그걸 알고 있었는데, 그래도 그때 당한 거절의 힘이 너무 컸다. 손을 한 번 놓고 나니 놓친 손이 어디 갔는지 보이질 않아 다시 잡지 못하고 있었는데, 여기 전광판에 태리 씨가 있다. 태리 씨는 그 영화에 출연한 여자배우였다. 연기를 막 시작할 즈음 나와 만났고, 1년 후 포털 사이트 메인을 장식했다. 박찬욱 감독의 영화에 캐스팅된 태리 씨는 각종 영화제의 신인상을 휩쓸고, 그 영화로 칸까지 갔다. 그리고, 태리 씨의 '감독님'이었던 나는 2년이 지난 후에야 '관광객'의 신분으로 칸에 왔다.

기다리고 기다리다 너무 다리가 아파, 몇 분이나 지났지, 하고 시계를 보면 딱 5분이 지나 있다. 절망을 느끼고 다시 기다리다 시계를 보면 또 고작 5분이다. 한 시간을 버티고 여기에 15분을 더 버티니 5시 15분. 그때서야 관객들을 레드카펫 가까이로 입장시켜줬다. 짐 검색을 받고 안쪽으로 들어갔다. 레드카펫 바로 옆까지 쭉 들어갔다. 뭐가 좀 보일까 싶었지만 스타들을 찍기 위해 기자들이 올라서는 높이 세워져 있는 단상 때문에 아무것도 보이지 않았다. 그나마 극장으로 올라가는 계단 쪽의 옆이 뻥 뚫려 있어서 혹시라도 계단에 올라 뒤로 돌아봐줄 배우들의 모습을 상상하며 최대한 가깝게 자리를 잡았다. 키가 너무 작아 슬펐다. 발은 이미 활활 불타고 있었다.

6시가 되자 스타들이 입장한다. 베네치오 델 토로도 보고, 줄리안 무어도 보고, 마틴 스콜세지 감독님도 보고, 크리스틴 스튜어

트도 보고, 케이트 블란쳇도 보고, 레아 세이두도 보고, 하비에르 바르뎀도 보고, 페넬로페 크루즈도 봤다. 보긴 봤는데 봤다고 해야 할지 모르겠다. 너무 멀었다. 저 멀리, 조그만 피규어처럼 봤다. 7시 15분쯤 되니 모든 개막식 레드카펫 행사가 끝났다. 건물 안에서 개막식이 열리고 밖에 있는 전광판에서 생중계를 해줬다. 나는 더는 손쓸 수 없는 발을 이끌고 밖으로 나와 스프라이트 하나를 산 후 화단에 걸터앉았다.

왜 왔을까

나는 칸에 왜 왔을까. 할리우드 스타를 본 건 태어나서 처음인데, 그다지 기쁘지 않았다. 제시 아이젠버그를 봤다면 또 모르겠지만. 세 시간 반 동안 주구장창 서서 기다리며 얻어낸 그 순간들이 나는 즐겁지 않았다. 발이 아파서 그랬을까. 도대체 구두는 왜 신고 갔을까. 160cm가 167cm가 된다고 뭐가 달라지는 걸까.

일단 집으로 돌아가 근처 좋은 식당에 가서 맛있는 저녁을 먹으며 지친 마음을 달래보기로 했다. 버스정류장에 도착하니 8시. 사람들이 어설프게 모여 있다. 8시 30분에 버스 한 대가 오니 그제야 줄 서 있는 사람들의 윤곽이 정확해진다. 버스 기사는 휴식을 취하기 위해 버스 문을 닫아놓고 역 안으로 들어간다. 승객들은 아픈 발로 서서 더 기다렸다. 총을 든 군인들이 역 주변을 돌아다녔다.

기사가 돌아오고 한 명씩 버스에 탔다. 나는 타지 못 했다. 손님을 꽉 채운 버스는 출발하고, 잠시 후 다음 버스가 오고 또 기사님은 내려서 휴식을 취하고, 9시가 되어서야 버스에 탔다. 집에 돌아오니 10시다. 레스토랑은 9시 반에 닫았다. 나는 집에서 즉석식품을 전자렌지에 돌려 먹었다.

왜 칸에 갔을까

세상에서 가장 유명한 영화제니까, 영화과에 입학한 애들 모두 "칸 가야지"라는 말을 하거나, 했거나, 들어봤으니까. 그런데 정말, 왜 왔는지 모르겠다. 칸 영화제의 사이즈를 직접 눈으로 보고 나니 나는 칸 영화제에 갈 만한 영화를 만들지 못할 것 같다는 생각이 들었다. 칸에 갔다는 단편 영화들을 보면 어쩐지 나도 좀 더 열심히 하면 할 수 있지 않을까, 하는 생각이 들었는데, 직접 칸에 와서 보니 아니었다. 나는 턱도 없다.

어쨌든 칸에 와보긴 한 거다. 한심하게도 놀러 왔지만 그래도 와 보긴 한 거다. 아침에 옷을 갈아입으며 칸에는 상을 받으러 가야 지, 구경하러 가는 건 너무 한심하지 않나, 하는 생각을 했다. 그래 도 기성 감독인 것보다는 나을 것이다. 나야 아직 아무것도 아니 니까 패기 넘치게 칸에 놀러 올 수라도 있지, 만약 데뷔한 감독이 라면 칸에 가보고 싶어도 진짜 말 그대로 상 받으러 가는 것도 아 니면서 거길 왜 가냐는 생각을 할 수 있으니까. 그래, 그것보단 낫 다. 내가 아직 기성감독이 아니라는 것이 위안은 절대 아니지만.

하루 종일 구두를 신고 서 있었다. 그냥 편하게 운동화를 신고 갔으면 됐을 일인데, 나는 구두를 신고 칸에 가고 싶었다.

아침부터 그랬고 지금도 같은 마음인데, 나는 이제 칸에 가고 싶지 않다. 온몸이 쑤신다. 내일은 아무것도 못 할 것 같다.

한국 # 2020년 5월 8일

늙어야 할 것 같아 앞머리를 기른다

칸을 다녀오고 1년 후, 2019년에 열린 칸 영화제에서 봉준

호 감독이 〈기생충〉으로 황금종려상을 수상했다. 예술 영화계의 최고 위엄 시상식에서 대상을 탄 것이다. 만약 내가 2018년이 아니라 2019년에 칸에 있었다면 어땠을까 하는 생각을 가끔 한다. 아마 그랬다면 나는 칸을 아주 많이 다르게 기억하게 됐을 것이다. 보통의 칸도 감당하지 못했는데 한국 감독이 대상을 수상한 칸은 더욱 심했을 것이다.

나는 카페에 앉아 글을 쓴다. 집 앞에 있는 프랜차이즈 카페다. 프랜차이즈는 안정적이다. 본사에서 내리는 지침을 따라 청결하고 쾌적하다. 특별함은 없어도 매끈함이 있다. 집에서는 도저히 쓸 수 없는 글이 있다. 마감 시간이 딱히 정해져 있지 않은 글, 스스로 써야겠다고 결심한 글, 글의 파트가 자잘하게 나눠져 있어서 한 호흡으로 쭉 쓸 필요가 없는 글이 그렇다. 지금 쓰고 있는 이 글이 그렇다. 그래서 나는 카페에 나와 글을 쓴다. 옛날엔 카페에 가서 글을 쓴다는 게 멋이었다. 스타벅스에 가서 책을 읽거나 대학교 수업 과제를 하는 것은 인증샷을 꼭 찍어 남에게 공유하고 싶어지는 지적인 행위로 간주되었다. 지금은 아니다. 집에서도 할 수 있는 일을 굳이 카페에 가서 한다는 것은 이기적이고 몰상식한 행위다. 5천 원짜리 된장찌개를 사먹고는 6천 원짜리 커피를 마시는 된장녀 얘기를 하는 게 아니다. 된장찌개가 8천 원이 되고 커피는 4천 원이 된 지 오래다. 지금은 전염병의 시대다. 공공장소에서 시간을 보내는 것 자체가 죄이며 동시에 공포다. 친구가 뭐하냐고 물어서 카페에서 글을 쓴다고 했더니 바로 걱정의 답장이 온다. 마스크는 썼지? 사람 많으면 바로 나와. 꼭 카페에서 해야 되는 거야? 요즘 아무래도 위험하니까 집에 일찍 들어가는 게 좋을 것 같아. 나는 멋쩍음을 숨기고 알겠다고 대답한다. 걱정해줘서 고맙다는 말도 덧붙인다. 나는 따뜻한 마음을 고마워해야 한다는 것을 안다. 친구가 나를 얼마나 소중하게 생각하는지도 안다. 그러나 입안이 떫다. 회사에 출근하는 것은 어쩔 수 없기 때문이라는 것을 안다. 그렇기 때문에 출근하는 사람에게 꼭 출근해야 하느냐고 나무라지 않는다. 그러나 작가는 그렇지 않다. 책상에 앉아 노트북으로 글 쓰는 일을 굳이 카페에 가서 할 필요가 있겠는가. 커피야 집에서 타 먹으면 되는 거고 그걸로 안 되겠으면 카페에 가서 커피만 테이크 아웃해서 집에 오면 되는 거고 심지어 요즘엔 카페에서 커피도 배달해주는데. 그러나 글을 쓰는 입장에서는 그게 아니다. 집에 있는 나는 '집에 있는 나'다. '일하는 나'는 아니다. 글을 쓰려면 일하는 내가 되어야 한다. 일하는 내가 되려면 밖으로 나가야 한다. 전염병이 우글거리는 세상에서 나는 고작 글을 쓰겠다고 사람들이 모이는 카페에 앉아 커피를 마신다. 여기엔 그 어떤 허세나 패기도 없다. 글을 써야 하니까 카페에 가는 것뿐이다. 일종의 출근이다. 굳이 카페에 가서 글을 써야만 하는 건 아니다. 물론 집에서도 글을 쓸 수 있다. 그러나 집에서 글을 쓰면 글을 쓸 수도 있고 못 쓸 수도 있지만, 카페에서 글을 쓰면 무조건 글을 쓰게 된다. 글을 쓰러 나왔기 때문에 얼마큼이든 어쨌든 글을 쓰게 된다. 그래서 글을 쓰러 카페에 간다. 하루에도 수천 명이 죽어나가는 전염병의 시대에 노트북으로 집에서 글만 쓰면 되는 작가인 것은 대단한 행운이지만, 나는 글을 쓰기 위해 밖으로 나가고 글을 써서 돈을 벌지도 못한다. 나는 그냥 아무것도 아니면서 안전하지도 못하다. 밖에 나와 있다는 죄책감을 느끼며 글을 쓴다.

　백수 생활이 뜻하지 않게 길어지면서 나는 앞머리를 길러보기로 했다. 고등학생 때부터 지금까지 평생 있었던 앞머리를 길러 옆으로 넘겨보기로 한다. 앞머리는 사람을 어려 보이게 한다. 조금 답답해 보이게도 한다. 나는 앞머리가 있는 게 더 잘 어울린다. 이목구비가 흐려서 앞머리로 눈썹을 좀 가려줘야 외모가 더 괜찮아 보이는 것 같다. 그래도 앞머리를 없애야겠다고 생각한 것은 이제는 어른이 되어야 하지 않을까 해서 그렇다. 나는 늙기로 했다. 앞머리를 없애고 보통의 어른들처럼 성숙해보이기로 했다. 그게 나에게 어울리든 어울리지 않든 간에, 앞머리 없이 어른의 얼굴을 하기로 결심했다. 더는 어릴 수가 없다. 어리면 안 된다.

프랑스 # 2018년 5월 9일
사실 하나도 잘 지내고 있지 않다

빵집에 가서 빵을 사 먹었다. 크로와상 하나랑, 한국이었으면 초콜릿이나 고구마가 들어가 있을 것 같은 파이 하나랑, 한국이었으면 사과잼이 들어가 있을 파이 하나. 동영상을 찍으며 들어갔는데 사진을 찍지 말라고 해서 바로 껐다. 주인 할머니는 사진을 찍으면 안 된다고 화를 내면서 나에게 'From'을 물어봤다. 가게 내부를 찍으면 안 된다는 생각을 못했고, 찍지 말라고 해서 안 찍었고, 찍은 동영상을 지우는 것까지 보여줬는데, 어디서 왔냐니. 그냥 무지하고 무례한 나 자체를 혼내야지. 어디서 왔냐니. 어제 너무 고생해서, 오늘 하루는 그냥 푹 쉬고 싶었는데 초장부터 혼나고 주눅이 들었다. 마트에서 같이 먹으려고 버터와 치즈와 우유를 사서, 집에 와 빵을 먹는데 심지어 맛있지도 않다.

중고로 구입한 자전거는 앞바퀴에 바람이 좀 부족해서 튜브에 바람 넣으려고 가져온 에어펌프로 어떻게든 해보려고 꼼지락거리다 오히려 바람이 더 빠져버렸다. 한국엔 동네마다 자전거 가게가 많아서 거기 가서 바람 좀 넣어달라고 하면 되는데. 프랑스에선 도대체 어떻게 해야 하나.

동그란 테이블이 놓여있는 앞마당에 햄스터 8마리가 새로 생겼다. 쥐는 너무 싫은데, 왜 쥐를 키우실까. 여기엔 주변을 돌아다니는 흰색 고양이가 있다. 방의 창문을 열면 뒤뜰과 남자 꼬마애들이 사는 옆집이 보이는데 어느 날 보니 옆집에서 밥을 준다. 그 흰색 고양이가 지금은 여기에 있다. 햄스터 통 옆에 서서 쥐들을 잡아먹으려고 노려본다. 다행히 햄스터 통이 철제라 튼튼했다. 토끼도 옆 뜰에 5마리인가 있는데, 토끼는 안 잡아먹나 모르겠다. 조만간 대참사가 벌어질 것 같아 두렵다. 나는 고양이도 무섭고 쥐도 싫고 토끼도 만지고 싶지 않아서 멀리서 보기만 한다.

프랑스에 와서 여러 종류의 치즈를 먹어보려고 했는데, 치즈에 대해 하나도 몰라서 제대로 먹지 못하고 있다. 마트에서 사 온 버터는 빵에 발라먹는 용이 아니라 요리용이었나 보다. 요리 안 된 맛이 난다. 그래도 입 안에서 녹으면 조금 맛있었다.

모든 것에 실패하고 있다. 비싼 돈을 내고 프랑스에서, 나 지금 뭐 하는 건가 싶다.

쉬는 김에 청소를 하고 빨래를 했다. 세제가 없어서 물로만 빨았다. 처음 마트에서 사온 꽃은 노란색인 줄 알았는데 주황색이다. 벌써 네 송이가 피었다. 뭔가를 해야 할 것 같은데, 아무것도 못하겠다. 엄마 아빠에게 잘 지내고 있다는 메시지를 보냈다. 사실 하나도 잘 지내고 있지 않다.

확실히 망했다 지구도 나도

나는 매일매일을 행복하게 살았다고 생각했는데, 돌아보니 모두 비극이다. 뭐가 어떻게 된 걸까.

비가 너무 많이 왔다. 더운 것보다 훨씬 낫긴 하지만 그렇다고 좋은 건 아니다. 한국은 올해 최장 기간의 장마 기록을 갈아치웠다. 49일이 54일이 됐다. 12개월 중 2개월 내내 비가 온 것이다. 장마는 일주일 아니었나. 이곳은 모든 게 급변하는 절망의 시대다. 아마 머지않아 세상이 망할 것 같은데 그때 모두 모여 앉아 언제부터였을까, 하고 돌이켜보면 그건 분명 2020년이 될 것이다. 사람들이 전부 마스크를 쓰고 다니고, 학생들이 등교하지 못하고 집에서 온라인 수업을 듣고, 비가 미친 듯이 쏟아지고, 하루에도 몇 번씩 어딘가에 방문했다면 진료소에서 검사를 받으라는 문자가 오고, 나라에서 재난지원금이라고 국민들 모두에게 돈을 주니까. 그런데도 지금 쨍쨍한 햇볕 아래를 혼자 걸어가는 중학생 여자애가 폴짝 춤을 춘다. 세상이 이렇게 확실하게 망해가는데도.

춤은 그런 와중에도 나온다.

환경오염은 언제나 심각했다. 나때는 말이야, 너때는 말이야, 할 것 없이. 환경오염은 언제나 지금 당장 해결해야 하는 것이었고 이미 끝까지 와 있는 것이었다. 그런데 이제는 아니다. 환경오염은 이미 끝났다. 더는 돌릴 수 없다. 70억 명의 인간들이 힘을 합쳐 지구를 끝장냈다. 얼마 걸리지도 않았다. 하나의 행성을 파괴하는 건데도. 참 대단하다. 인간은 정말 위대하고 지구는 끝났다.

나도 여름이면 에어컨을 찾아다녔고 샴푸와 린스를 썼고 비닐 봉지를 썼다. 에코백도 텀블러도 원래의 목적도 모르고 멋으로 썼다. 길거리에 쓰레기를 버리지 않는 정도가 내가 환경을 위해 한 일의 전부다. 얼마 되지는 않지만, 미약하나마 나도 오염에 힘을 보탰다. 나도 범인이다.

여름이 너무 덥고 겨울이 너무 추운 것 정도가 이상 기후였다. 봄에 황사가 심해서 창문을 열어두면 집안이 더러워지는 것 정도가 조심해야 되는 것이었다. 지금은 사람이 죽는다. 사람들이 매일 휴대전화로 날씨와 함께 미세먼지 농도를 확인한다. 50개에 5천 원이면 살 수 있던 마스크를 10만 원에 샀다. 민감한 사람들은 수년 전에 환경오염으로 모든 게 망가졌다고 말했고 나는 이제야 그걸 느낀다. 이건 징조가 아니다. 그냥 확실한 사실의 나열이다. 망했다. 지구도. 나도.

007

프랑스에서 평범하게
영화관에 간다면

1테라짜리 외장하드가 벌써 꽉 찼다. 400기가 넘었다. 그 중 3분의 1은 원래부터 소중히 보관하고 있던 영화 파일이지만, 그래도. 그냥 2테라짜리 하나 사 올걸…. 이럴 줄 알았는데, 이렇게 되어버렸다. 망설임은 결국 추가 비용을 만든다.

어제는 〈가디언즈 오브 갤럭시〉 1편과 〈스트레스를 부르는 그 이름 직장상사〉 1편, 2편을 보느라 늦게 잤다. 영화를 보면서 깨달은 것은, 내가 한국에 있든 프랑스에 있든, 장소에 상관없이 재밌는 영화를 보고 있을 때 가장 행복하다는 것이다. 사람이 행복하기 위해 산다면 나는 그저 재밌는 영화만 계속 보면 된다. 굳이 힘들게 프랑스에 오고 세계 여행을 할 필요가 전혀 없다. 그걸 알면서도 여기 와 있다.

12시가 넘어서야 겨우 일어나 눈을 뜨고, 씻고, 아침을 차려 먹었다. 유럽에서 먹으니 유럽식이다. 유럽식 아침 식사답게 어제 사 온 바게트로 추정되는 빵을 버터와 함께 굽고 치즈를 얹어 아그작 아그작 먹고, 요거트와 시리얼, 그리고 흰 우유에 오렌지까지 이것저것 두둑히 챙겨 먹으니 얼추 끼니가 됐다.

자전거 바퀴에 공기를 넣으려다 오히려 더 빼버려서, 오늘은 꼭 자전거 가게든 어디든 가서 바람을 넣어야 한다. 그래야 자전거를 타고 다닐 수 있다. 여행 가서 항상 전기 자전거만 타다가 그냥 자전거를 타려니 힘들어서 잘 안 타게 되지만, 자전거를 타지 않으면 굳이 자전거를 산 의미가 없어진다. 자전거를 타야만 한다.

집주인 마르실라가 앞마당에서 뭔가를 뚝딱거리며 바쁘다. 나는 컨디션이 회복되지 않아 퉁퉁 부은 얼굴로 밖으로 나갔다. 마르실라가 자신은 아티스트라며, 해야 할 일이 많다고 했다. 마당에 있던 햄스터 통 안에 햄스터들이 다 없어졌다. 쥐들은 어디 갔냐고 했더니 가족을 찾아줬단다. 어제 흰 고양이가… 라고 일러바치니 어차피 통 안으로는 못 들어가서 괜찮단다. 마르실라는 냄새가 너무 고약하지 않냐며, 쥐통 앞에서 코를 잡아 쥔다. 나는 그때까지 냄새가 나는 줄도 몰랐다. 마르실라는 마당에 있는 토끼도 포함해서, 동물들을 데려다가 그들에게 맞는 가족을 찾아준다고 했다. 나는, 가족을 찾아주는 곳에 와 있었던 거구나.

새로운 손님이 온다

마르실라는 나를 볼 때마다 애브리띵이 오케이냐고 묻는다. 나는 언제나 아임 파인이라고 한다. 나는 한국어로 정말 말을 잘하는데, 외국에 나오면 아무 말도 할 수 없어 힘들다. 그러나 이 '답답함'을 나는 마르실라에게 말할 수가 없다. 영어로 해야 하니까.

자전거 타이어에 공기를 넣어야 한다고 하니 마르실라가 내일 펌프를 갖다주겠다고 한다. 나도 펌프가 있는데, 그럼에도 실패한 건데, 마르실라가 주는 펌프로는 할 수 있을지 모르겠다. 자신은 없지만 자전거 가게에 안 가도 될 핑계거리가 생긴 셈이다. 자전거를 타야 하는데, 언덕이 많아 타기 힘들기만 하고, 애물단지다.

반바지에 반팔 티를 입은 마르실라는 덥지 않냐는 말만 자꾸 하더니, 불쑥 새로운 게스트가 올 거라고 했다. 친구가 되어보라는데, 나도 정말 그러고 싶다. 2층으로 올라와 짐 정리를 했다. 주방의 식탁을 나 혼자 일주일째 쓰고 있었기 때문에 짐을 놔둔 모양이 거의 나의 두 번째 방이나 다름없었는데 손님이 온다면 개인 물건들을 치워놔야 한다. 욕실에 놔뒀던 칫솔이며 샴푸 등 세면용품들도 싹 거둬 방 안으로 옮겼다. 냉장고 안에 든 음식들은, 먹으면 뭐 어쩔 수 없지.

마르실라는 새로 올 손님에 대해 아무런 정보를 주지 않았다. 처음 만난 날, 자기 딸이 '여자' 친구들과 함께 와서 묵을 수도 있다고 콕 집어 얘기했던 태도를 보면, 분명 손님은 여자일 것이다. 남자랑 나랑 단둘이 재우진 않겠지. 마르실라가 아무리 아티스트라 해도 어쨌든 엄마니까. 이왕이면 아시아 여자면 좋겠다. 일본이든 중국이든 베트남이든 아무 상관 없으니까 아시아 여자, 제발.

그러나 마르실라가 아무런 정보도 주지 않은 것으로 보아, 내가 특별하게 느낄 만한 그 어떤 공통점도 없는 것 같다. 한국 여자가 온다면 그 사람도 한국 사람이야 라고 분명 말해줬겠지. 그냥 프랑스 여자가 오는 건가. 그럼 나는 말하지 못하는 고통을 숙소에서도 느끼게 되는 건가. 혼자 있는 게 더 좋은 건가. 어쨌든 그 사람은 그리 오래 있진 않을 거다. 아무리 오래 있어도, 한 달이나 있는 나보다 오래 있진 않을 거다. 새로운 게스트가 영어를 못했으면 좋겠다. 그래서 자기도 여행이 너무 힘들다며 같이 밥이라도 한 끼 먹게 되면 좋겠다. 아니, 크게 생각해야지. 그 사람이 한국어를 전공했으면 좋겠다. 그래서 나랑 한국어로 얘기하면서 자기가 짜온 여행 계획도 공유해주면 좋겠다. 그 사람이 아예 칸이랑 어떠한 연결점이 있는 사람이어서 칸 영화제에 나를 데리고 가서 영화도 보여주고 설명도 해주면 좋겠다.

그나저나, 마르실라가 해주는 말을 긴장해서 늘 제대로 듣지 못하기 때문에, 새로운 게스트가 언제 오는지는 모른다. 마치 2막이 열리길 기다리는 딱 그 순간에 서 있는 것 같은 느낌이 든다.

오늘은 문화의 날

짐을 정리한 후 하늘하늘한 원피스로 갈아입고 귀걸이도 하고 화장도 곱게 했다. 앞머리가 엉망이라 욕실에서 가위로 앞머리를 잘랐다. 보통 매직 스트레이트 펌을 하고 나면 앞머리가 쭉쭉 펴져서 관리하기가 쉬운데, 이번엔 볼륨 매직을 했더니 앞머리가 매직하기 전과 다름없이 구불구불이라 덥고 습한 오늘 같은 날엔 도저히 통제가 안 된다. 반곱슬은 서럽다. 머리가 엉망일 땐 그대로 놔둬야 하는데, 나는 떨쳐지지 않는 무력감 때문에 머리를 싹둑싹둑 자르고야 말았다. 그랬더니 앞머리가, 정말 엉망이 됐다.

내가 있는 이곳은 칸 옆에 있는 앙트레라는 동네다. 프랑스 남부에 있는 바닷가 휴양지다. 앙트레 시내로 나가면 해변 쪽에 피카소 박물관이 있다. 프랑스까지 왔는데 너무 아무것도 안 하는 것 같아서, 관광을 하기로 했다. 4시쯤 출발해 4시 반쯤 도착했다. 박물관은 6시 마감이다. 원피스에 귀걸이에, 운동화 신고 걷다가 시내에 도착해서 힐로 몰래 갈아 신으니 기분이 아주 좋았다. 역시 초라할수록 화려하게. 횡단보도 앞에서 마주 오던 15살쯤 되어 보이는 여자아이가 날 보며 수줍게 미소 짓는다. 프랑스에 와서 이유도 없이 날 보며 친절하게 웃어주는 사람이 처음이라, 나는 당황해서 시선을 피했다가, 왜 웃지? 하며 다시 쳐다보니 아이가 한 번 더 미소지었다. 낯선 이방인에게 친절하라는 교육을 받은 친구일까. 그냥 혼자 기분이 좋았던 걸까. 날 보며 왜 웃어줬는지 이유는 모르겠지만, 덕분에 따뜻했다. 프랑스에 온지 일주일이 됐는데, 그동안 너무 차갑고 두렵고 외로웠거든. 고마워, 친구야. 미소가 이렇게 고마운 거였구나. 맥도날드에 가면 0원에 스마일을 팔던데. 메뉴판에 써있던데. 맥도날드에라도 가서 스마일 하나요, 주문하고 싶었지만, 아차 나는 맥도날드에 갈 수 없다. 콜라 쏟은 민폐 손님이기 때문에.

피카소의 그림을 보고는 그 어떤 감흥이나 영감을 받지 못했다. 피카소가 아닌 다른 작가의 그림 중 하나에 압도되긴 했다. 피카소 박물관은 사진 촬영이 가능해서 영상을 찍을 수 있었다. 시간이 되면 찍어온 영상을 보며 따라 그려볼 생각이다. 피카소 박물관에 가서, 내가 피카소에 대해 정말 모른다는 걸 깨닫고 왔다. 큰 즐거움은 없었으나 혼란스러웠던 마음이 조금 차분해지는 시간이었다.

거의 6시가 다 되어서, 저녁을 먹기 위해 식당을 찾았다. 본격적으로 테이블을 펼쳐놓은 식당들이 많아서 상당히 부담스러웠다. 가족이며 연인들이 하하호호 둘러앉아 밥을 먹는 그 사이에 앉아 식사를 할 자신이 없었다. 아니야 여긴 아니야, 아니야 이 식당은 아니야, 하며 조금 더 걷고 걷다가 후두둑 빗방울이 떨어지는 바람에 급히, 저번에 갔었던 카페 바로 옆 카페에 들어갔다. 자리에 앉자 비가 본격적으로 후두둑 후두둑 떨어지기 시작한다.

벌써 세 번째 가게다

오믈렛과 스프라이트와 맥주를 시켰다. 첫 번째 식당에선 스테이크를, 두 번째 식당에선 아이스커피를, 세 번째 식당에선 오믈렛이다. 세 군데 모두 다 같은 블록에 옆집, 이웃집이다. 그래도 벌써 세 군데나 와본 거다. 다 힘들었는데, 어쨌든 세 군데나 왔다니 뿌듯했다. 오믈렛은 계란말이와 감자튀김과 샐러드가 한 접시에 나왔지만 그래도 누가 만들어준 음식을 먹으니 기분이 좋았다. 굳이 힘들게 여러 가게 갈 필요 없이 주구장창 한 가게만 가는 것도 나쁘진 않을 것 같다. 마음도 편하고 계속 가면 점원이 서비스를 주거나 몇 마디 나누는 친구가 될 수도 있으니까. 식당이니 현지인들만 가는 맛집을 소개해주진 않겠지만, 숨겨진 관광지에 대한 정보를 얻을 수도 있으니까. 그러나 한 군데의 식당만 가기 위해서는, 다른 식당에도 가 보고 싶다는 내 안의 허황된 욕심과 싸워야 한다. 새로운 장소 가기 정말 힘들어하면서도 참.

맥주는 괜히 마셨다

그냥, 비도 오고 그래서 맥주를 하나 시켜봤다. 꾸역꾸역 끝까지 다 마시긴 했지만, 괜히 시켰다 싶었다. 어릴 땐 술을 정말 즐겼고 좋아했는데 서른 살이 넘어가면서부터 술이 별로 당기지 않는다. 나는 해만 지면 해가 지니까 술이 마시고 싶었는데, 내가 이렇게 될 줄은 꿈에도 생각하지 못했다. 어떻게 술이 안 당길 수가 있을까, 어떻게 술이 별로 마시기 싫어질 수가 있을까. 그런데 정말 그렇다. 술을 마시는 일이 기쁘지 않고 마시고 난 후에 숙취를 견디는 것도 너무 싫다. 30대가 된다는 건 이런 거구나. 술 마시는 걸 별로 좋아하지 않던 사람들을 이제는 이해할 수 있게 됐다. 몸속 깊은 곳, 아주 근원적인 곳에서부터 술이 당기지 않아서 마시지 않게 된다. 나는 어쩌다 이런 사람이 됐나 모르겠다. 구분해 보자면, 미성년자라 술을 못 마셨던 게 1단계, 그 후 시도 때도 없이 마시고 싶었지만, 친구들이 내 맘 같지 않았던 게 2단계, 이제는 3단계로 접어들었다. 별로 안 당긴다. 내가 너무 낯설다.

비가 그치고 집으로 돌아와 남은 저녁을 어떻게 보낼까 고민하다가 다시 영화관에 가서 영화를 보기로 결심했다. 그 말인즉 방금 돌아온 시내로 다시 나가야 한다는 것. 프랑스 영화관에서 영화를 즐길 수 있는 건 한국에서 막 보고 온 어벤져스 뿐이다. 그런데 프랑스어로 더빙된 것이 아닌 오리지널 어벤져스를 볼 수 있는 날이 며칠 안 된다. 프랑스에서는 어떻게 죄다 더빙된 영화만 보는지 이해할 수 없다. 편한 티셔츠로 옷을 갈아입고 다시 밖으로 나왔다. 티켓을 사고 안으로 들어가니 사람들이 꽤 많았다. 좌석이 따로 지정되어 있지 않아 아무 자리에나 앉았다. 여긴 프랑스 남부의 작은 마을일 뿐이라, 프랑스의 영화관 문화가 전부 다 이런 건지 아닌지는 알 수 없다.

어벤져스는⋯ 정말 잘 만들었다. 어벤져스 크레딧에 내 이름도 올리고 싶다는 생각을 했는데, 크레딧을 보다 보니, 아⋯ 사람 정말 많구나, 어벤져스 감독은 진짜 힘들었겠다는 생각이 들었다. 수천 명을 상대해야 하는 거니까. 어벤져스를 만드신 분들은 나한텐 전부 산타할아버지 같은 분들인데, 겨울에 편지라도 보낼까 싶다.

영화가 끝나고 밖으로 나오니 11시 반이다. 깜깜한 골목길을 걸어 집으로 돌아왔다. 여행 가기 전 아빠에게 프랑스에 가서 다큐멘터리를 찍을 거라고 하니 아빠가 카메라가 무기가 될 수도 있겠다고 했다. 깜깜한 길을 걸으니 그 말이 생각났다. 그래, 카메라가 무기인 거야. 뭔가를 찍고 있으면 사람들은 조금이라도 조심하게 돼 있어, 라고 생각하며 당당하게 걷고 있는데 저쪽 언덕에 오토바이를 타고 검은 헬멧을 쓴 사람이 서 있었다. 저 사람은 이 밤에 왜 저기 가만히 서 있는 거지. 검은 실루엣을 보며 저 사람 이상하다는 생각을 하며 잔뜩 긴장한 채 걸어가는데 마침 배터리가 없어서 카메라가 꺼졌다. 다른 길로 돌아갈 수도 없다. 나는 저 헬멧 쓴 사람을 지나쳐야 한다. 카메라가 꺼지지 않은 척 자연스럽게 계속 들고 조심히 지나가는데 그 사람이 갑자기 나에게 말을 걸었다. 담배 있어? 나는 노노노 하며 계속 걸었다. 멀리서 봤을 땐 왜 무섭게 밤에 헬멧을 계속 쓰고 있는가 했는데 가까이 보니 헬멧 앞 유리를 열고 있는 거였다. 흑인이라 까매 보였던 것이었다. 그냥 사람이다. 괜히 쫄았다.

이렇게 소소하게 하루를 보내는 것도 좋지만, 사탕이 수백 개나 있는 사탕 가게에서 굳이 누룽지 사탕 하나만 먹어볼 것도 아닌 것 같다. 기차표를 알아봐서, 파리에 한 번 갔다 올까 싶다. 가까이에 이탈리아도 있고 스위스도 있다. 괜한 욕심인가. 이번 여행에서 나의 목표는 칸 영화제에 가는 것이었고, 개막식에 갔다오고 나니 목표가 없어졌다. 나는 한풀 꺾여 있다. 그래도 오늘 박물관에 영화관에, 문화생활을 하고 나니 조금 생기가 돈다.

지금은 2020년
설마 스마일은 안 팔겠지

2년 사이에 정말 많은 것이 변했다. 그나저나 지금은 맥도 날드에서 스마일을 안 팔겠지? 2020년의 감수성으로는 서비스 직에게 0원으로 손님에게 미소를 팔라는 폭력성을 가만두지 않 을 테니까. 배달이 만연한 시대라 매장에 가본 지 너무 오래되어 알 수가 없다. (검색해보니 일본 맥도날드 매장에만 있다는데 나 는 분명 한국에서 봤다. 일본에서는 맥도날드에 가본 적이 없다. 미국도 아니고 일본까지 갔는데 맥도날드를 갔으려고. 먹어야 할 게 얼마나 많은데)

세상은 혐오로 들끓고 있다. 사람들은 너무 똑똑해졌고 그럼에 도 멍청한 사람은 여전히 멍청하다. 똑똑한 사람 조금에 멍청한 사람 대부분일 땐 평화로운가 싶었는데 똑똑한 사람이 많아지니 세상이 달궈진 기름이 됐다. 써보니 똑똑한 사람도 멍청한 사람 도 비하하는 발언이 됐다. 나도 혐오로 들끓고 있다.

나는 옛날 영화를 보지 못한다. 재미가 없다. 일단 고전 영화의 낮은 화질이 나에겐 너무 높은 장벽이다. 자글거리는 저화질 영 상은 보기 싫다. 아이러니하게도 스토리 전개도 너무 뻔하다. 태 초에 그 영화가 있었고 그 영화의 스토리가 기가 막혀서 다른 영

♥♡♥   115

화들이 그걸 따라한 건데도 불구하고, 따라한 영화부터 보고 자란 나는 원조인 고전 명작을 보면 에이 뭐야, 하게 된다. 이제는 다른 이유로 옛날 영화를 보지 못한다. 옛날의 기준이 근대까지 확장됐다. 이유는 젠더 감수성 때문이다. 비교적 최신인 2000년대 영화를 봐도 여성을 소비하는 방식이 처참해서 볼 수가 없다. 이유 없이 여성을 예쁘게, 야하게, 연약하게, 멍청하게 그린다. 물론 이건 아주 미세한 찰나의 분위기 같은 거라 예민하지 않으면 느끼기 어렵다. 물론 반대의 경우도 있다. 과감하고 거친 여성을 그려놓고 남녀평등을 이룬 듯 떳떳해한다. 그건 깨어있는 것인가. 분홍색이 안 된다고 하니 파란색을 입힌 것뿐이지 않나. 페미니즘은 남성과 여성이 구분 없이 평등해지는 것이고 그러기 위해 세상에서 여성성을 지워나간다.

버스 기사님들에 대한 소설을 쓰면서 나는 벡델 테스트에 대해 알게 됐다. 영화에 이름을 가진 여성 캐릭터가 두 명 이상 나올 것. 그 둘이 서로 대화할 것. 대화의 주제가 남성에 대한 것이 아닐 것. 여성 캐릭터를 우리가 어떻게 소비해왔는지를 한 번에 확 드러낸 이슈였다. 그 전까지 여성 배우들이 남성 배우들보다 페이를 훨씬 적게 받는다고 아무리 떠들어도 알 수 없었던 것이 이 테스트 하나로 확연하게 드러났다. 물론 내가 그렇게 느꼈다는 것이다. 세상은, 아직 이쪽은, 변하지 않았다. 내가 쓰고 있던 소설엔 이름을 가진 여성 캐릭터가 다행히도 두 명이 등장했다. 나는 원래 계획했던 것이긴 했으나 그게 무엇인지 조금 더 선명하게 인지하며, 소설의 마지막에 두 여성 캐릭터가 만나 자신의 직업에 대해 이야기하는 장면을 썼다. 여성과 남성이 평등하니 여자니까, 남자니까, 하는 것들도 다 사라져야 하는데, 나는 그러기 위해서 여자 둘을 붙여놓고 대화하게 했다. 분명 둘이 대화하는 장면은 벡델 테스트를 알기 전부터 계획했던 것이었는데 장면의 의미를 더욱 섬세하게 의식하고 나니 힘이 들어갔다. 함께 대화하려고 했던 남자들을 아예 뒤로 빼버리고 딱 둘만 이야기하게 했다. 장면은 예뻤고 나는 안심했다. 20년 후의 젠더 감수성으로 다시 보면 어떨까. 작가의 가식에 독자는 역겨울까.

나는 여자고 영화감독이자 작가다. 뭐 하나 번듯하게 직업이라고 할 순 없지만, 나의 정체성이 그렇다. 누구보다 페미니즘에 앞장서야 하는 포지션이다. 같은 카테고리에 있는 사람들이 그렇게 하고 있고 그것이 멋이고 지성인으로서 깨어있어야 할 어떤 사회적 책무 같은 거다. 그러나 나는 페미니즘이지 않다. 페미니즘을 선언하지도 않고 그 어떤 행동도 하지 않는다. 나는 그냥 여자이고 싶다. 여자가 날씬해야지, 라는 말을 들으면 분노에 터져버릴 것 같으면서도 나는 날씬하고 싶다. 좋은 남자 만나서 빨리 애 낳아야지, 라는 말을 들으면 정말 그러고 싶다. 못할 뿐이다. 나는 너무 안일해서 여성이라는 이유만으로 핍박받고 있으나 싸울 힘이 없는 여성을 위한 나의 의무는 헤아리지 못한다. 나는 작가가 될 자격이 없다.

불쌍해 보이면
영화 티켓이 공짜다

어제 밤늦게 어벤져스를 보고 왔으니 오늘은 아무것도 하지 말까 생각했다. 집주인 마르실라가 자전거 펌프를 가지고 와 테이블 위에 놔둔다고 했는데 테이블 위엔 아무것도 없었다. 그럼 오늘의 최대 목표를 자전거 바퀴에 바람 넣기로 할까 생각했다. 아직도 남아있는 빵을 버터에 굽고 슬라이스 햄을 하나 뜯어 구웠다. 점점 유럽식 아침 식사가 그럴싸해져가고 있었다. 동영상으로 촬영을 하진 않았지만, 햄이 하나 더 있으니 어차피 똑같은 그림일 거 내일 찍지 뭐, 라고 생각했다. 외장 하드가 벌써 꽉 차서 되도록 덜 찍으려는 마음이 생긴 것 같았다. 그러면 안 되는데.

영화과에 입학하고 나는 2학년이 될 때까지 외장 하드를 사지 않았다. 10만 원짜리 하나 사면 몇 년을 쓰는 건데, 왜 안 샀는지 모르겠지만 그때는 그랬다. 그래서 1학년 때 만들었던 대단하진 않지만, 소장 가치가 있는, 내가 만든 많은 영상들이 지금은 없다. 친구들의 외장 하드를 빌려 돌고 돌다 결국 사라져버렸다. 참 멍청했다. 지금도 똑같은 멍청함을 반복하려고 한다. 빨리 외장 하드를 사야 한다.

샤워를 하고 가만히 식탁에 앉아 오늘 뭘 할까 생각해봤다. 씻고 밥 먹은 것 뿐인데 2시가 넘었다. 메모해뒀던 칸 일정을 살펴봤다. 오늘 밤 11시에 윤종빈 감독의 〈공작〉이 상영한다. 그래, 이걸 보러 가자.

다시 칸으로

칸 개막식을 보고난 후, 엄청난 피로와 뭔지 알 수 없는 우울함 때문에 다시 칸에 가고 싶지 않았는데 칸 영화제를 보러 왔으면서, 칸 영화제가 지금 열리고 있는데 바로 옆에 있으면서 가지 않는다는 죄책감이 점점 커져서, 어쨌든 오늘쯤엔 칸 영화제에 갔어야 했다. 매니큐어를 다시 칠했다.

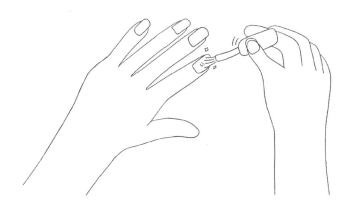

　가지고 온 수첩을 뜯어 초대권 하나 부탁합니다, 라는 뜻의 'Une Invitation s'il vous plait'를 적고 'Gongjak'이라고 적은 글씨 위에 예쁘게 매니큐어를 색깔별로 칠했다. 이 정도 정성이면 예쁘게 봐주겠지. 칸 영화제는 아직 한 번도 개봉한 적이 없는 수많은 영화를 최초로 상영하고 마지막 날에 상을 준다. 영화는 티켓이 있어야 볼 수 있는데 티켓은 판매하지 않는다. 초대받은 사람들만 볼 수 있다. 영화 관계자나 유명인들과 기자들이 초대받는다. 일반 사람들도 영화를 볼 기회가 있다. 극장 앞에서 초대권 하나만요, 라고 적은 종이를 들고 서 있으면 대개 10분에서 20분? 30분? 정도면 초대권을 얻는다고 했다. 영화 상영에 참석할 수 없는 기자들이 티켓을 양도하는 것이다. 초대했는데 참석하지 않으면 다음 해에 불이익을 준다는 이야기가 있다. 영화 시작이 밤 11시니 시간이 한참 남아서 〈스타트랙〉이나 좀 보고 가야겠다 싶었는데, 막상 갈 계획을 세우고 들고 서 있을 종이까지 만드니 마음이 떠서 집중이 안 됐다. 6시, 칸으로 출발해야 할 것 같다.

운동화를 신고 가방에 구두를 넣었다. 시계도 차고 팔찌도 하고 귀걸이까지 했다. 칸 영화제 중에서도 레드카펫을 밟고 들어가야 하는 뤼미에르 영화관에서 하는 상영의 경우 드레스 코드를 맞춰야 한다. 남자는 정장에 나비넥타이, 여자는 드레스에 구두. 이렇게 입지 않으면 입장할 수 없다. 나는 드레스는 없지만 그래도 최대한, 이정도면 애는 썼네, 싶게끔 원피스를 입었다.

버스를 또 한참 기다렸다 탔는데 이번엔 사람이 별로 많지 않았다. 개막식이 가장 사람이 붐비는 날이었던 것 같다. 한 번 가봤다고 이제는 척척 버스비를 내고 조금 여유로운 마음으로 칸에 도착했다. 레드카펫이 있는 곳까지 걸어가니 7시 30분. 지아장커 감독의 영화가 시작할 시간이라 레드카펫 입장이 이뤄지고 있었다. 영화관 입구 앞에서 몇몇의 사람들이 초대권 달라는 종이를 들고 서 있었다. 목에 배지를 걸고 프린트된 종이를 들고 서 있는 사람은 영화 관련 업계 종사자 같았고 나처럼 관광을 온 듯 대충 아무 종이나 찢어서 초대권 좀, 이라고 써 놓고 들고 있는 사람들도 보였다. 나는 맞은편에 서서 그들을 지켜봤다. 가방에서 종이를 꺼내서 그들 사이로 들어가 서 있을 용기가 없었다.

그래도 어차피 해야 한다

관찰이 끝난 후, 내가 서 있을 위치를 확보한 후, 천천히 그들

사이로 걸어 들어갔다. 가방에서 종이를 꺼내 잘 보이게 딱 들었다. 카메라로 그런 나의 모습도 찍고 싶었지만 내가 생각해봐도 카메라를 들고 있는 사람에게는 부담스러워서 다가오지 않을 것 같았다. 티켓을 받으려면 티켓을 가진 사람이 알아볼 수 있게 눈에 잘 띄어야 한다. 적어도 사람들 눈에 보이긴 해야 한다. 스스로 구경거리가 된 셈이다. 외국 여자 한 명이 내가 종이를 들고 서 있는 모습을 카메라로 찍어갔다. 칸 필름 페스티벌의 풍경을 찍는 듯한 사람이 초대권 달라는 종이를 들고 서 있는 사람들을 멀리서 찍었다. 나도 찍혔을 것이다. 서 있는 사람 중 아시아 사람이 나 한 명이다. 나라도 나를 찍었을 것이다. 이해는 하지만 괴로웠다. 그때, 옆에 서 있던 키 큰 여자가 말을 걸었다.

- 티켓이 필요하냐.
- 그렇다.
- 레드카펫 시작하기 전(극장 입장하기 바로 전)에는 진짜 구하기 쉽다, 진짜 쉽다.
- 그랬으면 좋겠다.

뱃지를 걸고 있는 걸로 보아 티켓을 구할 필요가 없는 사람인 것 같았다. 좋겠다.

5분이 지났는데 아무도 나에게 다가오지 않았다. 내 앞에 서 있는 다른 사람들도 마찬가지였다. 아무도 티켓을 구하지 못했다. 진짜 주는 거 맞나, 싶을 때쯤 프랑스 아줌마가 다가와 말을 건다. 나에게 뱃지가 있냐고 물었다. 저는 뱃지가 없어요. 아하 이런,

나에게 티켓이 있는데 이건 뱃지가 있어야 하거든, 너는 뱃지가 없으니까 블루 티켓을 구해야 돼. 아 그렇군요, 블루… 블루… 오케이. 아줌마가 나에게 다가와 말을 걸자 티켓 냄새를 맡은 또 다른 사람이 바로 다가오더니 나는 뱃지가 있어, 하면서 티켓을 받아갔다. 나는 멀뚱히 옆에 서서 속으로 울었다. 아줌마는 티켓을 꼭 구하길 바란다며 나를 응원해줬다. 아줌마는 그냥 가려다가 멈칫하더니, 나를 끌어안으며 양볼에 뽀뽀를 하는 프랑스식 인사를 해줬다. 나는 프랑스식 인사가 처음이고 연습조차 해본 적이 없어서 당황했지만 고개를 갖다 댔다. 뽀뽀 소리를 내는 건 깜빡했다. 아줌마가 유알 쏘 어쩌구 라고 했는데 알아듣진 못했고, 아줌마가 나를 굉장히 안타까워하는 것 같았다. 동양 여자아이가 원피스를 입고 서서 알록달록 꾸민 '초대권 주세요'를 들고 서 있으니 안타까운 마음이 들었나 보다. 나는 '아이'는 아니지만 그래도 그렇게 보인다는 게 꽤 괜찮은 것 같았다. 사람들이 나를 안타깝게 보고 티켓을 주고 싶은 생각이 든다면 승산이 있다.

블루… 블루 티켓… 속으로 블루블루를 중얼거리며 티켓을 주지도 않을 거면서 자꾸 내 사진을 찍어가는 사람들을 최대한 보지 않으려 노력하며 그렇게 한참을 더 서 있었다. 20분이 지나 어느덧 8시였다. 정말 티켓을 구할 수 있는 건 맞나… 절망에 가까워졌을 때쯤 키가 큰 남녀커플이 나에게 다가왔다. 정확히 무슨 대화를 했는지는 모르겠다. 기억나는 건, 남자가 나에게 뭐라고 말을 할 듯해서 내가 유 헤브 어 티켓? 했더니 남자가 주머니에선가 봉투를 꺼내더니 티켓을 보여주는데 저게 블루가 맞나 싶게

흐리멍텅한 색이었고 하나 필요하냐고 해서 예쓰, 하나면 충분, 그랬더니 남자가 고민하는 것 같더니 두 장 다 줄 테니까 절대 팔지 말라고 하고는 블루 티켓 두 장을 나에게 줬다.

－ 절대 팔면 안 돼.

－ I don't… I don't….

나는 남자의 단호한 목소리에 쫄았고, 팔 생각 안 해봤는데 순간 그 말을 듣자 팔 수도 있구나 하는 생각이 들었던 건 사실이고, 티켓을 구했구나! 하는 생각에 얼떨떨해서 말을 더듬으며 아이돈트 아이돈트만 외쳤다. 티켓 두 장이 생겼다. 땡큐 쏘 머치를 남자에게 한 번, 옆에 서 있던 여자에게 한 번 했다. 둘은 쿨하게 퇴장했다. 생명의 은인이신데 나으리 성함이라도 여쭈었어야 했나.

티켓 한 장이 생겼으니 나머지 한 장은 계속 내 앞에 서 있던, 종이에 엄청 어설프게 잘 보이지도 않게 블루 티켓 달라고 쓴 아줌마에게 드릴까 했는데, 어디선가 또 티켓 냄새를 맡은 다른 아줌마가 내 옆에 다가와서는 너 티켓 얻었냐며 옆에 서 있던 정장을 입은 남자에게 뭔가를 묻는가 싶더니 내 티켓을 다 같이 보면서 몇 시에 시작이고 드레스 코드를 지켜야 되고… 등등 서로 물어보고 답한다. 나는 어쨌든 기쁘고 행복해서 남은 티켓을 내 옆으로 다가와 착 달라붙었던 아줌마에게 드렸다. 아주머니는 무척 고마워하셨다. 꽤 많은 사람이 티켓을 달라고, 또는 공작 티켓을 달라고 종이를 들고 서 있는데 그 커플이 딱 나를 찍고 나에게 다가와 티켓을 준 것은, 종이를 들고 서 있는 내 모습에 무언가 사람을 끄는 힘이 있어서였을 것이라고 생각한다. 뿜어져 나오는 불쌍함이 있나 보다. 이 티켓을 누군가에게 줘야 한다면 가장 불쌍하고 간절해 보이는 너로 정했어! 아니면 그냥 아시아 영화니까 아시아 사람에게 줬을지도.

결국 20분만에 티켓을 구했다. 진짜 되긴 되는구나. 나는 얼떨떨하지만 날아갈 듯한 기분으로 종이와 티켓을 고이 접어 가방에 넣고 조금 한적한 곳으로 빠져나왔다. 화단에 걸터앉아 기쁨을 만끽하고 있는데 누군가 말을 걸었다. 프랑스 아저씨다. 어디서 왔냐고 묻기에 한국에서 왔다고 하니 'which part'를 묻는다. 아휴, 남쪽이죠, 라고 하니 아니 그게 아니고 남한 어디냐고 묻는다. 서울이냐, 부산이냐 까지 묻는게 심상치 않다. 나는 경기도에 사는데 설명하기 어려워 그냥 서울이라고 하고 만다. 그러자 서울 어디냐고 묻는다. 이 사람 뭐 하는 사람이야. 이제 와서 경기도라고 말하기는 더 어려워서 집에서 가장 가까운 서울 4호선 역이 뭐가 있더라, 사당이라고 말했다. 그러자 안단다. 네? 세상에!

프랑스 남자를 알게 됐다

이름은 R이라고 했다. 매년 한국에 간단다. 작은 잡지사에 다니는데 페스티벌을 취재하는 게 일이라서 부산국제영화제가 열리면 늘 한국에 간다고 했다. R과 정말 많은 이야기를 나눴다. R이 하는 말을 50%밖에 알아듣지 못하지만, 나는 이제 막 옹알이를 땐 네 살짜리 애처럼 말하지만, 그래도 어떻게 대화가 되긴 됐다. 한국어로 말할 수만 있다면 정말 고급진 대화를 나눌 수 있었을 텐데. R은 영화가 시작되는 11시까지 뭐할 거냐고 물었다. 나는 아무 레스토랑에나 가서 밥을 먹을 생각이었다. R은 저쪽 호텔에서 친구들을 만날 건데 같이 가지 않겠냐고 했다. 당연히 가고 싶지 않았으나 암쏘리? 제대로 못 알아들은 척 한 번 더 설명을 들으며 어떻게 해야 하나 고민하고 있는데 그때 내 손에 들고 있던 카메라가 보였다. 그래, 카메라가 있었지. 찍어야지.

나는 R을 따라갔다.

R은 어딘가 커다란 호텔로 갔다. 거기에 호텔 앞마당 소파(였나 빈백이었나)에 태국 여자가 앉아 있었다. 나는 R의 친구들이 많은 줄 알고 따라갔는데 아니었다. 굉장히 불편했다. 바로 옆에 사람이 바글바글한 오픈 바가 있었다. 거기에 들어가려고 했는데 초대받은 사람들만 들어오는 곳이라며 거절당했다. 더 불편해졌다. 태국 여자가 자기는 여기 산다고 했고 친구들과 저녁 약속이 있다며 가버렸다. 아주 불편해졌다. 나도 이제 그만 빠이 하고 가고 싶었는데 무례하지 않게 제대로 설명할 자신이 없었다.

R과 나는 어색하게 같이 걸었다. R은 나에게 이탈리안… 제작사라고 한 건가… 뭔지 모르겠는데, 내가 원한다면 뭔가를 보여주겠다고 했고 대충 오케이를 했더니 아주 으리으리한 호텔로 나를 데리고 갔다. 입구에서 경비원들이 짐 검사까지 하는 곳이었

다. 안으로 들어가니 으리으리한 레스토랑이 나온다. 몇몇 스타들이 여기에서 묵고 있어서 호텔 로비에서 가끔 그 사람들을 볼 수 있다고 했다. 로비엔 기자들과 영화 관계자들이 앉아 있었다. 와우, 이런 신기한 경험이라니. 좋지만 아주 불편하다. 감당하기 어려운 화려함이었다. 그래도 컷 하나 땄으니 됐다.

밖으로 나왔다. 이제는 진짜 나 혼자 있고 싶었는데, R은 계속 나랑 같이 걸으며 배고프냐고 묻는다. 배고프다고 했더니 저긴 어떠냐고 물었다. 타이완 레스토랑이 있었다. 아 좋다, 하니 R이 나와 함께 식당 안으로 들어간다. 밥도 같이 먹어야 하는 건가….

나는 되도록 단둘이 만나는 걸 피한다. 정말 편한 사이가 아니라면 여럿이 만났으면 좋겠다. 단둘이 만나는 건, 남자친구가 아닌 이상 부담스럽다. 너무 많은 에너지를 써야 한다. 셋만 돼도 좋다. 넷이면 더 좋고 다섯이면 더 좋고 많을수록 좋은데 어차피 친구가 없다. 그런데, 프랑스에서 처음 보는 R이라는 남자랑 단둘이 같이 다니고 있다. 종일 영어를 쓰면서. 부담의 끝판왕이다. 어쨌든 식당에 들어왔다. 초등학생, 잘해야 중학생 정도 되어 보이는 긴 머리의 여자아이가 테이블을 치우고 있었다. 자리에 앉자 식당 사장님 겸 요리사 겸 서버인 것 같은 여자분이 와서 주문을 받는다. 영어 메뉴판이 있냐고 묻자 그건 없는데 메뉴가 몇 개 안 돼서 직접 설명을 해주겠다며 나에게 잉글리쉬… 재패니즈… 차이니즈… 라고 조심스럽게 질문인 듯 추측인 듯 혼잣말인 듯 묻는다. 내가 코리안이라고 하자, 오!!! 하고 놀라며 저쪽에서 테이불을 정리하며 행주를 들고 서 있는 딸에게 코리안이래, 라고 말했다. 아마 어느 나라 사람인지 서로 추측을 하셨나보다. 다 틀렸다는 반응이었다.

메뉴는 5개 정도 됐는데 그 중 하나가 개구리 요리였다. 사장님이, 옆 테이블에 여자 손님이 드시고 있는 건 프로그예요, 라고 하자 나는 매너도 없이 "프로그???" 라고 크게 말해버렸다. 개구리 요리를 받아들일 마음의 준비가 안 된 상태에서 '프로그'라는 단어를 듣고 '개구리'라고 번역을 해서 느낀 그대로 리액션이 터져나와버렸다. 다른 요리는 설명을 들어도 뭔지 잘 모르겠어서 무난하게 비프를 시켰다. R도 뭔가를 시켰다.

R과 정말 많은 대화를 했다. 대화를 계속했다. 하지만 무슨 대화를 했는지 모르겠다. 나는 내가 너무 어색해서 나에게 친절을 베풀어주고 있는 R이 불편할까봐 무례하지 않기 위해 때때로 환하게 웃었다. 정말 혼자 있고 싶었다. 한국어로 대화할 수만 있었어도 참 좋았을 텐데. 도대체 왜 이 사람이 나랑 같이 있는 건지 알 수 없었다. 내가 뭐가 재밌다고 같이 있지? 그냥 낯선 친구를 사귀는 건가? 나는 이런 외국 문화가 익숙하지 않은데. 한국에서는 모르는 사람에게 말을 거는 행위가 진짜 특이한 일인데. 관심이 있는 게 아닌 이상. 그렇다고 이 아저씨가 나한테? 에이.

30분이나 기다린 끝에 음식이 나왔다. 불고기처럼 생긴 고기볶음과 밥 한 그릇이 나왔다. 밥이다. 그래, 밥이 필요했던 거였어. 그동안 뭘 먹어도 먹은 것 같지가 않았던 건 밥이 없었기 때문이었어…. 맛은 불고기와 흡사했다. 정말 와구와구 먹고 싶었지만 나는 누군지도 모르는 프랑스 아저씨랑 같이 앉아 있었고 영어로 계속 대화를 해야 했기 때문에 아주 불편해서 많이 먹을 수가 없었다. 결국 밥과 고기를 조금 남겼다. 개그우먼 홍윤화씨 같은 느낌의 외모에 수줍음을 아주 많이 첨가한, 애니메이션 캐릭터 같은 사장님이 직접 와서 접시를 치우시며 접시를 싹싹 비운 R에겐 인자한 미소를, 밥과 고기를 남긴 나에겐 절망의 눈빛을 보내셨다. 맛이 없었어요? 오! 아니에요! 양이 많았어요. 진짜 맛있었어요. 배가 너무 불러요. 사장님은 반신반의한 표정으로 나를 보며 슬로우 모션으로 접시를 들고 가셨다. 나는 그 모습에 웃음이 터졌다. 정말 특이한 식당이다. 배가 터지더라도 싹싹 다 먹을걸 그랬다. 프랑스에 오기 전에 일본 영화 〈카모메 식당〉을 봤는데 그 식당의 분위기랑 비슷했다. 또 가야겠다는 생각이 들었다.

비프는 20유로, 스프라이트까지 시켰으니 R에게 25유로를 건넸다. R은 됐다며 자기가 카드로 계산하겠다고 했는데 나는 그럴 수 없다! 단호하게 돈을 건넸다. R은 그중 5유로만 받으려고 하다가 내가 노노노 라고 하자 20유로만 받았다. R에게 밥을 얻어먹을 이유도 없고 그게 예의도 아닌 것 같아 돈을 준 게 참 다행이지만, 한 번 더 생각해보면 그냥 얻어먹었어도 뭐 어떤가 싶긴 하다.

밥을 먹고 나온 후, 영화를 보기 전에 여기 분위기도 좀 찍고 해야겠다며 횡설수설 말하며, 덕분에 고맙다고 악수를 했다. R이 내 이메일 주소를 물어봤다. 그러더니 꼭 이메일 보내달라, 그래야 나도 너에게 이메일 보낼 수 있으니까, 라고 확인도 했다. 진짜 빠이를 하고 싶었는데 R이 영화 보러 가서 줄 서 있을 때 다시 볼수도 있겠다고 한 걸로 보아 R도 스케줄 없다더니 〈공작〉 볼 건가 싶은 생각이 들었다. 어색하고 힘들게 R과 헤어졌다. 언어가 안되니 예의 챙기기도 힘들고 하고 싶은 대로 하기도 힘들다.

극장 근처 화단에 앉아 구두로 갈아 신었다. 뤼미에르 영화관에서 상영하는 영화들은 영화 시작 전에 배우들 레드카펫 입장이 꼭 있기 때문에 도로도 통제하고 경비도 삼엄하다. 티켓을 들고 돌고 돌아 내가 입장할 곳으로 갔다. 짐 검사를 받고, 레드카펫의 시작이 아닌 아주 끝, 계단이 시작되는 곳에서 입장했다. 카메라는 안타깝게도 들어가자마자 제지를 당해서 집어넣어야 했지만, 첫째 날, 목이 빠져라 발꿈치 들고 서서 낑낑거리며 봤던 바로 그 레드카펫을 구두를 신고 걸어 올라갔다. 벅찬 감정이 들었다.

이후부터는 짧게 적어야겠다.

1층 앞에서 4번째 줄 가장 오른쪽 끝에 앉았다. 윤종빈 감독, 황정민, 이상민, 주지훈 배우가 왔다. 영화관에 들어와 자리에 앉을 때까지 카메라가 생중계했다. 〈공작〉은 날카롭진 않았지만 우아했다. 그러나 윤종빈 감독이 어떻게 저렇게 빨리 성장할 수 있는지, 정말 놀라웠다. 외국 감독이 20년 동안 하는 영화적 성장을 윤종빈 감독은 10년 만에 해치운다. 나는 아직도 〈비스티 보이즈〉가 좋지만, 탄탄하고 서걱서걱한 시대물 소설 하나를 읽은 느낌이 드는 〈공작〉은 대학원생들과 교수님이 대화를 하고 있는 중간에 끼어들어 무슨 얘기하나 살짝 엿듣는 대학생이 된 듯한 기분이 들게 했다.

뤼미에르 영화관은 2층으로 되어 있었는데 크기가 굉장히 컸다. 때문에 영화 상영에 있어 사운드가 울려서 제대로 대사를 알아듣기 힘들었다. 한국 가서 다시 봐야 할 것 같다.

영화가 끝나자 관객들이 기립박수를 쳤다. 그것도 아주 오래. 외국인들이 자막을 통해 본 〈공작〉은 어떤 느낌일까 궁금했다.

밖으로 나와 얼떨떨한 마음을 추스르고 있는데 뒤에서 누가 부른다. 초이! 초이! 돌아보니 R이다. 이 끈질긴 남자. 내가 헤어질 때 분명 심야버스 타고 간다고 했는데 R이 자기 차 있다고 원한다면 태워다줄 수도 있다, 자기도 앙트레에 산다고 했다. 나는 그건 너무 미안하다, 괜찮다고 분명 말했다. 혹시 버스에 사람이 너무 많아서 못 타거나 할 수도 있으니까 그때 다시 물어보거나 할게, 라고 하고 넘겼는데 이렇게 나오는 출구에 서 있었다니. 걸리고 싶지 않았는데 딱 걸렸다. 나는 영화관에서 밖으로 나오는 사람들을 좀 찍으며 서 있었다. 사람들이 빠져나간 후, 이제 나도 가야 할 것 같아서 슬슬 걸어가고 있는데 순간 저쪽에서 와! 소리가 들렸다. 〈공작〉의 배우들과 윤종빈 감독이 걸어 나오고 있었다. 몇 명의 관광객들이 배우들에게 달려가 함께 사진을 찍었다. 나는 뒷걸음질을 치며 동영상을 찍었다.

모든 것이 다 끝난 후 집에 가야 할 시간. 나는 어쩔 수 없음을 받아들이고 R에게 그래 알았으니 태워다주세요, 라고 항복을 했다. 그래, 사람의 친절함을 그냥 받자, 불편해하지 말자. R이 설마 뭐 나한테 감정이 있어서 이러겠어? 그냥 친절하게 한국에도 매년 가고 하니까 한국 사람을 칸 영화제에서 만나니 반가워서 친구하려고 그러지.

R의 차까지 걸어가는 동안 여러 파티장들을 지나고 저 멀리 유람선들도 보였는데 R이 자기 친구가 보트 드라이버라면서 내일 그 친구 만나러 갈 건데 이프 유 원트, 내가 원하면 또 같이 가도 된다고 했다. 나도 언어만 빵빵 터지면 속 시원히 따라다니며 이것도 구경하고 저것도 구경하고 싶다. 그럼 내 다큐멘터리의 영상도 훨씬 풍부해지겠지. 그러나 나는 그런 사람이 아니다. 나는 가만히 앉아서 손으로 뭔가를 만들며 조용히 있고 싶다.

R의 차를 타고 집까지 오고, 오호브아!(안녕!) 땡큐 쏘 머치를 하며 R과 또 악수를 했다. 영화 보러 가기 전이랑 집에 들어갈 때랑 등등 해서, 헤어지기 위해 악수를 세 번쯤 한 것 같다. 결국 헤어져서 집에 들어오긴 했다. 하루가 어떻게 갔나 싶다. 영화 끝나고 나온 게 새벽 1시 40분 정도 됐으니 분명 집에 2시 반쯤 도착했을 텐데, 못해도 3시엔 도착했을 텐데 지금 4시 40분이 넘었다.

옷을 갈아입고 촬영 영상 데이터 백업을 하기 위해 부엌으로 갔는데 부엌 한쪽 소파에 흰색 고양이가 앉아 있었다. 심장이 떨어지는 줄 알았다. 사자처럼 생겨서 처음 본 순간부터 너무 무섭다고 생각한 고양이였는데 왜 하필 여기에!!!

추워서 들어왔나 딱한 마음이 들려고 했는데 고양이가 막 다가온다. 싱크대로 올라가더니 후라이팬을 핥아 먹는다. 아 진짜…. 나는 어쩔 수 없이 냉장고에서 나머지 햄 하나를 꺼내 내어준다. 착한 마음에 이걸 너한테 주는 게 아니다. 난 네가 무섭게 때문에 이 귀한 햄을 너에게 바치는 것이다. 고양이가 햄을 먹는 동안 나는 식탁에 있는 노트북을 내 방으로 옮기고 부엌문을 닫는다. 창문으로 들어왔으면 창문으로 나가겠지. 잠시 후 문을 긁는 소리가 들려 어쩔 수 없이 나는 부엌문을 연다. 햄을 얼추 다 먹은 것 같다. 고양이는 그래도 가지 않는다. 나는 큰 그릇에 물을 담아 내어준다. 그래도 고양이는 가지 않고 울어댄다. 먹을 걸 더 달라는 건가. 자꾸 나에게 다가온다. 나는 소름이 돋아 도망쳤다.

니가 나랑 친해지고 싶어 하는 건 알겠는데
나는 니가 무서워서 싫어.
물론 고양이한테 하는 말.

글을 쓰는 동안, 고양이가 1층으로 내려간 것 같다. 아래층에서 우당탕 우당탕, 뭔가가 떨어지는 소리가 계속해서 난다. 이제 앞으로 밖에 나갈 때는 창문이건 그냥 문이건 모두 꼭꼭 걸어잠그고 다닐 거다. 오늘 하루 정말… 너무 많은 일이 있었다.

영화를 찍는다는 건 뭘까, 내 영화를 칸에 걸고, 외국인들이 기립박수를 5분 넘게 쳐주는 건 어떤 걸까, 내 배우들과 밖으로 나오는데 사람들이 배우들에게 달라붙어서 꺅꺅 소리 지르고, 감독이라는 나는 구석에 서서 어색해서 고개를 숙이는 것은 또 뭘까, 나는 지금 여기에서 뭘 하고 있는 걸까, 이런 생각들을 돌아와서 하고 싶었는데 고양이 때문에 소스라치게 놀라서 그 모든 것이 확 다 날아갔다. 프랑스에선 늦게까지 여는 가게가 없기 때문에 밤에 할 수 있는 게 없다. 생각이나 한다.

내일부터 큰일이다.
오늘 이렇게 늦게 자버리면,
내일 또 늦게 일어나고
그래서 다시 또 늦게 자는 게
반복돼버리면 큰일인데.

나는 지금도 끌려다닌다

참 겁도 없다. 누군지도 모르는 아저씨를 낯선 동네도 아니고 낯선 나라에서 무슨 생각으로 쫄래쫄래 따라다녔을까. 아니, 따라가고 싶어서 갔다기 보단 내내 혼자 있고 싶다고 생각했으니 끌려다닌 것 같다. 나는 왜 그랬을까.

　2년이 지난 지금도 나는 여전하다. 오늘도 그랬다. 몸의 건강과 정신의 건강을 위해 한 달 동안 금주를 하려고 했는데 술 약속을 잡아버렸다. 메신저의 단체방에서 온 연락이었다면 바빠서 못 본 척 대답하지 않고 넘어갔을 텐데, 개인적으로 온 연락에 어쩔 수 없이 대답을 했다. 개인적으로 연락해서 요즘 어떠냐, 바쁘냐, 한 번 또 모이자고 하면 그래 좋지, 라고 대답하게 된다. 누구든 그럴 것이다. 한 번 보자는데 글쎄 별로, 라고 할 수는 없지 않은가. 다 짜고짜 싸울 것도 아니고. 그럼 날짜 잡자는 말에 그다음부터는 대답을 안 했는데 갑자기 대화가 단체방으로 넘어간다. 날짜와 장소를 정한다. 나는 이제 와 못 간다고 발뺌을 할 수도 없다. 사실 할 수 있지만 그러지 않는다. 당일에 몸이 아프다거나 일이 생겼다며 빠질 수도 있다. 그러나 나는 그렇게 핑계 대는 것이 가능한 사람이 아니다. 비겁한 모습에 치를 떤다. 내가 한 말은 어떻게든 책임을 진다. 너무 힘들어서 스스로 터져버릴 때까지. 나는 사람과의 관계에서 언제나 끌려다니는 쪽이다. 너덜너덜해질 때까지 끌려다닌 후에 줄을 끊어버린다.

　나는 사람을 싫어한다. 모든 사람은 알고 보면 다 나쁘다. 누군가와 만들어가는 관계라는 건 결국 나를 아프게 한다. 내가 그 사람을 아프게 하는 경우도 많다. 그 경우에도 나는 아프다. 그래서 나는 사람이 싫다. 아주 조금 기쁘고 아주 많이 괴로우니까 싫다.

이성적이고 합리적인 사고방식 같다. 사람들과 같이 놀면 나는 중간에 자리를 뜨지 못한다. 졸리고 피곤해도 끝까지 자리를 지킨다. 그 자리가 아무리 재미가 없더라도 중간에 가버리는 법을 모른다. 이건 정말 아무것도 아닌 것 같지만, 충분히 다르게 행동할 수 있는 일 같지만, 술을 원샷만 했던 사람이 끊어 마시지 못하는 것처럼, 의식적으로 고칠 만큼의 가치는 없는 아주 사소한 일이지만 동시에 그렇기 때문에 고치지 못하는, 이상한 일이다. 나는 사람들과 어울리는 자리에서 가장 끝까지 남아있는 사람이다. 그러나 모든 게 다 끝나고 집으로 돌아가는 순간에 큰 편안함을 느낀다. 이제 집에 가서 쉴 수 있겠구나. 나에게 혼자 있는다는 건 휴식이다. 사람에겐 독이 있다. 사람은 재밌지만, 서서히 내 목을 조른다. 나는 예민해서 남에게 상처를 아주 많이 받아봤고 (어쩌면 박복한 팔자일지도), 그래서 사람들에게 상처 주지 않기 위해 발악한다. 내가 나에게 상처 준 사람들을 끝없이 미워하기에, 내가 남에게 그런 사람이 되는 걸 참을 수 없다. 너무나 큰 고통이다. 나는 사람과 대화할 때 재밌는 사람이 된다. 내 말에 사람들이 웃으면 정말 기쁘다. 그러나 사람과 만난다는 것은 생각만 해도 지친다. 나는 누군가에게 연락하고 싶은 심심한 마음을 겨우 참아낸다. 행복 아주 조금을 맛보겠다고 불행 한 움큼을 삼켜야 한다. 멍청한 짓이다.

아무도 만나지 않아야 한다.

009

한달살기 하러 와서
아무것도 안 하기

오늘은 아무것도 하지 않는 날.

어제 너무 큰 일이 있었기 때문에 아무것도 하지 않고 촬영도 하지 않기로 했다. 화장실로 가는데 계단에 자전거 펌프가 놓여 있다. 마당에 내려가 뚝딱거려 보는데 도저히 되지 않는다. 결국 가게에 가야 할 운명인 것 같다. 진짜 자전거 괜히 샀나.

꽃은 현재 네 송이가 폈고 작은 송이들도 조금만 더 있으면 필 것 같다. 그런데 원래 피어 있던 꽃송이들이 죽어간다. 밤에 너무 추워서인지 햇볕을 너무 많이 쐬어서인지 물이 흡수되지 않아 그런 건지 알 수 없다. 갈 때가 되어 가는 거라면 잘 보내줘야지.

시리얼을 먹고 남은 오렌지 두 개를 먹고 종일 〈스타트랙〉을 봤다. 처음 봤을 땐 너무 재밌어서 숨이 막히고 죽어버릴 것만 같았는데 지금 볼 때는 그렇진 않다. 올해 들어 자꾸만 봤던 영화를 보고 또 보게 된다. 좋은 영화는 따뜻한 스프처럼 마음까지 따뜻하게 해준다.

♥♡♥   137

고양이가 또 안으로 들어왔다. 무서워 죽겠는데 정말… 밖으로 나가달라고 영어로도 말하고 한국어로도 말하고 손짓 발짓 눈빛 모두를 동원했더니 한참을 계단에 서 있다가 결국은 밖으로 나갔다. 고양이가 나를 더 이상 괴롭히지 않았으면 좋겠다.

〈스타트랙〉을 다시 보니 헐리우드 포에버 묘지에서 봤던 안톤 옐친의 동상이 떠오른다. 햇살이 따뜻한 오후에 그 앞에 서서 훌쩍이던 기억이 난다. 나는 죽음이 너무 두려워서 마치 죽음이 없는 것처럼 살고 있다.

마트에서 고기와 우유, 물과 콜라, 소스 등을 사 왔다. 고기를 조각조각 잘라서 끓이고 파스타와 야채를 넣고 간을 했다. 빵과 함께 먹는데 내가 도대체 뭘 먹고 있는 건지 모르겠다. 돈을 막 쓰지 않으니 먹을 수 있는 게 없다.

프랑스에 와서 하려던 것은 칸 영화제에 가는 것뿐이었다. 이제 〈버닝〉까지 보고 나면 해야 할 일이 모두 끝난다. 나는 다음 할 일을 찾아야 한다. 여긴 프랑스 남부고 보석 같은 곳들이 곳곳에 즐비해 있으니까.

걷다보니 전 남친 집이다

　　매일 하루에 만 보씩 걷고 있다. 집 앞에 나가 걷는다. 발걸음 수는 휴대전화가 알아서 측정해준다. 좋은 세상이다. 머리를 묶고 얼굴과 팔에 선크림을 바르고 마스크와 모자를 쓰고 운동화를 신고 걷는다. 음악을 듣는다. 매일 출근하는 곳이 없으니 출퇴근 길도 없다. 그래서 백수인 나는 지금처럼 일부러 걷는 시간이 아니면 음악을 들을 일도 없다. 집 앞에 긴 천과 함께 산책로가 있다.

　　걸을 때면 늘 헤어진 남자친구를 떠올린다. 천이 남자친구가 사는 곳으로 이어진다. 만 보를 채우기 위해 오천 보까지 걷고 돌아온다. 오천 보쯤이면 그 남자의 동네다. 남자는 사귄 지 일주일 만에 나의 부모님을 뵈러 가자고 했다. 나는 황당했다. 그 남자는 진심 같아 보였고 적어도 이런 말을 처음 하는 것 같았다. 그래서 더 황당했다. 우리는 아직 진지한 사이가 아닌데 왜 그런 말을 하는지 알 수 없었다. 나에게 환심을 사려는 거면 보고 싶다는 말이나 좋아한다는 말이면 충분했을 것이다. 거짓말을 하고 싶은 거였으면 사랑한다고 했으면 그만이고. 결혼하고 싶다는 말은 왜 튀어나왔던 걸까. 나는 아직도 이유를 찾을 수 없다. 그 남자와는 한 달을 사귀고 헤어졌다. 나와 결혼하고 싶다는 건 진심 같았으나 정작 나를 좋아하지는 않는 것 같아 헤어지자고 했다. 남자는 괜찮은 사람이었지만 나를 가지기엔 내가 너무 아까웠다. 나는 한심하고 끔찍한 사람인데도 내가 아까웠다. 헤어진 후 두 달인가 세 달쯤 지나 밤 12시에 남자에게서 전화가 한 번 오기는 했으나 받지 않았다. 남자는 그새 메신저 프로필에 새 여자 친구 사진을 올려두었다. 우리는 감수성이 폭발하는 고등학생도 아니고 술에 휘둘리는 20대도 아니다. 새 애인이 생겼으니 외로울 것도 아니지 않은가. 그런데도 그는 밤에 전화를 했다. 나에게 뭘 원하는 건지 알 수 없었다. 헤어지자고 한 건 나였으나 그건 이성적인 선택이었다. 감정은 정리되지 않았다. 그를 사랑한 건 아니었지만 누군가와의 관계를 망쳤고 그게 끝났다는 게 나를 너무 괴롭게 했다. 사람 하나를 잃으면 그때마다 나는 내가 얼마나 별로인 사람인가에 대해 사무치게 깨닫는다.

다 알겠으니까, 이제 진짜 알겠으니까, 제발 그만 알면 안 될까.

그럼에도 불구하고 사람은 또 나를 찾아오고, 나는 또 끌려다니고, 다시 또 이렇게 된다. 사람은 모두 나쁘다. 그 중 내가 제일 나쁘다. 나는 사람이 싫다.

나는 걷는다. 살이 빠져서 외모가 예뻐져서 다른 사람들을 만날 때 창피하지 않기 위해 걷는다. 낯선 사람이 가득한 헬스장 안으로 들어갈 용기가 없어서 아무도 없는 산책로를 걷는다. 걷다 보면 그가 사는 동네가 나온다. 그쯤에서 나는 돌아온다.

프랑스에서 비가 내리면

벌써 프랑스에서 10일째다. 새로운 게스트가 온 것 같다. 옆 방 문이 닫혀 있다. 종일 아무도 보지 못했지만, 누군가 오긴 온 것 같다는 느낌이 든다.

나는 아무래도 여행자 체질은 아닌 것 같다. 이틀째 집 밖으로 나가지 않고 있다. 칸에서의 하룻밤이 어마어마하긴 했다만 그래도 비싸게 온 프랑스에서 아무것도 안 하다니. 배짱이 좋다. 내일은 근처 쇼핑센터에 가서 자전거에 바퀴도 넣고 아니 자전거 바퀴에 바람도 넣고 옷도 사고 외장 하드도 살 것이다. 돈을 너무 조금 가져와서 그렇게 돈을 쓰면 나머지는 어떡하나 싶기는 한데 그래도 이것저것 해볼 건 해야 한다. 내일 쇼핑센터에 갈 생각에 오늘은 돈을 한 푼도 쓰지 않았다.

12시가 넘어 일어났다. 피곤하고 기운이 없다. 활기차게 뽈뽈거리며 돌아다니고 사진도 찍고 해야 하는데 아무것도 못하겠다. 같이 놀 사람이 있었으면 좋겠다. 물론 한국말을 잘하는.

어딘가를 가긴 가야 할 것 같다. 그게 산이 될지 에펠탑이 될지 이탈리아가 될지는 모르겠지만, 아무것도 안 하고 집안에만 있는 건 정말 멍청하다는 생각이 든다.

오늘은 시리얼을 먹고 빵과 버터를 먹고 컵라면을 먹었다. 카레맛이 나는 라면이었는데 면이 모두 부서져 있고 스프가 이미 섞여 있었다. 프랑스 사람들은 이런 컵라면을 먹는 건가. 안타깝다. 물을 붓고 나서야 젓가락이 없다는 사실을 깨달았는데 어차피 잘게 부서져 있어서 포크로 떠먹을 수 있었다. 어제 마트에서 밥은 아닌 것 같은데 밥과 거의 비슷한 걸 파는 걸 봤는데 다음에 밥을 사다 고기를 구워 비행기에서 챙겨온 고추장을 찍어 먹을 것이다. 한국처럼 밥을 챙겨 먹으면 기운이 날까.

갑자기 엄청나게 비가 내렸다. 번개가 치고 천둥이 치는데 구름이 아주 낮게 있었던 듯 천둥소리가 무척 가까이에서 굉장히 크게 그리고 넓게 울렸다. 어마어마했다. 비는 잠깐 동안 미친 듯이 쏟아지더니 금세 멈췄다. 여기도 밤에 시켜먹을 치킨집이 있었으면 좋겠다. 24시 가게들이 널린 한국이 그립다. 비가 그치자마당에 나가 음악을 들으며 그림을 그렸다. 그림을 잘 그리진 못하지만 그려놓고 보니 나쁘지 않았다.

2년 전 학교를 졸업한 후, 나름 스카우트 받아 스텝으로 참여했으나 중간에 잘렸던 장편영화를 오늘 드디어 봤다. 트라우마로 남아서 보고 싶지 않았는데 여기 프랑스 칸에 와서 보게 되었다.

영화는 정말 별로였다. 그 속에서 살아남지 못한 내가 안타깝고 불쌍하다. 나는 왜 졸업한 후에 앞으로 나아가지 못했는가, 어디서부터 잘못됐는지 돌이켜 따져본다면, 저기서부터 잘못됐다. 첫발을 내디뎠는데 단 위로 올라가려고 하자 바닥이 무너져 내렸고 나는 아무것도 붙잡지 않고 그대로 그냥 떨어지고 넘어졌다. 그후, 영화가 아닌 것들을 기웃거리며 2년을 보냈다.

나는 정말 영화를 찍을 수 있을까. 다시 그 판으로 돌아가 살아남을 수 있을까.

그게 진짜 행복한 삶일까. 한 번 더 버틸 수 있을까.

나는 내가 잘한다고 확신하고 있는데, 잘할 수 있고 재능이 있다고 확신하고 있는데, 그게 진짜인지도 이젠 잘 모르겠다. 지금 당장 기회가 온다면 나는 잡지 못한다. 아무 준비가 안 되어 있기 때문이다. 어릴 땐 멍청해도 괜찮지만 나는 이제 어리지 않아서 멍청할 수 없다.

한국 # 2020년 5월 13일

미움만 가득한 글을 누가 읽어

이렇게 미움만 가득한 책을 누가 읽어줄까. 미워하지도 못하는 사람들이 볼까.

♥♡♥   143

지난겨울, 나는 모든 걸 가진 사람이었다. 자의도 아니고 데뷔도 아니었으나 어쩌다 보니 첫 소설책을 출간했고 결혼하자는 남자친구도 있었고 친구도 엄청나게 많았다. 휴대전화가 매일 끊임없이 울렸다. 난 이런 사람이 아니었는데 갑자기 왜 이렇게 많은 사람들이 나를 찾는지 몰라서 어리둥절했다. 뭐 하나 부족한 부분이 없었다. 그리고 여름이 된 지금, 나는 아무것도 없는 사람이다. 친구도, 애인도, 직업도, 돈도, 미래도 없다. 텅텅 비었다. 그렇게 갑자기 모든 게 좋아졌던 것도, 이렇게 한순간에 모든 게 다 나빠지는 것도 신기하다. 마치 누가 날 갖고 노는 것 같다. 이 정도 반응이면 재밌었을까.

예술대학에서 영화를 전공하며 딱 하나 가슴 깊이 새긴 것이 있다. 절대, 나도 옛날에 영화했었는데, 하는 사람은 되지 말자고. 영화를 촬영하며 이곳저곳 다니다 보면 많은 사람을 만나는데 어딜 가나 꼭 한 분이 이런 말을 한다. 나도 옛날에 영화했었는데 지금은 이 일 하며 살아. 나는 그 말이 너무 슬펐다. 그래서 절대 그런 사람은 되지 않아야겠다고 결심했다. 절대로 그만두는 사람은 되지 말자. 그러나 나는 결국 그런 사람이 될 것이다. 그거 딱 하나 새겼는데 그거 하나 지키지 못한다. 지금의 나는 과거의 나에게 미안하고 부끄러운 미래다.

나는 사람에 지쳤다. 영화 따위 됐다. 아무리 꿈이어도 행복하지 않다면 됐다. 한강이 보이는 비싼 아파트에서 와인을 마시다 문득 죽고 싶다는 생각을 하게 되는 것이 성공이라면 나는 애초에 포기하고 싶다. 미치도록 재밌는 영화들이 매년 꾸준하게 개봉하는데 그 영화를 못 본다고 생각하면 끔찍하다. 나는 오래 살아야 한다. 자살은 안 된다. 어쩌면 이건 너무 극단적인 생각일지 모른다. 뭘 자살까지 하냐고. 그렇게 힘들면 돈만 벌고 중간에 멈추면 되지 않냐고. 그러나 중간에 멈추는 건 없다. 모든 영화가 그렇다. 적당한 선에서 멈추는 주인공은 없다. 아주 끝까지, 작은 조각까지 샅샅이 부서진다. 파멸이다. 그래서 애초에 시작도 하지 않기로 한다. 살짝 맛만 봤는데도 더러워서 담그려던 발을 급히 빼기로 한다.

아니, 다르게 써보자. 나는 능력이 없어 성공하지 못했다. 그래서 이런 생각을 한다. 성공이 싫어서 하지 않는 것이라고. 옹졸한 마음에 비겁한 변명을 찾아낸 거라고. 그래, 이게 더 인간적이다.

뭐가 맞든 사실 중요한 건 아무것도 없다. 못하든 안 하든 뭐든.

2년 전의 내가 프랑스까지 가서 겨우 특별하게 만들어놓은 나를, 2년 후 지금의 내가 엄청나게 괴로운 순간들을 겨우겨우 참아내 가며 별 볼 일 없는 나로 만들어놓았다. 대단한 작업이다.

살다살다 보이스피싱까지
나를 걱정해주더라

오늘은 아빠의 생신이다. 문자를 보냈는데 가지 않은 것 같다. 카톡으로 다시 보냈지만, 아빠는 카톡을 읽지 못할 게 뻔하기 때문에 엄마에게 한 번 더 보냈다. 두 분 다 답장이 없다.

어젯밤 잠들기 전 프랑스 남부 여행에 대한 정보를 찾다가 '동행'이라는 걸 알게 됐다. 유럽을 여행하는 사람들이 같이 다닐 사람을 찾는 카페였는데 거기서 니스에 오는 사람들이 있다는 걸 알게 됐다. 카톡을 보내볼까 하다가 새벽 2시라서 자고 일어나 다시 보내기로 하고 잠들었다.

새로운 약속이 생겼다

12시가 넘어서 일어나 카톡을 보냈다. 26살 남자, 파리에서 한 학기 교환학생을 하고 있는 졸업 직전의 공대생. 함께 교환학생

146

을 하고 있는 또 다른 26살의 남자 한 명과 23살의 여자 한 명과 함께 니스에 3일 정도 머물며 물놀이를 할 거라고 했다. 나는 16, 17일 칸에 가서 이창동 감독님의 영화 〈버닝〉을 볼 계획인데 혹시 어떠냐고 물었고, 그들은 17일에 도착하니 〈버닝〉을 보지는 못할 것 같지만 칸 영화제에 가는 것에는 흥미를 보였다.

한국인들과 함께 어울려 놀고 싶지만 쓸 수 있는 돈도 많지 않고 나이도 나보다 한참 어려서 같이 어울리기엔 불편할 것 같았다. 어쨌든 대화가 시작됐으니 일단 계속 진행해본다. 남자가 함께 물놀이에 가지 않겠냐고 했지만 나는 혼자 가기도 민망한 물놀이를 같이 그것도 모르는 사람들과 가기는 더 민망해서 안 될 것 같다고 했다. 대신 정말 하고 싶었지만 혼자라서 못했던 걸 추진해본다. 술 마시기. 술을 마시고 싶은데 혼자라서 못 마셨다. 혹시 술 마실 계획이 있으면 껴달라고 하니 17일에 니스에서 한잔할까요? 라는 대답이 왔다. 나이스!

프랑스에서 약속이 생겼다. 생각만 해도 불편하고 어색하지만, 아주 약간은 다채로운 촬영을 위해 새로운 사람들과의 술자리가 좋을 것 같기도 하고, 또 아주 약간은 유럽 여행 온 사람들이 그러하듯, 어딘가를 여행하는 사람들이 그러하듯, 새로운 사람들을 만나서 낯선 만남을 가져보는 것도 괜찮을 것 같다는 생각이 든다. 17일 밤, 누군지 모르는 사람들과 니스에서 술자리. 설렌다. 내가 나이가 많아 불편하시겠다고 했더니 나이는 신경 쓰지 않는단다. 오, 유러피안.

새로운 게스트는 없었다

새로운 게스트가 온 줄 알았는데 어제까지만 해도 분명 확신했었는데 오늘 살짝 열린 옆방 문을 스윽 밀어 열어보니 방이 텅 비었다. 분명 누가 온 것 같았는데… 아무도 없었다니 허탈하다. 혼자 있으면 조용하고 신경 쓸 게 없어 편하긴 한데, 남의 집에서 혼자 가만히 있으니 쓸쓸하다.

자전거 바퀴에 드디어 바람을 넣었다

바퀴에 공기를 넣어야겠다는 사실을 인지하고 혼자서 각고의 노력을 펼쳤지만 모두 실패하고, 드디어 오늘, 숙소 아래쪽에 있는 오토바이 가게에 가서 미리 번역해둔 '자전거 바퀴에 공기를 넣고 싶습니다. 여기서 되나요?' 글씨를 보여주니 사장님이 고개를 끄덕한다. 공짜로 해줄 것을 알면서도 나는 예의상 하우 머치? 물었다. 그러자 사장님은 아무 대답도 하지 않았고 친구로 보이는 다른 남자가 옆에서 얼마 받을 건데, 라며 웃었다. 사장님은 무뚝뚝하게 앞뒤 바퀴에 공기를 넣어줬다. 타이어가 순식간에 부푼다. 이렇게 쉬운 것을! 바퀴에 공기를 넣고 나는 괜히 한 번 더 어물쩡거리고 사장님은 뭔지는 모르겠지만 괜찮으니 그냥 가라는 식의 말을 하고 나는 맥씨 맥씨(감사 감사) 하며 길을 떠났다.

자전거 바퀴에 드디어 공기를 넣으니 마음이 가벼웠다. 외장 하드를 사기 위해 전자제품 매장 가는 길을 내비게이션에 찍고 자전거에 휴대폰을 달고 이제 달려볼까! 하는데 우당탕…. 휴대폰이 떨어졌다. 오마이갓! 후다닥 주워들고 보니 액정이 나갔다. 아, 짜증나. 작은 걸 얻고, 큰 걸 잃었다.

프랑스는 언덕의 나라

전자제품 매장까지 가는 길은 아주 멀고도 험했다. 죄다 오르막길이라 가는 내내 자전거를 끌고 갔다. 자전거 앞에 단 바구니 높이가 높아서 카메라 각도를 위로 올리니 앵글도 이상하다. 이놈의 자전거는 마음처럼 되는 게 하나도 없다. 왜 샀을까….

나는 자전거를 이고지고 언덕을 오르고 또 올랐다. 누가 프랑스 좀 평지화시켜줬으면 좋겠다. 왜 전기자전거를 빌릴 노력을 하지 않았을까. 원망하고 좌절했다. 내 기필코, 이 언덕을! 시원하게 내려오리라! 돌아올 때 무조건 이 길로 돌아와야지! 이를 바득바득 갈며 언덕을 올랐다.

물리를 잘하진 못했지만, 심지어 이해하지도 못했지만, 운동에너지를 위치 에너지로 바꿨더니 위치 에너지가 분노 게이지를 채웠다. 가득 찬 분노 게이지는, 쓸 곳이 없다.

땀을 뻘뻘 흘리며 전자제품 매장에 도착하니 슬슬 비가 온다. 아, 진짜.

매장 안에 삼성과 LG TV가 번쩍거린다. 내 회사도 아닌데 괜히 어깨가 올라간다. 나는 논리적으로 외장 하드가 있을 만한 위치를 찾았다. 컴퓨터 부속품들이 있는 코너에서 외장 하드를 찾았다. 1테라를 사야 할까 2테라를 사야 할까… 고민하고 있는데 젊은 직원이 봉쥬흐? 하면서 뭘 찾느냐고 묻는다. 나는 외장 하드가 영어로 뭔지 생각이 안 나 번역기를 튼다. 직원이 내가 손에 들고 있는 카메라를 보며 뭐 하는 거냐고 묻는다. 내 다큐멘터리를 찍고 있어요. 직원의 표정이 썩는다. 나이 많은 직원이 다가오자 내가 뭘 찍고 있다면서 뭐라고 하는 것 같았다. 나이 많은 직원은 나에게 뭘 찾느냐고 물었고 나는 하드 드라이브… 하다가 그제야 번역기에서 외장 하드가 번역돼서 직원에게 보여줬다. External Hard Drive. 나는 뭘 찾는 게 아니라 그냥 외장 하드 앞에 서서 뭘 사야 하나 고민하고 있었던 것뿐인데…. 직원은 지금 보고 있는 게 맞다며 원하는 사이즈를 물었다. 원 테라바이트 오알(or) 메이비 투 테라바이트. 직원은 들고 있던 휴대폰으로 제품의 바코드를 찍더니 화면에 나오는 1테라짜리 가격을 알려주고 2테라짜리 가격도 알려줬다. 인터넷이 이렇게 느린 나라에서 이런 최첨단 직원이라니. 2테라짜리가 예상보다 비싸지 않아서 그걸 달라고 했다. 사람이 달라붙으니 고민의 시간이 확 줄었다. 나는 직원이 다가와 말 걸어주는 걸 좋아하지 않지만, 그래도 뭐 어쨌든 서비스다.

가져온 현금이 많지 않아 카드로 계산을 하고 나왔다. 휴, 큰일 하나 치렀다. 이제 용량 걱정은 하지 않아도 될 것 같다.

사람들은 나를 도와주고 싶어 한다

가는 길에 비를 쫄딱 맞을까 봐 걱정했는데 매장 밖으로 나오니 비는 오지 않았다. 자전거에 다시 카메라를 달고 있는데 지나가던 프랑스 노부부 중 할아버지가 프랑스어로 뭐라고 말을 건다. 암쏘리?(I'm sorry?) 그러자 할아버지는 내 자전거 자물쇠를 잡으며 이거 안 풀었다고 말해주는 것 같았다. 오, 아이노 아이노 (I know) 맥씨 맥씨(Thanks). 알고 있었는데 할아버지도 참. 설마 자물쇠도 안 풀고 출발할까 봐요. 상냥한 할아버지가 가고 난후 다시 카메라를 자전거에 달고 있는데 이번엔 어느 나라 사람인지 모르겠지만 아저씨가 나에게 말을 건다. 이번에도 자전거 뒤쪽을 가리킨다. 오 아이노, 하며 자전거 자물쇠를 풀고 있는데 그게 아니라 뭔가 길게 설명한다. 손가락으로 가위질하는 시늉을 하는 것으로 보아 와이어가 너무 얇아서 이런 걸 쓰면 아무나 휙 잘라서 훔쳐간다는 것이었다. 나는 자전거 자물쇠를 바꿀 생각이 없지만, 짐짓 심각한 표정을 지으며 그런 건 전혀 생각하지 못했다는 듯이 아하… 맥씨 맥씨.

여기 전자제품 매장에서는 나이 드신 분들이 어쩜 이렇게 하나같이 친절하신지. 자전거를 타고 매장을 빠져나오며 나는 그런 생각을 했다. 내가 약간, 불쌍해 보이는가 보구나. 그래서 사람들이 자꾸만 도와주고 싶게 그런 기운을 뿜어내고 있는가 보구나. 웃음이 터져 나왔다.

기억해보니 심지어, 보이스피싱 하는 사람도 나를 도와주려고 했다. 옛날 일이다. 대학생 때, 아침 10시 수업에 들어가기 전, 문 앞에서 전화를 받았다. 보이스피싱에 관한 건 인터넷에서 하도 많이 봐서 대충 시나리오를 알고 있었는데 그건 처음 들어보는 내용이었다. 어설프게 딱딱한 남자의 목소리가 자기를 검찰 쪽 어디랬나 경찰 쪽 어디랬나, 라고 소개했다. 내 이름을 알고 있었고 모르는 사람의 이름을 말하며 그 사람이 내 통장을 대포통장으로 썼다고 했다. 어느 은행에 통장이 있죠, 라고 물었는데 나는 없었다.

- 아니요. 없는데요.

- 없어요? 그럼 어디 은행에는 통장이 있죠.

- 아, 거기도 없는데요.

- 그럼 어디 은행에는 통장이 있죠, 똑바로 사실대로 말씀하셔 야 돼요.

- 아, 거긴 있어요. 근데 쓰진 않았는데.

- 그걸로 돈을 인출해가지고…

- 그 통장엔 돈이 없는데…

- 그 사람이 사용을 했어요. 그걸.

- 아, 그런가요.

나는 그때 한창, 뭐 언제나 그렇긴 했지만, 돈에 쪼들렸기 때문에 심장이 철렁했다. 남들은 돈이 사라질까 봐 겁을 내는지 모르겠지만 나의 경우엔 돈도 없는데 돈 들어갈 일이 생길까 봐 그게 너무 무서웠다. 진짜 돈이 하나도 없는데 돈을 내야 하는 상황만큼 끔찍한 건 없으니까. 나는 겁이 나서 최대한 열심히 그 사람이 하는 말을 꼼꼼하게 들었다.

－제가 어떻게 되는 건가요?

－아직 뭐 어떻게 되는 건 아니고….

나는 통화를 하면서 그 사람의 말을 제대로 들으려 노력하면서도 이게 혹시라도 진짜 보이스 피싱일 수도 있으니까 나의 정보를 넘겨주면 안 된다, 정신 차려보니 ATM 기계 앞에서 송금 버튼을 누르고 있으면 안 된다, 명심하고 또 명심했다. 어차피 뺏길 돈이 없어서 괜찮긴 했지만, 소설에서 본 바로는 돈이 없어도 내 신용을 가지고 없는 돈도 만들어서 뺏어갈 수 있는 세상이었다. 내 정보는 하나도 주면 안 된다, 절대 안 된다. 그 사람은 이미 나의 이름을 알고 있었고 내 휴대폰 번호도 알고 있었다. 나는 그저 그 은행에 계좌가 있다는 것만 말했을 뿐이니 아직 큰일 날 건 없다, 고 나는 생각했다. 반은 진짜일지도 모른다고 생각했고 반은 보이스피싱일지도 모른다고 생각했다. 나에게 범죄와 관련된 그런 심각한 일이 일어날리 없다고 생각하면서도 반대쪽에선 그런 일은 누구에게나 일어날 수 있다고 말하고 있었다. 나는 계속 말을 못 알아듣는 나에게 자세히 설명해주는 그 형사님인지 누군지에게 자세히 설명해주서서 감사합니다, 하고 인사했다. 20분 정도 통화한 것 같다. 그 사람은 일단 알겠다고 하며 전화를 끊겠다고 했다. 그럼 전 뭘 어떻게 하면 되냐고 묻자 일단 가만히 있으라고 했다. 나는 전화기를 꼭 붙들고 수업이 한창인 교실 안으로 들어갔다. 들어가 자리를 잡고 앉은 지 얼마 되지 않아 다시 전화가 왔다. 나는 심각한 표정으로 밖으로 나왔다.

아까 그 사람이었다. 나는 내 인생에서 최고로 착한 목소리로 여보세요, 네, 네, 하고 전화를 받았는데 그 사람이 갑자기 이런 말을 했다.

- 저기요.

- 네.

- 앞으로 이런 전화 오면 받지 마세요.

- 네?

- 걱정돼서 하는 말이니까 잘 들으세요, 이런 전화 오면 받지 마시라구요.

- 네???

그때 진짜, 살면서 화가 끓어오르는 것을 피부로 느껴보긴 처음이었다. 배꼽 근처에서부터 부글부글하는 무언가가 끓어오르더니 얼굴로 쭉 몰려서는 눈과 이마 쪽에서 펑 하고 터졌다. 그런데 아주 미세하게 이성이 남아있어서 이 사람에게 쌍욕을 했다가는 이 사람이 나에게 어떤 해코지를 할지도 모른다는 생각이 얼핏 들어서, 나는 부글거리는 마음을 되진 않지만, 꾹 눌러보려고 애쓰며, 지금… 저한테… 걱정을… 하, 진짜 그렇게 살지 마세요, 하고 전화를 끊었다. 나는 보이스피싱 사기꾼한테도 걱정을, 받는 사람이다. 황당해서 웃음이 난다.

나는 참… 말 걸기 쉽게 생겼다. 그래서 어딜 가나 사람들이 나에게 길을 물어보고 다짜고짜 반말을 한다. 나는 사람들이 나에게 말을 거는 게 싫다. 나는 혼자 있고 싶고 혼자 생각하고 혼자 고민하고 싶어 한다. 그래도 여기에선, 누군가 말을 걸어주니 좋았다. 내용이나 상황과는 상관없이, 따뜻한 마음이 전해져서 좋았다. 혼자 있는 나를, 아무 이유도 없이 신경 써줘서 고맙습니다.

아주 매운 라면이 먹고 싶다

전자제품 매장에서 조금 더 올라가면 쇼핑센터가 있다. 좀 제대로 된 매장인 줄 알았는데 그냥 까르푸였다. 엄청나게 큰 마트. 한국은 지하 2층, 지하 1층, 지상 1층, 지상 2층에 마트가 꽉 차 있다면 프랑스 까르푸는 그냥 1층에 딱, 모든 게 수평으로 꽉 차 있었다. 프랑스에서 산 옷을 입는 것이 프랑스 오면 하고 싶은 일 중 하나였기 때문에 예산이 적은 나는 입을 만한 옷을 까르푸에서 찾았다. 마음에 드는 옷을 찾진 못했으나 그래도 지금 사지 않으면 영영 못 살 것 같아서 그중 그나마 제일 애매하게 마음에 드는 옷을 골랐다. 양념된 치킨윙과 봉을 5천 원 정도에 팔고 있어서 그것도 샀다. 아시아 코너에서 신라면을 사고 싶었는데 일본 제품과 태국 제품만 있어서 대충 라면인 것 같은 것도 하나 집어 왔다. 신라면이 최곤데…. 짐 쌀 때 캐리어에 공간이 없어서 가장 마지막에 포기했던 신라면 다섯 봉지가 아른거린다.

♥♡♥

계산을 하고 나오는 길에 매장 입구 근처에서 휴대폰 수리해주는 가게를 봤다. 하필 내 휴대폰이 박살난 날, 이런 매장이 딱 눈앞에 나타나다니. 고치라는 건가. 그러나 여기서 돈을 많이 쓸 수 없어서 꾹 참았다. 아직 글씨가 안 보이거나 하는 건 아니니까 한국 돌아가면 수리를 하든 휴대폰을 바꾸든 해야겠다. 돈은 정말 쉴 틈을 안 주고 새어 나가는구나.

진짜 아주 조금만 가져왔다고 생각했지만 그래도 캐리어의 반 이상을 차지했던 내 옷들. 여기 와서 반의반도 안 입고 있다. 짐 싸기에 대해 다시 생각해봐야겠다.

힘들게 고생하며 올라왔던 언덕길을 아주 순식간에 시원하게 내려왔다. 속이 좀 후련할 줄 알았는데 그것보다는 이게 뭐 하는 짓인가 싶어서 마음이 좋지 않았다. 버스를 타고 다녔으면 훨씬 더 편하고 돈도 아꼈을 텐데. 애증의 자전거다.

집에 돌아와 치킨윙과 봉을 구워 먹었다. 제법 그럴싸한 저녁이다. 예전에 샀던 피클과 같이 먹었는데 프랑스 피클은 시기만 하고 맛이 없다. 한국의 새콤달콤한 피클이 그립다. 프랑스 사람들 너무… 맛없는 것만 먹고 사는 것 같다. 이젠 안타까울 지경. 다들 한국으로 초대해서 제육볶음이랑 감자탕이랑 삼겹살이랑 김치찌개랑 양념갈비랑 치킨이랑 다 먹게 해주고 싶다. 나는 아직도 프랑스 사람들이 뭘 먹고 사는지 모르겠다. 마트에서 계산할 때 앞사람이 산 물건들을 유심히 살펴보는데 특별한 게 없다. 하긴, 재료들을 사는 거니 뭘 만드는 건지는 당연히 모르지.

자전거를 끌며 언덕을 오를 때, 내가 지금 뭐 하는 건가, 집에서 쉴 걸 왜 이러고 나와서 고생을 하나 한탄했는데 막상 또 집에만 있으면 프랑스까지 와서 이게 뭐 하는 건가 나가서 뭐라도 해야 되지 않나 하는 생각이 든다. 그러다 내린 결론. 나는 놀러 왔다. 일하러 온 것도 아니고 고생하러 온 것도 아니다. 나는 진짜 놀러 왔다. 그러니 놀고 싶은 대로 놀면 된다. 아이러니한 것은 내가 놀고 싶어 하는 방식이 그냥 집에서 뒹굴거리며 영화나 보는 거기 때문에 굳이 프랑스에서 놀 필요가 없다는 거긴 하지만.

아무것도 안 하니까 시간이 더 빨리 간다

어릴 때는 호기심에 차서 하루하루가 특별하고 아직 경험이 많지 않기 때문에 모든 일이 다 처음이라 새롭고 벅차서 모든 날이 개별적으로 저장되기 때문에 시간이 느리게 간다고 했다. 24시간이 24시간으로 저장된다. 그러다 나이가 들면 더는 새로울 것도 없고 발생하는 일들은 이미 예전에 겪어본 것들과 비슷하기 때문에 뇌에서 뭉텅이로 묶어서 기억해서 시간이 빨리 간다고 했다. 어릴 때 1년이 365일이라면 늙어서는 1년이 200일이나 100일쯤 되는 것이다. 나는 프랑스에서 아무것도 안 하고 있기 때문에 시간이 빨리 간다. 지금 찍고 있는 다큐멘터리도, 아무런 사건이 벌어지지 않기 때문에 제대로 된 다큐멘터리가 될 것 같지 않다. 나는 세상에서 제일 부자다. 귀한 것들을 마구 버린다. 쓰지도 않고,

그냥 좀 냅두라고요
성질 더러우니까

동네 다이소에 갔는데 무인 계산기가 있었다. 구입하려는 상품을 알아서 바코드 또는 QR코드를 찍은 후 계산하면 된다. 나는 부끄러움이 많아 처음 해보는 새로운 것을 남들이 보는 앞에서 하는 게 싫다. 그래도 처음 한 번만 꾹 참으면 되니까, 그다음부터는 계산해주는 직원분과 마주할 일 없이 혼자서 계산하고 나가면 되는 거니까, 더 편해지는 거니까, 라는 생각으로 무인 계산기 앞에 섰다. 사려는 물건이 많지 않아서 괜찮을 것 같았다. 화면을 보니 물건에 있는 QR코드를 찍으라고 한다. 나는 당황했다. 물건을 이리저리 돌려 봐도 QR코드가 보이지 않는다. 이게 뭐지? QR코드가 없는 건 그냥 바코드를 찍는 건가? 나는 옆에 있는 바코드기를 집어 들어 물건의 바코드에 찍는다. 그러나 되지 않는다. 뭐지? 그때 다이소 직원분이 다가온다. 그거 말고 QR코드로 찍으셔야 돼요. 바코드로 하는 거 아니라고요. 직원은 다짜고짜 내 뒤통수에 대고 쏘아붙이고는 가버린다. 나는 도와달라고 한 적이 없다. 그냥 혼자서 어떻게 하는 건지 알아가고 있었을 뿐이다. 두리번거린 적도 없다. 조용히 사용법을 알아가고 있었다. 그런데 왜 나한테 와서는 화를 내고 가는 걸까. 도와달라고 한 적도 없는데 왜 와서 성질을 부리고 가는 걸까. 내가 뭘 어쨌다고.

나는 내가 여자인 게 좋다. 아이를 낳을 수 있으니까 좋다. 그건 축복이라고 생각한다. 부드러운 피부도 긴 머리도 좋다. 그러나 가끔 이런 생각을 해본다. 만약 다시 태어난다면, 그게 여자가 아니라면, 꼭 남자여야 한다면, 키가 크고 덩치도 커서 사람들이 함부로 대하기 어려워하는 사람이었으면 좋겠다고. 딱 봐도 성질이 더러워 보여서 아무도 먼저 말을 걸지 않는 사람이었으면 좋겠다. 어차피 성격은 이미 더럽다. 외모만 따라오면 된다.

나는 강아지상도 고양이상도 아니다. 나는 내비게이션상이다. 길을 물어봐야 할 때 당신이 고개를 들어 두리번거리다가 한 명을 골라 다가간다면 그건 나다. 나는 지도 앱을 켜고 길을 찾고 있는데도 사람들이 와서 길을 물어보는 사람이다. 외모가 예쁘거나 호감형이라는 말이 아니다. 나는 그냥 제로다. 좋지도 나쁘지도 않다. 나는 그냥, 해롭지 않다. 그거다.

그래서 나는 화가 난다. 사람들은 혼자 있고 싶은 나에게 다가와 나를 만지고 찌르고 함부로 눈을 맞추고 말을 건다. 그 모든 건 나에게 폭력이다. 뭐 그런 걸 가지고 폭력이래, 하는 사람도 있을 거고 반대로 나도 정말 그런 거 싫어하는데, 하는 사람도 있을 것이다. 어떻게 생각하든 좋다. 나는 귀에 이어폰을 꽂고 음악을 듣고 있는 수십 명의 사람 중 굳이 맨 앞에 서 있는 나에게 와서 내 어깨를 쿡 찌르며 말을 거는 것도 화가 나고, 지하철 탈 때 앞사람이 들어가는 속도에 맞춰 나도 따라 들어가고 있는데 빨리 가라며 뒤에서 내 엉덩이를 손으로 미는 것도 화가 나니까. 나에게 말을 거는 사람들은 그 누구도, 저… 혹시… 죄송한데요…, 라고 말한 적 없으니까.

그래서 나는 무례하다. 길을 걷는데 누군가 말을 건다면 무시하고 그냥 간다. 인상이 좋아 보이신다며 말을 걸어서 내 돈을 뜯어내려는 사이비 종교여도 싫고, 초행이라 길을 몰라서 물어보는 것도 싫다. 왜 그렇게 인성이 파탄 났냐고 묻는다면 어른들이 나를 이렇게 만들었다고 하고 싶다. 지금이 엉망인 건 이전 세대들의 잘못이라고 하지 않나. 이것도 그런 거다. 나를 이렇게 만든 건 나를 함부로 다룬 이전 사람들의 잘못이다. 물론 그런 사람들은 이 글을 절대 읽지 않겠지만. 생각해보니 야간자율학습 하고 있는 애들 앞에서 야간자율학습 도망간 놈들 욕하며 화내는 담임 선생님 같은 짓을 하고 있다. 남아있는 애들이 무슨 잘못이라고 욕을 먹어야 하나. 하는 짓이 똑같은 걸 보니 나도 이전 세대다. 모든 게 엉망이다.

그런데도 나는 내 앞에 걸어가는 누군가가 휘청이며 넘어지려 하면 손부터 먼저 뻗는다. 계단을 오르는 어르신의 짐이 무거워 보이면 가서 들어드리고 싶다는 생각을 한다. 횡단보도를 아주 느리게 건너는 할머니가 있다면 할머니의 속도에 맞춰 나도 느리게 걸어 차들이 혹시라도 행인을 못 보는 일이 없도록 한다. 그러면서도 나는 나에게 말을 걸어오는 모르는 사람을 질색한다. 나는 왜 이렇게 괴팍한가.

아니, 그보다 먼저. 왜 나만 착해야 하나.

누드비치인 줄 모르고 갔습니다만?

아마도 어제 낯선 사람이 함께 물놀이 가자고 한 것이 발화점이 되었을 것이다. 오늘 해변에 갔다. 일찍 일어나고 싶었지만, 오늘도 12시가 넘어 일어났다. 시리얼로 대충 점심을 하고, 한국에서 가져온 수영복으로 갈아입고, 샌들만 신고 나가야 하니 발톱에 매니큐어도 칠하고, 선글라스를 꼈다가 벗었다가 카디건을 입었다가 벗었다가, 뭘 어떻게 해야 할지 몰라 망설이고 또 망설이다 짐 다 챙겨 밖으로 나와 현관문 앞에 서서도 나갈까 말까 망설이다 문을 열고 밖으로 나왔다.

어제 까르푸에서 산 옷은 수영복코너 비슷한 곳에 있었는데 수영복 위에 걸치기 좋은 얇은 옷이었다. 새로 산 옷을 룰루랄라 입고 해변까지 걸어갔다. 5분만 가면 바로 해변이다. 수영복이… 가슴이 훤히 드러나는 그런 수영복이라서… 내 인생에 이렇게 야한 차림으로 밖에 돌아다녀본 적이 없어서… 심장이 두근두근했는데, 해변에 도착하니 나는 아무것도 아니었다.

내가 잘못 본 줄 알았다

여긴 그냥 작은 동네다. 유명한 휴양지인 니스와 칸 사이에 있다 보니 해변에 리조트들이 많고 주변에 상점들이 조그마하게 있다. 해변이라고 해봤자 한국에 대천 해수욕장만큼 거대하고 으리으리하지도 않다. 단촐하게 모래와 파란 바다가 조금 있을 뿐이다. 해변에 사람들이 아기자기하게 누워있었다. 다들 비치타월을 깔고 홀가분하게 누워있구나, 나도 얼른 자리를 잡아야지, 저쪽 구석에 가야겠다, 라고 생각하며 터벅터벅 모래 위를 걸어가며 사람들을 봤다. 대부분의 사람들이 팬티만 입고 있었다. 응?

거의 대부분의 사람들이… 수영복 하의만 입고… 위에는 모두 벗고 있었다. 남자 여자 할 것 없이… 모두가…. 내가 뭘 본 거지? 내가 방금 무슨 가슴을 본 거지? 응? 어??? 뭐?????

여긴 누드 비치가 아니다. 누드 비치라면 푯말이 어딘가에 크게 있었을 것이다. 여긴 도로 바로 옆에 조그맣게 있는 그냥 그런 동네 해변이다. 그런데 여자들이 가슴을 훤히 드러내놓고 태닝을 하고 있었다. 여기도 가슴, 저기도 가슴이었다. 할아버지 가슴, 아저씨 가슴, 아줌마 가슴, 할머니 가슴, 이 가슴, 저 가슴… 와우.

여자인 나도 여자들의 누드를 보고 이렇게 눈이 돌아가는데 남자가 왔다면… 하는 생각이 잠시 들었다. 타월을 깔고 자리에 앉아 겉에 입고 온 옷을 벗고 수영복만 남기고 그래도 팔뚝 살이 좀 부끄러워서 카디건을 꺼내 입고 귀에 이어폰을 꽂고 음악을 들으며 마음을 진정시키고 나니, 나도 벗어? 하는 생각이 솔직히 들기도 했다.

벗으면… 진짜… 진심으로… 여자로서… 해방감 오지겠다.

바다를 잠깐 바라보다가 뒤돌아보니 아주 작은 2차선 도로를 사이에 두고 떡하니 20층은 되어 보이는 커다란 리조트가 길가에 쫙 있었다. 테라스에서 이곳이 아주 잘 보일 것이다. 심지어 한적한 곳도 아닌데 사람들이 진짜 아무렇지도 않게 훌러덩 벗고 있구나. 와우, 프랑스.

프랑스의 누드 비치란 이런 것이다. 도시를 걸어다니는 차림의 두 남녀가 도시를 걸어 다니다가 해변으로 들어왔다. 가방에서 꺼낸 비치타월을 깔고 자리를 잡더니 자켓을 벗고 티셔츠를 벗고 바지를 벗고 브래지어를 벗는다. 도로에서 해변으로 스무 걸음 걸어 들어왔을 뿐이다. 남자는 바지 속에 수영복을 입고 있었고 여자는 그냥 망사 팬티다. 선글라스를 끼고 바다를 보며 음악을 듣고 있던 나는 그 커플이 내 앞에서 그러는 바람에 강제로 그 모습을 보고야 말았다. 안 보고 싶어도 어쩔 수 없이 보게 된다. 이건 여자고 남자고를 떠나서 어쩔 수가 없다. 그렇게 누드가 된 커플은 그대로 일자로 누웠다. 아무렇지도 않게.

아니. 어떻게 이럴 수가 있지? 여행 온 거라면 나처럼 기껏해야 수영복 정도지 않나. 그럼 여기 사는 사람들이라 이게 일상인 건가. 동네 사람들이 뒤에 다 있는데 그러든 말든 가슴 드러내놓고 해변에 누워있을 수 있는 건가? 아니면 프랑스 자체의 문화인가? 정말 충격이었고 굉장히 해보고 싶었다. 모든 것을 다 벗어버리고 해변에 누워… 아니, 아니다. 나는 죽어도 못한다. 벗고 누워있었던 사람들은 이미 온몸을 다 까맣게 태워서 가슴이 짜잔! 가슴이다! 하고 있기보단… 가슴? 하고 있었는데 살을 하나도 태우지 않은 나의 가슴은 짜잔! 이어서 세상 망측해서 드러낼 수가 없다. 나는 황인인데 해변에 있던 어떤 백인보다 하얗다. 그래도 한번 해보고 싶긴 하다. 아무도 없다고 해도 절대 못 하겠지만. 그래도 꽉 죄는 수영복을 팍 벗어 던져버리고 모든 것을 내려놓고 해변에 누워있어 보고 싶긴 하다. 아, 정말 문화 충격 제대로다.

해변엔 할머니 가슴도 있고 아줌마 가슴도 있는데 아가씨 가슴은 없는 것 같았다. 젊은 여자들은 이렇게 안 하는가 보구나. 혹시 다른 쪽 해변에 있었을지도 모르지만 내가 있던 이쪽 해변에는 없었다. 유일하게 비키니를 벗지 않고 위아래 전부 착용하고 있던 내 왼쪽에 누워있던 여자가 유일하게 아가씨인 것 같았다.

내 주변에 누워있는 수많은 여자들이 가슴을 드러내고 있다는 사실에 조금 적응한 후, 누울까 말까만 5분 이상 고민하다가, 용기를 내 나도 누웠다. 촬영은 글렀구나, 괜히 카메라 꺼냈다가 따귀 맞겠다, 그냥 눕자.

나의 수영복은 팬티 모양의 하의와 짧은 치마가 달린 홀터넥 모양의 상의로 구성되어 있다. 바닥에 똑바로 누우면 치마가 위로 올라가서 하의가 살짝 보인다. 그것 때문에 누울까 말까 다른 옷으로 아래를 좀 가릴까 계속 고민했는데 에이, 다른 사람들은 아예 다 벗고 누워있는데 나는 팬티도 아니고 수영복 팬티 조금 보인다고 뭘 그걸 부끄러워하고 있어! 하는 생각에 그냥 누워버렸다. 그래 뭐, 좀 보이면 어떠냐, 망사도 아닌데.

해변에 누워있는 이유

나는 살이 타는 게 싫다. 가장 큰 이유는 한국에서는 흰 피부의 여성이 아름답기 때문이다. 나도 하얗고 깨끗한 피부를 가지고 싶다. 두 번째 이유는, 이것도 제법 큰 이유이긴 한데, 살이 타면 너무 아프다. 작년에 딱 하루, 그것도 네 시간, 선크림을 바르지 않고 자전거를 탔다가 팔과 다리가 활활 타버려서 비싼 화상 연고 크림을 며칠씩 발라야만 했다. 정말 아팠다. 제대로 된 태닝이 아니라 태양볕에 애매하게 타버리면 그해 여름과 가을 내내 애매하게 까매서 얼룩덜룩 지저분해 보이는 팔다리로 지내야 한다. 태우고 싶지도 않고 태우지 않는 게 더 낫다. 그래서 꼭 선크림을 열심히 바른다. 오늘 해변에 나올 때도 팔, 다리, 손, 발, 얼굴, 목, 가슴까지, 열심히 선크림을 발랐다. 그 상태로 살을 태우고 있는 프랑스 사람들 사이에 누웠다. 선글라스를 벗어야 하나 싶어서 살짝 벗어봤더니 햇빛이 너무 따가워서 다시 썼다.

　태양 아래에 누워있는 기분은, 딱 찜질방 안에 들어와 있는 것과 똑같은 기분이었다. 후끈 후끈한 열기가 나를 꾸욱 누른다. 어디선가 잠깐씩 찬바람이 불어와 열기를 식히고 나면 다시 태양빛이 내리쬔다. 이건 햇빛이라고 할 수 없다. 태양 빛이다. 살이 익어가는 느낌이 든다. 온몸이 소독되는 것 같다. 가슴까지 내놓으면 진짜 기가 막히긴 하겠다. 그러나 나는 꾹 참는다.

한국 아줌마들이 찜질방에 들어가 불덩이 같은 돌덩이에 몸을 지지는 것을 좋아하듯이 프랑스 아줌마들은 해변에 나와 태양 빛에 몸을 굽는다. 나는 수영복이 너무 신경 쓰여서 모든 것을 내려 놓지는 못했는데 진짜 정말이지 그렇게 잠들어버리고 싶었다.

눈을 감고 나른함을 즐기다가 눈을 떠서 태양을 바라보며 최면에 걸린 듯 몽롱해져 있는데 어떤 아시아 아줌마가 다가와 나에게 종이 한 장을 보여줬다. 거기엔 '마사지' 라는 영어와 각종 신체 부위 그림이 그려져 있었다. 나는 손사래를 쳤다. 그러나 아줌마는 가지 않고 두 번, 세 번 나를 설득했다. 노노노노노. 내가 다섯 번 정도 거절하자 아줌마는 다른 손님을 찾으러 갔다. 한국에선 맥주나 치킨을 파는데, 여기서는 마사지를 파는구나. 같은 아시아 사람으로서 마음이 불편했다. 프랑스는 인터넷도 느리고 언덕도 너무 많고 가게도 8시면 문 닫는 정말 별로인 나란데! 나는 이 나라에 자격지심을 느낀다. 프랑스 사람이 다가와 마사지를 해주겠다고 했으면 느끼지 않았을 감정이다. 나는 내 인생을 책임질 돈도 없으면서, 프랑스에 와서 선글라스를 끼고 가슴이 파인 수영복을 입고 누워있는 내가 부끄러웠다.

음악을 듣자, 볼륨을 높이자, 클래식을 듣자, 클래식을 들으면 현실을 지울 수 있다, 클래식은 현실을 이상으로 흐린다. 사물의 테두리를 지우고 정신을 불명확하게 한다. 누구의 곡인지도 모르는 클래식을 들으며 눈을 감고 누워 잠깐 시간을 보냈다.

선크림을 발라도 살이 탄다

충분히 선크림을 바른 것 같아도 시간이 지나면 땀에 지워져서 어쨌든 살이 탄다. 한쪽 무릎이 빨개져 있었다. 집에 가야 할 시간이 된 것이다. 선크림을 발라도 살이 탄다는 건 인생에 있어서 정말 큰 교훈이다. 모두 명심할 것. 선크림을 발라도 살은 탄다. 어차피 탄다고 바르지 않으면 어마어마한 고통이 뒤따른다. 어딘가 살이 따끔거리고 빨개졌다면 이제 집에 돌아가야 한다는 뜻이다.

수영은 다음 기회에. 해변 첫 도전인데 너무 많은 것을 하진 말자. 이제 오후에 틈만 나면 해변에 나가 누워있어야 할 것 같다. 집과 아주 가까울 뿐 아니라 기분도 정말 좋았다. 온종일 아무것도 안 한 건 어제나 오늘이나 똑같은데 오늘이 어제보다 조금 더 특별해졌다. 해변에 누워 폼나게 책을 읽으면 좋을 것 같은데 나는 언제나 책을 휴대폰으로만 읽으니 폼이 하나도 안 날 것 같다.

너무 늦지 않게, 소일거리를 찾아서 다행이다.

휴지는 내 돈으로

이곳에 처음 왔을 때 화장실에 두루마리 휴지 2개가 있었다. 휴지를 거의 다 써서 집주인 마르실라에게 휴지가 없다고 내일 모래까지 주면 될 것 같다고 메시지를 보냈다. 그리고 파스타를 만

들어 먹을 수 있게 냄비도 부탁했다. 마르실라는 냄비는 오늘 바로 갖다 주겠지만 휴지는 슈퍼에 가서 사라고 했다. 숙박료를 할인된 가격으로 해줬으니 화장지 비용까지 줄 수는 없다고 했다. 나는 오케이 땡큐라고 답장을 보냈지만 어쩐지 찝찝했다. 이런 건 당연히 집주인이 준비해주는 건 줄 알았는데, 아니었구나.

해변에 갔다 돌아오니 계단에 냄비와 유리 볼이 있었다. 유리 볼은 뭐 하라고 주는 거지, 샐러드 만들어 먹으라는 건가. 나는 마르실라에게 냄비 잘 받았다, 딱 필요한 사이즈다, 고맙다고 메시지를 보냈다. 혹시라도 별걸 다 달라고 한다고 맘 상했을까 봐 불필요하지만 더 친절하려 애썼다. 나는 돈을 내고, 그것도 마르실라가 제시한 돈을 내고 여기 들어와 있는 건데. 어쨌든 세입자의 마음은 불편하구나. 두루마리 휴지 하나 때문에 참 별일이다. 이 정도는 뭐 그냥 써도 되겠지, 라고 생각하고 1층 부엌에서 가져왔던 설거지용 세제를 그대로 다시 1층에 가져다 놨다. 한국인 마인드로 대충 얼버무리던 것들을 조심해야겠다.

냄비 덕분에 파스타를 해 먹었다. 한국에서라면 마늘에 청양고추도 넣고 그럴싸하게 해먹었겠지만 여기서는 그냥 파스타 툭, 소스 툭, 되는 대로 먹는다. 도대체 여기서 뭘 먹고 지내는 건지 모르겠다. 얼굴이 처음보다 갸름해졌다. 이렇게 빠진 살은 한국으로 돌아가는 비행기 안에서 기내식을 먹는 순간 바로 다시 찐다던데, 영국 항공은 기내식도 맛없어서 어쩌면 갸름하게 한국으로 돌아갈지도 모르겠다. 무엇보다도 살이 타서… 어쨌든 조금은 날씬해 보이긴 할 것 같다. 김치찌개를 먹는 순간 곧바로 원위치 되겠지만.

R에게서 이메일이 왔다. 칸 영화제에 이창동 감독님이 오시는 것에 대한 내용이었다. 나는 이창동 감독님이자 학교에선 선생님이기도 했던 창동쌤의 새 작품 〈버닝〉을 보러 내일 칸에 갈 거다. R은 만나지 않았으면 좋겠다. 어색하게 아는 사이라 더 불편하다.

참 알다가도 모를 일이다. 혼자 있고 싶으면서 혼자 있기 싫으면서 같이 있기 싫으면서 같이 있고 싶기도 하고. 영화 〈Her〉처럼 친구가 되어주는 인공지능이 나오면 내가 제일 먼저 살 거다. 가슴에 포켓이 달린 티셔츠를 입고 다닐 거다. 목소리는… 크리스 헴스워스랑 마이클 패스밴더랑 베네딕트 컴버배치까지 해서 셋 중에 하나로.

아, 다 영어 쓰는구나.

나는 89만 원짜리 시계가 있다

나에겐 89만 원짜리 시계가 있다. 현재 온라인에서 90만 원에 팔고 있는 브랜드 시계다. 드라마 보조 작가를 했을 때 시계 브랜드에서 PPL이 들어왔는데 그때 작가님에게 선물로 들어온 시계다. 시계의 빨간 줄을 본 작가님이 대번에 마음에 들지 않는다며 나에게 줬다. 나는 남이 주는 걸 잘 받는다. 굳이 사양하지 않는다. 주는 걸 뭐하러 사양하나. 받아야지. 으레 하게 되는, 아니 해야 하는, 아유 뭘 이런 걸 다, 아니에요, 넣어두세요, 에헤이, 저 못 받아요, 어휴 너무 과해요, 아니에요, 안 돼요, 하는 거. 나는 그런 게 불필요한 에너지 소모로 느껴진다. 너무 피곤하다. 그래서 하지 않는다. 대신 정말 감사한 마음으로 기쁘게 받는다. 안 받아도 그만이지만 보통 주는 쪽에서도 자신이 안 가져도 그만이니까 준다. 서로를 좋아한다는 마음만 교환하면 된다. 89만 원짜리 시계는 작가님이 가지고 싶지 않아서 버리듯 나에게 준 것이었다. 물론 89만 원짜리를 버릴 순 없다. 필요 없지만 어쨌든 비싼 거니까 수고하는 보조 작가에게 선물로 주면 되겠다 싶으니까 주신 것이다. 작가님은 부자니까 89만 원이든 뭐든 마음에 들지 않으면 그만이지만 보조 작가에겐 다르다. 아니, 부자인 보조 작가도 어딘가엔 있을 테니 나의 경우에 그랬다고 한정하기로 하자. 나에겐 좋든 싫든 89만 원짜리라면 일단 받아야 한다. 작가님은 돈에 인색하지 않았다. 보조 작가들에게 돈을 잘 썼다. 덕분에 나는 9개월간 여의도에 있으며 평생 해보지 못할 법한 일들을 많이 해봤다. 경험은 자산이다. 경험은 내가 부끄럽지 않도록 막아주는 든든한 갑옷이다.

최근에 어쩌다 보니 알게 된 오빠의 집에 어쩌다 보니 알게 된 사람들과 놀러 간 적이 있다. 오빠는 굉장한 부자였다. 합정 쪽에 있는 브랜드 아파트에 혼자 살고 있었는데 태어나 그렇게 큰 가정집 TV를 본 건 처음이었다. 상차림을 도우려다가 잠깐 싱크대에서 손을 씻는데 물을 틀어도 물이 나오지 않았다. 뭐지? 나는 바로 발패드를 찾았다. 풍금 같은 원리다. 아니, 요즘 사람들도 알아들을 수 있게 하려면 피아노라고 해야 하나. 그곳은 발패드는 없었으나 자동문처럼 발쪽에 센서가 있는 것 같았다. 센서가 발의 움직임을 인식하면 물이 나온다. 나는 신기하다고 생각하고 말았다. 그 후 다른 친구들이 시간 간격을 두고 차례로 싱크대를 사용하며 모두 똑같이 물이 안 나온다고 말했다. 이거 어떻게 써? 그때마다 오빠는 발을 이렇게 대야 해, 라고 설명했다. 친구들은 놀랐고 오빠는 그냥 웃었다. 내가 만약 아주 돈이 많은 사람이라면 그런 상황이 그냥 재밌기만 했을 것 같다. 그러나 나는 그렇지 않다. 그래서 만약 아무런 경험 없이 그 상황을 맞닥뜨려서 물이 안 나온다고 당황하고, 오빠가 사용법을 알려줬다면, 나는 꽤 창피했을 것 같다. 마치 고급 레스토랑에서 테이블 매너를 몰라 당황하는 가난한 사람처럼. 영화에 흔히 나오는 그런 장면처럼. 다행히도 나는 여의도 생활을 통해 사소한 부자 경험을 해봤다. 그래서 많은 순간에 부끄럽지 않을 수 있었다. 나는 안전했다.

　빨간 줄의 89만 원짜리 시계는 너무 별로였다. 나는 드라마가 종영한 후 공식 AS 센터에 가 무난한 갈색 줄을 구입해 갈아 끼웠다. 갈색 줄을 끼우니 아주 괜찮은 시계가 됐다. 나에게 89만 원짜리 시계가 생겼다. 평생 단 한 번도 생각해보지 않은 일이었다. 나는 평소에 시계를 차지 않지만, 회사에 취직하거나 중요한 미팅이 있는 날이면 89만 원짜리 시계를 찼다. 보통 시계가 비싸 보이면 사람들은 그 시계 혹시 얼마짜리냐고 조심스럽게 묻는다. 어디 거냐고 브랜드를 묻기도 한다. 나는 그런 질문을 받아본 적이 없다. 내 시계는 안 비싸게 생겼다. 안타깝다. 기껏 89만 원인데 아무도 모르다니. 이 시계는 89만 원이다. 나는 90만 원짜리, 아니 100만 원짜리 시계를 차고 다니는 사람이다. 남들이 알든 알지 못하든 상관없다. 중요한 건 내가 그 사실을 안다는 것이다. 그거면 됐다. 다행이다. 내가 그거면 되는 사람이어서.

나는 89만 원짜리 시계를 가질 형편이 되지 않는다. 노트북과 휴대폰처럼 생필품도 아니다. 비싼 시계는 나에게 너무 과한 사치품이다. 그래서 처음 시계를 받았을 때 결심했다. 이건 절대 팔지 말자고. 나는 살면서 90만 원짜리 시계를 살 일이 없는 사람이다. 지금까지 그래왔고 앞으로도 그렇다. 부자가 되더라도 가난한 경험 때문에 90만 원짜리 시계를 떡하니 살 수가 없다. '90만 원짜리 시계가 있는 사람'일 수 있는 유일한 기회라고 생각했다. 생활비가 부족해 시계를 팔아버리면, 마치 어느 크리스마스 이야기에 나오는, 남편에게 시곗줄을 사주기 위해 머리카락을 잘라 팔았던 그 아내처럼 될 것 같았다. 가난에 풍덩 빠질 것 같았다.

그러나 지금 나는 89만 원짜리 시계를 중고 마켓에 올린다. 가격은 599,000원. 사용하지 않은 빨간 줄과 잘 사용한 갈색 줄 모두 포함. 시계는 팔리지 않는다. 나는 시계가 팔려야 한다고 생각하면서도 시계가 팔리지 않기를 바라고 있다. 취업은 되지 않고 생활비를 위해 급하게 받은 대출금은 바닥난 지 오래다. 비싼 시계가 나에게 얼마나 사치스러운 물건인지 알고는 있다. 그래도 나는 아쉬움에 입맛을 다신다. 돈은 왔다 간다. 시계는 아무 데도 가지 않는다. 그런데도 시계를 팔아야 하나. 정말 머리카락까지 잘라서 팔아야 하는 걸까.

나는 허영이 없는 줄 알았다. 명품도 모르고, 알고 싶지도 않다. 비싼 물건을 사려고 아득바득 돈을 모아본 적도 없다. 있으면 있는 거고 없으면 없는 거다. 그런데 공짜로 받은 시계 하나 팔지 못하는 걸 보니 허영 그 자체다.

그래도 이런 변명 하나를 덧붙이고 싶다. 구스다운 패딩을 두툼하게 입은 사람은 상관없겠지만 인터넷 쇼핑몰에서 산 2만 원짜리 점퍼를 입고 있는 나에겐 핫팩 하나가 너무 소중하다고. 누군가 그 핫팩이 혹시 얼마냐고 물으면 90만 원짜리라고 대답해보고 싶다고. 2만 원짜리 점퍼를 입은 사람에게 손에 들고 있는 핫팩이 얼마냐고 묻는 사람이 아무도 없다는 게 함정이다.

만약 시계가 팔리면, 나는 '90만 원짜리 시계가 있었던 사람'이 될 것이다. 별로다.

013

프랑스 남자에게
억지로 차를 얻어 탔다

어젯밤엔 11시에 자려고 누웠는데 소설 《중앙역》이 너무 재밌어서 읽다가 3시에 잠들었다. 살벌한 노숙자 이야긴 줄 알았는데 열렬한 연애 이야기였다. 재밌는 소설을 참 오랜만에 보니 즐거워서 시간 가는 줄 몰랐다. 이런 이유로, 오늘도 12시 넘어 일어났다. 오늘은 칸에 가서 〈버닝〉을 볼 것이다. 일어나 샤워를 하고 수건을 다 써서 세탁기를 돌렸다. 머리를 말리고 매니큐어를 다시 칠하고 어떤 옷을 입고 갈지 심사숙고해서 옷을 입고 화장도 끝내고 나니 2시가 넘었다. 시리얼을 다 먹어서 남아있는 빵을 치즈와 버터를 넣고 구워 먹으며 다시 한번 〈버닝〉의 상영 시간을 확인했다. 6시 30분, 뤼미에르 극장. 이제는 아침저녁으로 만들어 먹는 음식을 찍지 않는다. 각기 다 다르고 독특하고 어쩜 그렇게 하나같이 허접한데 이제 2주쯤 되니 매너리즘에 빠진 듯하다. 열심히 만들어서 몽타주로 넣으면 좋을 텐데 너무 힘들다.

여기서는 왜 자도 자도 힘이 들까. 나의 기운, 그게 양기든 음

♥♡♥   175

기든, 보통 여자는 음기가 있다고 하니 나에게 음기가 있다면 프랑스라는 나라 자체엔 양기가 가득해서 기운을 쪽쪽 빨리고 있는 느낌이 든다. 아니면 내가 수맥 위에서 자고 있거나. 자도 자도 피곤하고 별 거 안 했는데도 아침엔 체력이 바닥이라 아무것도 못하겠다. 이런 식으로 프랑스에서 계속 살다간 살이 쪽쪽 다 빠져서 가지고 온 옷을 하나도 입지 못하게 될 것 같다.

살이 좀 빠진 것 같은 느낌이 확실하게 든다. 몸 군데군데가 허전하다. 빠지는 김에 아예 빠져버렸으면 좋겠는데 뜻대로 될지는 모르겠다. 이런 식으로 빠지는 건 건강을 해칠 것 같다. 프랑스의 열렬한 태양 아래 지방이 녹아버리는 건지도 모른다. 흰쌀밥에 제육볶음을 먹으면 힘이 날 것도 같다. 이건 여행 일지인데 어쩐지 생존 일지를 적는 것 같은 기분이 든다.

지난번에 적었던 '초대권 한 장 플리즈'는 집에 돌아오니 너무 너덜너덜해져서 바로 버렸기 때문에 종이를 찢어 다시 글씨를 적었다. 버닝 초대권 한 장 플리즈. 예쁘게 적어야 승산이 있다고 봐서 이번엔 노트북에 글씨를 크게 띄워 그 위에 대고 따라 그렸다. 글씨가 아주 예쁘게 적혔다. 'Burning'은 잘 보이라고 매니큐어로 예쁘게 알록달록 칠했다. 글씨를 정성스럽게 적어야 수많은 경쟁자 속에서 아, 쟤는 진짜 이 영화가 보고 싶은가 보구나, 나에게 쓸모없는 이 티켓은 쟤를 줘야겠다, 는 생각이 들 것이다. 가지고 온 펜이 아주 얇은 펜 하나뿐이라 글씨를 겨우 색칠하고 또 색칠하고 나니 시간이 벌써 4시다. 이제는 서둘러야 한다.

다시 칸으로

준비를 마치고 구두를 장착하고 나서니 4시 20분, 버스가 금방 와서 4시 30분쯤 버스를 탈 수 있었다. 프랑스의 어떤 작은 매거진 기자인 R이 알려준 대로 버스 기사님에게 10장짜리 버스 티켓을 샀다. 종이 티켓 10장을 줄 줄 알았는데 기사님이 그냥 종이 티켓 한 장을 주더니 기계에 대서 삑 찍고는 영수증을 준다. 종이 티켓인데 플라스틱 카드처럼 무선으로 찍힌다. 세상 최첨단.

세 번째 가는 것이라 이젠 좀 능숙하고 여유롭게 칸에 도착했다. 6시 30분 영화라 5시 30분부터는 입장을 할 텐데 칸에 도착한 시간이 5시 20분이었다. 초조했다. 비가 내리기 시작했다. 일기예보를 확인한 덕분에 가져온 우산을 펴고 사람들을 관찰했다. 열 명 정도의 사람들이 초대권을 달라는 종이를 들고 주위를 맹렬히 두리번거리고 있었다. 영화는 곧 시작할 거고 시간은 없고 사람들이 이미 레드카펫 입장을 하기 시작했고 경쟁자는 너무 많았다. 아, 오늘 못 볼 것 같다. 그래도 해봐야지. 용기를 내 가방에서 종이를 꺼내 들었다. 사람이 너무 많았다. 5분 정도 지났을 때, 오늘은 확실히 못 보겠다는 생각이 들었다. 그렇다면 오늘은 해변에서 상영하는 밤 영화나 보고 돌아가고 내일 다시 와야겠다고 생각을 정리했다. 내 앞에 서 있는 많은 사람 중 그 누구도 티켓을 구하지 못하고 있었다. 나는 자동적으로 슬픈 표정이 되었고 순간, 표정을 더 슬프게 하고 서 있으면 혹시 받을지도 모른다는 비즈니스적인 생각이 떠올랐다. 이왕 슬픈 거 더 슬프게 서 있자.

♥♡♥

5분 정도 지나자 남미 사람 같은 느낌의 젊은 남자가 내 앞에 멈춰 섰다. 블루 티켓 한 장을 내민다. 유 해브 어 뱃지?(혹시 뱃지가 있으십니까?) 노 뱃지.(뱃지가 없사옵니다) 오케이 덴.(그럼 되었소) 티켓이 남자의 손에서 나의 손으로 넘어온다. 땡큐!!!

나는 마치 로또에 당첨된 사람처럼 가슴이 부풀어오르고 어깨가 올라가고 동공이 커지며 광대가 승천했다. 남자는 나의 행복한 표정을 보며 덩달아 행복해한다. 마음은 거의 수백 번 남자를 끌어안고 번쩍 들어올려 동네 한 바퀴를 돌고도 남았지만 나는 그저 우산을 들고 어버버 했을 뿐이다. 혼자 서 있으면서 혹시라도 누군가 나에게 다가와 티켓을 건넨다면 티켓을 주는 동안이라도 꼭 그 사람에게 우산을 씌워주자 생각했는데, 막상 현실로 벌어지니 아무것도 못했다. 그냥 너무 좋아서 맥씨! 맥씨! 맥씨보꾸! 했을 뿐이다. 정말 기뻤다. 프랑스 사람들, 진짜 친절하다.

저번엔 20분, 오늘은 10분. 공짜 티켓을 얻기가 이렇게나 쉽다니. 나는 정말 '불쌍 유전자'가 있는 게 틀림없다. 아무래도 이 티켓은… 쟤를 줘야 할 것 같아… 너무 불쌍해… 안 주면 큰일날 것 같아…. 빗속에 서 있던 사람들 중에서 제일 늦게 온 내가 제일 먼저 티켓을 얻었다. 룰루랄라! 입장할 시간.

오늘은 원피스를 입지 않고 검정 치마에 흰색 블라우스를 입었다. 나름대로 정장 느낌을 낸 건데 내가 블루 티켓을 받자 옆에 서 있던 사람이 럭키! 드레스 입어야겠네요, 라고 했다. 이거 이미 입은 건데…. 좀 쫄았지만 용기를 내서 당당하게 입장했다. 덩치 큰 남자 경비원들이 나를 위에서부터 아래로 쭉 훑는다. 그러다 갑자기 신발 파트에서 잠깐 나를 멈춰 세우더니 내적 갈등을 살짝 하다가 들어보내줬다. 운동화 신은 거 아니에요. 내가 키가 작아서 그렇지 나름 힐을 신은 겁니다. 워커힐도 힐입니다. 여행자가 구두를 신기는 힘들다구요, 좀 봐주쇼 형씨.

아주 살짝 아슬아슬하게 입장을 하고 짐 검사를 받고 다시 한 번 레드카펫 위를 걸었다. 레드카펫 전체는 아니지만, 계단이 시작되는 부분부터 입장. 저번에 받은 티켓은 1층 자리였는데 이번엔 2층 자리였다. 2층도 올라가 보니 좋다고 생각은 했는데 마치 용산 CGV 아이맥스관에 갔을 때처럼 경사가 너무 높아서 고소공포증이 느껴져 어질어질했다. 레드카펫에서 영화관 안에 들어가 앉을 자리를 찾을 때까지 모르는 사람들 사진을 두 번 정도 찍어줬다. 혼자 서 있으니 막 부탁한다. 보통 사진 찍어달라고 부탁할 때 외국인한텐 안 하지 않나? 나는 정말 만국 공통 만만한 상이다. 겨우 자리에 앉았다. 스크린에선 레드카펫에 입장하는 사람들 영상이 생중계되고 있었다. 그리고 거기에,

밀라 요보비치가 있었다!

세상에! 〈제 5원소〉〈레지던트 이블〉의 밀라 요보비치가!!!!! 진짜 너무 좋아하는 배우, 예쁜 외국 여자 1위라고 어릴 때 생각

했던 밀라 요보비치가 있었다. 세상에… 그녀가 〈버닝〉을 보러 오다니! 나와 같은 시간에! 1층에 앉았다면 혹시라도 실물을 볼 수 있었을지도 모르는데 아쉽게도 2층 자리에선 1층이 보이지 않았다. 밀라 요보비치랑 같이 영화를 보다니…. 다른 어떤 스타보다, 더 두근거렸다. 〈레지던트 이블〉 1편을 봤을 때의 충격과 환희를 잊을 수 없다. 그 영화부터 시작해서 좀비 영화들을 쭉 섭렵해왔는데…. 아 밀라님. 실물로 진짜 너무 보고 싶었지만 보지 못했다. 올 거라고 상상도 못 했기 때문에 더 놀랐다. 칸 영화제라는 건 이런 거구나.

이창동 감독님과 배우들이 입장했다. 뭐 저렇게 다정하게 손들을 꼭 잡고 있나 싶었다. 사진을 찍는 내내 세 배우가 손을 꼭 잡고 있었다. 속마음은 어땠는지 모르겠으나 다들 조금 긴장했을 것 같다는 생각이 들었다. 여긴 칸이니까. 내가 만약 레드카펫 입장을 한다면, 안면마비가 오지 않을까. 입장하다 중간에 토하지 않을까. 아니면 계단에서 넘어져 굴러 떨어졌을 것 같기도 하다.

〈버닝〉은 경쟁작 부문이라 레드카펫에서 다는 아니었지만, 심사위원들이 입장하는 모습을 볼 수 있었다. 확실히 윤종빈 감독의 작품을 상영했을 때와 분위기가 달랐다. 정확히 설명할 순 없지만, 뭔가가 달랐다. 젊은 감독과 늙은 감독, 신인 감독과 거장 감독, 경쟁작과 비경쟁작, 한국형 영화와 예술 영화. 다르다. 창동쌤이 분명 수업 시간에 자기는 예술 영화 감독이 아니라 상업 영화 감독이라고 하셨지만, 한국에서는 절대 〈버닝〉을 상업 영화로 구분 짓지 않을 거다. 그렇게 해주지 않을 거라고 확신한다.

관람 컨디션은 최악이었다. 홀이 너무 커서 사운드가 울려서 배우들 대사가 잘 안 들리는 탓에 수시로 영어 자막을 체크해서 내용을 따라가야 했고 왼쪽에선 앞으로 발 올리고 뒤에선 자꾸 퍽퍽 차고 오른쪽에선 엄마랑 딸이 자꾸 얘기하고 앞에선 휴대폰 켜고⋯. 진짜 사중고로 최악이었으나 영화는 꽤 재밌었다.

　특히 스티븐 연이 교포가 아닌 그냥 한국 사람을 연기하는데 대사치는 게 진짜 99% 한국인이어서 놀랐다. 진짜 엄청 노력 많이 했나 보다. 감동이었다. 어떻게 한국어 억양을 저렇게 완벽하게 마스터해서 촬영했을까. 와, 스티븐 진짜 감동. 한국에서 신인 배우상 탈 수 있을 것 같다. 여배우 전종서는 캐릭터에 맞게 연기를 시켰다기 보단 캐릭터에 맞는 배우를 찾아낸 것 같았다. 크리스틴 스튜어트, 데인드한 같은 다크 에너지를 품고 있는 다크한 사람인 게 화면에서 보였다. 스티븐과 전종서를 보느라 정작 주인공인 유아인이 잘 안 보이긴 했으나 〈버닝〉은 꽤 흥미로운 영화임이 틀림없었다. 스토리는 미스터리하고 미술도 날것에 가까웠다. 비록 버무려져 있으나 음악이 정말 좋았고 배우들 보는 재미에 시간 가는 줄 몰랐던 영화다.

　상영이 끝나고 박수갈채가 쏟아지고 배우들과 감독님이 자리에서 일어나 함께 박수를 쳤다. 카메라가 그들을 비추고 스크린에 그 모습이 생중계됐다. 박수는 늘 그렇듯이 오래 지속됐다. 그런데 스티븐의 눈가가⋯ 점점 빨개졌다. 울지 마요, 스티븐. 미국 드라마에서 시작해 한국 영화에 출연하고 칸 영화제 진출까지.

이 영화가 그에게 큰 의미가 있는 작품일 거라 짐작해본다. 금방이라도 울 듯한, 울음을 꾹 참고 있는 스티븐의 모습을 보고 그의 팬이 돼버렸다.

이창동 감독님은 조금 늙으신 것 같았다. 그래도 학교에선 힘 있어 보였는데 오늘은 왜 이렇게 기운 없어 보이시는지, 마음이 아팠다. 혹시 나처럼 계속 프랑스에서 지내셨는지… 그래서 프랑스에서 기운을 다 빨리신 건 아닌지….

배우와 감독이 퇴장하고 나도 계단을 조심하며 마음을 추스르고 퇴장했다.

바로 집으로 돌아가고 싶었으나 혹시라도 저번에 〈공작〉을 상영했을 때처럼 옆 게이트로 배우들과 감독님이 나오지 않을까 싶어서 옆에서 기다렸다. R을 만나게 될까 봐 무섭긴 했지만 그래도 스티븐을 스크린이 아닌 실제로 보고 싶었다. 기다리고 또 기다렸지만, 배우들은 나오지 않았다. 아무래도 오늘은 아닌가 보다, 포기하고 돌아가려는데 누군가 나를 부른다. 아, R이다.

R을 또 만났다

R을 그 자리에서 또 만난 것은 분명 R이 노렸기 때문이라고 나는 생각한다. 내가 자리를 빨리 떴으면 만나지 않을 수 있었을 텐데, 바보같이 스티븐을 보겠다고 지체를 해서 R이 날 찾아낼 수

있게 해버렸다. R은 불편하다. 친절하지만 그게 우정인지 아니면 나에게 호감이 있어서 그런 건지 알 수 없기 때문에 불편하다. 그래서 R에 대한 나의 마음은 양가적이다. 이 아저씨가 나에게 집적대는 건가 싶어 싫으면서도, 어쨌든 나에게 굉장한 호의를 베푸는 프랑스 사람이기에 감사하다. 이렇게 강력한 두 마음을 가지고 R을 대하니 더 피곤하다. 물론 영어로 대화를 해야 하니까 그게 가장 불편하다. R이 싫든 좋든 만나버렸으니 반갑게 인사했다. 〈버닝〉에 대한 이야기를 나누며 혹시나 〈공작〉 때처럼 배우들이 이리로 나오지 않을까 싶어서 서 있었다고 하니 배우들과 감독님은 가운데 레드카펫으로 이미 퇴장했다고 알려줬다. 아하⋯ 바보 같으니라고⋯.

R은 자정에 휘트니 휴스턴의 생애를 담은 다큐멘터리를 볼 거라고 했다. 티켓이 있는데 같이 보겠냐고 했다. 나는 괜찮다고, 영어 자막 나오는 영화는 내가 이해할 수 없다고 했다. 그럼 이제 뭐 할 거냐고 해서 집으로 돌아갈 거라고 했다. R이 차로 태워줄까? 라고 물었는데 나는 괜찮다고 했다. 버스 타고 갈 거라고. 그런데 R은, 오늘은 수요일이라 야간 버스가 없을 거라고 했다.

혹시 모른다는 마음으로 버스정류장까지 걸어갔다. R도 따라왔다. 같이 걸었으나 내가 그냥 가고 R이 따라온 거나 다름없다. 정류장에 가니 버스가 없었다. 사람도 없었다. 없는 게 맞구나⋯. 야간 버스는 금요일, 토요일에 있다고 했다. 나는 프랑스어를 읽지 못하니 지레 읽을 생각도 하지 않고 버스 시간표를 볼 때 시간만 확인하고 말았다. 이렇게 준비성이 없어가지고.

우버를 타든가 해야겠다고 하니 R이 다시 한번 태워주겠다고 했다. 영화는 자정에 시작하니 시간이 있다고, 갔다 오면 된다고. 그렇다면 땡큐.

R의 차가 있는 곳까지 걸어갔다. 저번처럼 해변 쪽으로 걸어가는데 해변에서 하는 밤 영화 상영이 시작되고 있었다. 사람들이 웅성웅성하고 플래시 세례가 터졌다. 스타가 왔나 봐, 확인해볼까? 저스틴 비버라도 왔나 봐요. 비버 드립을 치니 R이 빵 터진다. 얼핏 존 트라볼타의 얼굴이 그려진 현수막이 보인다. 내가 말한다. 존 트라볼타? R은 그렇진 않을 것 같다고 한다. 가까이 가서 보니 존 트라볼타가 맞다. R이 화들짝 놀란다. 야간 해변 상영작은 존 트라볼타가 출연한 〈그리스〉였다. 영화 시작 전에 존 트라볼타가 무대에 올라 인사를 했다. 사람들이 정말 많았다. 나는 키도 작고 거리도 멀어 그를 보진 못했지만 거기 있는 사람들 모두 굉장히 들떠 있었다. 특히 R이 그랬다. 나는 집에 가고 싶은데 R은 계속 주변을 맴돌며 사진을 찍었다. 같이 거기서 영화를 보자고 할 판이었다. 그러나 나는 정말 집에 가서 쉬고 싶었다. 존 트라볼타가 얼마나 빅스타냐고 물으니 아주 빅스타라고 했다. 내가 밀라 요보비치를 좋아하는 것처럼 당신이 존 트라볼타를 좋아하냐고 물으니 예쓰! 완전 딱! 이라고 했다. 아하, 그렇다면 이해가 가는군. 거기 눌러앉고 싶었을 텐데, 이제 와 미안했다. 그러게 왜 날 발견해서, 집에 데려다준다고 해서, 참⋯.

길을 걷다 R이 아는 사람들을 만나기도 했다. 그 중 리까르도 잴리라는 아저씨가 있었다. 그가 나에게 뭘 하냐고 묻기에 얼떨결에 작가라고 말했더니 나에게 명함을 줬다. 명함엔 'Festival Director' 라고 적혀 있었다. Festival of Korean Cinema in Italy. 와우…. 내가 진짜… 엄청난 사람을 만난 거구나…. 이탈리아에서 열리는 한국 영화제를 관리하는 사람이라니. 멋지다. 한글로 '리까르도 잴리' 라고도 쓰어 있다. 그걸 보고 너무 귀엽다고 막 웃었더니 아저씨도 같이 웃는다. 리까르도는 6월인가 7월인가에 서울에 갈 거라고 했다. 부천 국제 판타스틱 영화제에 참석하고 부산에도 갈 거라고. 이런 빅가이랑 악수를 하고 인사를 하다니. 나는 심지어 정신이 없어서 내 이름도 말 못 했는데. 언젠가 이 명함을 들고 리까르도를 다시 만날 날이 올지도 모르겠다. 내가 많이 성공한다면. 아쉽게도 카메라 배터리가 다 떨어져서 영상에 담지는 못했다. 명함 하나만 덩그러니 남아있다. 명함에 한국 전화번호도 있다. 전화번호 저장해서 카톡 친구 하자고 할까.

리까르도가 나에게 〈버닝〉이 어땠냐고 물었다. 나는 뭐라고 답해야 할지 몰라 대답을 망설였다. 그랬더니 리까르도가 "이거 봐! 한국 사람들은 거짓말을 못 해!" 하며 호탕하게 웃었다. 나는 그저 어떤 말로 표현해야 할지 몰라 망설였을 뿐인데. 아마 내일쯤이면 답할 수 있을 것 같다고 하자 리까르도는 적어도 두 번은 봐야 할 영화라고 했다.

R이 불편하긴 하지만, R과 있으면 신기한 경험을 하게 된다. 이런 양면성!

R의 차를 타고 집으로 가는 길. 나는 R에게 해변에서 사람들이 누드로 있는 것을 봤다고 했다. R은 프랑스에선 흔한 일이라고 했다. 아하, 지난번에 당신이 수영 좋아한다고 했잖아요, 이제 모든 퍼즐 조각이 맞춰지는군…. 조크를 날리니 R이 또 빵 터진다.

영어를 잘하지 못함에도 조크를 날리고 끊임없이 대화한다. 나는 말을 참 좋아하는 것 같다. 말하는 걸 좋아한다기보단 '말' 자체에 대한 흥미와 적성이 있는 것 같다는 생각이 든다. 영화를 만드는 것도 말하는 것과 맥락이 같다. 흐름을 타고 쭉 가다가 훅 펀치를 날린다. 여기까지 방구석 철학.

안전하게 집으로 돌아왔다. R에게 선물이라도 하나 보내야 할 것 같다. 신세를 많이 졌다. 내일은 니스에서 한국 사람들을 만나기로 했다. 목요일이라 심야버스가 없을 것이다. 같이 술 마시기로 했는데 돌아올 버스가 없으니 큰일이다. 어쩌면 프랑스에서 최초로 우버를 타게 될 것 같다. 무사히 집으로 돌아올 수 있기를.

칸에 가서 영화를 보고 오면 늘 마음이 울렁거린다. 이러려고 프랑스에 온 거긴 한데, 프랑스에 와서 한 달 동안 지내며 칸 영화제에 가서 영화를 본다는 사실은 내가 감당하기엔 너무 큰 일이다. 내가 스무 살짜리 대학생이었다면 참 좋았을 텐데. 적어도 예술학교에 갓 입학한 1학년짜리 대학생이었다면 참 좋았을 텐데. 그럼 이 울렁거림이 단순히 기쁨과 벅참뿐이었을 텐데.

프랑스에 오기 전 친구와 했던 대화가 떠오른다. 우리는 꿈을 좇으며 사는 사람들인데 어떻게 된 게 우리의 미래가 더 암담하다고. 온종일 렌즈를 꼈더니 머리가 너무 아파서 진통제 두 알을 먹고 겨우 잠들었다.

거기엔 불행만 있을 것이다

문득 그런 생각을 했다. 나는 뜻 모를 호의를 정말 많이 받았다고. 사람들은 나를 사랑한다. 사랑해준다. 나는 이유를 모른다. 그러고는 오래가지 않아 모두 떠난다. 그 역시 이유를 모른다. 나는 예쁘지도 않고 상냥하지도 않다. 그냥 편하게 생겼고 조금 재밌다. 그 정도가 내가 생각할 수 있는 이유다.

지난 회사에서 같이 일했던, 옆자리에 앉았던 동료가 오랜만에 연락을 했다. 그녀는 나와 함께 일했던 때가 많이 그립다고 했다. 그때 정말 재밌게 일했었다고, 내 덕분에 정말 많이 웃었다는 이야기를 했다. 나는 이런 이야기를 자주 듣는다. 나와 함께 일했던 때를 그리워하는 동료들이 많았다. 그러나 늘 그런 것은 아니다. 어딘가에선 분명 쓰레기였다.

보통의 에세이는 자신이 보고 듣고 느낀 것들을 통해 사람의 삶에 대한 통찰을 남긴다. 나는 나에서 끝난다. 나에 대한 고민만으로도 벅차다. 여기에서 다음으로 나아갈 수가 없다. 남은 왜 그럴까 하는 것은 궁금하지도 않다. 내가 뭔지 모르겠다.

우리 집에 놀러 왔던 사람들이 있었다. 나는 사람들을 우리 집으로 부르지 않는다. 우리 집은 누군가에게 자랑할 만한 곳이 못 된다. 작고 아늑한데 나의 시선이 아닌 객관적인 시선으로 보면 좁고 초라하다. 그런데도 우리 집에 온 사람들이 있다. 오겠다고 했던 사람들이 있다. 심지어 잠을 자고 가기도 했다. 그때마다 나는 너무 불편했지만 참았다. 그들이 나와 가까워지고 싶어 하는 마음을 알아서 꾹 참았다. 잠에서 깨고 아침에 엉망이 된 모습을 마주하는 것이 불편했다. 우리 집에 놀러 와 밤새 나와 떠들고 먹고 마시고 웃다가 잠들었던 사람들은 지금 아무도 없다. 그 누구와도 연락하지 않는다. 그들은 나를 그렇게나 사랑했으면서 나를 버린 후유증 없이 잘 살아가고 있다.

가끔 그들이 보고 싶어지기도 한다. 그래서 휴대폰을 들고 메신저를 켜보기도 한다. 보고 싶다는 따뜻한 말을 문득 남겨보고 싶기도 하다. 그러나 거기까지다.

나는 우정을 연애처럼 했던 것 같다. 의도한 바는 아니지만, 결과를 보니 그렇다. 누군가와 편해지고 친해지면 늘 끝까지 갔다. 종일 연락을 하고 몇 시간씩 전화통화를 하고 틈만 나면 만나 같이 놀았다. 내가 원해서 그런 경우는 별로 없다. 나는 거절이 두려워 먼저 뭔가를 청하지 못한다. 먼저 연락도 하지 않는다. 내가 뭘 잘못한 건지 모르겠지만 내가 먼저 연락하기 시작하면 상대방이 늘 부담스러워했기 때문에 나는 최대한 그런 사람이 되지 않으려 노력한다. 슬픈 일이다. 나의 우정은 언제나 최대속도로 달렸고 결국 어딘가에 처박았다. 권태에 빠진 연인 사이도 아닌데 밥 먹는 모습이 꼴 보기 싫어진다. 웃어넘기던 일들이 불쾌해지고 끝내 삼키지 못해 토해버리게 된다. 관계는 그렇게 끝난다. 서로가 서로를 불쾌해하며 점점 멀어진다. 이게 뭐야. 거지같아.

오래전 친했던 그들에게 문득 보고 싶다는 메시지를 날려볼까 보다. 뒷감당이야 되든 말든 상관없이 그냥. 답장이 오면 쉽고. 안 오면 슬프고. 그냥 그렇게 끝. 보고 싶다는 1초의 감정만 날려버리고 끝. 누군가를 좋아한다는 감정은 고백하기 전까지는 나 혼자만의 문제지만, 그 사람에게 고백해버리고 나면 이제 그건 그 사람의 문제가 된다고 했다. 욕을 보내는 것도 아니고 보고 싶다는 말인데 막무가내로 보내면 좀 어떤가. 그러나 문제는 그들이 보고 싶지 않다는 것에 있다. 나는 그들이 보고 싶지 않다.

사람들을 만나 수다를 떨며 나의 개그 센스를 뽐내는 게 나의 가장 큰 행복이다. 그런데 나는 사람들과 잘 지내지 못한다. 이 무슨 가혹한 아이러니란 말인가. 사람들에게 조금만 더 친절하게 대할 수는 없을까. 없다. 나는 이런 사람이다. 못돼먹은 사람이다.

나이가 더 들면 들수록 새로운 친구를 사귀는 일이 급격하게 줄어들 것이다. 결국 나는 0을 향해 수렴하고 있다. 거기엔 불행만 있을 것이다.

나는 늘, 내 생각보다 조금 더 별로인 사람

마트에 가서 시리얼과 우유를 사 왔다. 꽃도 새로 사 왔다. 반이 지났다. 2주가 지났고 2주가 남았다. 여기서 어떻게 뭘 하며 2주를 보냈는지 모르겠다.

7시에 니스에서 한국 사람들을 만나기로 했다. 준비를 마치니 6시다. 엄청 긴장됐다. 낯선 사람들을 그것도 한참 어린 친구들을 만난다는 게 불편했지만, 아무것도 안 하는 것보단 뭐라도 해보는 쪽이 나을 것이다. 7시에 만나기로 했는데… 니스는 생각보다 멀었고 하필 차가 막혀서 8시에 도착했다.

먼저 식사를 마친 친구들이 광장에서 나를 기다리고 있었다. 어색하게 인사를 한 후 전망대에서 맥주를 마시자는 말에 따라나섰다. 나는 술집이나 갈 줄 알고 구두를 신고 갔는데 전망대라니, 처음엔 좋은 생각 같았으나 친구들의 걸음이 너무 빨라서 진짜 힘들었다. 한참 만에 찾아간 전망대는 문이 닫혀서 안으로 들어갈 수 없었고 땀을 뻘뻘 흘린 나는 분명 얼굴이 무너져 있었을 것이다. 다시 시내로 내려와 펍에 들어갔다. 숨을 고르고 맥주를 시켜서 마시는데 사람이 네 명이나 모였는데도 딱히 할 만한 대화가 없었다. 친하지 않은 사람과 만나는 건 아무리 한국 사람이라 하더라도 이렇게나 불편하구나. 나는 뭐라도 얘기해보려 시시콜콜한 질문을 했는데 그 덕에 내가 더 별로인 사람으로 보였던 것 같다.

오른쪽 테이블에서 TV를 보던 프랑스 아저씬지 할아버지진 남자분들 중 한 분이 나를 보고는 환하게 웃으며 갑자기 어디서 왔냐고 했다. 한국에서 왔다고 하니 칸 영화제는 갔냐고 물었다. 혼자 있었으면 열심히 대답했겠지만, 지금은 일행이 있고 이 사람들과 무지 불편한 관계이기 때문에 나는 이걸 어쩌나 싶었는데 앞에 앉아 있던 친구가 나만 칸에 갔다 왔다고 대신 설명했다. 그러자 아저씨가 나보고 배우냐고 물었다. 하하하하하. 정말 내가 혼자 있었으면 농담도 참, 하면서 하하하 같이 웃었을 텐데 지금 굉장히 어색한 친구들과 함께 있기 때문에 뭘 어떻게 해야 할지 몰라 나는 그냥 미소 지으며 고개를 돌렸다. 그러자 아저씨는 내가 기분이 상했다고 생각했는지, 뭐라고 한 건지는 모르겠지만, 농담이었다, 방해했다면 미안하다, 라는 식의 표현을 했다. 나는 괜찮다는 뜻으로 고개를 끄덕이며 미소 짓고 다시 고개를 돌렸다. 나와 세 명의 친구들은 맥주를 두 잔씩 마시고 헤어졌다. 잠깐 깜깜한 밤바다를 바라봤고 40유로라고 찍힌 예상 가격에 멈칫했으나 어쨌든 우버를 불러 안전하게 집으로 돌아왔다.

나는 고작 맥주 두 잔을 마셨을 뿐인데 기억도 잘 안 나고 숙취도 심하다. 그래도 집에 들어와 침대에 눕자마자 바로 잠들어서 좋았다.

아직 대학을 졸업하지 않은 그 친구들은 파리에서 5개월째 생활 중이었는데 불닭볶음면을 가지고 있었다. 이건 어디서 났냐고 하니 아시안 마켓에서 샀다고 했다. 여기에 그런 게 있어요? 대박이다, 라고 하자 아시안 마켓은 웬만하면 다 있다고 했다. 검색해보니 조금 멀긴 하지만 이 동네에도 아시안 마켓이 있었다. 매운 라면이 정말 먹고 싶었는데 대박 정보를 얻었다.

파리에서 교환학생 중인 그 친구들을 보니 내가 대학 다닐 때, 그때의 친구들이 떠올랐다. 그런데 나는 약간은 그 친구들을 엄마 같은 마음으로 봤던 것 같다. 5살, 8살 차이인데 누나, 이모도 아닌 엄마 마음. 난 많이 늙었다. 그 친구들 만나서 뭐한 건지 모르겠다. 무슨 얘기라도 해야 그게 예의인 것 같아서 적막이 돌지 않도록 열심히 얘기를 한다고 했더니 더 이상해져버린 것 같다.

친한 사람 만나는 것도 힘든데 안 친한 사람, 그것도 모르는 사람을 왜 만나보려고 했을까. 그래도 아시안 마켓을 알게 된 건 큰 이득.

나는 내 생각보다 조금 더 좋은 사람이 되고 싶다. 그런데 현실은 늘, 내 생각보다 조금 더 별로인 사람이다.

나는 그냥 우울하고 게으른
뚱땡이일 뿐인데

　　공포 상황 열 가지를 던져 주고 그중 하나를 선택해보라는 글을 본 적이 있다. 산소가 얼마 남지 않은 상황에서 물이 가득 찬 동굴에 갇힌 상황이거나 귀신이 나에게 다가오는 상황이거나 하는 것들이었다. 그중 인간이 모두 죽고 나 혼자 지구에 남겨진 상황이 있었다. 나는 그게 왜 무서운 상황인지 이해할 수 없었다. 모두 죽고 나 혼자 남아있다면 정말 재밌지 않을까. 심심하고 쓸쓸하긴 해도 평온하지 않을까.

　　나의 요즘 최대 고민은 탈모다. 머리카락이 미친 듯이 빠진다. 머리숱이 많이 줄었다는 건 알고 있었다. 나이가 들어서, 스트레스가 많아서, 자연스럽게 조금 줄었다고만 생각했다. 주기적으로 염색을 하긴 하지만 파마나 탈색을 하는 건 아니라서 크게 걱정하지 않았다. 그러다 우연히 유튜브에 올릴 영상을 찍다가 내가 고개를 숙였을 때 찍힌 정수리를 보고 심각성을 느꼈다. 정수리가 훤히 비어있었다.

　　나는 삼십 평생 머리숱 때문에 고통 받았다. 숱이 너무 많아 무겁고 더웠다. 어른들은 나에게 나중에 늙으면 머리카락 다 빠진다고, 머리숱 많은 게 훨씬 좋은 거라고 불평 말라는 말씀을 하셨다. 그러나 나는 이렇게 생각했다. 나중에 좋으면 뭐하냐고. 평생 괴로운데.

그런데 이렇게 됐다. 아직 늙지도 않았는데 벌써 탈모 걱정을 한다. 이왕 빠질 거라면 천천히 빠져서 숱 많음과 숱 없음의 중간인 숱 적당함도 좀 누릴 수 있었으면 좋았을 거 아닌가. 뜨거운 여름과 얼어 죽을 것 같은 겨울만 있다. 봄가을은 없다. 이렇게 억울할 수가.

그래서 요즘은 자주 검은콩 두유를 마신다. 머리를 감거나 헤어드라이어로 말리고 나면 바닥에 머리카락이 가득이다. 무서울 정도다. 원래 머리카락이 항상 많이 빠지긴 했다. 그러나 이 정도는 아니었다. 하루에 머리카락이 보통 300개 정도가 빠지고 또 300개 정도가 난다고 했다. 나는 500개 정도 빠지는 것 같다. 다시 나는 건 없고. 어쩌다 이렇게 됐을까.

30대 초반과 중반은 '원래는 그렇지 않았던 나'가 '새로운 나'로 변하는 시기인 것 같다. 원래는 머리숱이 풍성해서 심지어 머리카락이 무거웠던 내가 이제는 횡한 정수리에 검은콩 두유를 먹는 나로 변했다. 당분간은 괜찮겠지만 이런 식으로 40대가 된다면 그때는 상태가 심각할 것이다. 삭발은 아무래도 힘들겠지. 가발을 써야 할까. 가발도 안 쓰고 삭발도 안 하면 너무 우스꽝스러울까. 만약 애인이 생긴다면 결혼이라도 하게 된다면, 탈모 고백은 어떻게 해야 할까. 같은 대머리를 만나면 될까.

내가 이런 고민을 하게 될 거라고는 그 누구도 예상하지 못했다. 예상할 수가 없었다. 머리숱이 워낙 많았으니까. 많은 사람 중에서도 가장 많았으니까. 산다는 건 정말 알 수 없는 일이다. 전봇대에 기대 울고 싶다. 나도 한때는 머리카락이 빽빽해서 가르마가 잘 보이지 않았던 사람이라고 소리치며 허공에 발차기라도 하고 싶다.

머리숱이 많을 때 사진이라도 많이 찍어둘 걸 그랬다.

여성의 풍성한 머리숱은 젊음과 아름다움의 상징이 되기도 한다. 나는 젊음과 아름다움이 매일 나에게서 뭉텅이로 빠져나가고 있는 것을 잔인하게 목격하는 셈이다. 인생이 이렇게 퍽퍽하다.

나는 내가 누구인지 모른다. 당신도 당신이 누구인지 모른다. 우리는 우리가 누구인지 알 수 없다. 그것이 되어버리기 전까지는 절대 알 수 없다.

♥♡♥   195

아이를 구하기 위해 차도에 뛰어든 93세의 할아버지가 있다. (실제로 있는지는 모르겠으나 어딘가에 분명 있을 것이다. 아직 없다면 앞으로 있을 것이다) 할아버지는 100년이 지난 지금도 아이를 위해 차도에 뛰어든 노인으로 기억된다. 이 할아버지는 그런 할아버지다. 할아버지는 자신이 그런 사람이라는 것을 93세가 되기 전까지 알지 못했다. 인천에서 20년을 살았는데 서울에서 30년을 살았다면, 그 사람은 인천 사람이라고 할 수 있을까. 인천보다 서울을 더 잘 알지 않을까. 할아버지가 평생을 술주정뱅이에 노름꾼으로 살았다 하더라도 그건 고작 92년이다. 아이를 구한 영웅으로 100년간 기억된다면 할아버지는 '과거에 살짝 방황하긴 했으나 그 모든 것을 딛고 일어선' 영웅이 된다.

23세에 로또 1등에 당첨돼 졸부가 된 여자가 있다. (분명 어딘가에 있을 것이다) 그 여자는 복권당첨금 관리를 잘해서 당첨 후 20년이 넘도록 내내 부자로 살았다. 그러나 안타깝게도 그녀는 46살에 46중 추돌사고로 사망한다. 대한민국에서 일어난 가장 큰 규모의 추돌사고라 그녀의 이름은 사건 사고 기네스에 등재된다. 그녀의 이름은 추돌사고 사상자 리스트에 적혀 있다. 그 누구도 그녀가 로또 1등에 당첨된 사람이라는 걸 모른다.

그것이 되기 전까지 우리는 그 누구도 우리가 누구인지 알지 못한다.

나는 누구인가. 나는 어떤 사람이 될 것인가. 100세 시대라고는 하지만 나는 100년을 살진 못한다. 평균 수명이 100세인 시대가 오더라도 나는 100살이 되지 못할 것이다. 나는 그 전에 죽는다. 내가 110살이나 120살이 될 수도 있다는 느낌보다 80살이나 70살에 죽을지 모른다는 것이 더 사실처럼 느껴진다. 나의 인생은 생각보다 얼마 남지 않았다.

나는 누구일까. 나는 죽기 전에 내가 누구인지 알고 죽을 수 있을까. 고흐의 인생은 예술가들에게 아주 익숙한 '아이러니'다. 생전엔 아무도 알지 못했으나 죽은 후 최고의 스타가 된 아티스트. 만약 내가 죽은 후 내 작품들이 지금과는 전혀 다른 대접을 받는다면 어떨까. 생각만 해도 눈물이 날 것 같다. 슬퍼서 그렇다. 아마 세상에서 가장 슬픈 일일 것이다. 내 작품이 사람들에게 사랑받는 것을 내가 알지 못하고 죽었다는 것은.

모든 사람이 그러하듯이 나도 가끔 길을 걷다가 문득 이대로 내가 갑자기 사고를 당해 죽는다면 어떻게 될까 상상하곤 한다. 보통은 청소하지 못한 자신의 더러운 방이나 컴퓨터에 담긴 야한 동영상을 가족들이 보게 될까 걱정한다고 한다. 나는 아니다. 나는 이런 생각을 할 때마다 매번, 아직 마무리하지 못한 나의 작품을 떠올린다. 내가 만약 갑작스럽게 죽게 된다면 누군가 내가 편집하고 있던 영상을 찾아내서 내가 하려던 의도를 파악한 후 그대로 완성해줄 수 있을까. 내가 쓰고 있던 글을 어떻게든 완성해서 책으로 내줄 수 있을까. 그런 생각을 하면 사무치게 슬프다. 나는 나의 죽음 때문에 완성되지 못한 별 볼 일 없는 나의 작품이

♥♡♥

애처롭다. 그렇다고 살아있을 때 제대로 완성해서 빛을 보게 해 줄 것도 아니면서 일단 슬퍼한다. 너는 왜 내 손끝에서 태어났니. 나는 너에게 해줄 수 있는 게 아무것도 없는데. 나는 그냥 우울하 고 게으른 뚱땡이일 뿐인데. 그러나 모든 상상이 그러하듯이 나 는 언제나 안전하게 집으로 돌아와 노트북 앞에 앉는다. 살아 돌 아왔는데도 작품은 완성되지 않는다.

내 작품을 나 대신 완성해줄 수 있는 사람은 없다. 그것은 내가 뛰어나서 그런 것이 아니라 작품을 만드는 그 누구나가 그러하 듯 내가 너무 '나'이기 때문이다. 매번 '감사합니다' 라고 글을 끝 마쳤다고 해서 내가 이번 글에서까지 '감사합니다' 라고 글을 끝 내리란 보장은 없다. 사람은 날씨처럼 산다. 매 순간 아주 미세하 게 다른 점을 찍는다. 똑같은 순간은 없다. 비슷한 흐름은 있다. 여름이 가고 겨울이 오는 게 저번과 같아 보이겠지만 이 여름은 저번의 여름과는 다른 여름이고 이 겨울도 저번의 겨울과는 다른 겨울이다. 비슷한 흐름은 있다. 똑같은 순간은 없다.
내가 만약 갑자기 죽는다면 누군가 나의 노트북을 뒤져 내가 아직 완성하지 못한 작품을 세상에 내놓아주면 좋을 것 같다. 그 러나 그것은 불가능하다. 참 슬픈 일이다.

나는 아직 결정되지 않았다. 나의 재능은 (있는 건지 없는 건지 아직도 잘 모르겠는데) 발현되지 않았다. 재능이 알아서 터져 나오 는 게 아니라면 내가 직접 발휘해야 하는데 나는 잘 모르겠다. 그냥 멀뚱히 서서 열일곱 같은 말이나 한다. 뭘 해야 할지 모르겠어. 뭐가 되고 싶은 건지도 사실 잘 모르겠어. 내가 누군지 모르겠어.

　나는 68세에 로또 1등에 당첨된 졸부일지도 모른다. 나는 55세에 등단해 베스트셀러를 쓴 작가일지도 모른다. 나는 47세에 데뷔한 한국의 두 번째 아카데미 감독상 수상자일지도 모른다. 나는 38세에 세쌍둥이를 출산한 엄마일지도 모른다.

　난 누굴까.

　나만 여기에 멈춰있는 것 같은 기분이 들 때가 있다. 그러면 보통 나만 여기에 멈춰있는 게 맞다.

한동안 글을 쓰지 못했고
지겹게도 또 생일이 됐다

여기까지 쓴 후, 나는 몇 달간 아무 글도 쓰지 못했다.

우울한 글만 계속 쓰니 우울했고, 우울하니까 아무것도 하고
싶지 않았다. 이번 달까지 다 써야지, 다음 달까지 다 써야지, 올
해가 가기 전에 다 써야지… 그러다 생일이 되었다.

작년 생일을 떠올려본다. 회사에서 동료들이 점심에 작은 생일
파티를 해줬고 퇴근하는 길에 용산 CGV에 가서 영화 〈조커〉를
다시 봤다. 사귈까 말까 하던 남자가 있었는데 그 남자가 내 생일
을 잊어버리는 바람에 나는 혼자였다. 남자는 만회하려고 했으나
그 순간 가야 할 장례식이 생겼다. 나는 괜찮을 것도, 안 괜찮을
것도 없는 마음으로 영화관으로 들어가는 길에 갑자기 추워진 날
씨에 카디건 하나를 사서 입었다. 영화를 보고 집으로 돌아오는
길에 남자에게서 연락이 왔다. 남자는 나에게 아직 집에 가지 않
았다면 자기 집으로 와줄 수 있겠냐고 했다. 나는 급히 화장을 고
치고 남자의 집으로 갔다. 생일 케이크는 없었다.

재작년 생일을 떠올려본다. 나는 만날 친구가 없어서 생일 전 날에 갑작스럽게 부모님을 뵈러 갔다. 혼자 있고 싶지는 않았다. 지금에 와서는 그 날 뭘 했는지 아무 기억이 없다. 내 생일인데 왜 내가 이렇게 힘들어야 하냐는 말을 했던 것 같다. 엄마는 아무 대 꾸도 하지 않았고 아빠만 내년엔 우리가 가겠다는 말을 겨우 해 줬던 것 같다. 기억력이 좋지 않다. 다행이라고 해야 하나. 생일 엔 집에 혼자 있었다. 메신저로 많은 사람이 선물을 보내고 생일 을 축하해줬다. 나는 연신 고맙다고 답하며 집에 혼자 있었다. 10 년 만에 연락이 온 대학 동기가 생일을 축하해주며 오늘 뭐 하냐 고 물었다. 나는 그냥 집에 있다고 했다. 그러자 친구가 안쓰러운 마음으로 나에게 술이나 한잔하자며 밖으로 나오라고 했다. 나는 거절했다. 어색한 사람과 불편한 시간을 보내는 것보다 슬퍼도 혼자 있는 게 나았다.

나는 이날 프랑스에서 사 온 와인을 혼자 마셨던 것 같다. 여행 에서 돌아오면서 면세점에서 산 작은 와인 네 병. 여행 가기 전에 만났던 친구들을 여행이 끝난 후 다시 만나면서 한 병씩 마셨다. 나는 네 병도 다 쓰지 못했다. 한 병이 남았다. 나는 친구가 없다.

그리고 2년 후 오늘. 나는 카페에 앉아 글을 쓴다. 많은 사람이 메신저로 생일 축하 메시지와 선물을 보내줬다. 매년 꾸준히 나를 생각해주는 사람도 있고 올해는 너무 멀어져서 연락을 해주지 않 는 사람도 있고 새로 알게 된 사람도 있다. 우정은 스쳐 지나간다. 동호회 모임에서 알게 된 동생이 저녁에 혹시 뭐 하냐며 잠깐 만나자고 했다. 선물을 줄 모양이다. 나는 같은 동네에 사는 다른 동생도 불러 모아 어설프게 술자리를 만들었다. 1년에 하루뿐인 생일을 아는 사람들과 보낸다. 친구는 없다. 바글바글 사람들을 불러 모아 잔뜩 선물을 받고 와자하게 떠들며 노는 생일 파티를 하고 싶다. 그러나 나는 그런 자리를 누릴 수 없다. 그런 건 좋은 사람만 가질 수 있는 특권이다. 나는 아니다.

나이가 들수록 내가 얼마나 별로인 사람인지 깨닫는다. 주변에 사람이 계속 떨어져 나간다. 나는 지금 겨우 혼자가 아닌 셈이다. 나를 버리고 간 사람들을 이해한다. 나는 가까이하기에 좋은 사람이 아니다. 잠깐 보면 재밌지만 오래 보면 괴롭다. 나는 친구에게 화가 나면, 친구가 나쁜 사람이라는 생각이 들면, 친구를 떠났다. 관계를 우습게 생각했던 걸까. 그 귀한 것을 귀한 줄도 모르고 조금 무거워지면 바로 버리고 갔다. 참을 줄도 모르고 나를 잘 보일 줄도 모르고 무례하기만 했다. 아니, 멍청했다.

나는 나를 떠난 사람들과 내가 떠난 사람들을 떠올린다. 오늘 밤, 따뜻하게 손 붙잡고 같은 곳에 앉아 있을 수도 있었던 사람들. 그들은 내 생각도 하지 않고 오늘 밤 뭘 하고 있을까. 나는 그들을 그리워하지 않는다. 생각만 한다. 그리워할 일이 아니다. 우리는 그때가 아니었어도 어쨌든 지금이 오기 전에 헤어졌을 것이다.

어제도 혼자였고 내일도 혼자일 건데 생일이라고 혼자인 게 오늘만 슬픈 건 참 이상한 일이다. 올해는 다행히도 누군가와 같이 술을 마신다. 내년엔 아무도 없을 것이다. 리미트 x가 0으로 수렴

하고 있다. 그나마 좋은 소식이라면 인생이 무한하지 않다는 것
이다. 나는 어딘가 0이 아닌 곳에서 멈출 것이다.

그리고 다시 또 시간이 흘렀다.

2020년은 상징적인 해다. '서기 이천이십년'이라는 말은 SF 창
작물의 고정 도입부였다. 지금과 확연하게 다른 미래. 커다란 변
화가 분명하게 생겼을 것 같은 미래. 자동차가 하늘을 날아다니
고 가정엔 집안일을 대신해주는 로봇이 있는 세상. 그게 2020년
이었다. 숫자도 예쁘고.

2020년이 됐을 때, 나는 많이 설레었다. '그 미래가 왔구나. 크게
발전한 기술은 없는 것 같지만 그래도 좋았다. 나는 미래에 있었
다. 2020년에 뭘 했냐고 누군가 물어본다면 나는 뭐라고 답할까.

2020년에 뭐했어?

우울했어.

글도 완성하지 못했는데 한 해가 지났다.

아직 반이 남아있는, 프랑스에서 쓴 글을 마저 들여다봐야겠다.

015

밤에 프랑스 해변에서 영화를 봤다

숙취가 있다. 큰 맥주 두 잔을 마셨을 뿐인데 어제는 우버를 어떻게 타고 왔는지 필름이 온전하지 않다. 이제 나는 앞으로는 술을 잘 못 마시는 사람으로 살아야 할 것 같다. 실제로 술을 잘 못 마시게 되었기 때문에. 나이가 든다는 건 정말 많은 게 변한다는 뜻이었구나.

갈증에 잠이 깨서 물을 때려 마시고 다시 자려다 오늘 하루 어쩌나 고민에 휩싸여 다시 일어났다가, 라면을 끓여 먹었다. 매콤한 라면을 먹고 싶었지만, 일단 있는 게 마트에서 산 국적을 알 수 없는 라면뿐이었다. 꽤 맛있었다. 순한 맛 라면을 먹는 것 같았다.

오늘 칸에서는, 단편 부문 상영이 있고 게리 올드만의 마스터 클래스가 있다. 뭐라도 보고 싶었는데 일단 라면을 먹고 나니 다시 자고 싶어졌다.

돈 많은 사람이 건물을 헐고 다시 지으니까
돈 없는 사람이 잠을 못 잔다

나의 보금자리, 나에게 최적화되어 있는 나의 자취방 바로 앞에는 순댓국집이 있었다. 진짜 정말 너무 맛있는데 심지어 가격이 5천 원이었다. 집 바로 앞에 순댓국집, 그 옆에 편의점, 그 앞에 24시 감자탕집, 그 맞은편에 파리바게트와 커피 가게와 약국까지. 반경 50m 이내에 나에게 필요한 모든 게 있었다. 천국이었다. 그런데 작년부터 가게가 하나둘 사라지더니 어느 날 공사를 하고 있었다. 순댓국집이 사라지고 건물을 헐었다. 그리고 그 옆, 오피스텔 건물도 헐었다. 나의 자취방을 기준으로 왼쪽과 오른쪽, 상가 건물과 오피스텔이 공사 중이다. 최악이다. 드라마를 하며 거의 1년간 너무 힘들게 일해서 모든 일이 끝난 후, 진짜 푹 쉬고 싶었는데 하루종일 드르르륵 드르르륵. 돌아버릴 것 같았다. 붙여놓은 현수막을 보니 공사가 7월까지다. 나는 여기서 절대 쉴 수 없겠구나. 공사를 피해 프랑스로 떠났다.

그런데 여기도 공사 중이다. 진짜 골때린다. 아침이면 창밖으로 공사장 깽, 깽 소리가 들린다. 특종. 전세계 재건축.

잠깐 자고 일어나니 1시다. 단편 영화 상영은 다 놓쳤지만 서두르면 4시에 하는 게리 올드만 마스터 클래스는 볼 수 있을 것 같다. 서둘러 일어나서 거울을 보니 얼굴이 땡땡 부었다. 왜 이러지? 싶었는데 생각해보니 방금 라면을 먹고 잤다. 역시 몸은 정직하다. 버스 안에서 서둘러 종이에 '게리 올드만 마스터 클래스' 라고 적었다. 출발하기 전 R에게 메일을 보내 티켓을 얻으면 뱃지가 없는 나도 마스터 클래스에 들어갈 수 있냐고 물으니 된다고했다. 칸에 도착하니 3시, 마스터 클래스는 4시 시작이니 지금부터 입장을 하고 있을 거였다.

오늘따라 사람이 더 많았다. 특히 티켓을 구하려는 사람이 진짜 많았는데 왜 그런가 보니 다들 손에 'SOLO' 라고 적은 종이를 들고 있었다. 오늘 스타워즈의 상영이 있어서 그랬구나. 그 수많은 사람들을 지켜보면서 땡볕 아래에 서 있는데, 오늘은 도저히 티켓 달라고 구걸하는 사람이 될 수 없을 것 같았다. 어제 정말 괜히 술을 마셨나 보다. 모든 영화적 경험들을 다 놓치다니. 게리 올드만은 결국 포기했다. 왜 포기했는지는 모르겠다. 실패할 것 같은 예감이 강하게 들어서 포기한 것 같기도 하고, 노력할 기운이 하나도 나지 않아서 그런 것 같기도 하다. 나는 지금보다 조금 더 몸도 마음도 건강해야 할 것 같다.

내일이 칸 영화제 폐막이다. 그렇다면 해변에서 하는 밤 영화 상영은 오늘이 마지막일 것이다. 그러니 밤이 될 때까지 버텨야 했다. 우선 꼭 가고 싶었는데 한 번도 못 갔던 기념품 가게에 들어갔다. 다큐멘터리 촬영에 응해준 한국 친구들에게 줄 선물을 좀 샀다.
숙취 때문에 속이 영 좋지 않았다. 이럴 땐 우걱우걱 밥을 먹어서 속을 눌러줘야 한다. 저번에 갔었던 타이완 식당에 가고 싶었는데 하필 4시라 문을 닫았다. 한참을 걷고 걷다가 한적한 카페에 앉아서 스프라이트를 마시며 쉬었다. 다 마시기도 전에 안에 날파리가 빠졌다.

아무래도 이렇게 아무것도 안 하면 큰일 날 것 같아서, 에어비앤비에 들어가 앙티브 근처에서 할 수 있는 요리 수업과 공예 수업을 예약했다.

어제 만났던 친구들 중 스페인에 갔었다는 친구에게 스페인 사진을 좀 보내달라고 했다. 한국에 있는 친구에게 보내 여기로 오라고 꼬실 생각이었다. 카톡으로 스페인 사진과 동영상을 받았다. 어마어마했다. 친구에게 그대로 다시 보냈다. 그러나 친구는 프랑스에 오겠다는 말이 없다. 한참 후, 친구는 지금 러시아로 출발한다는 이야기를 했다. 드라마가 끝난 후 팀끼리 여행을 간다는 것이었다. 아, 부럽다. 러시아 정말 가보고 싶은 나란데. 추운 나라, 나의 로망. 프랑스에 있으면서 러시아 여행 가는 친구를 부러워하는 걸 보니 사람 마음 참 파도 파도 끝이 없다. 프랑스에 오기 전, 친구가 자신도 기회가 되면 프랑스로 갈 테니 거기서 함께 스페인으로 떠나자고 얘기했던 일이 실제로 벌어지려나 했는데 이걸로 확실히 없던 일이 됐다. 이제 여행의 끝이 확실해졌다.

밥이 필요해

6시, 식당에 가니 아직 문을 안 열었다. 해변으로 가서 한 시간을 더 보내기로 한다. 날씨는 좋고 사람은 많고 나는 혼자 할 일이 없다. 멍하니 아무 데나 앉아 있는데 어디선가 노랫소리가 들려온다. 고개를 돌려보니 옆에서 버스킹을 하고 있었다. 그 앞으로 자리를 옮겼다. 목소리가 정말 멋진 남녀가 함께 노래했다. 그런데 궁금한 것은, 저 사람들이 노래하는 게 좋아서 버스킹을 하는 건지 그냥 돈 벌려고 하는 건지 모르겠다는 것이었다. 그들은 노래하는 내내 표정이 굳어 있었다. 많이 피곤했나.

가수들이 거리에서 버스킹을 하는 예능 프로그램 〈비긴 어게인〉을 보면서 관객들 표정이 왜 저렇게 굳어 있나 했었는데, 지금 문득 내 표정을 인식했더니 완전 굳어 있다. 그렇구나. 그냥 굳은 표정으로 노래를 하고 굳은 표정으로 노래를 들었구나.

7시, 다시 타이완 식당에 갔다. 문을 열었다. 식당에 들어가 저번에 시켰던 고기 요리랑 하나 더 추천해달라고 해서 두 가지 메뉴를 시켰다. 사장님은 매운 걸 좋아하냐면서 킹프론을 추천해줬다. 그래, 새우 요리라면 뭐가 어떻게 이상하게 나와도 최소한 새우라도 맛있게 먹을 수 있겠지. 고기 요리가 먼저 나왔다. 저번처럼 불고기와 비슷한 맛이 났다. 쌀밥을 우걱우걱 씹어 먹으니 아휴 이제야 좀 살 것 같았다. 숙취엔 쌀밥이 최고다.

수저를 달라고 하고 싶었는데, 사장님은 요리 하느라 바쁘고 카운터엔 저번처럼 초등학생으로 보이는 따님이 아닌, 연세가 지긋하신 할머니 한 분이 앉아 계셨다. 손님들과 중국어로 대화를 하셨는데 나에게도 중국어로 말씀을 하셔서 내가 "나는 한국인이에요, 죄송해요"라고 영어로 했더니 전혀 못 알아들으셨다. 그 후 내 앞에선 아예 입을 다무셨다. 나는 번역기로 '플리즈, 기브 미 어 스푼'을 중국어로 번역한 후 번역된 글씨를 큰 화면으로 띄워 할머니에게 보여드렸다. 그러자 할머니는 어리둥절 이게 무슨 상황인가, 유심히 중얼중얼 글자를 읽으시다가, 아! 하고는 수저를 주셨다. 정말 기뻐하셨다. 중국어로 뭐라고 하셨는데 나는 전혀 알아듣지 못했지만, 할머니가 계속 환하게 웃으시며 나에게 엄지척, 엄지를 두 번, 세 번 내미셨다. 그러고는 주방에서 요리하고 있는 사장님에게도 방금 상황을 이야기하신다. 번역기 썼다고 이렇게 칭찬을 받을 줄이야.

밥을 거의 다 먹었을 즈음 킹프론 요리가 나왔다. 국물 한 대접에 새우가 들어가 있는데, 새우만 건져 먹는 건지 스프처럼 국물까지 다 먹는 건지 몰라 여쭤보니 다 먹는 거라고 했다. 국물엔 동그란 폭탄, '마'가 들어있었다. 마파두부 할 때 '마'. 먹으면 입에서 불이 나는, 화한 맛을 내는 마. 새우는 매워도 너무 매웠다. 새우만 건져서 양손으로 잡고 껍질을 까 먹었다.

요리를 두 가지나 먹다 보니 시간이 오래 걸렸다. 가게에 있던 손님들이 다 나가고 사장님이 식사를 마칠 때까지 있었다. 나는 저번에 왔을 때 내가 음식을 남겨서 사장님이 속상해했던 게 마음이 쓰여서 사장님에게 일부러 "여기 두 번째 오는 거예요, 맛있어서 또 왔어요"라고 말을 건넸다. 그러자 사장님은 저번에 친구랑 같이 왔던 걸 기억하신다고 했다.

사장님과 짧지만 꽤 많은 대화를 나눴다. 사장님은 표정이 진짜 만화 캐릭터처럼 다채로워서 자꾸만 빵빵 웃음이 터졌다. 사장님의 얼굴을 찍고 싶었다. 그러나 나는 용기가 없어서 카메라 각도를 위로 틀지 못했다. 카메라로 찍고 있는 건 뻔히 보이니까 아셨을 텐데, 혹시 사장님을 찍어도 되냐고 한 마디만 물어봤어도 되는 거였을 텐데. 실례될까 봐 겁이 나서 사장님의 얼굴을 담지 못했다. 이래가지고 무슨 다큐를 찍겠다는 건지.

대만 사람과 한국 사람이 프랑스에서 만나면 이런 이야기를 한다

사장님과의 대화는 아이러니하게도 정말 심도 깊었다. 나는 솔직히 고백하는데, 타이완이 어느 나라인지 몰랐다. 막연히 '타이'라는 발음 때문에 태국인가, 라고만 생각하고 말았다. 내가 사장님에게 중국인이냐 물었더니 사장님은 타이완 사람이라고 했다. "아, 아까 손님들하고 얘기하실 때 중국어 쓰신 줄 알았어요." "당연히 중국말을 쓰죠, 타이완 사람인데." 아, 이런. 그제야 알았다. 대만이구나. 태국은 타일랜드, 대만이 타이완.

사장님은 중국이 싫다고 했다. 사람들은 중국 경제가 어마어마하다고 하고 세계 2위네, 아시아 1위네 어쩌구 하지만 자기는 그렇게 생각 안 한다고 했다. 그리고, 대만은 독립국가라고 했다. 대만의 돈이 따로 있고 정부가 따로 있다고 했다. 언어만 중국어를 쓰는데 대만은 한 번도 중국에 속한 적이 없다고 했다. 사장님의 표정이 갑자기 너무 화나 있어서, 진짜 만화처럼 화난 표정을 지으셔서 빵 터졌다. 나는 쯔위와 왕대륙 얘기를 했다. 쯔위는 진짜 너무 예쁘고 왕대륙도 진짜 너무 멋있다고. 사장님도 둘 다 안다고 하셨다. 그러다 갑자기 무술을 하시더니! 어떤 배우의 이름을 말하며 모르냐고 했다. 정말 유명한 배우다, 너도 꼭 알아야 한다고 하셨다. 엄청 팬이신 것 같았다.

대화는 남북 정상회담으로 이어졌다. 사장님은 김정은을 '그 나쁜 놈'이라고 하시면서 갑자기 북한이랑 왜 만난 거냐고 나에게 물었다. "그러게요. 저도 진짜 몰랐어요, 이렇게 갑자기 만나고 대화를 하고. 전쟁이 진짜 끝나는 건지, 저도 무슨 일이 벌어진 건지 모르겠어요." 사장님은 김정은이 진짜 평화를 원하는 것 같냐고 물었다. 사장님 생각엔 아닌 것 같다고 했다. "정확히는 알 수 없지만, 어떤 사람들은 역시나 '돈 문제'일 거라는 얘기를 해요." 그러자 사장님은 아무도 없는데 갑자기 목소리를 낮추며, "김정은이 돈 달랬어요?"라고 물었다. "아니 뭐, 그런 건 제가 알 수 없는데, 예전에 그런 일들이 있었죠." 남한과 북한의 사이라는 게 간단하지가 않아서 한국어로도 설명하기 어려운데 영어로는 도대체 어떻게 대화를 해야 하는지 모르겠다. 사장님은 여전히 화가 나서서, "도대체 남한 대통령은 왜 만났대요?" 하고 물었다. "우리는… 그래야만 해요. 헤어진 가족들이 있어요." 그러자 사장님은 조금 더 씩씩대며 "김성은 그 사람 할아버지부터 그랬어요. 거짓말에 또 거짓말에! 정상회담 하고 나서도 다 거짓말!" "그죠. 네, 그렇죠. 김정은의 속내는 아무도 모르는 거죠. 저도 온전히 다 믿을 수가 없어요. 우리는….."

대만 사람과 남한 사람이 프랑스에서 만나면 이런 대화를 하게 되는구나. 적당한 곳에서 적당한 시기에 적당한 이야기를 한 것 같다. 비록 가장 중요한! 사장님의 얼굴은 하나도 못 찍었지만. 촬영을 위해서 아주 조금만 과감해지자. 찍어도 되냐고 용기를 내서 물어보란 말이야!

식사를 마치고 밖으로 나와 바로 해변으로 갔다. 해변 상영을 기다리는 사람들의 줄이 길게 늘어서 있었고 줄 끝에 선 지 얼마 되지 않아 입장이 시작됐다. 짐 검사를 하고 담요를 받고 제일 앞줄에 앉았다. 오늘의 상영작은 〈바그다드 카페〉. 영화 시작 전에 감독님이 오셔서 인사를 하고 함께 영화를 봤다. 영화는 꽤 재미있었다. 영어 대사에 프랑스어 자막이라 대사를 온전히 이해하진 못했지만, 주인공이 영어를 잘 못하는 설정이라 다행이었다.

밀라 요보비치도 칸에 있고 게리 올드만도 칸에 있으니 혹시라도 〈제 5원소〉를 틀어주지 않을까 기대했지만, 아직 〈제 5원소〉는 '클래식'에 들어가진 않나 보다.

상영이 끝나고, 사람들이 한참 동안이나 감독님을 둘러싸고 싸인을 받고 함께 사진을 찍었다. 내가 해변을 완전히 빠져나올 때까지도 감독님은 사람들에 둘러싸여 있었다.

버스를 한 시간 넘게 기다리고, 새벽 1시가 되어 겨우 버스를 타고 집에 도착했다. 버스 안엔 전 세계 사람들이 각각 한 명씩 있었다. 그중 나는 아시아 대표를 맡았다. 냉장고에서 마트에서 사온 체리를 꺼내 먹었는데, 맛이 없다.

절벽을 내려보다 보면 하루가 다 간다

지난 월요일에 면접을 봤다. 하고 싶은 일이 없어서 할 수 있는 일을 찾아 열심히 돈을 벌자고 결심했다. 면접이 끝난 후 대표님이 금요일에 연락을 주겠다고 했다. 나는 살면서 한 번도 면접에서 떨어져본 적이 없다. 대학교도 알바도 회사도 면접을 보면 모두 붙었다. 면접불패. 내가 가진 유일한 무기였다. 그러나 금요일이 다 지나도록 아무 연락도 오지 않았다. 적어도 탈락 문자라도 줘야 하는 거 아닌가. 죄송하지만 어쩌구, 님의 역량은 뛰어나지만 어쩌구, 다음 기회에 어쩌구. 그런 거 보내줘야 하는 거 아닌가. 인간적으로다가.

　태어나서 처음으로 면접에서 떨어졌다. 난 이제 다 잃었다. 지구도 부실 수 있을 것만큼 속상했다.

　영화도 보기 싫고 드라마도 보기 싫고 애니메이션도 보기 싫고 유튜브도 보기 싫다. 다 싫다. 이제 뭘 어떻게 해야 할까. 뭐가 그리 슬픈지 자꾸만 툭툭 눈물이 난다. 무언가를 만들어내면 행복할 텐데, 행복하지 않으니까 무언가를 만들어낼 힘이 나지 않는다. 하루가 너무 긴데 정작 눈 몇 번 깜빡이면 밤이다. 막막하다.
　매일 똑같은 시간에 일어나고 걷고 씻고 밥 먹고 글을 쓴다. 그러면 나의 모든 답답함이 해결될 것이다. 안다. 그러나 '아는 것'과 '하는 것' 사이엔 깊은 절벽이 있다. 아주 깊은 절벽이 있다. 절벽을 내려보다 보면 하루가 다 간다.

글이 쓰이지 않는다. 근육은 빠지고 지방은 채우고, 수분은 빠지고 알코올은 채우고, 지식은 빠지고 우울은 채우고, 교류는 빠지고 고립은 채우고, 돈은 빠지고 빚은 채우고, 행복은 빠지고 혐오는 채우고, 재능은 빠지고 한숨은 채우고, 머리는 빠지고 머리는 빠지고.

이 글은 어디에서 끝날까. 그 끝까지 내가 갈 수 있을까.

6, 7년 전쯤 대학 졸업을 앞두고 있었을 때다. 상업 영화로 데뷔한 선배이자 감독님이 하는 수업에서 자신이 만들고 싶은 영화를 피칭하는 과제가 있었다. 어떤 내용이며 어떤 느낌의 배우가 나오고 어떤 스타일로 만들 건지에 대해 발표하는 건데, 감독님이 아는 제작 PD를 데리고 왔다. 그냥 발표만 하고 끝나는 게 아니라 혹시나 건질 만한 무언가가 있다면 개발해보겠다는 자리였다. 다들 안 그런 척했지만, 속으로는 침을 꼴깍 삼키며 과제를 준비했다. 아, 다들이라고 하면 안 되겠다. 3분의 1은 그랬고, 3분의 1은 조금이라도 속물 같아 보이는 건 질색하는 스타일이라 최대한 성의 없게 준비했고, 나머지 3분의 1은 수업에 안 왔다. 나는 야망을 품기엔 멍청했으나 과제가 재밌어서 그냥 열심히 했다. 나는 모든 게 다 있는 건물에 갇힌 소녀에 대한 이야기를 발표했다. 내용은 없고 대략의 컨셉만 있는 상태였다. IMF 시대에, 부모에게 버려진 소녀가, 어린 소녀를 좋아하는 한국 전통 요괴에게 납치당해서, 알 수 없는 아파트에 갇혀 다른 소녀들과 함께 공장 일을 하게 된다. 그곳은 미로 같아서 절대 탈출할 수 없다. 어

떤 문을 열면 바다가 나오고, 어떤 문을 열면 거인이 나온다. 문 뒤에 무엇이 있을지 알 수 없기 때문에 살고 싶다면 자기 방을 잘 기억해야만 한다. 소녀는 영화에서 당연하게 나오는 험난한 과정들을 거친 후 겨우 그곳을 탈출하는데, 그 순간 어른의 몸이 된다. 1990년대와 2000년대에 어려웠던 부모님들만큼이나 어렵게 성장했던 아이들의 이야기를 상징적으로 담고 싶었다. 나는 한국 판 〈센과 치히로의 행방불명〉 느낌의 영화를 만들고 싶다고 이야기했다. 나의 피칭을 본 PD는 '엔딩을 듣고 소름이 돋았다'는 칭찬을 해주셨다. 그리고 이렇게 덧붙였다. "좋은 번역가를 찾아서, 할리우드에 파세요."

그 말을 듣고 나는 생각했다. '한국에서 감독하고 싶다는데 뭔 개소리야?'

속상했다. 울고 싶을 만큼 속상했다.

한국은 돈이 없다. 미국에서 저예산으로 제작되는 독립 영화 제작비로 한국에선 대작 상업 영화 몇 편을 찍을 수 있다. 한국 사람들이 데이트할 때마다 무조건 영화를 보는데도 한국 영화 시장이 그렇다. 교수님들은 한국의 인구가 적기 때문에 어쩔 수 없다고 했다. 국민들이 문화를 소비하는 비율도 중요하지만, 그에 앞서 절대적인 수치를 어쩔 수 없다고 했다. 내가 만들고 싶었던 판타지 영화를 제작하기 위해선 엄청난 돈이 필요하다. 한국에서는 찍을 수 없다. 한국은 인구가 5천만 명밖에 되지 않기 때문에 영화 하나로 벌어들일 수 있는 수익에 한계가 있다. 그래서 좋은 번역가를 찾아보라는 대답을 들었다. 그때, 나는 생각했다. 중국과 문화 교류가 많아지면 중국 자본으로 찍을 수도 있지 않을까. 중국에서 한국의 영화 작가들을 비싼 돈 주고 잔뜩 데려다가 회사를 차리고 중국과 합작해서 중국 배우를 주인공으로 내세워 CG 값을 충당한 영화가 나오던 시기였으니까. 그러나 아니었다. 답은 미국이었다. 언제나 답은 미국이었는데 나는 그것도 모르고.

지금은 한국에 판타지 영화가 판을 친다. 넷플릭스가 한국에 돈을 뿌린다. 나는 넷플릭스를 보며 돈 많은 큰아빠를 떠올린다. 명절이면 다른 애들은 만 원씩 세뱃돈을 받을 때 통 크게 백만 원씩 턱턱 쥐여주는 큰아빠. 만나면 고리타분한 말만 해서 껄끄러운데 돈을 너무 많이 주니까 나도 모르게 앞에 가서 실실 웃게 되는 큰아빠. 실제로 이런 큰아빠가 내겐 없지만, 넷플릭스를 보면 그런 느낌이 든다. 영화시장에서 말도 안 되게 '극장'을 뺏어가서 사람 다 죽여놓더니 이제 와 큰돈 턱턱 내놓아 영화시장 자체를 살려냈다. 나는 나도 모르는 사이 넷플릭스 앞에 가서 실실 웃고 있다. '큰넷플릭스아빠' 덕에 수십년간 꿈도 꾸지 못했던 판타지 영화가 분기별로 몇 편씩 제작되어 나온다. 물론 기저엔 웹소설과 웹툰 시장의 성공이 깔려 있다. 이것도 얼마나 고마운지 모른다. 만화 시장이 '역사'를 가질 정도로 탄탄해져야, 확실히 돈이 돼야, 어마어마한 판타지 영화가 나온다. 한국도 20년 꾸준히 달리면 〈어벤져스〉가 나올 수 있다. 어쩌면 10년. 아니, 5년. 한국은 뭐든 다 빠르니까.

만약 내가 지금 학교에 다니고 있었다면 어땠을까. 피칭을 지금 했다면 선생님은 뭐라고 했을까. 8부작으로 바꿔서 넷플릭스에 팔아보라고 하지 않았을까.

한국인으로 사는 건 참 재미있는 일이다. 절대 불가능했던 일이 5년이면 너무 쉬운 일이 된다. 이 작은 나라에 벼락부자가 많아도 너무 많다. 그런데도 아직까지 굶어 죽는 사람들이 있다. 나는 벼락부자가 될 수도 있고 굶어 죽을 수도 있다. 한국은 모든 게 가능한 무궁무진한 나라가 됐다. 놀라운 일이다.

친한 친구일수록 만나면 늘 비관적인 이야기를 한다. 하게 된다. 나에겐 아무런 특별한 일이 일어나지 않고 얘깃거리는 언제나 근황뿐인데 사는 게 우울하다. 배달 음식만 먹고 사는 거 똑같고, 낮에 자고 밤에 깨어있는 거 똑같고, 사귀는 남자 없는 거 똑같고, 돈벌이 시원찮은 거 똑같다. 다들 이렇게 사는데 뭐 어떤가 싶다가도, 정말 다들 이렇게 사는 게 맞을까, 나만 이러고 있는 거 아닐까, 문득 의심스럽다.

나는 가끔 내가 완성하지 못한 영화들을 떠올린다. 이야기를 떠올린 순간 이미 머릿속에서 대략적인 장면들이 쫙 지나가기 때문에 나는 이미 본 거나 다름없다. 영화들은 어설프지만 내 입맛에 맞아서 꽤 재밌다. 그러나 그걸 글로 쓰고 영상으로 만들어 다른 사람에게 보여주는 일을 못했다. 나는 그럴 능력이 없다. 만약 내가 조금만 늦게 태어났다면 뭔가 달라졌을까.

허무맹랑한 이야기를 쓰는 사람에게, 영화가 불가능하니 네가 변하라고 이야기하지 않았으면 좋겠다. 허무맹랑한 이야기를 쓰는 사람에게, 곧 영화가 바뀔 테니 너는 그대로 있으라고 이야기해줬으면 좋겠다. 그건 내가 들었어야 할 이야기였으나 듣지 못했던 이야기다. 세상이 이렇게 빨리 변했는데 교수님들은 교수직을 달고 그걸로 돈 벌어 밥 사 먹어 놓고 이런 거 하나 몰랐으니 이걸 어쩌면 좋은가. 학생을 구렁텅이로 인도해버렸으니 이걸 어쩌면 좋냔 말이다. 지금이라면 〈어벤져스〉고 〈해리포터〉고 한국에서 다 만들 수 있는데, 그걸 꿈꿨던 학생은 동네 카페에서 자기 비하나 하고 앉아 있다.

이 글은 분명, 훗날 다시 들여다보며, 뭔 개소리를 지껄인 거지, 하고 창피하게 생각할 글이다. 그래도 써야 한다. 뭐든 써서 남겨야 한다. 창피함이라도 남겨야 한다. 그렇지 않으면 들여다볼 건 절벽뿐이다.

영화를 시작한 후엔,
영화만큼 현실이 아름답지 않았다

오늘 칸 영화제가 끝난다. 폐막식을 가서 보는 방법도 있고, 거리에서 마지막을 느끼는 방법도 있고, 어제가 끝인 줄 알았지만 하나 더 남은 것 같았던 해변에서의 밤 상영을 보는 방법도 있겠지만, 나는 그냥 아무것도 하지 않기로 했다.

인터넷을 통해 알게 된 니스로 여행 온 친구들이 함께 물놀이를 가지 않겠냐고 했다. 나는 거절했다. 기운이 없어 아무것도 할 수 없었다. 그래도 같이 놀자 제안해준 게 고마웠다. 참 착한 친구들이다. 12시쯤 잠에서 깼지만 거의 2시까지 침대에 누워 있었다.

일어나서 남은 빵을 구워 먹었다. 오늘은 아시안 마켓에 갈 생각이다. 씻지도 않고, 머리를 질끈 묶고 반팔 티에 반바지에 슬리퍼를 신고 밖으로 나갔다. 자전거에 카메라를 달고 깔끔한 앵글을 위해 자전거 바구니도 떼고 페달을 밟았다.

한국 라면이 최고다

인정할 건 해야겠다. 나는 외국에 나와서 한국 음식을 그리워하는 것은 어쩐지 나이 든 사람이나 하는 것 같다는 선입견이 있어서 절대 외국에 나와 한국 음식을 먹지 않으려고 했다. 그러나 밥이 필요하고 매운맛이 필요하다. 자전거를 타고 시내로 나갔다. 날씨가 정말 좋았고 자전거 상태도 좋았다. 아시안 마켓은 상당히 작았다. 매장 안에서 한글을 찾아봤는데 얼마 없었다. 중국식 찜통과 만두가 있었고 중국 의상이 있었다. 한국에 있을 때 거리에서, 아랍 글씨가 쓰여 있는 것 같은 슈퍼마켓이나 중국 슈퍼마켓을 봤을 때, 아주 작은 그 가게들을 봤을 때 별 느낌이 없었는데 외국에 나와 아시안 마켓에 와보니 아, 이런 느낌이구나 하는걸 알게 됐다. 설명하기 어려운 이상한 느낌이었다. 낯선 가게들 중에서도 가장 낯선 가게에 들어왔는데 그 안에 내게 가장 익숙한 물건이 진열되어 있는 상황. 한국 제품은 고기 양념 소스와 매운 라면 한 종류가 전부였지만 그래도 정말 무척 너무 반가웠다.

집으로 돌아와 '열라면' 두 봉지에 계란 하나를 넣어 끓였다. 국물이… 매운 맛이… 최고였다. 한국 라면은 최고의 경지에 오른 것 같다. 어쩜 이렇게 맛있는지 모르겠다. 아줌마, 아저씨들이나 그러는 거라면, 나는 아줌마임을 인정해야겠다. 라면 두 개를 순식간에 흡입하고 나니 힘이 돈다. 다시 정상 컨디션의 한국 사람이 된 것 같다.

칸 영화제가 끝났으니 나는 이제 프랑스에 남아서 해야 할 일을 다시 찾아야 한다. 뭘 할까. 예약해둔 공예 수업과 요리 수업을 빼고도 일주일이 더 남았다. 나는 무엇을 해야 할지 모르겠다.

기차를 타고 프랑스의 다른 도시들을 여행해볼 수도 있다. 이탈리아도 갈 수 있고 스위스도 갈 수 있다. 비행기를 타고 갈 수도 있다. 뭐든 다 해볼 수 있고 가볼 수 있다. 그러나 그럴 만한 용기와 기운이 있는지 모르겠다. 이곳 생활엔 익숙해진 듯하면서도 여전히 낯설고 나는 한국에서만큼 도전에 대한 의지가 없고 생각도 없다. 시간은 한국에서 그랬듯이 여전히 미친 듯이 흘러간다.

용기를 내서, 딱 한 군데만 갔다오자. 남은 돈을 탈탈 털고 남은 기간 동안 시리얼과 라면만 먹으면 되니까, 딱 한 군데만 힘을 내서 갔다오자. 그러면 후회는 조금 줄어들겠지. 이제부터의 최대 목표 하나, 어딘가를 가자. 기차든 비행기든 뭐든 타고 딱 한 군데만 갔다오자.

내일 비가 오지 않는다면 더 늦게 전에 수영을 하는 것도 좋을 것 같다.

런던에서 뮤지컬을 봤던 게 꿈만 같다. 자기 전에 〈싱 스트리트〉와 〈블라인드〉를 봤다. 〈싱 스트리트〉를 보면 나도 이제 뭐든 할 수 있을 것만 같은 느낌이 든다. 〈블라인드〉까지 보고 나면 현실 감각이 아예 없어진다. 누군가를 사랑한다는 건 죽을 만큼 아름다운 일인 것 같다. 영화를 시작한 후엔 사랑을 해보지 못했다. 시간이 어떻게 가는지도 모르겠다. 영화를 시작한 후엔 영화만큼 현실이 아름답지 않았다.

한국 # 2021년 1월 31일

오지 않아도 좋다, 나도 가지 않을 테니

과거의 나를 보니 어이가 없다. 프랑스까지 가서 한다는 소리가 의지가 없다? 미쳤나, 이게 진짜.

그렇다고 그때로 다시 돌아가 이제는 열심히 돌아다니고 열심히 느낄 수 있겠냐고 묻는다면, 아니다. 깨갱. 만약 지금 다시 새롭게 떠난다면 이번엔 열심히 여행할 수 있겠냐고 묻는다면, 그것도 아니다. 깨갱. 2년 전 나를 지금 만날 수 있다면 불러다 앉혀

놓고 뭐라고 한소리 해주겠는가? 아니다. 싸우면 내가 진다. 나보다 걔가 더 멋있다.

몇 년간 시간 여행에 관한 영화, 드라마가 한국에서 쏟아졌다. 나도 나만의 시간 여행 이야기를 생각해봤다. 과거로 가면 어떻게 될까. 어디로 가서 뭘 바꿀 수 있을까. 미래로 가면 어떻게 될까. 60살일 때로 가려고 했는데 그 전에 내가 이미 죽었다면 어떻게 될까. 만약 결혼을 하고 아이를 낳았다면, 자신의 남편도 아이도 알아보지 못하는 나를 사람들은 어떻게 대할까. 상상은 원래 꼬리에 꼬리를 물고 이어져야 이야기가 된다. 그러나 나는 생각만 짧게 하고 끝난다. 시간 여행 따위 하고 싶지 않다.

인생을 바꾸기에 고등학생 때만큼 좋은 시기가 없다. 과거로 돌아가 고1의 나를 마주친 상상을 해봤다. 외워둔 로또 번호는 없고, 비트코인을 사야 한다고 알려줄까 싶었는데 제대로 봐둔 게 없어 포기하려던 순간 갑자기 울컥해서 상상하던 장면을 꺼버렸다. 아무것도 모르고 내 앞에 멀뚱히 서 있는 열일곱의 나를 보자 가슴이 찢어졌다. 앞으로 어떤 일을 겪게 될지 아무것도 모르는 이 애가 너무 애처로웠다. 과거로 돌아간다면, 나는 어린 나를 끌어안고 울 것 같다. 넌 앞으로 정말 끔찍한 일들을 겪게 될 거야. 어쩌면 좋니.

매일 행복하게만 살았던 것 같은데 돌아보니 전부 끔찍하다. 참 이상하다.

몇 년 전 인터넷으로 우쿨렐레를 샀다. 우쿨렐레는 참 치기 쉬운 악기라 유튜브를 보며 독학했다. 인터넷에 악보도 널려 있다. 김광석의 '어느 60대 노부부 이야기'를 쳐봤다. 노래는 잔잔하게 돌고 돌아 4절까지 이어진다. 나는 천천히 악보를 따라가며 노래를 부르다 불현듯 통곡했다. 나와 수십 년을 함께 산 남편이, 내가 먼저 죽고 난 후 내가 보고 싶어서, 타임머신을 타고 시간 여행을 해, 지금 30대의 내가 혼자 방에서 우쿨렐레를 치며, 막내아이 결혼하던 때가 기억 나냐고, 여보 어찌 나만 두고 혼자 갔냐고 노래하는 모습을 보러 오지 않을까, 하는 생각이 들어서 울었다. 일어날 수도 없는 일을 나는 이렇게 뼈저리게 느낄 수 있다. 이런 사람은 커서 뭐가 돼야 할까.

미래의 내가 지금의 나를 찾아와준다면 나는 좋을 것 같다. 지금의 내가 내 인생에서 가장 평온한 시기라서 온 것이어도 좋고, 앞으로 벌어질 일을 하나도 모르는 내가 애처로워서 찾아온 것이어도 좋고, 지금이 가장 불행할 때라서 조금만 더 힘내보라고 응원해주러 온 것이어도 좋다. 어쨌든 미래가 있다는 거니까 좋다. 그러나 미래의 나는 지금의 나를 보러 오지 않을 것이다. 지금의 내가 과거의 나를 보러 가기 싫은 마음과 똑같을 것이다. 그 마음 다 안다. 그러니 오지 않아도 좋다. 나도 가지 않을 테니 좋다.

지금은 2021년이다. 코로나가 3차까지 유행했고 아직 유행이 사그라지지도 않았는데 조만간 반드시 4차 유행이 온다는 뉴스 기사를 봤다. 1년이나 전염이 계속될 줄 몰랐는데 앞으로 1년 더

이 생활이 이어질 거라고 한다. 나는 아직 코로나에 걸리지 않았다. 누군가 밖에서 마스크 없이 여러 사람과 어울린 유튜브 영상을 보면 나는 습관처럼 영상이 게시된 날짜를 확인한다. 해외여행을 다녀온 영상을 봐도 그렇다. 날짜는 당연히도 2020년 2월 전이다. 날짜를 보고 나는 안심한다. 코로나 전에 해외여행을 다녀와서, 코로나 전에 이렇게 재밌게 놀아서 참 다행이다. 남의 일인데도 다행이라는 생각이 아주 강렬하게 든다. 죽고 사는 문제 앞에 인류는 하나가 된다.

나도 코로나 전에 해외여행을 많이 다녀왔다. 프랑스에서 한달살기를 한 것도 코로나 한참 전이었다. 얼마나 다행인지 모른다. 지금의 젊은 사람들은 여행도 가지 못하고 친구도 만나지 못하고 학교도 가지 못한다. 세상이 이렇게 변할 줄은 아무도 몰랐는데 세상이 계속 변하고 있어서 언제 미안하다고 말해야 하는지 타이밍도 못 잡고 있다. 집 밖에 나갔는데 마스크를 안 끼고 있어서 깜짝 놀라 다시 집으로 돌아오는 꿈을 꿨다. 오늘 꾼 꿈이다. 보통은 브래지어를 입지 않은 채 밖에 나가거나 아예 옷을 하나도 입지 않고 밖에 나가 깜짝 놀라는 꿈을 꾼다. 그런데 오늘 꿈은 마스크였다. 심장이 철렁했다.

1년 전엔 아무리 미세먼지가 심해도 사람들이 마스크를 쓰지 않았다. 이제는 마스크 없이 밖에 나가는 일상이 기억나지 않는다. 그리고 이 생활을 1년 더 해야 한다. 2년간 마스크를 매일 쓰고 다닌 사람은 그 후 어떻게 될까. 전염병이 사라지면 마스크를 벗을까. 아니면 그대로 쓰고 다닐까. 무서워서 벗고 다닐 수 있을까. 아이들은 어떨까. 태어나자마자 2년간 마스크를 썼던 아기는 마스크 없이 밖에 나간다는 걸 이해할 수 있을까. 그런 세상이 감히 가능할 수 있을까.

세상이 급격히 변했다고 느끼는 건 오로지 기술 혁신으로만 가능하다고 생각했다. 전쟁은 생각도 안 해봤고 통일은 더더욱 안중에도 없었다. 그러나 단 몇 개월 만에 세상을 바꾼 건 전염병이었다. 인간은 2020년에 자동차가 하늘을 날아다닐 거라는 고작 그 정도의 상상만 가능했는데 실제 2020년은 이렇게 지나갔다. 미쳤다.

세상이 어쨌든 간에 나는 일단 여기에 있는 나를 생각한다. 나는 조금의 돈으로 조금의 전기를 사서 글을 쓴다. 코로나에 걸리지 않았으니 엄청난 행운이다. 죽지 않고 살아있으니 엄청난 행운이다. 이렇게 행운인 와중에 아무런 작품도 만들지 못하고 젊음을 탕진해버렸으니 죽을 만큼의 불행이다. 나의 행운과 나의 불행이 싸우면 누가 이길까. 보통 영화에서 천사와 악마가 싸우면 악마가 99개를 갖고 천사가 나머지 1만 가지면서도 결국 천사가 이겼다고 하던데. 내 천사가 가진 1개는 뭔지 알겠다. 코로나에 걸리지 않고 살아있다는 것. 내 악마가 가져간 99개는 어떤 것들일까. 보고 싶다. 재밌을 것 같다. 아주 재밌을 것 같다.

0 1 7

마리화나??? 하자고?????

　새로운 사람을 더 만나봐야겠다는 생각을 했다. 인터넷 카페에서 모나코에 같이 갈 사람을 찾는다는 글을 보고 연락을 했다. 프랑스에 출장 온다는 사람인데 아침부터 저녁 전까지 시간이 나서 여행을 할 거라고 했다. 그에게서 모나코 여행에 관련된 엄청나게 구체적인 계획표를 이메일로 받았다. 여행에 함께하고 싶다고 답장을 보냈다.

　집주인에게 한국 선물을 주고 싶었는데 사지 않고 그냥 온 게 내내 마음에 걸려서 혹시 공항에서 간단한 거 뭐라도 사와주실 수 있는지 조심스럽게 부탁했다. 그 사람은 어차피 쇼핑할 생각이었다며 흔쾌히 나의 부탁을 들어줬다.

　내일 아침에 기차역에서 만나 함께 모나코를 가기로 했다. 누워서 뒤척이다 보니 새벽 4시가 넘어서 이왕 이렇게 된 거 6시쯤 나가서 일출을 찍고 사람 없을 때 수영이라도 할까 싶었는데 그러다 잠이 들었고 10시쯤 메시지 소리에 눈을 떴다.

새로운 사람이 진짜 왔다

11시에 옆 방에 새로운 게스트가 온다고 했다. 나는 서둘러 욕실과 주방을 치우고 다시 잠들었다. 2층엔 욕실, 부엌, 큰방, 작은방이 있다. 나는 큰방을 쓰고 있고 게스트는 작은방을 쓸 것이다.

1층에서 집주인과 누군가가 대화하는 소리가 들렸다. 여자다. 새로운 게스트가 온 것 같았다. 언뜻 이제 뭐 할 거냐는 물음에 카페를 가든지 할 거라는 이야기를 들었다. 나는 도저히 눈을 뜨지 못하고 다시 잠들었다. 게스트가 밖으로 나가면 일어나서 씻고 정상적인 모습으로 인사를 해야겠다.

2시쯤 됐을까 싶어서 눈을 떴는데 아직 12시였다. 게스트는 아직도 집 안에 있었다. 방 밖으로 나가면 무조건 걸린다. 이를 어쩌나 하면서 30분을 더 보냈는데 나갈 기미가 안 보여서 어쩔 수 없이 용기를 내 문을 열고 일단 곧장 욕실로 들어가려는데 바로 걸렸다. 게스트가 나에게 말을 건다. 참 어색한 상황이다.

나는 퉁퉁 부어서 눈도 제대로 안 떠지는 얼굴로 나의 이름을 말했다. 뭔가를 먹으려고 준비 중인 그녀에게 냉장고에 있는 거 뭐든 먹어도 괜찮다고 말하는데 이미 냉장고 안이 그녀의 음식들로 꽉 차 있었다. 그녀는 먹을 걸 충분히 가져와서 괜찮다고 한다. 호텔 어쩌구 레스토랑 베리 배드 어쩌구 라고 하는 걸로 보아 그런 연유로 음식을 사다 만들어 먹는 것 같았다.

일단 씻고 나와 얼굴을 정리하는데 상태가 영 좋지 않다. 왜 이러나 생각해보니 어제 라면을 두 개나 먹었다. 이렇게 즉각 반응하는구나. 역시 코리안. 빨리 빨리 코리안.

머리를 말리고 대충 비비크림을 바르고 부엌으로 나와 내일 만나기로 한 사람이 보내준 여행 일정을 살펴보고 있는데 그녀가 말을 걸어온다.

그녀는 갑자기 나에게 집주인이 괜찮은 사람이냐고 묻는다. 집주인이 자신에게 말하길, 네가 집에 자주 없다는 얘기를 하면서 너를 못 만나게 했다고. 왜 그러냐고.

- 에브리띵 오케이? 노 프라블럼?

응? 노 프라블럼. 괜찮은데 왜 그러지. 집주인이 나한테 새로운 게스트 올 거라고 아주 좋은 사람이라고 둘이 친구하라고 했는데. 아마 내가 칸 영화제 가서 되게 늦게 들어오고 그래서 내가 집에 없다고 생각한 게 아닐까? 라고 하니 아 그래? 흠, 하고 만다.

무슨 일인지 모르겠다. 그녀는 나를 좀 이상한 사람이라고 생각했다가 나를 만나고 나니 집주인이 좀 이상한 사람인 것 같다고 생각했나 보다. 언어가 통하지 않으니 오해가 쌓인다. 그녀가 느꼈을 불안함은 나와는 또 다른 불안함이었을 것이다.

그녀는 프랑스로 아예 이사를 왔고 9개월 정도 됐는데 앙티브에서 인턴십을 한다. 그녀는 여기에 한참을 머무를 거라고 했다. 내가 나가고 나면 내가 지금 쓰고 있는 큰방을 쓰게 될 거라서 짐도 제대로 풀지 않았다고 한다. 그때는 자신의 친구도 이리로 올 거고 친구가 각종 주방 용기들도 다 가지고 올 거라고 한다. 그녀는 인턴십을 하러 왔는데 아예 여기서 살 생각이다. 내가 가고 나면 여기는 또 다른 일상이 만들어지겠구나.

나는 조금 전 통성명을 할 때 그녀의 이름을 제대로 듣지 못해서 암쏘쏘리 하며 다시 한 번 이름과 나라를 물어봤다. 그러자 그녀가 내 노트북에 다가와 자신의 이름을 써 줬다.

그녀는 B. 인도 사람이다.

부엌에서 커피를 마시며 컴퓨터를 하고 있는데 B가 다가와 혹시 차를 마시겠냐고 물었다. 나는 이미 커피가 있었지만 거절할 수가 없어서 좋다고 했다. B가 나에게 물었다.

- 왜 커피를 마시니?
- 카페인?
- 여기엔 카페인과 니코틴도 들어있어. 담배만큼은 아니지만.
- ???

B는 냉장고에서 노란 가루를 꺼내서 물에 타더니 전자레인지에 돌리고 그 안에 무슨 팩을 넣고 쭉쭉 손으로 쥐어짜더니 설탕을 넣어 나에게 줬다. '마살라차이' 라고 했다. '차이'는 'Tea' 라는 뜻이고 '마살라'는 'Spicy' 라는 뜻이라고 했다. 아하. 스파이시 티.

차를 마셨다. 생강차에 우유 넣은 맛과 비슷하다고 했더니 정확히 생강차에 우유 넣은 거란다. 세상에 내가 니코틴이 들어있는 차를 마시다니. 인도 사람들 베리 스트롱하구나.

그녀는 나에게 사람들이 마시는 '잉글리시 티'가 잉글리시, 영국이 아닌 인도에서 온 거라는 얘기도 했다. 목소리에 화가 담겨 있었다. 국가와 문화 그리고 역사. 분노를 가진 사람이 꽤 많다. 그녀는 본격적으로 내 앞에 앉아 나에게 이것저것을 물었다.

- 여기 프랑스 물가가 네가 느끼기에 어떠니?

- 음… 레스토랑은 비싸고 마트는 싸.

- 한국은 어떤데?

- 레스토랑은 여기보단 싸고 마트는 여기보다 비싸.

- 웰컴 투 인도!

- 아하?

- 만약 네가 인도에 오고 나면 세상 어딜 가더라도 물가가 비쌀 거야.

인도의 물가가 그렇게 싸다니. 한국의 물가가 프랑스와 견줄 만하다니. 참나. 한국 뭐냐. 그렇다면 그녀가 느끼는 프랑스 생활 이 내가 하는 것보다 어쩌면 조금 더 고달플 수도 있겠구나.

그녀가 나에게 물었다.

- 한국 사람들은 뷰티에 관심이 많은 것 같아. 여기 프랑스 사 람들은 길거리에 걸어다닐 때 보면 80% 정도 메이크업을 했 어. 한국은 아마 90%?

- 아니 100%. 우리는 밖에 나가려면 메이크업을 해야 해요.

- 인도는 10명 중 2명 정도만 립스틱을 바를 뿐이야.

- 이미 예뻐서?

- 노노노. 그런 거에 신경 쓰지 않아서. 예쁘고 안 예쁘고가 아

니라 문화의 차이.

- 그렇군요. 한국에선 성형수술이 아주 싸고 흔합니다. 심지어
  중학생이 고등학교 가기 전에 엄마랑 같이 와서 수술하는 것
  도 봤어요.
- 너도 했니?
- 아니요. 나는 무서워서.
- 여기 사람들은 내 피부를 보고 예쁘다고 하지만 나는 인도에
  가면 예쁘지 않아.
- 왜?
- 인도에선 다른 모든 아시아 나라 사람들이 그렇듯이 하얀 피
  부를 예쁘게 생각하거든.
- 맞아요. 한국엔 그래서 화이트 태닝도 있습니다.
- 오 마이 갓.

영어엔 존댓말이 없지만, 나는 B에게 존댓말을 하는 심정으로,
B는 나에게 반말을 하는 태도로, 우리는 대화했다. 실제로는 그
녀보다 내 나이가 더 많을 것 같긴 한데, 묻지 않았다.

B는 말이 아주 많은 편이다. 그녀는 자기 방에서 내내 전화 통
화를 했다. 그녀는 혹시 자기가 전화 통화 하는 게 날 불편하게 하
지 않냐고 물었다. 노노노. 상관없습니다. 그녀는 인도와 프랑스
의 시차 때문에 지금 통화를 해야만 한다고 했다. 매우 사교적인
사람이구나. B가 나에게 마르세유에 가 보라고 한다. 이탈리아의
수도는 로마지만, 빅 시티는 밀라노이듯. 그녀가 내 노트북을 자

기 쪽으로 돌려 마르세유를 검색해 이미지를 보여주고 여기서 마르세유까지 가는 기차와 버스도 찾아주고 심지어 카풀도 찾아줬다. 와우.

인도 영어는 미국 영어나 영국 영어랑은 달라서 알아들을 수가 없다. 내 영어 실력 순식간에 퇴화. 어버버. 대만 식당 사장님이 내 영어 발음 좋다고 어디서 살았냐고 했는데. B 앞에선 옹알이만 하고 있다.

  - 여기서 음식은 뭘 먹어봤어?
  - 내가 프랑스 음식을 너무 몰라서 뭘 먹어야 할지 모르겠어요.
  - 술은?
  - 맥주?
  - 와인을 안 마시고? 여기 와서?

그녀는 나에게 2~3유로 정도의 와인을 원한다면 사다줄 수도 있고 아니면 시간 될 때 같이 마트 가서 골라줄 수도 있다고 했다. 어머 세상 착한 사람.

촬영을 해도 되겠냐고 물었더니 물론 괜찮은데 지금처럼 안 씻고 상태 안 좋을 때 말고 메이크업도 좀 하고 그러고 나면 찍어달라고 했다. 노 프라블럼.

나는 그녀에게 세탁기와 세제에 대해서도 알려주고 쓰레기통도 알려주고 빨래 건조대, 설거지 세제에 관한 이야기도 나눴다. 그녀는 정말 말이 많다. 나는 영어를 못 하겠어서 아주 답답한데 그녀는 내가 알아듣든 말든 아무 거리낌 없이 그냥 말하고 또 말한다. 서로 답답해하며 대화를 포기하는 것보단 낫긴 한데 그래도 계속해서 말을 걸어오는 건 힘이 든다.

부엌 식탁에 앉아 음악을 틀어놓고 쓸데없는 그림을 그리며 시간을 보내고 있는데 그녀가 자꾸 부엌을 기웃거린다. 나 때문에 부엌을 못 쓰나 싶어 방으로 들어가 침대에 누웠다. 오늘은 뭘 해야 할까. 이미 B와 이야기를 많이 나눴으니 뭘 더 해야겠다는 생각이 들지 않았다. 한참을 가만히 있다가, 그래 해변에 가서 해 지는 거나 찍어오자 하는 생각이 들었다.

6시. 해가 질 때까지 시간이 많이 남아서 일단 뭘 좀 먹기로 했다. 하나 남아 있는 즉석식품을 전자레인지에 돌렸다. 맛이 없었다. 으웩. 뭘 먹는 건지. 꾸역꾸역 밥을 먹고 있는데 B가 나에게 같이 해변으로 산책하러 가지 않겠냐고 했다. 나는 정말 반사적으로 오케이! 라고 해버렸다. 아… 왜 그랬을까. 혼자 조용히 있고 싶은 나의 마음과, 다른 사람에게 무례하고 싶지 않은 나의 도덕이… 싸울 시간도 없이… 도덕이 먼저 반응해버렸다.

인도 여자와 함께 해변으로

밥이 너무 맛없어서 빨리 이 맛을 헹구려고 콜라라도 하나 까서 들이키려는데 B가 해변에 가서 먹자고 한다. 아하… 콜라도 못 먹게 하네.

좀 꾸미고 가야 하나 아니면 지금처럼 그냥 후리하게 가도 되나, 이거 입어보고 저거 입어보길 반복하다 그냥 긴 팔에 반바지를 입고 밖으로 나갔다. 그녀는 계속 나에게 말을 한다. 나는 그녀가 하는 말을 반 정도만 알아듣는다. 그 어떤 사람과 얘기했을 때보다 못 알아듣고 있다.

남은 프랑스 숙소 생활이 편하지만은 않을 것 같다. 혼자일 때가 좋았구나.

B와 해변에 한참을 함께 앉아 있었다. 그녀는 나에게 다른 거하고 싶었는데 자신이 괜히 해변에 오자고 한 거 아니냐고 물었다. 나는 오늘 해변에 나와 해가 지는 걸 찍으려고 했기 때문에 괜찮다고 했다. B는 여행에 관련된 웹사이트 같은 것들을 만드는 회사에서 데이터를 분석하는 일을 한다고 했다. 그래서 나에게 그렇게 자세하고 다양하게 마르세유에 가는 방법을 알려줬구나.

그녀는 나에게 한국에 '릴레이션십'이 있냐고 물었다. 보이 프렌드? 노. 나는 예의상 너는 있냐고 물었다. 그러자 B는 갑자기 배신당한 표정을 하며, 내가 너한테 이미 다 말했잖아… 라고 했다. 나는 순간 확 억울해서, 나는 영어를 못해서 당신이 하는 말을 50% 정도 밖에 못 알아듣는다니까, 라고 하자 아 오케이.

B는 5개월 정도 사귄 프랑스 남자친구가 있다고 했다. 그러면서 나에게 프랑스에서 남자를 찾아봐, 라며 정말 의미도 없고 쓸데도 없는 말을 해 줬다. 이 친구는 도대체 나한테 왜 그러는 거

야, 찾긴 뭘 찾아.

　사랑하는 사이에는 특히 대화가 정말 중요하다고 생각한다. 나는 같은 문화, 같은 언어, 같은 주제로 대화할 수 있다는 게 연애에 있어 굉장히 중요하다고 생각한다. 따라서 한국 사람을 만나고 싶다고 이야기하고 싶었으나, 옹알이 영어 수준으로 퇴화해서, 아이 러브 코리안, 세임 컬처, 세임 랭귀지, 토킹 이치 아더, 베리 임폴턴트 비트윈 Lovers… 까지만 겨우 말했다. 전달이 됐나 모르겠다. B도 그냥 대충 듣고 넘긴 듯하다.

　다큐멘터리가 완성되면 연락 달라며 B는 나에게 페이스북 친구 등록을 하고 나의 전화번호를 받았다. 친구들에게 한국 사람이 찍은 다큐멘터리에 자신이 나온다고 말할 거라고 했다. 최초로 인도 친구가 생겼다. B는 정말 사교적인 사람이다. 4살, 5살 수준이던 나의 영어 실력이 심지어 2살 수준이 됐음에도 불구하고.

　나는 딱히 할 말이 없어서, 그리고 혹시라도 오해가 생기지 않게 하려고, 지금 내가 프랑스에 온 이유, 졸업했는데 아직 데뷔도 못 했고, 이제 영화를 계속할지 아니면 그냥 취직해야 할지 결정해야 할 것 같은 생각이 들었고, 그래서 마지막으로 가장 커다란 무언가를 하고 싶어서 칸 영화제를 보러 왔고, 이건 그것을 기록하는 다큐멘터리라고 이야기해줬다.

　칸 영화제가 가장 큰 목표였는데 이제 영화제도 끝났고, 그래서 난 길을 잃었다, 라고 이야기했다. 말할 수 있는 단어가 모두 사라지고 나니 설명이 아주 간단해졌다.

♥♡♥

Now I'm lost.

말이 간단해지니 생각도 간단해지고 상황도 분명해진다. 그랬구나, 내가 그랬구나.

8시가 되고 슬슬 해가 질 것 같은 기운이 도는 시점에 카메라의 배터리가 나갔다. 보조 배터리도 가지고 오지 않았다. 석양은 찍지 못했지만, 아직 남은 날들이 많으니 집으로 돌아가기로 했다.

그녀는 집으로 돌아와서도 통화를 한다. 온종일 쉬지 않고 말을 한다.

이걸… 말해도 되려나…

사실 아까 바다에서… 이런 일이 있었다. B가 갑자기 자기 친구들이 주말에 집으로 놀러올 거라고 하더니 나에게, 너 혹시 마리화나 해봤니? 물었다. 아니, 당연히 안 해봤다고 하니 그럼 마리화나 하는 것에 관심이 있니? 물었다. 세상에 이게 무슨 상황이야!!! 영화에서 보던 그거???

나는 10대, 20대 때만 해도 마약은 할 수만 있다면 인생을 살면서 한 번은 해보고 싶다고 생각했다. 뭐 어때 한 번 해보는 거지, 라는 무모한 느낌이 있었는데 막상 진짜 내 앞에서 외국인이 마리화나 해볼래? 라고 하니 정신이 아찔해지면서 뭐라고? 심장이 막 두근두근하고 난리도 아니었다.

 - 한국에서는 그런 게 불법이야.
 - 여긴 불법이 아니야.
 - 그래도 한국에서는 불법이라서 여기서 그런 걸 하고 입국하
   면, 걸리면 감옥 가.
 - 너 무슨 생각을 하는 거야. 주사기로 넣는 마약 이런 거 말고
   마리화나! 그냥 피우는 거라고!

B가 나를 설득한다. 이상하다. 머리카락 검사로 다 나온다고
했는데. B는 그냥 피우는 거라고 머리카락 검사 안 나온다고 황
당해하며 나를 애 보듯 했다.

 - 일단 잘 모르겠어.
 - 그럼 어차피 친구들이 주말에 파티할 때 가지고 올 거니까 그
   때까지 잘 생각해봐, 할지 안 할지, 어차피 그냥 한번 해보는
   거야, 경험이야.

집으로 돌아와 인터넷에 검색해보니 마리화나 피우면 머리카
락 걸리는 거 맞았다. 부들부들.

아니, 근데 진짜 마리화나를 한다고?

♥♡♥   239

내 머리카락 어디 갔어?

　　하루에 고작 열두 걸음을 걸었다. 다리를 다친 것도 아니다. 입원해서 침대에 누워있는 상태도 아니다. 코로나에 걸려 격리된 것도 아니다. 사지 멀쩡하고 어딘가에 감금되어 있지도 않다. 이제 막 걸음마를 뗀 아이도 열두 걸음은 넘게 걷는다. 나는 아이도 노인도 아니다. 젊다.

　　집에만 있는 게 힘들어 오랜만에 밖에 나와 산책로를 따라 걸었다. 만 보를 채워보자. 헬스케어 앱을 켰다. 80분 정도 가볍게 걸으면 만 보가 채워진다. 8천 보 이상을 걸으면 포인트를 준다. 혹시 놓친 포인트는 없나 지난 걸음 기록을 찾아봤다. 앱을 켜두지 않아도 내 모든 걸음이 기록된다. 잠깐만. 12? 십이? 십이라고? 진심?

　　나는 지금 직장이 없다. 온종일 혼자 집에서 컴퓨터만 한다. 전염병이 심각해 밖에 나가 누군가를 만나기도 어렵다. 가끔 혼자 여행을 다닐 뿐, 평소에 맛집을 찾아가거나 어딘가에 놀러갈 궁리를 하는 사람이 아니다. 친구들이 불러줘야 밖에 나갈 일이 생기는데 아무도 부르는 이가 없다. 혼자 살기 때문에 밖에 나가지 않으면 온종일 그 어떤 생명도 만날 수 없다.

고독은 까맣고 끈적한 기름이라고 생각했는데 겪어보니 바싹 마른 웨하스 같다. 쫄쫄 피가 마른다. 바삭하다.

프랑스에 있을 때, 매일 두 시간 세 시간씩 글을 썼다. 그 날 있었던 일을 기록하는 일기였을 뿐인데도 시간이 많이 들었다. 글은 어디서나 쓸 수 있는 건데 프랑스까지 와서 쓰는 건 아니지 않나 싶었다. 그러나 그때 쓰는 게 맞았다. 그 글은 그때밖에 쓸 수 없는 글이었다.

지금 내 하루를 기록해본다면 어떨까. 두 시간 세 시간씩이나 필요할까? 하루에 열두 걸음밖에 걷지 않는데?

매일 아침 전기장판이 따뜻한 침대에서 눈을 뜨면,

아 잠깐.

매일 아침, 혹은 저녁, 혹은 밤, 혹은 새벽. 아무 때나 자고 아무 때나 일어나기 때문에 일정하지 않다. 어쨌든 언젠가, 침대에서 눈을 뜨면 침대를 더듬거려 휴대폰을 찾는다. 포털 사이트에 들어가 코로나 감염자 수를 확인한다.

오늘의 감염자 수는? 빠밤.

아~ 아쉽네요. 거리 두기 완화는 다음 기회에~

거리는 좀처럼 가까워질 기미가 없다. 인스타그램에 들어간다. SNS는 TV 리모컨 같다. 안 써도 일단 손에 쥐고 있어야 마음이 편하다. 아무 생각 없이 괜히 한 번씩 눌러본다. 남들 다 하니까,

싸이월드, 페이스북까지 잘 따라가다가 트위터에서 영 적응을 못 해서 인스타그램까지는 절대 안 하려고 했다. 그러나 이젠 인스 타그램 없이는 살 수 없는 몸이 되어버렸다. 친구도 없고 팔로우 하는 연예인도 몇 명 없어서 피드가 조용하다. 괜히 새로고침이 나 몇 번 해보고 끈다. 유튜브에 들어간다. 내가 올린 영상의 조 회 수를 확인한다. 잔잔하다. 텀블벅에 들어간다. 통계를 확인한 다. 흠,

숫자 확인 중독이다. 끊을 수 없다.

그렇게 따지면 몸무게도 숫자인데, 체중계엔 올라가지 않는다. 다시 생각해보니 몸무게는 숫자가 아니다. 그건 지방이다. 그러 니 외면하자.

따뜻한 물로 샤워를 한다. 머리카락 한 움큼이 빠져있다. 살다 살다 탈모가 올 줄은 몰랐다. 난 평생 머리숱이 많았다. 어마어마 해서 어딜 가나 한소리를 들었다. 덥지 않냐, 무겁지 않냐. 네, 맞 아요. 너무 더워요. 숨이 턱턱 막혀요. 네, 맞아요. 너무 무거워 요. 하나로 묶고 있으면 뒤에서 누가 머리를 당기는 것처럼 무거 워요. 어른들은 속상해하는 나를 보며 그래도 머리숱 없는 것보 단 좋지 않냐고 위로했다. 나이 들면 다 빠진다며 지금이 좋은 거 라고.

나는 동의하지 않았다. 어차피 나이 들어 빠지는 거라면 적당 한 머리숱으로 행복하게 살다가 빠지고 싶었다. 머리숱 많아서

평생 고생하다가 결국 탈모까지 와버린다면 이 무슨 불행의 연속인가. 그런데 정말 그렇게 되었다. 1년 사이 머리카락이 반으로 줄었다. 머리를 하나로 묶었을 때의 두께가 반으로 줄었다. 2020년이 이렇게나 지독하다. 한 젊은이의 머리카락을 반이나 떼갔다. 주식도 아닌데 후두둑 후두둑. 가르마가 허여멀건했다.

코로나가 심각해지며 여차저차 직업을 잃고 그 후 1년간 일을 못 했다. 일하는 스트레스보다 일하지 않는 스트레스가 더 심했다. 머리카락을 잃었다. 인터넷에 한 번 '여성 탈모'를 검색했더니 그 후 무슨 앱을 키든 탈모 샴푸 광고가 나온다. 살 수가 없다. 실제로 탈모 샴푸도 너무 비싸서 살 수가 없다.

지금의 내가 2년 전, 아니 3년 전 나의 글을 볼 수 있듯이, 3년 전의 내가 지금 내가 쓴 이 글을 볼 수 있다면 어떨까. 황급히 거울 앞으로 달려가 빽빽한 가르마를 확인하고는 안심하겠지. 좋겠다. 너는 빽빽해서 좋겠다.

그렇다면 지금의 나도 똑같다. 3년 후의 나보다 지금의 내 가르마가 더 빽빽할 것이다. 뭐야, 좋은 거네? 참 긍정적이다. 불행을 거꾸로 하면 행불이다. 행불? 행방불명? 내 머리카락?

하루에 고작 열두 걸음을 걷는 나의 하루는 이렇다. 오늘 하루 얻은 것을 두 시간씩 적던 나는 오늘 하루 잃은 것을 두 시간씩 적는 사람이 되었다.

♥♡♥

018

세상에서 가장 작은 나라에서

오늘 새로운 사람을 만났다.

프랑스에 와서 가장 아침 일찍 일어난 날이다. 어젯밤에도 책을 읽느라 늦게 자는 바람에 아침에 일어나는 게 너무 힘들었다. 20분간의 사투 끝에 겨우 일어나 채비를 했다. 이번엔 절대 늦지 말아야지 다짐해서 원래 만나는 시간보다 일찍 밖으로 나갔다. 주엉레빵 기차역까지 천천히 걸어가고 있는데 벌써 도착했다는 카톡이 왔다. 세상에, 이렇게 부지런한 사람이라니! 일찍 나와서 천만다행이었다. 기차역에 도착하니 한국인 남자 한 명이 있다.

　- 혹시…

　- 아 네 맞아요! 어떻게 알아보셨어요?

　- 한국인인 것 같아서요.

여기선 아시아 사람이 흔하지 않다. 얼굴도 모르는 사이지만 아주 쉽게 내가 만나기로 한 사람이 누구인지 알아볼 수 있었다.

244

서른 살의 회사원인 그는 출장차 프랑스에 왔는데 저녁 미팅 전까지 시간이 나서 여행을 한다고 했다. 기차를 타고 함께 모나코로 향했다. 나이가 비슷해서 한결 마음이 편했다.

기차역에 앉아 기차를 기다리는데 학교에서 단체로 소풍을 가는 듯한 아이들이 우르르 우리 주위를 둘러쌌다. 그중 아시아 남자애가 한 명 있었는데 우리를 빤히 쳐다보며 무슨 얘기를 하나 주의 깊게 듣고 있었다. 같은 나라 사람이길 바라는 눈치였는데 아쉽게도 우린 한국인이고 그 애는 중국인인 것 같았다. 내가 너와 같은 나라 사람이었다면 더 좋았을 텐데… 외로워 보이는 그 아이에게 괜히 미안했다.

모나코에 도착해 우선 스타벅스에서 커피를 사 마셨다. 스타벅스에서 커피를 주문하면 직원이 빈 컵에 이름을 쓰고 커피가 나오면 이름을 부른다. 이름이 뭐냐고 해서 초이라고 했는데 조이라고 적는다. 그래 그래라… 투이, 토이, 조이, 단 한 번도 초이라고 알아듣질 못한다. 커피가 나오고 컵을 살펴보니 조이라고 적은 후에 찍찍 선을 긋고 다시 초이라고 적은 글씨가 보인다. 내 표정을 보고 이게 아닌가 싶어서 고친 건가. 고맙다. 맥씨.

날씨가 좋았다. 화창하고 햇볕이 쨍쨍했다. 나는 얼굴이 녹아내리는 느낌을 받으며 모나코 왕궁에 가서 근위병 교대식을 봤다. 교대식은 생각보다 별로라는 글이 인터넷에 있었는데 생각보다 근사했다. 영화의 한 장면을 보는 것 같아 두근거렸다. 모나코의 풍경도 꽤 멋졌다. 우와 외국이다! 바다부터 산꼭대기까지 집들이 급경사를 이루며 층층이 지어져 있었는데 티는 내지 않았지만, 왠지 고소공포증이 느껴져서 무섭고 어지러웠다.

우선 점심을 먹기로 했다. 레스토랑에 들어가 까르보나라와 생선 요리를 시켜 나눠 먹었다. 혼자서는 들어가기 힘든 레스토랑이었다. 제대로 된 프랑스식 식사를 해보는 것 같아 아주 좋았다. 비록 계속해서 화장을 제대로 고치고 싶다는 생각을 하긴 했지만.

식사를 마치고 내가 여기 와 유일하게 외운 프랑스어, "라디씨옹 씰부플레(계산서 주세요)" 하고 말하자 서버분이 알아듣고는 허허허, 웃으며 좋아하셨다.

식당을 나와 그 친구가 화장실에 간 사이 나는 레스토랑 앞 분수대에 앉아 있었다. 아장아장 남자 아기가 내 옆에 세워진 유모차로 걸어왔다. 그 안에 들어있는 작은 킥보드를 꺼내려 하며 나를 간절하게 쳐다봤다. 나는 아직 옹알이도 못 할 것 같은 그 아기에게, "캔 유 스피크 코리안?" 물었다. 아기는 대답하지 않았다.

아기가 작은 손으로 킥보드를 붙잡고 이걸 꺼내달라는 눈빛을 나에게 계속 보냈지만 나는 혹시라도 꺼내줬다가 아기가 혼자 타다 넘어져서 다칠 수도 있을 것 같아 애써 눈빛으로 거절했다. 동행 친구가 와서 함께 자리를 뜰 때까지 아기는 고개를 돌려가며 나를 끝까지, 아주 끝까지 뚫어지게 쳐다봤다. 심장 폭행!

기념품 샵에 가서 기념품을 사고 모나코 대성당으로 갔다. 외국 성당은 태어나 처음 들어가보는 거였는데 정말 입장료를 받아도 될 만큼 아름다운 곳이었다. 제대로 취향 저격이었다. 5분이면 다 볼 공간을 한 시간 동안 본 것 같다. 함께 간 그가 기독교 모태신앙이라 종교에 관한 이야기도 조금 나눴다. 마음이 편안해지고 즐거운 시간이었다. 종교에 관련된 그림을 미술관에서 봤을 땐 크게 감흥을 느끼지 못했는데 성당에 있으니 느낌이 달랐다. 있어야 할 자리에 있는 그림이 얼마나 아름다운지 알게 됐다.

다시 모나코 왕궁으로 향했다. 입장 티켓 사는 곳에서 기념품도 함께 팔고 있었다. 향수가 진열된 것을 보고, 아 맞다 여기 향수가 유명한 것 같아요, 하면서 하나 팔에 뿌려봤는데 목욕탕에서 막 나온 아저씨 냄새가 났다.

티켓을 사고 안으로 들어가 왕궁 내부를 보는데 미국에서 봤던 게티 뮤지엄이 생각났다. 그레이스 켈리의 그림도 많았다. 영어로 제공되는 오디오 가이드를 전혀 알아들을 수 없어서 눈으로만 감상하는데 영어를 잘하는 동행 친구가 가이드를 들으며 나에게 설명해주어 고마웠다. 다정하고 착한 사람이다. 왕궁 내부는 제한적으로만 공개되어 있어 많은 것을 보지는 못했지만, 예쁜 조각품이나 장식품들이 많아 즐거웠다. 특히 금으로 만든 얼굴 형상이 기억에 남는다. 제발 똑같은 조각품을 팔아주길 바랐으나 기념품 샵엔 그런 게 없었다. 돈을 쓰겠다는데도 말리는 모나코.

F1 트랙을 걸으며 해안가를 따라 요트를 구경했다. 동행 친구는 차에 대해 아는 게 많았고 시계에 대해서도 아는 게 많아서 혼자 왔으면 절대 알아보지 못했을 각종 브랜드를 설명해줬다. 신기했다. 완전 새로운 세계다.

카지노에 가보려고 했으나 길을 도저히 찾을 수 없어 포기하고 다시 기차역으로 향했다. 지금까지 쭉 길을 찾아줬던 동행 친구가 어디로 가야 할지 모르는 것 같아 내가 길을 안내했다. 기차표를 사고 기다리는 동안 잠깐 화장실에 들러 얼굴을 손질했다. 아주 엉망이었다. 하루 종일 더위에 땀을 흘리고 바람이 계속 불어 머리까지 날리니 몰골이 말이 아니었다. 얼굴이 따끔거렸다.

4시 반 기차를 타고 다시 앙티브로 돌아왔다. 동행 친구와 일곱 시간 넘게 같이 있었는데 편하게 대해줘서 덕분에 나도 차분하고 편하게 모나코 여행을 마쳤다. 함께 다니니 불안함도 적었고 어떻게 해야 할지 고민도 하지 않게 돼 에너지 소비가 적었다.

나는 유럽이 처음이었고 그 친구는 유럽 여행을 많이 했다고 했다. 나는 영화를, 그 친구는 여행을 서로에게 알려줬다. 그 친구는 내가 말하는 영화들을 한 번도 본 적이 없었고 나는 그 친구가 말하는 장소에 한 번도 가본 적이 없었다.

아직 그 영화를 보지 않았다니 좋겠어요, 정말 재밌거든요.

아직 거기에 가 보지 않았다니 좋겠어요, 정말 멋있거든요.

좋은 나눔이다.

집으로 돌아오니 6시. 하루를 알차게 보냈다.

그 친구는 독일에서 석사 공부를 시작할 거라고 했다. 아직 결과가 나오지 않아 기다리는 중이라고 했다. 서른 살에 다시 시작이구나. 인생을 열심히 사는 친구다. 고등학교 친구 P가 생각난다. 나는 늘 틈만 나면 쉬는데 P는 늘 틈 없이 열심히 인생을 살았다. P는 스물아홉 살에 결혼했다. 내가 친구로서 P를 무척이나 좋아했던 것도 다정하고 편하고 마음이 착했기 때문이었다. 어쩐지 P와 함께 여행한 것 같은 느낌이 든다.

한국에서 선물도 대신 사와주고 모나코 여행 일정도 계획해준 동행 친구를 위해 세 시간 동안 열심히 모나코 영상을 편집했다. 인도 친구 B가 자신의 남자친구와 함께 모나코로 여행을 갈 거라며 관심을 보이기에 정보도 줄 겸 영상을 보여줬다.

모나코는 전 세계에서 두 번째로 작은 나라다. 첫 번째는 바티칸 왕국이니 모나코를 가장 작은 나라라고 생각해도 좋다. 언덕에 오르면 나라 전체가 한눈에 보인다. 인구는 3만 8천 명이 전부다. 강원도 영월군의 인구가 3만 8천 명이다. 잠실올림픽주경기장의 좌석 수가 6만 9천 석이다. 스탠딩까지 포함하면 최대 10만 명을 수용할 수 있다. 모나코 전 국민과 강원도 영월군 전 군민이 다 들어가고도 남는다.

나는 모나코에 단 한 명밖에 없는 의사, 단 한 명밖에 없는 고등학교 자퇴생, 단 한 명밖에 없는 문방구 주인, 단 한 명밖에 없는 영화감독을 생각했다.

집주인 아주머니가 불쑥 김치를 주셨다

어쩌다 보니 집에서 먼 곳으로 취직했다. 마침 부모님과 함께 사는 게 부대끼던 차라 독립도 했다. 집을 구할 수 있는 앱과 인터넷 사이트들을 일주일 내내 샅샅이 뒤지다가 도저히 갈 곳이 없어서 늦은 밤 부동산을 찾았고 그곳에서 처음으로 소개해준 곳을 덜컥 계약했다. 집주인이 2년 계약을 하자고 했는데 1년이나 살까 싶어 1년만 계약했다. 이게 4년 전 일이다. 이곳에서 산 지 벌써 4년이 되었다. 처음 집에 들어온 날, 짐을 옮기고 청소를 하는데 집주인 아주머니께서 발그레 웃으며 찾아오셨다.

- 전에 살던 사람도 오래 살다 나갔어요. 좋은 기운이 있는지 뭔지는 모르지만 잘돼서 나갈 거예요.

술 냄새가 났다. 아주머니는 기분이 좋아 보였다. 나는 본격적으로 남의 집에 들어와 사는 게 처음이라 어색했다. 아주머니는 수줍어하셨다. 어정쩡하게 현관에 서서 나 한 번 보고 허공 한 번 보며 조심스럽게 말씀하셨다.

- 내가 기분이 너무 좋아서 여기 동네 사람, 친한 사람 있거든. 거기 모여서 한잔했어요. 많이는 아니고 살짝. 우리 집에 작가 들어온다고 얘기도 하고. 내 인생이 정말, 드라마로 써도 돼.

진짜 드라마보다 더하면 더 했지. 그래서 내가 살면서 한 번쯤 작가를 만나서 내 인생을 책으로 한번 써볼까 하는 생각도 하고 그랬어요, 내가.

부동산에서 계약서 쓸 때, 집주인 내외분께서 나에게 무슨 일을 하느냐고 물었다. 나는 마침 그때 방송 작가를 할 때라 작가라고 대답했다. 아주머니는 내가 집에 들어오는 날, 기분이 좋아 친구분들과 낮술을 했다. 작가로 살면 어르신들에게 꼭 저런 말을 듣는다. 자신의 인생을 책으로 쓰고 싶다고. 그중 집주인 아주머니에게 들었던 저 말이 가장 좋았다. 작가인 게 뭐라고 이렇게 환영을 받는다. 복이 넘친다.

1년은 금방 지나갔다. 나는 앞으로 계약을 어떻게 해야 하냐고 여쭤봤다. 아주머니는 10년이고 20년이고 걱정하지 말고 그냥 쭉 살라고 하셨다. 월세는 한 번도 오르지 않았다. 감사한 마음에 나도 월세 꼬박꼬박 제때 입금하고 최대한 없는 듯 조용히 산다.

이곳에서 산 지 2년쯤 되었을 때 비어있던 옆집에 새로운 사람이 들어왔다. 집주인 아주머니의 딸이라고 하셨다. 집주인 아주머니는 우리 부모님 또래다. 집주인 아주머니의 딸은 내 또래다. 그녀에겐 초등학생 아들이 있다.

위층에 집주인 내외가 사신다. 옆집에 그분들 딸과 손주가 산다. 그리고 내가 혼자 산다. 몇 년을 살았지만, 서로의 얼굴을 보는 건 어쩌다 한 번이다. 문득 아늑하다는 생각이 든다.

자취하는 친구들이 계약 만료 시기가 다가와 발을 동동 구르며 새집을 구하느라 뛰어다닐 때 나는 혼자 느긋하다. 겨울이면 동파를 걱정하고 여름이면 침수를 걱정할 때도 나는 느긋하다. 방범 문제 역시 나는 상관없다. 바로 옆집에 집주인의 딸이 산다. '무슨 일'은 생기기 전에 이미 해결된다. 그녀는 부모님과 함께 살기 때문에 안전하고 나는 그녀가 안전해서 덩달아 안전하다.

옆집에 사는 초등학생 아이는 집으로 들어갈 때마다 노래를 부른다. 노래의 장르는 언제나 오페라다. 이유는 모르겠다. 늘 가사는 없고 아아아~ 아아아~ 하며 고음을 펼친다. 나는 주로 낮에 자기 때문에 오페라에 몇 번 잠에서 깼다. 가창에 불만은 없다. 밤에 사는 나 때문에 저쪽도 몇 번 시끄러웠을 것이다. 아이가 일단 집 안에 들어가면 이후엔 아무 소리도 들리지 않는다. 신기할 정도로 조용하다.

더위에 푹푹 찌던 지난여름, 하루 날 잡고 청소를 하려고 문을 활짝 열어둔 적이 있다. 문밖에서 폴짝, 폴짝 뛰어오는 작은 발소리와 아아아~ 오페라 소리가 들렸다. 아이가 집으로 돌아왔구나. 폴짝, 폴짝, 폴…! 아이가 멈춰섰다. 노래도 뚝 끊겼다. 열려있는 우리 집 문을 보고 깜짝 놀란 것 같았다. 아이는 그때까지 나를 한 번도 본 적이 없었다. 숨 막히는 침묵이 이어졌다.

나는 작은방에 있었다. 현관에선 작은방 내부가 보이지 않는다. 아이의 발소리가 갑자기 뚝 끊겼을 때 나도 하던 일을 멈추고 귀를 쫑긋 세웠다. 아이가 자기 집으로 들어가는 소리가 한참이나 들리지 않았다. 아마도 아이는 우리 집 문 앞까지 살금살금 걸어왔던 것 같다. 그리고 조심스럽게 집 안을 구경했던 것 같다. 나는 아이의 호기심이 귀여워 작은방에 계속 숨어 있었다. 그러다 모르는 척 방에서 불쑥 튀어나와 큰방으로 걸어갔다. 혹시라도 눈이 마주친다면 아이가 심하게 놀랄 것 같아 현관 쪽은 보지 않았다. 뭔가가 후다닥 사라지는 소리가 났다. 그리고 다급하게 도어락 번호를 누르는 소리, 문이 열렸다가 닫히는 소리가 들렸다. 나는 침대에 앉아 쿡쿡 웃었다. 짜식. 나 초딩 때랑 똑같네.

코로나가 있기 전, 일상이 있을 땐 매일 아침 규칙적으로 옆집 아이가 등교했다. 아이는 학교 다녀오겠습니다, 하고 인사하지 않았다.

- 엄마, 이따 봐! 엄마, 사랑해!

나는 매번 그 소리에 잠에서 깼다. 사랑한다고 인사하는 아이의 말이 나는 너무 슬펐다. 사랑을 인사로 할 만큼 사랑이 넘치는 저 애가, 나처럼 예술하는 사람이 될까 봐 걱정돼서 슬펐다. 일상이 없는 지금, 아이는 등교하지 못한다. 그래서 나도 잠에서 깰 일이 없다. 슬퍼할 일도 없다.

며칠 전 갑자기 집주인 아주머니가 집으로 찾아와 문을 두드렸다. 나는 갑작스러운 사람의 출현에 화들짝 놀라 문을 열었다. 아주머니는 비닐봉지 하나를 건네며 겉절이를 담갔는데 한번 먹어보라고 하셨다. 내가 어머, 했을 때 아주머니는 이미 두 걸음 물러서 계셨고, 내가 감사합니다, 했을 땐 등을 돌리며 어여 들어가라고 내게 휘이휘이 손짓을 하고 계셨다. 김치 떨어진 지 한참 됐는데 어찌 아시고 이리 갑자기 김치를.

김치는 두둑했다. 보관 용기 두 개에 나눠 담았다. 나는 울컥했다. 갑자기 찾아와 김치를 주신 건, 코로나 때문에 다들 팍팍하게 사는 형편이니 혹시나 무슨 일이 있지는 않을까, 내가 걱정되어 그러셨을 것이다.

그리고 조금 전, 카페에서 글을 쓰고 집으로 들어가던 길에 아주머니를 마주쳤다. 아주머니는 김치가 너무 짰지? 호호호, 하며 가셨다. 나는 아니에요, 너무 맛있어서 벌써 하나 다 먹었어요, 했다. 김치는 짰다. 나는 너무 맛있어서 벌써 하나를 다 먹었다. 우리의 대화는 모두 진실이다. 진실만 주고받으며 서로를 스쳐 지나갔다. 지나고 보니 문득, 아주머니의 머리가 너무 하얗다. 언제 저렇게 세셨지? 분명 처음 만났을 땐 하얗지 않았는데.

집주인 아주머니를 뭐라고 불러야 할지 모르겠다. 매번 어물쩍 넘어가는데 여간 찝찝한 게 아니다. 인터넷에 검색해보니 그냥 사장님이라고 하란다. 집주인 아저씨는 사장님이라고 부른다. 아주머니는? 사장님? 사모님? 아니면 어르신? 어쩐지 다 아닌 것 같다. 그냥 집주인님이라고 부르고 싶다. 집주인님, 행복하세요.

1년이나 살까 싶었던 이곳에서 나는 4년을 살았고 앞으로도, 어쨌든 당분간은 떠날 기약이 없다. 돌아보면 맨날 떠나면서만 살았는데 나도 이게 어쩐 일인가 싶다.

019

소녀들은 명심할 것,
함부로 미안해하지 않을 것

잠을 정말 못 잤다. 추워서 라디에이터를 켜놓고 자면 덥고
숨 막혀서 다시 잠에서 깬다.

이제 슬슬 끝이 보인다

어젯밤, 세 시간 동안 만든 모나코 동영상을 추출해서 클라우
드에 업로드하려는데 인터넷 연결이 계속 끊겨 전송을 못 했다.
노트북이 점점 뜨거워졌다. 옆방의 인도 친구 B는 내일부터 일을
시작한다며 일찍 잠들었다. 아무것도 할 수 없는 밤, 그냥 잠들기
도 쉽지 않았다.

새벽에 잠에서 깼다. 노트북을 확인해보니 클라우드에 업로드
가 다 되어 있었다. 동행 친구에게도 이메일로 영상을 보내고 다
시 침대에 누웠을 때, J에게서 메시지가 왔다. 정말 오랜만에 카
카오톡 프로필 사진을 바꿨는데 그걸 알아보고 도대체 얼마 만에

♥♡♥

프로필을 바꾼 거냐고 연락한 거였다. J는 고등학교 때 같은 반이었던 여자 친구다. J는 늘 친구가 많았고 언제나 다정했다. 고등학교를 졸업한 지 10년이 넘은 지금까지도 J는 나에게 가끔씩 연락을 해준다.

우리는 서로의 안부를 물었다. 나는 프랑스에서 한달살기를 하고 있다. J는 최근 베트남에 여행을 갔는데 거기서 고등학교 동창을 만났다고 했다. 나와도 같은 반이었던 그가 베트남에서 7년째 살고 있다고 했다. 신기했다. 그리고 J는 한국에 돌아와 또 다른 고등학교 친구 두 명을 더 만났다고 했다. 그중 한 명이 내가 고등학생 때 죽어라 좋아했던, 나의 첫사랑이었다.

10년 전에 우리는 아무것도 몰랐었는데….

우리가 이렇게 될 줄,
내가 이렇게 될 줄,
네가 그렇게 될 줄.

J와 이야기하다 까무룩 잠이 들었다. 두어 시간 더 자고 일어나 보니 나갈 시간이다. 씻고 시리얼을 챙겨 먹고 밖으로 나왔다. 오늘은 채식주의자를 위한 쿠킹 클래스가 있는 날이다. 며칠 전에 어비앤비로 예약한 수업이다. 장소는 숙소와 그다지 멀지 않다. 걸어서 20분 정도 걸린다. 한국에서는 10~15분 정도면 근처에 있는 지하철역까지 걸어가는 시간이다. 가깝다. 여기는 언덕이 많아서 같은 거리여도 시간이 더 걸린다.

땀을 삐질삐질 흘리며 언덕을 올랐다. 30분 일찍 도착했다. 주택가에 있는 어느 주택 앞이다. 어디로 들어가야 하나 망설이는데 택시 한 대가 도착하더니 백발의 할머니 두 분이 내리신다. 혹시 집주인이신가? 할머니들이 나에게 다가와 먼저 말을 걸어준다.

- 쿠킹 클래스?
- 예아~

집주인인 줄 알았는데 나와 같은 게스트였다.

- 여행 중이에요?
- 네.
- 어디서 왔어요?
- 남한이요.
- 오! 세상에 너무 멀겠… 아니야. 우리가 더 멀어, 우리가.

할머니들은 호주에서 오셨다고 했다. 안경, 머리 색, 머리를 묶은 모양, 앞머리까지 모든 게 똑같아서 쌍둥이인 줄 알았는데, 목소리가 너무 달라 쌍둥이가 아닌 걸 알았다. 자매 같다. 두 분 다 하얀 머리카락을 단정하게 묶고 계셨다. 그중 한 할머니의 머리에 햇빛이 비쳤는데 순간 머리카락이 파란색으로 보였다. 파란색인 듯 보라색인 듯한 그런 색. 뭐지, 염색인가? 그때 문득 영화 대사가 생각났다. 내가 힘들 때마다 보는 영화 〈메리와 맥스〉에서 주인공 메리가 "왜 할아버지들 배꼽에서 파란색 털이 나냐"고 물어보는 대사가 있다. 그때는 그게 무슨 말인지 몰랐는데 이제 알았다. 아, 흰색 털이 파란색으로 보이기도 하는 거구나. 영화의 주인공 메리가 사는 곳이 오스트레일리아였다. 호주 할머니! 딱 맞아 떨어진다. 호주 사람들은 파란색 털이 난다.

할머니들을 따라 집 안으로 들어갔다. 클래스 선생님에게 촬영 허락을 받고 삼각대를 설치했다. 앉아서 물을 마시는데 키 큰 남자가 들어왔다. 그는 학기가 끝나고 6주간 유럽을 여행하고 있는 캐나다인이었다. 이어서 프랑스 남자와 결혼했다는 영국 여자가 들어왔고, 그녀와 같이 일하고 있는 미국 남자가 들어왔다. 그는 미국 드라마에 '평범한 사람'으로 나올 것 같은 통통한 외모의 남자다. 이름은 브라이언. 이름을 외운 건 브라이언 하나다.

호주 사람, 영국 사람, 미국 사람, 캐나다 사람, 프랑스 사람이 한 테이블에 모여 영어로 대화를 나눈다. 각종 억양이 다 튀어나와 핑퐁처럼 왔다갔다 한다. 이곳에서의 여행, 서로의 직업, 테러 문제, 좋아하는 음식 등 대화의 주제가 무궁무진하게 이어진다. 한국 사람은 토익 시험을 보는 심정으로 침을 꿀꺽 삼킨다. 안타깝게도 나는 그들에게 아시안 영어를 들려줄 수가 없다. 나의 영어는 인도 친구가 온 날부터 갑자기 완전 바닥으로 퇴화해버렸다. 심지어 리스닝도 같이 퇴화했다. 뭔 얘길 하는 건지 도저히 알아들을 수가 없었다. 그냥 웃자.

적당히 고개를 끄덕이다가, 헐? 하는 표정도 살짝 지었다가, 괜히 저 멀리 창밖에 뭔가 신기한 게 있다는 듯, 저쪽 경치에 반했다는 듯 다른 곳을 봤다가, 카메라 한 번 체크하고, 다시 웃자.

클래스는 채식주의자들을 위한 음식 몇 가지와 디저트를 함께 만들어 먹는 것이었다. 나는 야채를 참참참 써는 것밖에 한 일이 없고, 호스트인 줄리아가 우리에게 시킨 것도 그것밖에 없었지만 오랜만에 칼질을 하니 기분이 너무 좋았다. 클래스에 참여한 여섯 명 중 칼질에 서툰 사람은 한 명도 없었다. 채식주의자를 위한 수업이었지만 Vegan도 없었다. 혹시 다들 나처럼 그냥 여기가 숙소에서 가장 가까워서 온 건가.

촬영도 하고 요리도 하고 미친 듯이 오고가는 대화에도 참여해야 하니 정신이 없었다. 이래선 아무것도 즐기지 못할 것 같아, 그래 촬영이야 뭐 어떻게든 되겠지, 카메라에서 손을 떼고 수업에 집중했다. 한국에서는 한 번도 보지 못했던 음식 재료들이 많아 신기했다. 사람들은 줄리아가 무슨 말을 하든 말든, 틈만 나면 자기들끼리 대화했다. 전 세계 사람들이 얼떨결에 모였으니 그럴 만도 하다. 나도 아시아 대표로서 재밌는 말들 좀 해줘야 하는데. 영어를 모국어로 쓰는 사람들 앞에선 해줄 말이 없다.

호주 할머니가 말했다. "자식들이 그러더라고. 여행하면서 목걸이랑 반지, 귀걸이 같은 것들은 하고 다니지 말라고. 위험하다고. 근데 뭐 어때, 그냥 하고 다녀." 그러자 배낭을 메고 온 캐나다 청년이 말했다. "저는 주얼리 같은 건 다 집에 두고 왔어요." 이어서 수염이 덥수룩한 미국 남자가 말했다. "나도 티아라는 집에 두고 왔어." 그러고는 왕관을 벗는 흉내를 낸다. 미국 개그다! 미국 개그!

나도 개그를 치고 싶다. 여기서 한국어로 말할 수만 있다면.

♥♡♥

외국에 나와서 생활하면 외국어에 익숙해질 줄 알았는데 아니다. 나처럼 다 커서 나오면 반대로 한국어를 쓰고 싶다는 욕구가 폭발한다. 나도 정말 당신들과 대화하고 싶습니다. 한국을 소개해주고 싶고 프랑스 여행에 대해 궁금한 것도 물어보고 싶어요!

하지만 난 아무것도 하지 못했다.

한국으로 돌아가야 할 때가 온 것 같다. 만약 돌아가는 비행기 티켓을 미리 끊어놓지 않았다면, 지금이 내가 한국행 티켓을 끊어야 할 때인 것 같다.

미안해하지 마

줄리아가 오븐에 요리를 굽는 동안 우리는 테이블 의자에 앉아 기다렸다. 내 옆에 빈 의자가 있었는데 호주 할머니가 앉지 않고 서 계셨다. 내가 의자 앞에 카메라 삼각대를 놔두는 바람에 못 앉으신 것 같아 급히 카메라를 치우며 암쏘리 라고 하자 할머니가 돈 비 쏘리 미, 라고 했다. 나에게 미안해하지 말렴.

여자가 소녀에게, 어른이 아이에게, 너는 충분히 아름답단다, 자신감을 가지렴, 이런 느낌으로 말해주는 것 같았다. 따뜻했다.

나는 말버릇처럼 암쏘쏘리를 한다. 길 가다 누가 익스큐즈미 하며 나를 지나가려고 하면 내가 암쏘리, 자전거 타고 가다 살짝 삐끗했는데 뒤따라 오던 차가 멈칫하면 암쏘리, 누군가 나에게

260

뭔가를 물어보는데 뭐라고 하는 건지 못 알아듣겠으면 일단 암쏘리 암쏘쏘리 아이캔트 스피크 프렌치…. 미안할 것도 많다. 할머니의 조언을 받아들이자. Won't be sorry.

사람들은 옆 사람이랑 이야기하다 앞 사람이랑 이야기하다 왼쪽 사람이랑 이야기하다 오른쪽 사람이랑 이야기했다. 그러다 요리에 관한 이야기가 나왔다. 호스트 줄리아가 자신의 남자친구도 요리를 한다고 하자, 영국 여자가 역시 프랑스인! 이라고 했다.

그러자 미국 남자 브라이언이 자기 엄마는 한 번도 요리를 해준 적이 없다고 했다. 어릴 때 한 번도 아침을 먹고 학교에 간 적이 없고, 점심은 엄마가 차 타고 와서 맥도날드 햄버거를 주고 가면 공터에서 먹었다고 했다. 맨날 감자튀김을 먹는다며 친구들이 부러워했지만, 브라이언은 패스트푸드가 지겨워서 친구들의 음식과 바꿔 먹었다고 했다. 저녁은 아빠가 밖에서 사 온 음식을 먹었고, 명절엔 할머니가 요리를 해주셨고, 가끔 이모가 와서 요리를 해주기도 했지만, 엄마가 요리를 해준 적은 없다고 했다. 나는 이야기를 듣다가 그 자리에서 울 뻔했다. 호주 할머니들이 경악하며, 세상에 어쩜, 괜찮냐고 물었고, 브라이언은 담담하게 이야기했다. "그러게요. 정말 말도 안 되는데 그땐 그랬어요."

나는 여기서 진짜로 울면 큰일 날 것 같아서 창밖을 내다보며 딴생각을 했다.

영국 여자는 프랑스 남자와 결혼해 칸에서 살고 있다고 했다. 프랑스 칸에 있는 아파트들은 다 에어비앤비라서 칸 영화제 때만 빌려주고 1년 내내 빈 채로 있어 별로라고 했다. 사람들이 자신도 에어비앤비 호스트나 하면서 살고 싶다고 했다.

캐나다 청년은 학교에 다닐 때 방학에 늘 일을 하고, 방학이 끝나면 다시 학교에 가기 때문에 그동안 쉰 적이 한 번도 없다고 했다. 학기가 끝난 지금 취직인가, 뭔가를 기다리고 있는데 그사이 6주의 여유가 생겨서 유럽을 여행한다고 했다. 클래스 신청 단체 채팅방에서 추천해줄 만한 것이나 가볼 만한 레스토랑이 있냐고 물어봤던 것도 이 청년이다. 에너지 넘치는 사람이라고 생각했는데 실제로 보니 차분하고 젠틀했다. 칸에서 머물고 있는데 칸 영화제가 끝나는 날 도착해서 폐막식만 봤다고 했다. 나는 영어로 대화할 때 롸잇, 유알롸잇, '맞아, 맞아'를 가장 많이 쓰는데, 캐나다 청년은 잇 메이크센스, 댓츠메이크센스, '말 되네'를 가장 많이 썼다. 한국어 대화로는 '아~ 그러네~' 정도일까. 부산사람이면 '아~ 맞나.'

호주 할머니 두 분은 줄리아에게 앞으로는 이름표를 만들어서 사람들에게 달아줘요, 그럼 서로의 이름을 잘 알 수 있잖아요, 라며 좋은 아이디어를 줬다. 정확하진 않지만, 할머니 한 분의 이름은 리사, 다른 한 분의 이름은 페타다. PETA.

리사 할머니가 내 왼쪽 자리였는데 나를 정말 잘 챙겨주셨다. 나는 영어를 못하니까 사람들이 나를 5살이라고 생각하고 영어를 해줬으면 좋겠다. 그런데 할머니는 말뿐 아니라 모든 태도를 5살에게 하듯 나를 대해 주셨다. 내 눈을 맞추고 천천히 얘기하고, 내가 고개를 들어 무언가를 보면 내 시선을 따라가 필요한 걸 건

네주셨다. 할머니의 사랑이라는 게 이런 거구나. 태어나 처음 느껴봤다. 할머니 있는 애들은 좋겠다. 할머니, 저도 데려가요. 할머니 따라 호주 갈래요.

두 할머니는 이곳의 장소를 정확히 알기 위해, 혹시 몰라 어제 미리 사전답사를 오셨다고 했다. 그래서 택시에서 내렸을 때 어디 초인종을 눌러야 하나 어리둥절했던 나에게 이 집이라고 정확하게 말해주셨구나. 그래서 집주인이신 줄 알았는데. 할머니들은 어제 와보니 세상에 언덕이 너무 많아서 내려갈 때 다리가 후들거려 오늘은 택시를 타고 오셨다고 했다. 세상 유쾌한 분들이었다. 나도 재밌는 할머니가 되고 싶다.

차에 관한 이야기를 했다. 미국에선 차도가 되게 넓어서 운전하기 쉽다는 이야기. LA에도 지하철이 운행되고 있으나 그들은 차를 타고 다니는 걸 더 원한다는 이야기. 브라이언이 프랑스 칸에서 운전할 때 양쪽에 주차된 차들이 다들 비싼 차들이라 혹시라도 긁을까 봐 운전하기 힘들었다고 했다. 한국은 어떠냐고 묻는다. 차가 많은지 아니면 뭐가 많은지. 나는 한국에선 직장인들이 지하철을 많이 타고 다녀서 지하철 노선이 많고 버스도 많다고 했다. 우리는 지하철에서 버스로, 다시 또 지하철로 환승할 때 돈을 내지 않고 처음에 한 번만 내면 된다고 했다. 환승 시스템을 자랑하고 싶었는데 자랑이 됐는지 모르겠다.

요리는 그럭저럭 맛있었다. 대추 맛이 나는 무언가를 얹어 빵을 먹었고, 로제 와인을 먹었고, 버섯이 들어간 부침개 같은 팬케이크를 먹었고, 우리가 모두 함께 찹찹찹 썰었던 각종 야채가 듬뿍 들어간 샐러드를 먹었고 후식으로 초코케이크를 먹었다. 3시 넘어 시작한 수업은 6시 넘어 끝났다. 일주일 치 야채를 하루에 다 먹은 것 같았다.

수업이 끝나고 호스트인 줄리아가 나에게 명함을 주며 영상이 완성되면 보내달라고 했다. 오케이 아월 이메일 유.

브라이언이 차를 렌트해 왔는데 혹시 언덕 아래까지 내려가실 분 있으면 태워주겠다고 했다. 호주 할머니 두 분이 베리 땡큐라고 했고 나는 걸어가고 싶어서 괜찮다고 했다. 그제야 가만히 있던 캐나다 청년이 자기도 태워달라고 했다. 자리가 부족할 것 같아 조용히 있었던 거였다. 이런 젠틀한 사람. 브라이언의 차 다섯 자리가 꽉 찼다. 성격 좋은 브라이언이 '우리는 이제 계획이 없다'며 그냥 시내 좀 둘러볼 건데 같이 가고 싶으신 분들은 함께 가자고 했다. 할머니 두 분은 노땡큐라고 했고 캐나다 청년은 뭐라고 했는지 모르겠다. 아마 함께 돌아다니지 않았을까 싶다.

강아지상, 고양이상, 내비게이션상

모두와 헤어져 혼자 걸었다. 마로니에의 '칵테일 사랑'을 룰루랄라 흥얼거렸다. 마음 울적한 날엔 거리를 걸어보고, 향기로운 칵테일에 취해도 보고. 기분 좋게 언덕을 내려왔다. 왜 이렇게 기분이 좋지? 순간 이상했는데 곰곰이 생각해보니 아까 로제 와인을 한 잔 마셨다. 그래서 그랬구나. 마음 울적한 날엔 거리를 걸어보고 향기로운 로제 와인에 취해도 보고.

자꾸만, J 때문에 다시 떠올린, 고등학교 때 좋아했던 첫사랑이 아른거렸다. 한 편의 시가 있는 전시회장도 가고, 밤새도록 그리움에 편질 쓰고파. 왠 유 삘 블루, 저스트 워킹 스트리트, 드링킹 칵테일, 고우 투 갤러리, 앤 롸이팅 어 레터 투 썸바디… 위치 유 리얼리 원 투 씨 벗 유 캔트….

골목에서 갑자기 차 한 대가 내 앞에 서더니 창문을 내린다. 운전자는 남자, 그 옆에 여자가 앉아 있었다. 뭐지? 운전석에 앉은 아저씨가 나에게 프랑스어로 길을 마구 물어본다.

오! 암 쏘리! 암 낫 프렌치!

운전자는 오! 하며 다시 길을 떠났다. 세상에나… 프랑스 사람이 나에게 길을 물어보다니! 진짜 한참을 웃었다.

어딜 가나 사람들이 나에게 길을 물어본다. 나는 얼굴이 내비게이션처럼 생긴 것 같다. 어딜 가나, 심지어 어느 나라를 가나 나에게 길을 물어본다.

오는 길에 마트에 들러 물과 음료수와 멜론을 샀다. 일주일 남았으니 마지막으로 사는 식량인 셈이다. 집에 도착해 촬영한 파일들을 정리하고 줄리아를 위해 영상을 편집했다. 2분 정도로 수업 영상을 편집해 메일로 보냈다. 여행하러 와놓고 매일 집에서 편집만 한다. 어제, 오늘, 편집으로 너무 바빴다. 내일은 안 해야지. 편집은 한국 가서 해야지.

저녁 늦게 B가 직장에서 돌아왔다. 1번 버스가 완전 다른 두 길로 가는데 잘못된 방향을 타서 9시까지 회사에 가려고 했는데 10시 15분에 도착해서 완전 끔찍했다, 매니저는 괜찮다고 했지만 마음이 좋지 않아서 좀 더 늦게까지 일했고 8시 넘으면 버스가 다 끊기니까 마트에 가지 않고 그냥 바로 들어왔다고 했다. 나에게 뭐 필요한 거 없냐고 있으면 말하라고 마트에서 사다 주겠다고, 너 와인 마셔봐야지, 레드 와인? 화이트 와인? 로제 와인? 했던 것 때문에 마음이 쓰여 자세히 설명해주는 것 같았다. 쉬세요, 저는 괜찮습니다.

B는 노트북으로 영상을 편집하고 있는 내 앞에 앉아 간단하게

저녁을 먹는다. 나는 집중해서 편집을 하고 싶은데 B가 자꾸 말을 건다. 자기도 언젠가 자기 비디오를 만들 거라고, 여기는 식재료가 인도와 너무 다르고 심지어 쌀도 달라서 인도 음식을 똑같이 만들기 힘든데 자신의 요리 스킬로 새로운 맛을 만들어내는 비디오를 만들 거라고 했다. 간단히 말하면 프랑스 재료로 인도 음식 만들기. 나는 '굿 아이디어'라고 했다. '영상 찍어서 편집해서 올리는 게 얼마나 힘든 일인데'라고는 속으로만 생각했다. 그래도 B는 말을 끊임없이 하니까 진행은 잘할 것이다.

B는 계속 나에게 뭔가를 말한다. 나는 눈을 멀뚱히 뜨고 으흠, 으흠, 끄덕 끄덕 몇 번 하다가 나한테 하는 질문인 것 같으면 암 쏘리? 했다가 혼자 그냥 계속 말하는 것 같으면 쭉쭉 흘려보냈다. 전혀 알아듣지 못하고 있는데도 B는 나에게 계속해서 말한다. 내가 너에게 벽이니. 그냥 쏟아붓는 거니. 듣는 벽 답답하다.

편집에 몰입하니 B도 눈치가 있어서 더는 말을 걸지 않았다. 내가 너무 팍팍했나 싶어 슬슬 미안해지려는데 그녀의 식사가 끝났다. B가 방으로 들어가 통화를 한다. 대단한 친구다.

어제 모나코에 함께 갔던 한국 사람에게서 카톡이 왔다. 그는 내가 보낸 영상 잘 받았다며 어제 오늘 자신이 먹은 프랑스 음식 사진을 다짜고짜 나에게 보냈다. 맛있었다고 가서 먹어보라고 추천해주는 거였는데 그 속에 약간의 놀림이 있었다. 여기서 매일 맛 없는 것만 먹고 지낸다는 나의 말을 기억하고 이러는 거였다. 그는 나에게 프랑스 사람에게 추천받은 레스토랑도 몇 개 알려줬

다. 착한 사람이다. 그러나 내일 또 맛있는 거 먹고 사진 보내주
겠다는 말에, 나를 놀리고 있다는 걸 분명하게 알 수 있었다. 확실
하다. 방심하지 않을 것이다.

　　내일은 세라믹 클래스를 들으러 그라스로 간다. 여긴 정말 먼
곳이다. 정신 바짝 차리고 아침 일찍 출발해야 한다. 딱 한 번뿐인
공예 수업인데 늦으면 안 된다. 일찍 가서 그라스 구경도 하고.
　　제발, 머릿속에서, 첫사랑아 좀 사라져라. 휘이 휘이.

서른셋, 첫사랑에게 연락할 수 있는 마지막 나이

　　한국으로 돌아온 후 나는 결국 영화를 버렸다. 헤어지자고
한 건 나지만 사실상 내가 차였다고 봐야 할 것이다. 어쨌든 영화
랑은 끝을 냈다. 감독이었던 나는 작가가 되었다. 감독으로는 당
장 아무것도 할 수 없지만, 작가로는 일단 돈을 벌 수 있었다.

　　작가로 직장을 구해 살다 보니 책도 쓰게 됐다. 내가 쓴 소설이
책으로 나왔다. 고마운 사람들에게 연락해 책을 보냈다. 내 인스
타그램을 본 고등학교 여자 동창 J가 축하한다며 자신도 책을 샀

다는 연락을 해왔다. 고마웠다. J는 그때처럼 또다시 내 첫사랑의 근황을 알려줬다. 그는 오랜 해외 생활을 마치고 얼마 전 한국으로 귀국했다고 했다. 이 무슨 현대 소설 도입부 같은 일인가.

나는 J에게 부탁했다. 그의 주소를 물어봐달라고. J는 그에게 주소를 물었다. 내 얘기는 하지 않았다. 그는 갑자기 자신의 주소를 묻는 J에게 혹시 너 신천지 같은 거냐고 농담을 했다. J에게 그 말을 전해 들으며 나는 내가 왜 그를 좋아했었는지 다시 깨달았다.

J가 나에게 그의 주소를 알려줬다. 나는 그의 전화번호를 모른다. 나는 그와 연락하며 지내지 않는다. 나는 그와 친구가 아니다. 그는 내가 고등학생 때 열렬하게 짝사랑했던 나 혼자만의 첫사랑이다.

어떤 글은 쓰지 않아도 알아서 술술 나오는데 어떤 글은 아무리 꾹꾹 밀어내도 쏟아지지 않는다. 이 글이 그렇다. 밖으로 나오라는데 나오지 않고 버틴다.

나는 2년 전 내가 쓴 글을 보며, 첫사랑을 떠올리기 참 좋은 곳인 프랑스에서, 첫사랑을 떠올리며 흥얼거렸던 나를 추억하다가, 지금 여기에 있는 첫사랑에 대해 글을 쓴다.

나는 그에게 책을 보냈다. 따로 편지를 적진 않았다. 그냥 보내는 사람에 내 이름만 제대로 적었다. 그에겐 너무 갑작스럽겠지만 나로선 어쩔 수 없었다. 자신의 첫 책이 나온 작가가 마침 한국에 있다는 첫사랑에게 책을 보내지 않고 배길 수 있을까. 그것도 고등학생 때 짝사랑했던 남자를. 그것도 둘 다 미혼인 이 시점에서.

마음이 있었던 건 아니다. 만약 그쪽이나 이쪽 중 어느 한 쪽이 미혼이 아니라면 책을 보낼 수 없을 테니까. 그렇다면 어쩌면, 30대 중반이 되어가는 지금이 그와 연락할 수 있는 가장 마지막 순간일지도 모르니까. '마음'이 아니라, 그런 '생각'이 들어서 불쑥 책을 보냈다.

며칠 후 J에게서 연락이 왔다. 그가 책을 받고 아주 깜짝 놀랐으며 나에게 고맙다는 인사를 하고 싶으니 나의 연락처를 알려달라는데 어떻게 하면 좋겠냐고 했다. 심장이 터질 것 같았다. J가 나의 전화번호를 그에게 알려줬다.

글이 자꾸 막힌다. 나는 그를 어떻게 써야 할지 모르겠다. 그와 있었던 많은 일들 중 어떤 부분을 꺼내놔야 할지 모르겠다. 서른이 한참 넘은 내가 아직도 고등학생처럼 그를 어려워한다.

그에게 전화번호를 알려준 게 늦은 저녁이라, 그날은 연락이 오지 않을 것 같아 일찍 잤다. 다음 날 아침, 눈을 뜨니 그에게서 문자가 와있었다. 새벽 1시에 그가 내 이름을 불렀다. 새벽 1시라니. 그는 아직도 고등학생 같다. 나는 그가 몇 시에 일어나는지 몰라 답장을 보내지 못했다. 휴대폰을 뒤집어놓고 침대에서 일어났다. 따뜻한 물로 샤워를 하고 따뜻한 바람으로 머리를 말렸다. 따뜻한 옷을 입고 밖으로 나갔다. 따뜻한 버스에 탔다. 출근길은 버스로 30분, 다시 지하철로 30분이다. 그에게 답장을 보냈다. 그러자 바로 그에게서 전화가 왔다.

그를 처음 알게 된 건 고1 때다. 나는 7반, 그는 6반이었다. 그와는 서로 교과서를 빌릴 정도로만 친했다. 학교 끝나고 집으로 가는 길에 그와 시시콜콜한 문자를 주고받다가 버스 창밖으로 보이는 '한국마사회' 건물을 보고 그에게 뜻을 물어봤다. 그러자 바로 그에게서 전화가 왔다. 너 그거 몰라? 응, 몰라. 그는 자기도 잘 모른다면서 열심히 나에게 설명해줬다. 일단 마사회니까 말에 관련된 거야.

우리는 한 시간이 넘도록 통화했다. 아마 그때부터 그 애를 좋아했을까.

나는 첫사랑을 못 쓰겠다. 시라면 모를까 글로는 그를 적지 못하겠다. 그는 왜 자기에게 책을 보냈냐고 묻지 않았다. 만약 그렇게 물어봤다면 나는 '네가 내 첫사랑이니까' 라는 대답을 해야만 했을 것이다. 그가 이유를 묻지 않고 그냥 책을 받아줘서 고마웠다. 그는 지방에 내려가 있다고 했다.

- 거기서 뭐 해?
- 비행기 몰아.

그는 비행기 조종사가 되었다. 나는 너무 놀라 어떻게 그럴 수 있냐고 물었다.

- 보통 근황 얘기할 때 비행기 몬다고는 안 하잖아.
- 작가라고도 안 하지.

나는 폭죽이 되어 터지고 싶었다. 창문을 열고 찬바람을 쌩쌩 맞고 싶었다. 버스에서 뛰어내려 들판을 달리다 굴러떨어지고 싶었다.

그는 첫사랑의 인생을 산다. 영화나 드라마에 나오는 첫사랑처럼, 그런 인생을 산다. 남들이 다 차를 몰 때 그는 비행기를 몬다. 만약 그가 평범하게 회사에 다닌다고 했으면 어땠을까. 무슨 회사? 말해도 모를 거야. 그런 사람이었다면 어땠을까. 그럼 그 애가 조금 덜 어렵게 느껴지지 않았을까. 지금 이렇게 멀리 떨어져 있는 것보단, 조금 더 가깝게 느껴지지 않았을까. 그 애는 어떻게 나이 들어서도 첫사랑처럼 살까.

나는 그와 전화로 오래 대화했다. 나는 전화를 당장 끊어버리고 싶으면서도 평생 끊고 싶지 않았다. 그는 책을 읽고 감상평을 말해주겠다고 하며 전화를 끊었다. 그와의 연락은 그게 끝이었다. 나는 진심으로 아무것도 바란 게 없어서 아쉽지 않았다.

그는 언제나 나에게 특별한 사람일 것이다. 지금의 그가 어떻게 변하더라도 고등학생이었던 그 애는 변하지 않으니까, 그도 변하지 않는다. 그는 언제나 나에게 첫사랑일 것이다.

나도 분명 누군가에게 첫사랑이다. 내가 자신의 첫사랑이라고 말한 남자들 중 한두 명 정도는 진심이었을 것이다. 그들은 내가 어떻게 사는지 왜 궁금해하지 않을까. 어디서 뭐 하냐고 물으면 글을 쓴다고 답할 텐데. 그들은 내 번호도 알면서 왜 전화하지 않을까.

아니다. 됐다.

나는 혼자 좋아했던 남자에 대한 생각만으로도 기진맥진해서, 함께 사랑했던 남자들에 대해선 생각하지 않기로 한다.

책이 출간된 지도 벌써 1년이 지났다. 마침 이어폰에서 'Creep' 이 나온다. 자리에서 일어나 카페 계산대로 간다. 따뜻한 초콜릿 라떼 하나를 시킨다.

서른세 살의 내가 핫초코를 마신다.

020

프랑스에서 조용히
도자기를 만들었다

　　자고 일어나니 어제 쿠킹 클래스 선생님이었던 줄리아에게서 답장이 와 있었다. 보내준 영상 너무 고맙고 인터뷰가 필요하거나 추가 촬영을 하거나 뭐든 필요하면 망설이지 말고 얘기해달라는 거였다. 아하 이렇게 적극적으로 호감을 표현하다니. 줄리아를 인터뷰할 필요는 없지만 정말 기뻤다.

　　세라믹 클래스는 그라스에 있다. 오늘 그라스에 가기 위해 아침 일찍 일어났다. 나는 B가 출근하는 시간을 피해, 그녀가 집 밖으로 나가는 소리가 들린 후에 일어나 씻고 시리얼을 먹고 외출했다. 그라스는 앙티브에서 한참이나 위로 올라가야 있는데, 가는 길도 쉽지 않아 잔뜩 긴장했다. 그라스는 향수의 시발점인 도시다. 많은 명품 향수 매장이 여기에서 향수를 만든다고 한다. 향수 박물관도 있다. 나는 향수에 크게 관심은 없지만 조금 일찍 가서 향수 박물관을 가보려고 했다. 10시에 나오려고 했는데 꾸물대다가 11시에 출발했다.

세라믹 공예 클래스 호스트인 아니따가 알려준 바로는 앙티브 기차역에서 500번 버스를 타고 그라스로 가서 거기서 아니따의 집이 있는 꺄브히로 오면 된다고 했다. 그러나 힘들게 간 앙티브 기차역엔 500번 버스가 없었다. 기차역 직원에게 물어보니 여기서 칸까지 간 다음 거기서 버스를 타고 그라스에 가라고 했다. 숙소 - 앙티브 - 칸 - 그라스 - 꺄브히… 멀다 멀어.

기차를 타고 칸으로 갔다. 노란색 직원 조끼를 입은 할아버지에게 그라스로 가는 버스가 몇 번이냐고 물어보는데 노 잉글리시! 노 잉글리시! 갑자기 화를 내셨다. 나는 바로 번역기를 켜서 프랑스어로 "그라스로 가는 버스가 있나요?" 하고 물었다. 그러나 아하, 어쩌구 저쩌구… 프랑스어로 신나게 답해주신다. 전혀 알아들을 수가 없다. 맥씨 맥씨 하고는 바로 앞에 인포메이션에 가서 다시 물어봤다. 여기서 600번 버스를 타라고 했다.

프랑스 사람들은 영어를 쓸 줄 알아도 외국인에게 일부러 영어를 쓰지 않는다는 말을 들은 적이 있다. 프랑스에 왔으면 프랑스어를 써야 한다는 것이다. 프랑스에 왔으면 프랑스어를 쓰려고 노력해야 하는 건 맞다. 근데 몰라서 못 쓰는 건 좀 봐줘야 하는 거 아닌가. 다짜고짜 너무 화를 내니까 나도 같이 기분이 나빠졌다. 프랑스에서 프랑스어를 사용하라는 마음은 이해한다. 다만, 알겠으니까, 화만 좀 내지 않았으면.

칸에서 한 시간 동안 버스를 타고 그라스에 도착했다. 뭘 좀 먹을까 했지만, 시간이 없어서 바로 꺄브히로 가는 버스를 탔다. 버스 기사님이 나에게 어디로 가냐고 물었다.

- 꺄브히.

- 응?

- 캬브…히….

- 응?

- 캐브리? 카브리?

- 응?

- 씨… 에이… 비… 알아이에스….

- 어휴 참.

버스 기사님이 종이와 펜을 건넨다. 영어로 Cabris를 적으니 그제야 아하! 하신다. 내가 말은 못해도 발음은 좋은 줄 알았는데 자만이었다. 겸손을 배웠다.

프랑스에서 도자기 수업을

남의 집에 도착하면 늘 이게 문제다. 어떻게 들어가야 하는지 모르겠다. 2시 수업인데 딱 2시에 집 앞에 도착했다. 이걸 어쩌나 뱅뱅 돌다가 에어비앤비 메신저로 '지금 문 앞인데 맞게 왔는지 모르겠네요' 라고 하니 옆에서 벌컥 문이 열린다. 아니따는 그녀 나름대로 왜 아무 연락이 없지, 취소한 건가, 무슨 일이 있으면 전화를 했을 텐데, 하는 생각을 하고 있다가 문을 여니 내가 바로 앞에 있어서 놀랐다고 한다.

아니따는 굉장히 유쾌하고 발랄한 아주머니였다. 그녀의 집은 마치 갤러리 같았다. 그녀가 집 안 곳곳에 있는 자기가 만든 도자기 공예품들을 하나씩 설명해줬다. 당장 돈 주고 사고 싶은 예쁜 작품들이 되게 많았는데 아쉽게도 가격이 비싸 사겠다는 말은 못 꺼냈다. 1층과 2층에 있는 작품들을 하나하나 소개받은 후 지하 작업실로 내려갔다. 차고를 작업실로 쓰는 것 같았다. 지하는 분명 지하인데 차고 문을 열면 다시 1층이다. 언덕이 만들어낸 두 개의 1층이다. 나도 영어를 못하지만 아니따도 영어를 못해서 소통에 그다지 어려움이 없었다. 아이러니다.

아니따가 만든 작품 중 말과 무스 모양의 공예품이 정말 예뻤다. 나도 저렇게 생긴 걸 만들고 싶다고 했더니 저건 시간이 너무 오래 걸려서 오늘 만들기는 힘들다고 했다. 그래서 어쩔 수 없이 남들 다 하는 코스인 작은 화분과 작은 새를 만들기로 했다.

만두피를 펴듯이 점토를 고르게 편 후에 종이를 대고 모양을 자른 후 그걸 다시 손으로 붙이기만 하면 작업은 끝이다. 그 위에 자기가 하고 싶은 대로 그림을 그리면 아니따가 다른 지방에 가서 색을 입혀 구워온다. 2주가 걸릴 거라고 했다. 1주일만 더 일찍 왔다면 직접 가지고 갈 수 있었을 텐데. 아니따가 한국으로 보내줄 테니 걱정말라고 했다. 돈이 많이 들겠지만 어쩔 수 없다.

수업은 아니따와 나, 단둘이 했다. 그녀와 정말 많은 이야기를 했다. 문법이나 발음 정도는 외장창 파괴되어 있어야 나와 영어로 즐겁게 대화할 수 있나 보다.

새 모양을 만들며 새에 관한 이야기도 했다. 그녀가 프랑스엔 이런 새가 많다며 이미지를 검색해 보여줬다. 꼬리가 갈라진 걸 보니 제비인 것 같았다.

- 아하! 이거 드레스도 있잖아요, 수트!
- 맞아, 칸에서 사람들이 입지!

제비가 맞는 것 같다. 나는 어차피 엉망인 아니따와 나의 영어 수준에 힘입어, 제비 얘기가 나온 김에 그녀에게 흥부 놀부 이야기를 해줬다.

한국에 아주 오래된 이야기가 있습니다. 착한 사람, 나쁜 사람, 둘이 형제. 어느 날 착한 사람, 다리 부러진 제비를 발견. 고쳐줌. 새가 씨 물어옴. 심었음. 자람. 열매를 썰었더니 그 안에 골드가 있었다. 나쁜 사람, 브라더, 그걸 보고는 새를 잡아서 다리 부러트림. (여기서 아니따가 화들짝 놀람) 그다음 고쳐줌. 새가 씨를 줌. 심음. 자람. 열매, 썰었더니 펑! 그 안에 괴물 나옴. 나쁜 사람 벌줌. 이 이야기의 교훈. 절대 다른 사람의 다리를 부러트리지 마라.

아니따가 흥미진진하게 이야기를 들어줬는지 어쨌는지 모르겠다. 아니따가 나에게 이전에 세라믹을 해본 적이 있냐고 물었다. 한국에 도자기 같은 게 있지만, 그건 되게 전문적인 거라서 해본 적이 없다고 했다. 그럼 다른 건 뭐 없냐고 해서 클레이로 피규어

같은 걸 만든 적이 있다고 했다. 그림도 그리고 퍼즐도 하고. 손으로 무언가를 만드는 건 테라피 같아서 좋아한다고 하니 아니따가 깊이 공감했다.

무언가를 만들면 굉장히 집중하는 시간을 가질 수 있는데 나는 그런 시간을 아주 좋아한다. 그런 종류의 사람이다. 영화를 만드는 것 역시 글을 쓰고 영상을 편집하며 아주 깊이 집중하는 초몰입의 시간이 필요하다. 그래서 손으로 뭔가를 만드는 행위와 굉장히 비슷한 점이 있고, 혼란스럽거나 힘든 시간을 보낼 때 늘 집에서 혼자 무언가를 만든다고 했다.

아니따의 아들 역시 영화를 공부했다고 한다. 지금은 자기 스튜디오를 가지고 있는데 거기서 사진을 찍는다고 했다. 자기 스튜디오가 있다니, 복 받은 사람….

나는 네모난 작은 화분의 사면에 그림을 채웠다. 한 면엔 프랑스에 와서 가장 인상 깊게 생각한 창문을 그렸고, 하나는 그냥 가로줄, 하나는 세로줄로 선인장을, 마지막엔 그냥 네모를 그리고 점을 찍었다. 아니따는 나의 그림을 보고 굉장히 흥미로워했다. 수업을 듣는 사람들은 보통 뭘 그려야 할지 모르겠다, 아이디어가 없다며 휴대폰으로 검색한 그림을 보고 따라그린다고 했다. 그녀는 "아이디어가 없다니! 나는 아이디어가 너무 많은데! 이해할 수 없다!"고 했다. 그러면서 나는 자기만의 디자인으로 크리에이티브하게 생각해내서 그림을 그린다고, 새로운 아이디어들이 나오는 걸 자기가 눈앞에서 바로 보고 있으니 굉장히 재밌다고,

베리 굿이라고 했다. 그녀는 감탄하며 내가 작업하는 모습과 내가 그린 그림들을 휴대폰으로 찍었다. 그림을 그리기 전엔 나를 그냥 평범한 아시아 사람으로 봤는데 그림을 그리기 시작하자 나를 아티스트로 봐준다. 어깨가 으쓱해졌다.

잠깐 외출했던 아니따의 아들과 남편이 집으로 돌아왔다. 아니따는 굉장히 즐거워하며 내가 그린 작품을 가족들에게 자랑했다. 그들은 와우 베리 굿이라며 칭찬해줬다. 아니따가 "이 친구가 다큐멘터리 찍는대!" 하며 영화 한다는 자기 아들도 소개했다. 나는 또래의 등장에 괜히 머쓱해하며 그녀의 아들과 인사했다. 그가 나에게 다가와 물었다.

- 무슨 파트예요?
- 저는 연출인데, 학교에서 시나리오랑 촬영이랑 편집이랑 연출이랑 다 배웠어요.
- 저도 그래요!

아, 이 사람하고 진지하게 많은 이야기를 나누고 싶다. 그러나 벗 아이 캔트. 슬프다. 그가 또 물었다.

- 학교는 지금 다니고 있어요?

숨을 들이마시고 대답을 막 하려는데 아니따가 끼어든다.

- 아니, 학교는 다 끝났대. 이거 다큐멘터리 찍는 거야, 지금.
- 알고 있어요, 엄마. 엄마가 좀 전에 말했잖아요.

한국이랑 어쩜 이렇게 똑같을까. 아, 엄마, 쫌!

그녀의 아들이 위층으로 올라간 후, 우리는 계속 작업을 이어 갔다. 아니따는 나에게 프랑스 음식도 소개해주고 괜찮은 갤러리 도 직접 검색해서 보여주며 아주 적극적으로 프랑스를 소개해줬 다. 그녀는 계속 내 사진을 찍으며 나에게 말을 걸었다.

- 조용히 집중하고 싶은데 내가 너무 말이 많은가요? 미안해요.

- 아니, 좋아요. 괜찮아요.

내가 생각한 공예 클래스는 두 시간 동안 조용히 아무 말도 하 지 않는, 그런 시간을 갖는 거였는데 이곳에선 단 한순간도 대화 를 나누지 않은 시간이 없었다. 그래도 즐거웠다. 우리 둘 다 영 어를 못하니까 대화가 즐거웠다. 행복했다.

만든 작품에 색을 칠하는 건 이후에 도자기를 구울 아니따의 몫이다. 나에게 어떤 색을 좋아하냐고 묻는데 색에 약해서 잘 모 르겠다고 했다. 아니따가 색상 샘플을 보여줬다. 그래도 결정하 기 힘들어하자 내가 새긴 그림의 디자인을 보며 아니따가 척척 색을 말한다.

- 여기 촘촘한 세로줄 사이사이에 검정을 넣고 그 위로 흰색을 칠하자. 여기는 이걸로 하고 여기는 이걸로 채우고.

아니따는 그녀의 말대로 아이디어가 늘 넘치는 사람이다. 나는 그린, 블루, 블랙, 다 좋고 다크한 색으로 해달라고 했다.

- 화분은 어떤 색으로 할까?

♥♡♥

- 음, 그건 당신이 하고 싶은 대로 해주세요. 프랑스, 한국, 코어
  퍼레이션!
- 코어퍼레이션!

아니따가 내 말을 따라 하며 기쁘게 웃었다. 나는 아니따에게
손을 내밀었다. 우리는 하이파이브를 했다. 아티스트 대 아티스
트의 순간. 어떤 색의 화분과 어떤 색의 새가 올지 기대된다.

집 안에 아티스트는 한 명이면 충분하다

수업이 끝난 후 아니따가 나에게 딸기와 케이크와 커피를 줬다.
- 당신은 세라믹을 하고, 당신 아들은 그림도 그리고 영화도 하
  고 사진도 찍어요. 당신 남편은요?
- 우리 남편은 그냥 부동산을 해.
- 아, 정말 좋네요! 집 안에 아티스트는 한 명이면 충분하죠. 아
  티스트 두 명이면 힘듭니다.
- 맞아, 한 명이면 충분하지. 나는 가끔 구름 위에 떠 있는데 우
  리 남편은 차분해. 그래서 정말 행복해.
- 우리 집엔 아티스트가 나 한 명뿐입니다. 우리 엄마나 아빠는
  예술에 관심이 없어요. 영화도 안 보고 공연도 안 봐요.
- 부모님이 네가 하는 일을 이해해주니?
- 아니요, 이해 못 해요. 그래도 나를 사랑해주고 내가 하는 일

을 지지해줘요. 그런데 가끔은 "너 계속 그렇게 살 거야?" 하고 물어봐요. 마치 내가 아무것도 안 하고 논다는 듯이. 나는 계속 일을 하고 있는데, 내가 해야 하는 일을 하나씩 해나가고 있는데, 엄마 눈에는 아무것도 안 하는 것처럼 보이는 거죠.

- 그렇지, 맞아. 예술하는 게 그렇지.
- 나는 당신도 아트를 하고 아들도 아트를 해서 아티스트 패밀리인가 했어요.
- 아티스트 패밀리가 맞아. 우리 아빠가 그래. 우리 아빠는 11명의 형제가 있어. 어휴, 많기도 하지. 우리 아빠는 그냥 농부였지만 아빠의 형제들 중에 예술가가 정말 많아. 누구는 음악을 하고 누구는 그림을 그리고 그래.
- 와우, 리얼리 빅 아티스트 패밀리군요.

아니따가 가기 전에 한국 주소를 알려달라고 했다. 나는 한국의 주소는 너무 길어서 메신저로 보내야 한다고 답했다.

- 한국어로는 '경', '기', '도', 세 글자지만 영어로 쓰면 엄청 길어요.

지금 다시 생각해보니 내가 '경'이라고 했을 때 이미 아니따에겐 한 글자가 아니었을 것이다.

모든 일정이 다 끝나고 버스를 타고 꺄브히에서 그라스로, 그라스에서 칸으로, 다시 칸에서 숙소로 돌아왔다. 잠깐 아니따의 아들과 결혼해서 함께 아트를 하며 살아가는 상상을 했다.

김중배의 스튜디오가 그렇게도 좋더냐!

♥♡♥

•엊그제랑 어제, 모나코와 쿠킹 클래스 영상을 편집해보니 아, 이 다큐멘터리 안 되겠는데… 답 안 나오겠는데… 하는 생각이 분명하게 들었다. 영화과를 졸업한 사람의 영상이 아니다. 화면이 모두 엉망이라 제대로 된 구성을 할 수 없을 것 같다. 참담하지만 어쩔 수 없다.

그래도 이거 하나는 확실해졌다. 이 다큐멘터리가 무엇에 관한 것인가. 막연하게 목표는 있지만, 뭐가 될지는 모르겠다는 게 나의 대답이었는데 와보니 알겠다. 이것은 '이야기'에 대한 다큐멘터리다. 어디 사는 누구씨의 입에서 나온 이야기들. 어느 장소에서 만난 어떤 사람과 나눈 이야기에 대한 것들. 그러나 글만 남을 것 같아 슬프다. 영상은 답이 없다. 한국으로 돌아가 다큐멘터리 편집할 걸 생각하니 막막해진다.

 # 한국 # 2021년 2월 5일

김밥 싸주는 엄마,
김밥 사주는 엄마

1995년, 미국에서 영화 〈세븐〉이 개봉했다. 스릴러 영화의 교과서라고 불리는 작품이다. 한국의 쪼꼬맹이 영화 지망생들이 극장에서, 방구석에서 열광했다. 시간이 흘러 2010년대, 한국에서 스릴러 영화로 데뷔하는 젊은 감독들이 쏟아져나왔다. 극장이 온통 스릴러 영화로 가득했다. 〈세븐〉을 보고 자란 애들이 지금 감독이 되어 스릴러 영화를 찍는 거라고, 영화과 교수님이 그랬다. 어릴 때 〈세븐〉을 보고 꿈을 꾼 애들은 커서 〈세븐〉 같은 걸 찍는 사람이 된다. 여기서부터, 나는 이상한 생각을 시작한다.

옛날에,

엄마는 집안일만 하는 사람이었다. 매일 시집살이에 시달리며 시름시름 앓지만 찍소리도 못하고, 돈을 벌어온다는 이유로 모든 권력을 움켜쥔 아빠에게 고개 푹 숙이고 살았다.

그런 답답한 엄마를 보고 자란 애들이 커서 '빨간 루즈를 바르는 여자'를 만들었다. 엄마가 빨간 루즈를 바르고 당당하게 살았다는 게 아니다. 엄마는 여전히 집구석에 박혀 가족들 아침을 차려내고 걸레를 들고 바닥을 닦았다. 빨간 루즈를 바른 여자는 컴컴한 술집에서 일에 지친 아빠들과 놀았다. 엄마는 빨간 루즈를 바른 여자를 찾아가 그녀의 복슬복슬한 파마머리를 움켜쥐었다. 아빠의 머리가 아니다. 루즈 바른 여자의 머리다.

엄마는 아빠에게 복종하며 조용히 가정을 지킨다. 엄마는 성적 존재가 아니다. 방구석에 처박혀 가족들을 지키는 돌 같은 거다. 그런 엄마와 대척점에 서 있는 여자가 빨간 루즈를 바른다. 아이들은 밋밋한 엄마의 얼굴을 창피해하면서도 예쁘게 꾸민 엄마의 모습에 죄의식을 느꼈다. 욕망을 드러내는 건 낯부끄러운 일이었으니까.

이 물론,

모든 영화나 드라마가 이랬다는 게 아니다. 그런데 혹시라도 지금 이 글을 읽으며 자연스럽게 장면이 연상되었다면, 내 말이 아주 틀린 것도 아니다.

이후에,

엄마는 같이 일하는 사람이 되었다. 아빠의 가게를 돕거나 밖에 나가 요구르트 또는 보험을 팔았다. 서민들이 잠 안 자고 열심히 일하면 집도 사고 차도 살 수 있던 시절이었다. 학교에서 3차 산업과 서비스업에 대한 개념을 배웠다. '핵가족'이라는 말도 배웠다. 흙길에 아스팔트가 깔리고 언덕에 아파트가 세워졌다. 엄마는 아빠처럼 돈을 벌었지만, 여전히 걸레짝 취급을 받았다. 아빠가 수저를 드시기 전에 먼저 밥을 먹으면 안 된다고 가르쳐준 건 엄마였다. 돈이 쏟아졌고 그 돈으로 아이들이 밤늦게까지 학원에 다녔다. 이제는 남편보다 애가 더 늦게 집에 들어왔다. 엄마는 가족들이 다 집으로 돌아오기 전까지는 무슨 일이 있어도 절대 먼저 잠들 수 없었다. 자식 걱정에 잠 못 드는 엄마가 국룰이었다.

그런 엄마를 보고 자란 애들이 커서 '자식에 목숨 거는 여자' 캐릭터를 만들었다. 엄마는 해도 뜨지 않은 시간에 일어나 가족들 밥을 차리고 밖으로 나간다. 아침 못 먹어 죽은 귀신이 붙었나, 모든 미디어가 엄마가 차려 놓은 아침밥에 환장했다. 엄마는 늘 앞치마를 하고 식당에서 그릇을 치운다. 밑반찬과 김치를 양손 가득 주렁주렁 싸 들고 길을 나선다. 다 큰 자식에게 무시당하러 가는 길이다. 자식의 집에 도착해 냉장고를 채우다가 무릎이 쑤신다고 아고고 소리를 낸다. 파스는 무조건 붙어 있다. 자식이 놓고 간 준비물 때문에 앞치마 차림으로 학교에 찾아갔다가 창피를 당하는 건 기본 코스다. 엄마는 자식에게 헌신을 뛰어넘어 목숨까지 건다.

나는 TV에 나오는 그런 엄마를 보고 자랐다. 엄마는 언제나 자식 생각에 가슴을 쥐어뜯었다. TV에 나오는 엄마들은 다 그랬다.
아, 엄마는 저런 거구나.

시간이 지나,
엄마는 집에 없는 사람이 되었다. IMF 이후 이혼율이 치솟았다. 가정은 불행했고 매일 밤 어디선가 접시가 깨지거나 누군가의 대가리가 깨졌다. 아이들에겐 컴퓨터가 생겼다. 엄마는 아이에게 햄버거 먹지 말고 컴퓨터 하지 말고 나쁜 애들이랑 어울려 다니지 말라고 화내는 사람이었다. 아이들은 자기에게 관심도 없으면서 화만 내는 엄마를 증오했다. 엄마는 딱 붙는 바지를 입고 밖에 나가 일했고 애들은 컴퓨터를 했다. 엄마는 아빠와 이혼하고 다시 여자가 되거나, 딸이 되거나, 가장이 되면서 자식을 키웠다. 엄마는 자신의 명의로 된 자동차를 끌고 다니면서 운전을 병신같이 한다고 남자들에게 욕을 먹었다.
그런 엄마를 보고 자란 애들이 커서 '자기가 원하는 걸 말하는 여자'를 만들었다. TV 속 여자들은 남자가 아닌 자신에게 집중한다. 회사에 다니며 돈을 번다. 자신을 불행하게 만드는 사람과 직접 싸운다. 집안일도 딱딱, 자식 케어도 딱딱, 자기 일도 딱딱 해내면서 그 와중에 잘생긴 남자랑 사랑도 한다. 그러다 정말 힘들 때, 엄마를 찾아간다. 여자의 엄마는 집에서 걸레로 방바닥을 닦고 있다. 엄마가 여자를 따뜻하게 끌어 안아준다. 그러면 여자는 힘을 내고 다시 나가 싸운다. 여자가 싸우는 사람은 화가 나면 소리를 지르고 수 틀리면 자식도 버리는 그런 여자다.

지금,

엄마는 없다. 엄마는 해외여행도 가고 친구도 만나고 인터넷으로 채팅도 한다. 하고 싶으면 이혼도 하고 재혼도 한다. 20살도 엄마가 되고 40살도 엄마가 된다. 80살의 새엄마가 생기는 집도 있다. 엄마들은 허리 라인이 잘록한 패딩을 산다.

그런 엄마를 보고 자란 애들이 커서 '엄마 따위 아무 상관 없는 이야기'를 만들었다. 괴물을 죽이고 귀신과 싸우고 시간을 여행하며 자기 인생을 구하느라 바쁘다.

답답한 엄마를 보고 자라면 커서 답답한 엄마를 만든다. 속 시원한 엄마를 만들어야 하는데 그게 안 된다. 헌신적인 엄마를 보고 자라면 커서 헌신적인 엄마를 만든다. 그런데 TV에 나오는 헌신적인 엄마를 보고 있는 애들의 집엔 헌신적인 엄마가 없다. 그래서 애들은 자기 엄마가 이상하다고 생각하며 자란다.

나는 학자가 아니다. 그러니 이건 헛소리다. 실제로 엄마들이 이랬을까? 실제로 이런 엄마 캐릭터들을 TV에서 만들었을까? 그럴 수도 있고 아닐 수도 있다. 혼자 카페에 앉아 아무렇게나 해보는 생각인데 정확한 사실관계가 뭐가 중요한가. 그냥 헛소리다.

TV에 엄마가 나온다. 가정을 지키며 죽은 듯이 사는 엄마, 자식에 목숨 거는 억척 엄마. 나는 거기까지 보고 자랐다. 그래서 우리 엄마가 이상했다. 왜 나에게 목숨을 걸지 않는지, 왜 힘든 걸 끙끙대며 혼자 삼키지 않고 나에게 다 드러내는지, 왜 아침밥 한번 차려주지 않고, 밤에는 술에 취해 집에 들어오는지. 다른 애들은 학교에 지각하지 말라고 엄마가 아침마다 깨워준다는데 왜 나는 그런 적이 없는 건지. 왜 나만 불행한 건지. 이해할 수 없었다.

학교에서 소풍을 갈 때 엄마는 도시락을 싸주지 않았다. 나는 소풍을 가는 아침마다 일찍 일어나 김밥을 샀다. 초등학생 땐 슈퍼에서 파는 꼬마 김밥을 샀다. 중학생 땐 학교 앞에 김밥천국이 생겨서 거기서 김밥을 샀다. 고등학생 땐 사이즈가 커져서 다 같이 식당에 갔기 때문에 따로 도시락을 싸 갈 일은 없었다. 그러나 모의고사가 있었다. 모의고사를 보는 날엔 급식을 하지 않았다. 엄마가 싸준 도시락을 가지고 오는 애들이 있었다. 나는 엄마에게 아무 말도 하지 않았다. 그냥 매점에서 컵라면을 사 먹었다.

엄마는 이런 게 아니다. 엄마는 자식을 걱정하고 자식의 밥을 챙겨주는 사람이어야 했다. 내가 보고 자란 엄마는 그랬다. TV에서 엄마는 이런 거라고 했다. 그런데 우리 엄마는 이상했다. 나는 자주 화가 났고 많이 울었다. 친구들에게 엄마를 들킬 때마다 너무 초라했다. 그러나 아직 어려서, 속수무책으로 창피하기만 했다. 엄마는 충분히 나를 지켜줄 수 있었다. 그러나 우리 엄마는 그러지 않았다.

엄마의 잘못이 아니다. TV의 잘못이다.

김밥은 싸 먹는 게 맛있지만 사 먹어도 맛있다. 싸 먹는 김밥을 먹고 자란 애와 사 먹는 김밥을 먹고 자란 애는 확실히 다르다. 엄마가 뭘 하며 어떻게 살든 그건 엄마의 마음이다. 그러니 자식이 이렇게 마음대로 엄마에 대한 글을 써도 괜찮다. 어차피 나도 TV에 나오는 딸이 아니다.

021

여기 바다 아주 많은 소금, 조금 휙휙, 아이 캔 둥둥

오늘 수영을 했다. 마지막 한 주를 남기고 드디어 수영을 하다니. 그동안은 해변에 갈 용기가 없었고, 갔더니 다들 옷을 벗고 있었고, 잔뜩 쫄아서 앉아 있다가 그냥 나왔고, 언젠가 하겠지, 언젠가 해야지 하며 하루이틀 미루기만 했는데 오늘 드디어, 더는 미룰 날짜가 없어서 바다에 갔다. 저번처럼 해변 구석에 자리를 잡았다가 아니지, 오늘은 그래도 수영복 입고 바다에 온 두 번째 날인데 파도 정도는 봐야지 싶어서 사람들이 모여 있는 바다 앞쪽으로 자리를 옮겼다. 파도 소리를 듣기 위해 이어폰을 뺐다.

가만히 해변에 앉아 파도를 바라봤다. 그래 오늘도 안 되겠다, 어쩌면 내일 아침에 사람들 없을 때 와서 조금 해봐야지 뭐. 나는 그냥 땡볕에 앉아서 바닷소리만 들었다.

그러다 갑자기, 가자… 들어가자… 어디서 그런 용기가 솟아나왔는지는 모르겠지만 갑자기 들어갈 수 있을 것 같아졌다. 모든 건 눈 깜짝할 새에 그렇게 갑자기 일어나는가 보다.

틈을 노려 바다에 들어갔다

저쪽에서 누군가 패들 보트에 올라타 풍덩풍덩 물거품을 일으키며 헤엄쳤다. 저렇게 큰 소리가 나면 사람들은 저쪽을 쳐다보게 되어 있다. 이때다. 나는 걸쳤던 옷을 벗고 수영복만 입은 채 자리에서 벌떡 일어나 터벅터벅 물 안으로 들어갔다. 열 걸음만 참으면 된다. 딱 열 걸음만 꾹 참으면 된다. 속으로 되뇌고 또 되뇌었는데 실제로 걸어갈 땐 몇 걸음을 걸었는지 모르겠다.

물이 차가웠다. 그러나 망설일 수 없다. 망설이는 순간 주목받는 거다. 안 그래도 몸뚱이는 허여멀젛고 머리카락은 까맣고, 혼자 아시아 사람이라 눈에 띄는데. 프랑스 사람들은 남 신경 하나도 안 쓸 것이다. 심지어 내 옆에 있던 할아버지 할머니는 이탈리아 사람 같았다. 같은 외국인끼리 뭐 쑥스러울 거 있나. 그러나, 내가 신경 쓴다. 내가 한국인이다. 나는 망설임 없이, 멈추지 않고 걸어걸어 바닷속으로 들어갔다. 물이 차가워서 배와 가슴 쪽을 지날 땐 조금 힘들었지만 꾹 참고 어깨까지 걸어 들어갔다. 파도가 출렁인다. 기분이 아주 좋았다!

바다에서 수영해야겠다고 결심한 후 나는 딱 한 가지를 고민했다. 물에 들어가서 뭐 하지. 수영은 할 줄 모른다. 해본 거라곤 어릴 때 수영장에서 그냥 눈 꼭 감고 물속에 들어가 발을 마구 움직여서 조금 앞으로 가는 게 전부다. 같이 물장구를 치고 서로 물에 빠트리는 장난을 치며 놀 사람도 없고 사진을 찍을 것도 아니고 비치발리볼을 할 것도 아닌데 물속에 들어가서 도대체 뭘 하지?

그래서 한국에서 비싼 돈 주고 인터넷으로 커다란 튜브를 샀다. 하지만 튜브는 너무 노란색이고, 이렇게 큰 튜브를 혼자 낑낑대며 바람 넣고 가지고 놀 자신이 없어서 오늘은 가지고 오지 않았다. 그럼 튜브도 없이 물속에서 뭘 하지?

완전 멍청한 생각이었다.

물 안에 있는 것 자체면 충분했다. 바다에 둥둥 떠서 이쪽으로 한 바퀴 돌고 저쪽으로 한 바퀴 돌면 그걸로 충분했다. 게다가 심지어! 물속에 헤엄치는 물고기들도 보였다. 나는 나이가 든 후 바다를 무서워하게 됐다. 시커먼 바다를 보고 있으면 저 넓고 깊은 곳 속에 수많은 물고기며 바다 생물들이 드글드글할 텐데 내 눈엔 보이지도 않고 머릿속으로 상상만 되는 것이 무서웠다. 그런데 막상 물속에 있는 물고기를 실제로 눈앞에서 보니,

이거 완전 동화같잖아!

예쁘게 생긴 손바닥만 한 물고기들이 발 주위를 헤엄쳤다. 발로 툭 건드려보고 싶었는데 아무리 발을 이리저리 뻗어 봐도 걔들이 더 빠르다. 물고기를 구경하고 노는 것만으로도 시간을 충분히 보낼 수 있을 것 같았다. 휴양지에 왔다는 것을 그제야 확실하게 실감했다.

두 발을 살짝 움직여 봤다. 파닥파닥 파닥파닥. 그러자 몸이 떴다. 양손도 같이 움직여 봤다. 휘적휘적 휘적휘적. 몸이 둥둥 뜬

다. 얼레? 내가 수영을? 아닌데? 이상한데. 에라 모르겠다. 뒤로 벌러덩 누워 양쪽 귀를 물에 담그고 발을 파닥파닥 팔을 휘적휘적. 그러자 몸이 붕 뜨고 앞으로 간다. 배영을 했다. 이게 어떻게 가능한가. 배영이 그냥 되는 건가? 수영장에서 수영을 제대로 해본 기억이 없는데 어떻게 된 거지?

아마도 여기 바다는 염분이 많아서 몸이 쉽게 뜨는 게 아닌가 싶다. 발만 조금 움직이면 심지어 팔은 아무것도 하지 않아도 충분히 배영으로 수영을 하는 게 가능하다. 그냥 누워서 발만 조금 파닥거리면 된다. 이럴 줄 알았으면 진즉에 들어올걸! 팔과 다리를 빨리, 열심히 움직일 수만 있다면 개헤엄, 평영 같은 것들도 가능하다. 무엇보다 배영만큼은 너무 쉽게 할 수 있었다. 세상에 놀랄 일이다. 수영이 이렇게 쉬운 거였다니. 나는 배영으로 이쪽으로 갔다가 저쪽으로 갔다가 다시 이쪽저쪽으로 왔다갔다 했다. 해변에 혼자 놀러왔다는 것은 그때부턴 아무런 창피함도, 문제도 되지 않았다. 바닷물 온도가 마치 누가 일부러 나 신경 써서 맞춰놓은 것처럼 딱 알맞게 시원했다. 아, 이게 여행이구나. 이게 노는 거구나.

아침에 일어나 해변에 와서 수영하기, 앞으로 필수 코스다. 며칠 안 남았지만, 이제라도 해변의 즐거움을 알게 됐으니 됐다.
나는 천천히 배영으로 헤엄치며 바다 위를 떠다녔다. 오른쪽으로 너무 멀리 갔다 싶으면 다시 왼쪽으로 돌아오다가, 좀 힘들면

발밑에 물고기들 보며 이쪽저쪽으로 다리를 뻗어보다가, 파도가 출렁출렁 밀려오면 울렁울렁 바운스를 타다가 빙그르르 돌고, 앞에 리조트랑 해변에 앉아 있는 사람들 한 번씩 구경하고, 내 짐도 잘 있나 한 번 살핀 후에, 다시 허우적허우적하다가 배영. 바다에서 노는 건 그렇게 어려운 일이 아니다. 해보니 확실히 알겠다.

물론 한국 바다는 다를 수도 있다. 파도도 만만치 않고 몸이 뜨지 않을 수도 있다. 그땐 튜브를 쓰면 된다. 여기선 창피해도 한국에선 튜브가 창피하지 않으니까. 아 맞다. 한국에선 수영복 입은 내 몸이 창피하겠구나. 한국에 돌아가면 아무래도 튜브를 다시 중고로 팔아야 할 것 같다.

대형 튜브 팝니다. 안 썼음.

헤밍웨이의 친구들이 여섯 단어로 소설을 써서 우리를 울릴 수 있으면 너를 인정해주겠다고 장난을 걸었을 때 헤밍웨이가 'For sale: baby shoes, never worn' 이라고 해서 사람들이 울었다는 이야기가 떠오른다. 쓴 적 없는 아기 신발을 파는 것은 깊은 슬픔이다. 그 아기는 어디로 갔을까. 그 사람은 왜 신발을 가지고 있는 것도 아니고 버리는 것도 아니고 팔아야만 했을까. 죽은 아이와 울다 쓰러진 여자와 그 여자를 위해서라도 떨리는 손으로 신발을 팔아야만 하는 남자가 떠올라 가슴이 쓰리다.

쓴 적 없는 튜브를 파는 것은 다른 종류의 얕은 슬픔이다. 물놀이 가려고 튜브를 샀는데 물놀이가 취소됐나. 왜 안 썼을까. 프랑스에 와서 쓰려고 샀는데 프랑스에선 튜브를 쓰는 사람이 없어 창피해서 못 꺼냈다가 한국에 돌아와서는 수영복 입고 바다에 나갈 자신이 없어서 판다. 알아낼 길 없는 숨겨진 이야기다. 어쨌든 슬픔이다. 나는 슬프지만 얕은 슬픔이라 괜찮다.

30분 정도 허우적거리니 힘들다. 더 놀고 싶지만 이쯤이면 됐지 싶었다. 물 밖으로 걸어 나오면 모래사장 한가운데에 샤워기가 있다. 밖으로 나갈 필요가 없어서 너무 좋다. 바닷물을 싹 씻어내고 다시 자리로 돌아와 비치타월을 깔고 앉았다. 땡볕은 여전히 이글이글해서 가만히 앉아 있으니 알아서 머리가 마른다. 몸이 대충 마른 후, 가방 안에 넣어 놨던 겉옷을 꺼내 입고 자리에서 일어나 집으로 돌아왔다.

한 걸음 앞으로 걸어나간 것 같다. 지금까지 쫄보 1.0이었다면 이젠 쫄보 1.1이다. 아니면 쫄보 2.0. 근데 이건 오히려 쫄보 쪽으로 진화한 게 되는 건가? 어쨌든 다른 쫄보다. 나는 이제 수영한 쫄보다. 이것은 쫄보들 사이에선 천지 차이의 혁명이다.

집으로 돌아와 씻고 나니 2시다. 오늘 하루 뭔가를 해야 할 것 같다. 아무것도 안 하고 쉬기만 하려고 했지만, 오후를 알차게 보내고 촬영도 열심히 하는 편이 나을 것 같다고 생각을 바꿨다. 떠날 날이 얼마 남지 않으니까 하루하루가 아깝다.

어제 아니따가 꼭 가보라고 했던 생폴드방스에 있는 박물관에 갈까. 아니면 근처 식물원에 갈까. 에어비앤비로 체험했던 쿠킹 클래스와 세라믹 클래스의 후기를 남기라고 메일이 와서 그것도 남기고 서로 고맙다는 메일도 주고받고 모나코 동행 친구와 이 근방 버스 정보도 교환하고 한국에 있는 친구에게 이제 돌아갈 날이 얼마 남지 않아 무섭다는 이야기도 하고 나니 4시다. 프랑스는 5시 반에서 6시면 관광지는 다 닫는다. 오늘 뭘 하긴 글렀다.

그렇다면 앙티브 시내로

R이 이번 주까지 앙티브에서 꽃 페스티벌이 열린다고 했었다. 애매하게 시간이 난 김에 거기에 가면 좋을 것 같았다. 오랜만에 레스토랑도 가보고 싶었다. 프랑스에 와서 좋은 요리를 너무 못 먹었다.

온통 언덕뿐인 프랑스에서 애증의 자전거를 타고 시내로 향했다. 막 샤워하고 머리 말리고 나온 건데 땀이 쏟아진다. 이제 앙티브 시내 정도는 눈 감고도 다닌다. 몇 번 왔다갔다 했다고 지리가 훤하다. 어쩌면 앙티브 시내에 오는 게 마지막일지도 모른다는 생각이 들었다. 그렇다면 가장 처음에 갔던 레스토랑 'LE 22'를 가볼까. 그래 가자. 피자를 먹자. 여기는 이탈리아랑 가까우니까 피자가 맛있을지도 모르지. 그냥 들어가서 앉자. 두 번 가면 단골이지 뭐. 단골이면 편하게 자연스럽게 가서 앉는 거야! 어쩌면 서버가 나를 알아볼지도 몰라. 아시아 사람은 흔하지 않으니까.

그런데 웬걸. 덩치가 모두 보통 사람의 두 배 만한 무게감 있는 아저씨들이 줄지어 야외 테이블에 쭉 앉아 계셨다. 내가 앉을 자리는 없었다. 쳐다보지 말자. 앞만 보고 그냥 쭉 가자. 원래 그냥 지나가려고 했던 것처럼 자연스럽게 가자. 다음에 가야겠다.

앞으로 좀 더 쭉쭉 걸어갔다. 어느 레스토랑에 가야 하나. 나는 진화된 쫄보다. 아무 데나 들어가서 앉을 수 있다. 저기는 좀 사람이 많고, 저기는 아휴 메뉴판을 못 읽겠네, 저기는 사람이 아예 없는데 아직 오픈을 안 한 건가. 걷다 보니 바다가 보인다. 안 되겠다, 앉자.

평소였으면 지레 겁먹어서 절대 못 들어갔을, 테이블 위에 식기들이 아주 예쁘게 진열된 식당에 들어갔다. 규모가 좀 큰 식당이었고 여자 손님 두 명이 야외 테이블에 앉아 있었다. 음식 되나요? 물론 됩니다. 저녁은 대개 7시쯤부터 시작하던데 5시에 가도 먹을 수 있어 다행이었다.

나는 여기서 도대체 뭘 먹고 다니나

메뉴 고르는 게 참 어렵다. 익숙한 메뉴가 아니니 뭘 선택해야 내가 좋아할지 알 수가 없다. 애피타이저 중에 '튀긴 생선과 그린 샐러드'라는 게 있었다. 샐러드에 생선가스 같은 게 치킨 샐러드 느낌으로 나오는 건가 싶어서 시켰다. 메인디시는 도저히 모르겠어서 추천을 해달라고 했다. 서버가 아주 친절하게 내 옆으로 와 쪼그려 앉더니 이거랑 이거랑 이거랑 하며 찍어준다. 그냥 딱 하나 찍고 "이거 드세요" 해주지. 모르겠다는데 선택권을 주면 나는 어쩌나. 그래서 그냥 스테이크 주세요, 하고 말았다. 미식의 나라 프랑스에서 또 스테이크를 시켰다. 미디엄 플리즈.

어쩔 수 없다. 모르면 못 먹는 거다.

잠시 후 애피타이저가 나왔다. 새끼손가락만 한 멸치들이 통째로 튀겨져 접시에 가득 담겨 나왔다. 이게 무슨 일이죠?

그렇구나. 여기 약간 해산물 식당 같은 건가 보구나.

나는 왜 시켜도 이런 걸 시킬까. 레스토랑도 더 찾아보고 메뉴도 검색해보고 공부를 충분히 하고 왔어야지. 멍청하게 그냥 와서 내키는 대로 아무거나 찍으니 이렇다. 튀긴 생선이라는 게 생선 얼굴부터 꼬리까지 통으로 나오는 거였을 줄이야. 한 입 먹어보니 맛있다. 음, 맛있군. 비주얼은 당혹스럽지만, 바삭바삭 짭짤한 맛이 나쁘지 않았다. 씹어 먹을 때마다 입안에 비린내가 퍼진다. 레몬을 뿌렸음에도 불구하고. 열심히 반 정도 먹고 접시를 앞으로 치웠다. 이보시오, 주인 양반! 먹을 걸 달란 말이오! 식사! 물고기 이런 거 말고!

서버가 "다 드셨어요?" 하고 접시를 치운다. 잠시 후 고기가 나온다. 그래, 이거지. 스테이크는 스테이크다. 미디엄으로 달라고 했는데 거의 웰던이 나왔다. 사이드로 나온 감자가 너무 맛있었다. 통통한 감자튀김인데 겉이 바삭하고 안에 살짝 공기가 들어가 있어서 감자 칩을 씹는 식감이 났다. 고기보다 감자가 더 맛있었다. 나는 감자가 주는 위안에 대해 생각했다. 감자는 구황작물이다. 기후의 영향을 적게 받아 흉년에 주식 대신 먹을 수 있는 작물. 사람을 구하는 식물. 퍼석퍼석하면서도 부드러운 식감과 꽉 차게 느껴지는 포만감이 사람의 마음을 편안하게 한다. 감자는 사람을 배부르게 한다.

식사를 마치고 유일하게 잘할 수 있는 프랑스어를 했다. 라디씨옹 씰부플레, 계산서 주세요. 가격을 보니 40.50유로다. 오마이갓!!! 지갑을 열어보니 가진 돈은 40유로가 전부다. 가방 바닥까지 탈탈 털었다. 1유로가 하나 더 나온다. 다행이다. 41유로다. 경찰서는 면했다. 그래도 이런 곳이라면 팁을 줘야 할 텐데 어쩌지. 나는 프랑스에 와서 지금껏 한 번도 팁을 준 적이 없다. 여기는 서비스료가 이미 포함된 가격이라 따로 팁을 주지 않아도 된다고 했다. 그런데 최근에 만난 다른 한국 사람들이 팁을 줘야 한다고 했다. 누구 말이 맞는 거야. 어쨌든 그 얘기를 듣고 나니 이제는 꼭 줘야 할 것만 같다. 이걸 어쩌나. 돈이 없는데. 그래서 41

유로를 테이블 위에 올려놓고 자리에서 일어났다. 걸음은 느리게, 하지만 마음만은 전력 질주로, 도망치듯 식당을 나왔다. 팁으로 0.5 유로를 드렸다. 50센트를. 600원을.

부디 기분 나빠 하지 마시고 그냥 박장대소하고 넘어가셨길 바란다. 팁을 안 줘도 된다고 생각했을 땐 아무 문제가 없었는데, 팁을 줘야 한다고 생각하고 나니 이런 고통과 고난이 따라온다. 아는 것은 힘이고, 큰 힘엔 큰 책임이 따른다. 잉글랜드 철학자 프랜시스 베이컨과 〈스파이더맨〉의 삼촌이 그랬다.

도망치듯 식당을 나와 앙티브 해변에 있는 조형물을 봤다. 쪼그려 앉아 있는 사람의 형첸데 앞쪽이 텅 비어있어 바람이 지나간다. 형체는 뒤에만 남아 있는데 면이 글자들로 이루어져 있다. 장님이 코끼리를 설명하는 것보다 더 설명을 못한 것 같다. 그 앞에 20명 정도 되는 사람들이 요가 매트를 펴 놓고 운동을 하고 있었다. 음악을 빵빵 틀어놓고. 원! 투! 쓰리! 포!

혼자 조용히 감상하고 싶었는데. 왜 하필 이런 명당에서 하나. 명당이니까 하나. 야속하다.

돌아오는 길에 거리에서 버스킹을 봤다. 피곤해서 그냥 갈까 했지만 촬영할 거리가 있는데 카메라를 들고 있으면서 그냥 지나칠 수는 없었다. 버스커 앞으로 가서 자리를 잡고 섰다. 네 명의 남자들이 각자 악기를 들고 노래한다. 정말 흥겨웠다. 그러나 나는 그들에게 줄 돈이 없어서 미안한 마음에 한 곡만 듣고 자리를 떴다. 팁을 주지 않아도 된다고 생각했을 땐 한참을 그 앞에 앉아 노래를 들었다. 팁을 줘야 한다는 생각이 들었을 땐 한 곡만 듣고 도망치듯 자리를 피했다. 도망자가 된 셈이다.

돈을 다 썼다

지갑에 남아 있던 40유로는 내가 가진 마지막 현금이었다. 아직 5일이 더 남았고 가야 할 곳도 많은데 벌써 돈이 다 떨어지다니 큰일이다. 아직 자잘한 동전들 10유로 정도가 있고 중고로 다시 팔아야 할 자전거도 남아 있다. 자전거는 적어도 50유로에 다시 팔 수 있다고 했다. 그러려면 그 언덕을 또 끌고 올라가야 하겠지만. 힘들다, 힘들어.

물고기 구경 제대로 하고 싶어서 물안경도 사려고 했는데. 아니따가 추천해준 생폴드방스에 어마어마한 작품들이 많이 있다는 뮤지엄에 가려면 입장료도 내야 하는데. 정신이 아득해진다.

집에 돌아오니 거의 8시가 되었다. 일을 끝내고 돌아온 B가 부엌에 있었다. 나는 어서 데이터를 백업하고 오늘 있었던 일을 적은 후에 쉬고 싶었다. B가 부엌에서 저녁을 먹는 동안 나는 내 방 침대 위에 누워있었다.

한참 후 밖이 조용하다 싶어 외장 하드를 들고 노트북이 있는 부엌으로 갔다. B가 아직 식탁에 앉아 있었다. 아이고, 이제 와 도

망칠 수도 없고. 일단 자리에 앉아 백업하는데 그녀가 여지없이
말을 건다.

B는 착한 사람이다

그건 진짜 분명하다. 그녀는 말할 때 엄청나게 큰 눈을 항상 반
만 뜨고 나른한 듯 츤데레처럼 건성건성 말한다. 말하기 싫은데
억지로 대답하는 사춘기 큰딸 같은데 말을 엄청 많이 한다. 계속
해서 말을 건다. 오늘은 뭐 했냐 꼭 물어보고, 어디 갔었냐, 뭐 먹
었냐, 이제 뭐 먹을 거냐 또 물어본다. 아휴 나 참, 영어 못하겠는
데 자꾸 그러네. 나는 혼신의 힘을 다해 설명한다.

- 수영을 갔었고 앙티브 시내에 갔었어.
- 너 나한테는 수영 못 한다며!
- 아, 그게… 내 생각에 메이비 여기 바다 아주 많은 소금, 그래
  서 조금 횡횡, 아이 캔 둥둥.

대충 이런 식으로 설명했더니 B는 탐탁지 않은 표정으로 오케
이, 하고 만다. 어차피 늘 탐탁지 않은 표정을 짓고 있어서 오해하
지 않기로 한다. 뻥 친 게 아니라 진짜 수영 못하는 게 맞는데, 물
무섭다고 말했던 게 거짓말이 아니라 진짜 물이 무서운데 오늘
극복하고 들어가 본 건데. 어차피 말도 못 하는데 설명해 뭐하냐.
그냥 대충 넘겨줘. 내가 그러하듯이.

B가 주엉레빵 어쩌구 뭔가를 말하다가 나한테 "그럼 너한테 어떻게 연락해?" 라고 한다. 헐, 질문이 들어오다니. 그냥 끄덕끄덕 으흠? 으흠? 하고 있었는데. 웅? 눈치 풀가동. 방금 손가락으로 창밖을 가리켰지. 어딜 갈 건데 나한테 연락을 한다고?

- 해변?

찍었는데 맞았다.

- 그래 해변! 내일 친구들 엄청 만날 거야. 이탈리아 사람, 독일 사람, 브라질 사람. 너도 내일 저녁에 시간 되면 오라고. 그냥 만나서 얘기하고 마실 거 마시고 놀고 하는 거야. 수많은 나라의 사람들을 만날 수 있어. 근데 너한테 어디로 오라고 어떻게 연락하면 돼?
- 아. 전화해도 되고 문자도 되지.
- 오케이. 전화할게. 시간 되면 와. 그냥 너 마실 거 정도만 가져오면 돼.
- 고마워. 좋다. 연락은 문자가 좋겠다.
- 오케이.

일단 고맙다고는 했는데 사실 안 고맙다. 친구들 만나는 자리에 나를 초대해주는 건 너무 고마운 생각인데 그 친구들이 20명에서 25명 정도란다. 네? 뭐지.

정확히 이해는 못 했지만, 여기 오기 전에 들었던 클래스 친구들이랬나, 아님 여행할 때 숙소에서 만난 친구들이랬나. 대충 그런 모임이라고 했던 것 같다. B는 친구들한테 나를 하나하나 다 소개해주겠다고 했다. 상상만 해도 끔찍하다. 그 수많은 외국인을 하나하나 만나 인사하는 건 도대체 얼마나 많은 에너지를 소비해야 하는 일인지. B랑 나는 진짜 안 맞는다. 성향 자체가 완전 다르다. 그래도 그녀는 착한 사람이다. 말도 안 통하는데 계속 말을 건다. 자꾸 나한테 뭘 같이 하자고 한다. 내가 안 그러고 싶다는 게 문제지만 B는 모른다.

B가 점점 이야기를 풀어나간다. 내일은 어디 갈 거냐고 해서 아마 생폴드방스를 가지 않을까 싶다고 하니 못 알아들어서 구글 지도로 보여줬다. "아 거기~" 그러더니 B가 자리를 잡고 앉는다.

- 거기 가서 뭐하게?
- 어떤 프랑스 사람이 소개해줬는데 아주 좋은 박물관이 있대.
- 무슨 박물관?
- 샤갈이랑 뭐, 작품이 엄청 많대.
- 너 지금 나한테 박물관 이야기 하는 거니?

B가 본격적으로 내 노트북을 잡고 앉아서 파리에 있는 어메이징한 박물관들을 알려줬다. 더 나아가 프랑스에서 여행할 만한, 자기가 갔었던 어메이징한 장소들을 소개해줬다. 전부 기가 막히는 장소들이었다. 그녀는 여기서 더 나아가 인도까지 소개해줬다. 정글, 사막, 도시, 휴양지, 사원 등 어마어마한 곳이 많았는데 이걸 두 시간 동안 보여줬다. 두 시간 동안.

그녀가 알려준 것들은 엄청나게 고급진 정보, 유익한 정보, 어디에서도 들을 수 없는 실속있는 정보이긴 했다. B는 진짜 착하고 나이스하고 좋은 사람이다. 그런데 자기도 방금 피곤하다고 했으면서! 여기서 회사까지 갈 때 한 시간, 올 때 한 시간 반 걸려서 엄청 피곤하다고 해놓고선! 혹시 회사에서 B한테 온종일 말을 못 하게 하나? 그래서 여기 와서 그렇게 스트레스를 풀어야 하나? 근데 나는 혼자 있을 땐 말을 안 하고 싶은데. 가만히 쉬고 싶은데. 그래야 에너지 비축이 되는데.

B와 나는 그냥 성향이 맞지 않을 뿐이다. 성격 차이다. 한국에서 보통 '성격 차이'라 함은, 이혼 사유다.

B의 휴대폰이 울린다. 앗, 틈이 생긴 건가. 빠져나가 볼까. 그러나 그녀는 전화를 받지 않는다. 그가 질투해, 라며 새로운 이야기를 던진다.

- 뭘 질투해?
- 아, 설명하기 어려운데.
- 오! 괜찮아!

내가 손사래를 치는데 "그게…" 하며 B가 설명을 시작한다.

그녀는 인도에 있을 때 남자친구가 있었다. 둘은 인도를 벗어나 미국에 가기 위해 열심히 공부했다. 남자는 미국에 갔다. B는 실패해서 프랑스에 왔다. 미국과 프랑스는 너무 멀어 현실적으로 연애를 계속하는 게 불가능하니까 둘은 헤어지기로 했다. 그리고 4개월 후, B는 프랑스에서 새로운 사람과 데이트를 시작했다. 아직 남자친구라고 할 단계는 아니다.

프랑스 남자가 인도 남자를 질투한다고 했다.

- 근데 전에 만나던 인도 남자가 있다는 걸, 프랑스 남자가 어떻게 알게 됐어? 네가 말했어?
- 말했지, 그럼. 물어보는데 어떡해. 만나는 사람 있냐, 있었다. 그 사람과 연락하냐, 가끔 그 사람이 전화한다. 그랬더니 질투해. 내가 매일 연락하는데도.
- 이제 프랑스 남자랑 너랑 서로 떨어져 있으니까 그 사람은 더 불안하고 걱정되고 밤에 잠도 못 잘걸.
- 맞아.

B, 약간 드라마 퀸인가. 그런 식으로 사랑을 확인하는 게 꽤 큰 안심을 준다는 걸 나도 알기에 그냥 넘어간다.

B 덕분에 수많은 프랑스의 멋진 관광지들과 인도의 어마어마한 모습들을 알게 됐다.

- 나는 절대 부자가 아니야. 진짜 아니야. 그런데 인도에 있는 우리 집에선 엄마는 일 안 하고 아빠만 일하는데도 아침이 되면 밖에 있는 별채에서 지내는 사람들이 와서 부엌에 아침을 차려 놓고 가. 인도에서 중산층은 그렇게 살아.
- 와우, 너는 천국에서 왔구나. 근데 뭐 하러 프랑스에 왔니. 노멀 피플들 어떻게 사는지 궁금해서 온 거니?

그러자 B가 웃는다. 개그 하나 성공, 나이스.

정말 피곤했고 쉬고 싶었다. B는 하품을 하면서 계속 얘기했다. 계속 구글에 이미지를 검색하며 더 멋진 곳을 소개해주려고 하며 이거 다 알려주려면 밤새야 한다고 했다. 나는 혹시라도 진짜 그럴까 봐 무서워서 "노노 너 쉬어야지" 하며 만류했다.

마당에서 집주인 마르실라를 만나면 "하이, 하우 아 유?" "에브리띵 굿?" "헤브 어 나이스 데이!" 하면 끝이다. "예, 암 파인" "예, 에브리띵 굿" "유 투, 헤브 어 나이스 데이!" 하면 아주 반갑게 만나서 반갑게 헤어지는 거다. 근데 B는 "하우 워즈 유얼 투데이?" 하며 마라톤을 시작한다.

B, 당신이 한국말만 할 수 있었다면 나는 기꺼이 밤새 이야기를 나눴을 겁니다.

B가 파리에 있는 뮤지엄을 설명해주다가 나한테, 왜 파리가 예술가들의 천국인 줄 아느냐고 물었다. 그렇게 훅 들어와서 질문하지 마세요. 나는 예술가 복지 제도를 말하고 싶었는데 말이 안 나왔다. 대충 비슷한 단어를 끄집어냈다.

- 음, 보험? 정부가 돈 주는…
- 맞아, 그거야. 네가 예술가면 그게 무슨 유형이든지 간에 네
  가 했던 일들을 제출하고 인증받고 자격증을 받고 나면 정부
  에서 매달 네가 잘 살 수 있는 돈을 줘.
- 박물관도 공짜고?
- 그렇지. 다는 아니지만 대충.
- 크, 좋겠다.
- 너도 이제 파리에서 살고 싶지?

- 글쎄. 내가 춤을 추거나 했으면 어디든 상관없었을 거야.
- 언어가 힘들어서?
- 나는 작가니까 언어 문제는 아주 큰 문제야.
- 뭐 어때. 번역하면 되지.
- 아니야. 한국어는 그대로 번역해서 전달하는 게 불가능해.
- 응?
- 아 이걸 어떻게 설명해야 하나. 한국어의 뜻을 그대로 번역할 수가 없어.
- 의미나 감각 같은 거?
- 응. 불가능해.

 영어로는 그냥 옐로우인 것을 한국에서는 노란, 누런, 노르스름한, 누리끼리한, 샛노란, 노릇노릇까지 다양하게 쓴다. 느낌이 다 다르고 차이가 미묘하다. 완벽한 번역이 불가능하기 때문에 한국 사람은 노벨상을 절대 타지 못할 거라는 교수님들의 말도 있었지만, 나는 아무것도 전하지 못하고 그냥 불가능하다고 했다. B는 시큰둥한 표정이었다. 뭐 늘 그러니까 괜찮다.

 겨우 B를 방 안으로 들여보내고 혹시라도 다시 나올까 봐 겁이 나서 노트북을 다 싸 들고 방 안으로 들어왔다. 글만 쓰는데도 두 시간 세 시간씩 걸리는데 나는 언제 자라고 이렇게 붙들고 안 놓아주나. 근데 생각해보면 몇 시간씩 전화통화를 하는 B가 이상하듯이 B 입장에서는 밤새 뭔가를 쓰는 내가 이상하겠지.

 선크림을 열심히 바른다고 발랐는데 손이랑 팔이 까맣다. 징

그럽다. 내일 또 수영하러 갈 건데 큰일이네. 에너지 소모가 크긴 하지만 수영할 생각을 하니 즐겁다. 아까 수영하고 돌아와서 씻고 식탁에 앉았을 때 다시 수영하러 가고 싶었다. 남은 동전 모아서 물안경 사서 끼고 물고기 구경해야지!

한국 # 2021년 2월 7일

나는 5위 밖이라
5인 이상 집합 금지는 안 된다

정신 바짝 차리지 않으면 한 달이 그냥 간다. 눈 감았다 뜨면 일주일이 지나 있고, 저번에 그게 언제였지 하고 달력을 살펴보면 벌써 몇 주는 지나 있다. 시간은 계속 가고 아무 일도 일어나지 않는다. 나는 알고 있던 모두를 잃고 여기에 혼자 남겨진 것 같다. 1년 사이에 모든 게 반대로 뒤집혔다.

1년 전 나는 인싸였다. 휴대폰이 쉴 틈 없이 울렸다. 만날 사람이 너무 많았다. 나를 찾는 사람이 많은 인생을 사는 게 처음이라 당황스러웠다. 주말엔 잠을 못 잤다. 아침부터 밤늦게까지 이 사람 저 사람에게서 연락이 왔다. 갑작스러운 인기에 어리둥절했다. 일도 사랑도 친구도 다 좋았다. 삼재가 끝났다는 게 이런 건가 싶었다. 그게 아니라면 갑자기 모든 일이 잘 풀리는 이유를 설명할 길이 없었다.

갑작스럽게 끓던 인기는 찬물을 끼얹은 듯 갑자기 팍 죽었다. 코로나 때문인가. 아닌 것 같다. 코로나 때문에 다들 아무도 못 만나고 산다지만 자세히 살펴보면 만날 사람은 다 만나고 산다. 그저 내가 '만날 사람'이 아닌 것이다. 몰랐으면 좋았을 텐데 한 달 넘게 사람 한 명 못 만나고 집에서 유튜브만 보다가 불현듯 지겨워서, 깨닫고야 말았다.

나만 왜 아무도 안 만나고 살지?

지금 수도권은 코로나의 확산을 막기 위해 거리 두기 2.5단계를 시행하고 있다. 모임, 행사의 경우 거리 두기 2단계일 땐 100명, 2.5단계일 땐 50명 이상 초대하지 못한다. 갑자기 3차 유행이 시작됐다. 거리 두기 단계가 2.5단계로 조정되었다. 결혼식에 100명의 하객을 초대했던 신랑 신부들이 쩔쩔매며 50명을 잘라냈다. 이런 건 사람 목숨이 걸린 일이라 우리 모두 이해하고 넘어가야 한다. 코로나 걸려서 죽는 것보단 낫지 않은가. 사람들은 졸지에 자신이 중요 순위 51위에서 100위 사이의 사람이라는 걸 알게 됐다. 뭐 어떤가. 100위 밖은 아니었다는 것도 알게 된 셈인데.

밤 9시 이후엔 모든 식당이 문을 닫아야 한다. 실내에선 5인 이상 모이는 것도 금지다. 만날 사람은 만난다. 둘씩, 셋씩 카페에 가고 술을 마신다. 나는 만나자는 사람이 없다. 아무래도 나는 중요 순위 5위를 넘는 사람인 것 같다. 5명부터는 만날 수 없다. 그래서 내가 잘린 게 아닐까. 애초에 5명 이상 모이는 자리에서만

나를 만나고 싶은 게 아닐까. 나는 둘씩, 셋씩 모이는 다정하고 돈독한 자리에는 낄 수 없는 사람이 아닐까.

나는 다섯 번째 사람이다. 그래서 아무도 만나지 못한다. 5위 밖의 사람은 10위 밖일 수도, 100위 밖일 수도 있다. 코로나 때문에 이것도 알게 될까 봐 무섭다.

따뜻한 글을 쓰고 싶은데 자꾸 날이 선다.

프랑스에 있었을 때를 생각하면 가장 먼저 두려움이 떠오른다. 그때 어땠냐고 누가 물으면 나는 무서웠다고 대답한다. 프랑스에 있던 하루하루가 무서웠다. 나는 망망대해가 무섭다. 프랑스에 있던 시절이 무서운 것은 망망대해에 대한 두려움과 결이 같다. 나는 여행이 무섭다.

그때 썼던 글을 다시 읽어보니 귀엽다. 지금보다 두 살 어린 내가 이것도 싫고 저것도 싫으면서 이것도 좋고 저것도 좋다고 한다. 새로운 장소에 가고 새로운 사람을 만나느라 너무 힘들어하면서도 다음 계획을 짠다. 그러고 싶어서가 아니라, 그래야 하니까 그랬다. 프랑스까지 갔는데 아무것도 안 할 수가 없었다.

젊은 사람은 유럽을 '여행'한다. 기차를 타고 유럽 전역을 돌아다닌다. 나는 한달살기를 했다. 한 곳에서 가만히 지내며 아무것도 하지 않으려 애쓰면서도 그 와중에 무언가를 하려고 노력했다. 그래서 나는 거기서 아무것도 안 한 것 같기도 하고 뭔가를 했던 것 같기도 하다.

지금도 그렇다. 지금 여기 한국에서도 그렇다. 나는 아무것도 안 하지만 뭔가를 하고 있다. 적어도 무섭진 않다. 미래가 무섭지 현재는 괜찮다. 지금은 아무 일도 일어나지 않는다. 만날 사람도 없고 만나자는 사람도 없다. 다들 나를 잊었다.

따뜻한 글을 쓰고 싶은데 별로 따뜻하지 않아서 글이 자꾸 언저리를 빙빙 돈다.

프랑스에선 아침에 바다에서 수영하고 점심에 레스토랑에서 스테이크를 먹고 밤늦도록 인도 여자와 대화했다. 그날 하루 벌어진 일을 기록하느라 밤을 샜다. 지금 나의 한국은 조용하다. 아무 일도 일어나지 않으니 뭘 적어서 어떻게 2년 전 프랑스와 비교해보는 글을 써야 할지 모르겠다.

아무 일도 생기지 않아서 자꾸 생각에 잠긴다. 하고 싶은 말을 속에서 찾으니까 자꾸 속마음이 나온다. 속엔 찬 것만 들었다. 데이기 싫어서 차게 보관해둔 일들뿐이다. 찬 것엔 베인다는 걸 모르고. 데이지 않게만 조심하면 되는 줄 알고.

2년 전의 나는 오늘 하루 바쁘게 살았다. 2년 후의 나는 오늘 하루 조용히 살았다. 어디라도 뛰어나가 풍덩 수영하고 싶다. 그러나 튜브가 없어서 안 된다. 튜브는 6천 원에 팔았다. 한국에서는 쓸 일이 정말로 없었다.

배는 고픈데 밥 생각이 없어서 빵을 배달시켜 먹었다. 빵이 배달되는 세상이다. 물을 팔기 시작했다는 것과 김밥을 팔기 시작했다는 것. 이 두 가지는 사회 변화를 나타내는 척도다. 산업 발달과 가정의 해체. 내 생각은 그렇다. 빵을 배달시켜 먹을 수 있다는 건 뭘까. 길거리 어디에나 빵집이 있는데 그걸 배달시켜 먹는 세상이 됐다는 건 무엇이 변했다는 걸까.

음식은 자주 배달시켜 먹지만, 빵은 처음이다. 누군가가 무언가를 태어나 처음 했다는 건 세상이 변했다는 뜻이다. 내가 딱 한 번 했다는 건 이미 수천 수만 명의 사람이 한 번씩 해봤다는 뜻이다. 나는 빵도 배달이 되네, 했다가 어? 했다.

빵을 배달시켜 먹는다. 짜장면도 아니고 치킨도 아니고 빵이다. 빵은 밖에 나가면 어디에나 있다. 사람들은 밖으로 나가지 않고 빵을 집으로 부른다. 물을 팔고, 김밥을 팔고, 배달을 판다. 열심히 배달을 팔아줘서 나는 조금도 꼼짝하지 않고 집에만 있었다. 안전하게. 혼자.

빵이 집으로 오니까 내가 밖으로 나갈 필요가 없다. 필요 없으면 노력하지 않는다. 그대로 두니까 그대로 굳는다. 우리는 점점 더 안으로 들어간다.

사람들은 앞으로 집 밖에 나가 사람을 직접 만나는 걸 두려워하게 될 것이다. 전화통화가 싫어 카톡만 하는 콜포비아들처럼, 대면포비아들도 점점 수가 많아지고 사회에서 자연스럽게 받아들여질 것이다.

지금은 막연하다. 5명 이상 모일 수 없다는 것, 내가 중요 순위

5위 밖이라는 것, 1년 넘게 마스크를 썼다는 것, 배달로 모든 걸 시킬 수 있다는 것, 한 달 넘게 사람을 한 명도 만나지 않았다는 것, 대면포비아가 공공연해질 거라는 것. 지금은 그냥 막연하게 생각만 한다.

2년 후의 나는 어떤 글을 쓰게 될지 모르겠다. 세상이 계속 변한다. 오늘은 아무 일도 생기지 않았다. 세상이 계속 변한다는 것과 오늘 아무 일도 생기지 않았다는 두 문장이 바로 붙어 있다. 지금은 그렇다. 5위 밖이라 나는 아무도 만나지 못하고 시간은 훌쩍 훌쩍 지나고 일단 오늘은 변한 게 없다.

022

이제 여행은 다 했다,
여기까지 왔으니 됐다

　　어제 수영도 하고 자전거 끌고 시내도 나갔다 와서 그런가, 온몸이 쑤신다. 12시 넘어 겨우 일어나서 생폴드방스를 가야 하나 말아야 하나 고민하고 또 고민하다가 시간이 점점 흘러서 에이 됐다, 시리얼 먹고 수영복 입고 수영하러 해변으로 갔다.

　　돈도 다 썼고 이제 어쩌나 싶은데, 일단 남은 동전 탈탈 털어서 고글 하나를 샀다. 오늘은 어제보다 사람이 더 많았는데 한 번 와봤다고 두려울 것이 없다. 거침없이 자리를 잡고 겉옷을 벗고 고글을 들고 바다로 들어갔다.

　　물이 너무 짜서 도저히 바닷속으로 들어갈 수가 없다. 짠 게 싫다는 게 아니라 아예 물리적으로 불가능하다. 얼굴을 물속으로 푹 집어넣으면 두 발과 엉덩이가 동동 뜬다. 물고기들을 따라 안으로 들어가고 싶은데 아무리 손을 뻗고 물장구를 쳐도 손에 닿지 않았다. 숨 참기가 너무 힘들었다. 대롱이 달려서 숨을 쉴 수 있는 스쿠버다이빙 장비를 샀어야 했나. 몇천 원 아끼려다가 좀 아쉬워졌다.

　실컷 수영하고 집으로 돌아와 씻고 너무 배고파서 남은 음식들 끌어다가 먹고 나니 저녁이다. 아무것도 한 게 없는데. 이래도 되나. 그래도 수영을 했으니 아주 큰 일을 한 거다. 오늘 촬영은 하나도 안 했다.

　빨리 한국으로 돌아가 맛있는 음식들을 잔뜩 먹고 싶다는 생각만 든다. 이제 살아가면서 여행은 다 한 것 같다. 프랑스 칸까지 왔으니 됐다. 내일은 은행에 가서 카드로 현금을 좀 뽑아야 할 것 같다. 어디로 가야할지 잘 모르겠는데 찾아보면 있지 않을까. 아직 그래도 4일 더 남았다.

　계단에 쪽지가 있었다. 집주인 마르실라가 남긴 것 같다. B와 나에게 각각 남긴 쪽지였는데 일요일에 정원에서 술을 마실 건데 얼마든지 참석해도 좋다는 내용이었다. 그렇다면 뭘 좀 준비해야

겠군. 한국 음식을 간단하게 소개하고 싶은데 뭐가 좋을까 검색해보다가 군만두가 눈에 띄었다. 앙티브 시내에 있는 큰 아시안 마켓에서 냉동 군만두를 찾아볼 수 있을 것 같다. 복잡한 요리는 힘드니까. 군만두 정도면 뭐 전자레인지로도 하지. 좋았어.

수많은 외국인 친구들을 만나러 오라던 B가 집으로 돌아왔다. 바다 어쩌구 하길래 아 그거! 나는 집에 있을래, 물어봐줘서 고마워, 라고 하니 B가 좋아한다. 그 친구들이 니스에 간다고 했고 그러면 집에 돌아올 버스가 없어서 어쩌구 저쩌구. 오케이 오케이. 친구들 만나러 간다는 건지 안 간다는 건지 모르겠지만 어쨌든 잘 된 것 같았다.

이제부턴 돌아갈 일이 걱정이다. 뭘 해야 할까, 뭘 먹어야 할까.

수영은 진짜 체력 소모가 크다. 녹초가 된다. 아침에 일어나면 수영하고 와서 제대로 씻고 뭘 해야지 싶은데, 수영을 막상 하고 오면 그냥 엄청 배고프고 아무것도 못 하겠다. 프랑스에서 아직 못해본 일들이 너무 많아서, 돈을 더 뽑기는 뽑아야 한다.

촬영 하루 쉬었더니 참 좋다. 편하다. 제대로 찍지도 못했으면서 여행을 즐기지도 못하고 고통만 느낀 건 아닌지 모르겠다.

아니다, 그래도 기억력도 안 좋은데 기억 잘 나고 좋지 뭐.

영화관이 다 없어지면
이제 우리 어디서 만나죠?

프랑스에 있을 때가 특별했고 지금은 그냥 평범하다고 생각했다. 그런데 아니다. 그때가 평범했고 지금이 특별하다. 그땐 뭐든 하고 싶으면 할 수 있었는데 지금은 아무것도 못 한다. 전혀 평범하지 않다.

요즘 영화 〈소울〉이 인기인 것 같다. SNS에 심심찮게 글이 올라온다. 나도 극장에 가서 〈소울〉 보고 싶다. 예전엔 툭하면 극장에 갔다. 밖에 나가서 산책하고 싶을 때, 친구들 만나 가볍게 커피 한잔 하고 싶을 때 툭 나가듯이, 그런 마음으로 동네 CGV와 롯데시네마를 찾았다. 지금은 못 간다. 반은 코로나 무서워서 못 가고, 반은 이 시국에 영화관 다닌다고 욕먹을까 무서워서 못 간다.

할머니 돼서 손주들 데리고 영화관에서 내가 찍은 영화 보는 게 꿈이었는데, 아무래도 안 될 것 같다. 할머니가 되는 것도, 손주들이 생기는 것도, 내가 찍은 영화도, 영화관이 그때까지 남아 있는 것도 다 안 될 것 같다.

10년 후에도 영화관이 남아 있을까? 20년 후에는 남아 있을까? 싹 다 사라지고 그 자리에 넷플릭스방이 생기진 않을까? DVD방과 PC방을 합친 느낌으로 넷플방. 음식 종류별로 다 팔고 영화 속에 나오는 음식도 스페셜 패키지로 팔아주고 영화 캐릭터 굿즈까

♥♡♥

지 파는데 24시간 오픈이다? 당장 간다.

물론 아이맥스 전용관도 따로 있고. 넷플릭스 시네마 용산점 아이맥스 개봉. 마케팅을 잘하니까 첫 이용 무료 쿠폰은 무조건 뿌리겠지. 안 뿌려도 간다.

영화를 전공하기 전엔 영화를 본다는 게 나에게 '행위'였다.

가장 처음 극장에서 본 영화는 〈카라〉다. 버스 타고 한참 나가야 있는 시내에 극장이 딱 한 곳 있었는데 아빠가 데리고 가서 보여줬다. 아무 날도 아니었는데 왜 그러셨는지 모르겠다. 어쨌든 송승헌, 김희선 주연의 〈카라〉가 태어나 처음 극장에서 본 영화가 되었다. 아빠와 처음으로 단둘이 시내에 나갔다는 것, 지정 좌석이 없어 아무 데나 앉았다는 것, 나무 의자에서 삐걱거리는 소리가 났다는 것이 생각난다. 영화 내용도, 그날 아빠의 얼굴도, 뭐 하나 제대로 기억나는 게 없지만, 괜스레 마음이 따뜻해진다.

본격적으로 극장에 다니기 시작한 건 고등학생 때부터다. 남자친구를 사귀면서 데이트할 때 영화를 봤다. 데이트가 곧 영화고, 영화가 곧 데이트였다. 추석 연휴가 꽤 길었던 어느 해에 사귄 지 얼마 되지 않아 어색했던 남자친구랑 영화를 보러 갔다. 이때는 할 게 극장 가서 영화 보는 것 밖에 없었던 때다. 영화관에 가면 보통 가장 빨리 볼 수 있는 영화를 봤다. 그 날 본 것은 명절을 겨냥해 개봉한 한국 코미디 영화였다. 나는 컴컴한 영화관 안에 남자친구와 나란히 앉았다. 관객은 많지 않았다. 우리가 선택한 영화는 분명 15세 이용가였으나 안타깝게도 야한 내용이 나오는 코미디였다. 남자 배우가 비뇨기과에 갔다. 남성의 성기를 찍은 엑스레이 사진이 나왔다. 이때 극장을 뛰쳐나갔어야 했나. 영화를 보다가 중간에 나간다는 건 상상도 못 할 때라 그러지 못했다. 웃지도 못하고 울지도 못한 채 가만히 앉아 있었다. 의사가 뭘 제거했다며 쇠구슬 여러 개가 차르르르 굴러다니는 샬레를 내밀었다. 나는 고등학생이라 그게 무슨 뜻인지 몰랐다. 옆에 앉은 남자친구는 숨소리도 내지 않았다. 나는 저게 뭐냐고 남자친구에게 절대 물어보면 안 된다는 것만 본능적으로 알았다. 제발 그냥 빨리 끝나길 빌었다. 사귄 지 얼마 안 된 고등학생 커플에겐 너무 가혹한 영화였다. 우리는 더 어색해져서 극장을 나왔다. 영화 내용에 관한 얘기는 하지 않았다. 〈가문의 영광〉 시리즈는 앞으로 다시는 안 보겠다고 다짐했다.

영화를 본다는 건 누군가랑 같이 시간을 보내는 행위였다. 영화관 앞에서 만나고, 엘리베이터를 같이 타고, 상영 시작까지 함께 기다리고, 두 시간 동안 컴컴한 자리에 나란히 앉아 있겠다는 뜻이었다. 영화에 따라 좋은 시간이 되기도 하고 불편한 시간이 되기도 했지만, 누구와 함께 있느냐에 따라 영화는 상관없어지기도 했다.

영화를 전공하고 나선 영화를 본다는 게 작품을 '감상'하는 일이 되었다. 감독의 솜씨가 스크린에서 쏟아져 나오는데 되감기는 하지 못한다. 그러니 정신 바짝 차리고 집중해야 한다. 옆에 누가 있으면 걸리적거린다. 와, 방금 미쳤다. 너무 재밌다. 어? 나만 재

있나? 옆 사람이 신경 쓰이기 시작하면 감상은 끝난 것이다.

'영화관에서 영화 보기'가 '혼자서도 할 수 있는 일'에서 '혼자서만 하고 싶은 일'로 바뀌었다.

해외여행을 하면 꼭 극장에 갔다. 그 나라 사람들은 어떤 식으로 영화관에서 영화를 보는지 궁금했다. 아직 안 본 영화를 내용도 못 알아들으면서 억지로 보는 건 싫어서 이미 본 영화만 골라서 봤다. 현지 영화를 현지에서 현지 사람들과 함께 봤다. 너무 행복했다.

영화관 가고 싶다. 〈소울〉 보고 싶다. 남들이 엄청 재밌어하던데 나도 같이 재밌어하고 싶다. 영화관이 다 사라지기 전에 한 번이라도 더 영화관에 가고 싶다. 영화관 가고 싶은 마음이 다 사라지기 전에 한 번이라도 더.

023

그림 앞에 서서 펑펑 울고 싶었다

　　　자다 깨기를 반복하다 이제는 일어나야겠다 싶어 정신을
차리니 12시다. 몸속 아주 저 깊은 곳에서부터 에너지가 없다. 아
무것도 못 하겠다. 이틀 연속 수영이 이렇게도 힘든 건가? 온몸이
텅 비어버린 느낌이다. 눈 뜨고 앉아 있을 힘도 없다.

　일단 씻었다. 머리를 말린 후 시리얼을 먹고 기운을 차려보려
했지만 차려지지 않는다. 그래도 나가야 한다. 오늘은 꼭 아니따
가 추천해준 생폴드방스에 가보려고 한다. 한국 발음 생폴드방
스, 진짜 이름 Saint Paul de Vence, 일명 세인트폴.

　미술관에 가는 거니 좀 차려입을까 싶었지만, 하얀색 블라우스
를 입는 순간 오 마이 갓. 오늘 날씨에 도저히 이건 아니다 싶어서
다 포기하고 검정 반팔 티에 운동화를 신고 나갔다. 태양 빛은 전
자레인지처럼 내리쬐고 그 아래, 나는 죄 없는 한 조각 버터다. 일
단 돈이 필요했다. 모든 현금을 다 썼다. 다시 내 손에 유로가 쥐
어져야 뭐라도 해볼 수 있을 것이다. 동네에 있는 은행 ATM기에

가서 100유로를 뽑았다. 그냥 툭 툭 된다. 모든 게 아주 쉽다. 돈이란 게 참. 어쨌든 다시 돈이 생겼다. 생명 연장.

앙티브에서 200번 버스를 탔다. 절대 발음할 수 없는 동네, 꺄니으 슈흐 메흐 (Cagnes-sur-Mer) 쪽에 있는 Square du 8 mai 버스정류장에서 내렸다. 다른 정류장에서 내려도 되지만 굳이 여기서 내린 것은 숫자 8이 쓰여 있어서 내가 버스정류장을 안 놓치고 내릴 수 있을 것 같았기 때문이다. 글이 아니라 그림이다.

여기서 길을 건너 다시 400번 버스를 타고 생폴드방스로 갔다. Nice에서 Vence로 가는 400번 버스를 타고 가다 Fondation Maeght 버스정류장에서 내렸다. 매그 박물관. 아니따가 꼭 가보라고 했던 곳이다.

가라고 할 때 갔어야 했다

아니따의 도자기 수업을 들은 건 수요일이다. 아니따는 나를 아티스트 대접을 해주면서 매그 여기 가라고 직접 검색해서 오픈 시간이랑 성인 입장 요금이랑 지금 전시 중인 작품들도 알려주고 그랬는데 루이비통에서 뭘 한다 그랬나, 그래서 며칠부터 며칠까지는 닫는다고 그 전에 가야 한다고 했다. 그러니까, 목요일에 갔어야 했다. 나는 수영하느라 가지 않았다. 금요일에라도 갔어야 했는데 수영을 또 했다. 오늘도 힘이 없어 못 갈 뻔했지만 더는 미룰 수 없어 갔다. 입장료 15유로를 냈더니 5유로를 거슬러준다. 이유는 모르겠지만 할인받았다. 왜일까. 왜냐면 고작 입구에 있는 야외 전시물과 건물 하나만 볼 수 있었기 때문이었다.

아니따가 설명해줄 때 진짜 작품 엄청 많고 어떤 부자가 작품 싹 사다가 공개한 거라고 해서 와 진짜 어마어마하겠구나 싶었는데 웬걸, 갔더니 안에서는 스텝들 왔다갔다 하면서 전구 설치하고 뭔가 계속 작업 중이고 분주하고 심지어 카페에 갔더니 뭐라고 말을 해주긴 하는데 알아듣지는 못했는데 뭐 스텝들 전용으로 쓰고 있는 건지 커피 주문도 못 한다고 하고. 입장료 할인 안 해줬으면 서러웠을 뻔했다. 목요일에 갔어야 했는데 토요일까지 미루다가 이 꼴이 났다. 아니따가 진짜 막 가슴이 부풀어서 말했는데, 엄청나게 멋진 곳을 허무하게 놓쳐버린 것 같다. 데스크에 앉아 계신 할아버지에게 프랑스어로 번역해서 오늘 내가 볼 수 있는 건 이 건물이 전부인가요, 했더니 그렇다고 하신다. 위, 위, 맥씨.

산속에 있는 박물관까지 낑낑 걸어 올라왔는데 정작 뭐 제대로 보지도 못하고 가야 한다. 이를 어쩌나.

나는 인생을 쉽게 살았다

밍숭맹숭한 관람을 마치고 산길을 내려오다가 문득, 이건 진짜 뜬금없긴 한데, 내가 무척 쉽게 살았다는 생각이 들었다. 경사가 가파른 산길을 내려가다가, 어떤 프랑스 아저씨와 머플러로 얼굴

전체를 가린 여자가 같이 걸어 올라오고 있었는데, 프랑스 아저씨가 일본어로 말을 했다. 키미와 와카라나이, 너는 몰라. 그러자 여자가 일본어로 대답했다. 아, 일본 사람이었구나. 나는 일본어를 중얼거리다가, 문득 그런 생각이 들었다. 인생 쉽게 살았어.

외국어도 조금밖에 못 하고, 모아놓은 돈도 없고, 먹고 싶은 거 다 먹어서 살도 뒤룩뒤룩 찌고. 뭐 하나 포기한 게 없네. 인생 참 쉽게 살았어. 어렵다고 징징대기만 했지, 실제로 지금 딱 이렇게 보니까 그렇게 어려웠나 싶다. 그렇게 이것저것 다 포기하고 살았으면, 모아놓은 돈도 있고, 해외여행도 한 번 못 해보고, 먹을 거 못 먹어서 살도 쪽쪽 빠지고, 갈아입을 옷도 없고 그랬겠지. 심지어 나는 귀걸이도 샀잖아. 알레르기 때문에 끼지는 못하지만. 인생 쉽게 살았어. 자살도 안 했고, 자살 시도도 안 했고, 누가 날 진짜로 죽이려고 하지도 않았고, 경찰서도 안 갔고.

아슬아슬했지만 쉽게 살았어.

쉽게 산 게 죄가 아닌데, 축복인데. 난 왜 이렇게 죄책감이 느껴질까. 가진 것도 없으면서 쉽게 살아서 그런가. 하고 싶은 거 다 하고 살았으면 당장 내일 죽어도 여한이 없어야 하는데 난 왜 아무것도 못 해본 거 같을까. 지금까지 아무것도 못 해본 것 같은 억울함이 들지, 왜. 본 것도 없이 만 오천 원만 날리고!

그래, 생폴드방스 구경을 하자

언덕을 다 내려오자 저 앞에 성벽에 둘러싸인 마을이 보였다. 생폴드방스 빌리지다. 마을을 구경하기로 했다. 고작 3시 조금 넘었다. 박물관에서 본 게 없어서 시간이 아주 많이 남았다. 마을로 걸어가다가 한국어를 쓰며 큰 카메라를 들고 있는 사람들의 무리와 스쳐 지나갔다. 한국 방송국 촬영팀인 것 같았다.

성벽 안으로 들어가기 전, 카페에 앉아 오후에만 주문 가능한 메뉴인 크림 팬케이크와 콜라를 시켰다. 한 입 먹는 순간 오! 이거였구나. 당이 필요했구나. 당이 쭉쭉 올라가자 바닥났던 힘이 조금 솟았다. 영수증을 살펴보니 10% 부가세가 붙어있다. 그러면 팁을 따로 주지 않아도 된다고 인터넷이 그랬다. 동전을 끌어모아 계산을 했다. 서버가 아주 굳은 표정으로 돈을 툭툭 세더니 그냥 가지고 간다. 땡큐나 빠이가 없다. 뭐야.

지금까지는 이런 적이 없었다. 팁을 한 번도 주지 않았어도 정색하는 사람이 없었다. 근데 진짜 신기하게도, 팁을 줘야 한다는 걸 깨닫자마자 이런 일들이 생긴다. 깨달음 후에 예민해진 건가, 아니면 깨달음 후에 관광지만 가는 건가. 이미 10% 받으면서 왜 딱 봐도 가난한 나한테 팁까지 바라세요, 선생님. 없는 돈 끌어모아 동전까지 싹싹 긁어서 지불했다고요. 그러니 좀 봐주십시오.

멋있는 그림들은 하나도 못 보고, 팬케이크랑 콜라만 먹고 가는 건가. 그냥 마을 구경하고 끝인 건가. 터덜터덜 성벽 안으로 들어갔다. 그런데, 응?

세인트폴에게 흠씬 두들겨 맞았다

세인트폴 드 방스는 진짜 최고다. 구글맵은 생-뽈드-벙쓰 라고 적어놓고는 있는데, 세인트폴이라고 하겠다. 세인트폴은 진짜 최고였다. 인터넷에 검색해보면 그냥 가게들이 아기자기하게 있는 곳이라고만 하는데 아니, 여긴 진짜 최고다.

좁은 골목을 따라 갤러리가 쭉 이어진다. 옷가게도 있고 향수 가게도 있고 과자가게도 있다. 주로 반 이상은 갤러리다. 그냥 촬영하면서 무심히 걸어가다가, 어? 갤러리네? 어? 또 있네? 오, 괜찮은데, 하다가 아무 데나 그냥 들어갔는데 진짜, 와, 세상에나. 두드려 맞았다. 들어가는 갤러리마다 작품에 압도당했다.

나는 검정 치마에 검정 반팔 티에 검정 운동화에 검정 에코백에 검정 머리. 누가 봐도 미술과는 상관없는 그냥 지나가는 사람이다. 근데 약간 '나는 영화감독이잖아! 이런 거에 쫄면 안 돼!' 하는 마음, 그런 용기가 아주 조금 있어서 갤러리에 들어가서 구경하는 걸 크게 두려워하지 않는다. 게다가 이렇게 갤러리가 쫙 깔려있고 사람들이 계속 왔다갔다 하는 골목이라면 두려워할 이유가 없다. 슬쩍 봤는데 느낌 있다 싶은 갤러리는 다 들어가 봤다.

그중 굉장히 불안하고 우울하지만 침착하고 요상한 그림이 걸려 있는 갤러리가 있었다. 나는 완전 압도 당했다. 최소 다섯 작품은 사고 싶었다. 그러나 여기서 파는 그림들은 몇천 유로씩 하는 그림들이다. 내가 넋 나간 얼굴로 그림들을 쳐다보고 있자 책상에 앉아 있던 사람이 그림 그린 과정이라며 분할된 여섯 개의 사진을 노트북으로 보여줬다. 대략의 형태에서 조금씩 디테일을 찾아가는 과정이었다. 너무 사고 싶었는데 돈이 없어서, 10유로짜리 포스터 하나를 샀다. 그러자 그가 포스터에 사인해줄까요? 라고 물었다. 그가 그림을 그린 화가였다. 이름은 제레미. 오브콜스! 플리즈! 포스터에 프린트된 그림이 가장 마음에 드는 작품은 아니었지만 그래도 살 수 있는 게 있어서 천만다행이었다.

　- 당신의 다른 작품이 더 좋지만, 지금은 내가 돈이 없으니까 돈 벌어서 다시 여기에 와서 당신 작품을 살게요.

여길 다시 올 리는 없지만, 그래도 그 순간의 진심이었다. 제레미가 포스터에 흰색 잉크 펜으로 사인을 해줬다. 너무 큰 펜으로 해서 잉크가 넘쳐서 마르기까지 시간이 오래 걸릴 것 같다고 했다.

　- 그러면 2층에 있는 당신 그림 한 번만 더 보고 올게요.

나는 잽싸게 다시 2층으로 올라갔다. 가장 마음에 들었던 그림을 한 번 더 봤다. 아, 너무 사고 싶다. 하지만 살 수 없다. 그래도 사고 싶다. 살 방법은 없다. 행복과 좌절을 똑같이 느끼고 1층으로 내려왔다. 제레미는 또 다른 포스터를 펼쳐놓고 있었다.

　- 저게 아무래도 안 마를 것 같아서 사인을 다시 해줄게요.

제레미는 손에 얇은 펜을 들고 있었다. 제레미의 다른 작품들을 혹시 인터넷에서 파일로라도 볼 수 있을까 해서 웹사이트 주소를 좀 알려달라고 하고 명함을 받았다. 제레미는 명함을 주며 웹사이트에 업데이트를 잘 안 해서 인스타그램을 보는 게 더 좋다고 했다. 이런 젊은 아티스트 같으니. 인스타라니.

제레미는 나에게 1장 가격에 포스터 2장을 줬다. 마르지 않은 잉크 때문에. 앗싸.

사람들이 보통 포스터는 잘 안 사거나, 사인해주는 경우가 별로 없었거나, 오픈한 지 얼마 안 됐나 보다. 아티스트의 인심이 후하다. 제레미의 그림이 찍혀 있는 돌돌 말린 포스터를 들고 이 갤러리 갔다가 저 갤러리 갔다가, 여기서 얻어맞고 저기서 얻어터지면서 갤러리 순회를 했다.

여태까지 본 것들은 미술관이나 박물관에 전시된, 몇십 년에서 길게는 몇백 년 된 작품들, 화가는 다 죽었고 가격은 엄청나게 높은 그림들이었다. 여기는 말 그대로 현장이다. 지금 그려서 지금 파는 그림들. 진짜 프로들. 어마어마했다. 비즈니스의 세계는 이런 거구나. 고가의 돈을 받고 파는, 현장에서 그린 그림은 이런 거구나.

딱 봐도 비싸 보이는 굉장한 그림들이 좁은 골목 안에 가득 있었다. 보는 것만으로도 돈을 내야 할 것 같았지만 갤러리 직원은 그냥 웃으면서 봉주흐 한 번 하고 만다. 도움이 필요하면 부르라는 식이거나 아무도 없는 곳도 있었다. 그냥 내 옆에 서 있기만 하거나 아예 신경도 안 쓰고 자기들끼리 얘기하기도 했다. 보통 내가 너무 넋 나간 표정으로 울 듯이 서 있으니까 와서 웃어주고 화가 이름도 말해주고 어디서 왔냐고 물어보기도 했다.

화가가 직접 갤러리에 있기도 하고, 갤러리 위층에서 새로운 작품을 만드는 중이기도 했다. 아니면 여러 화가를 묶어서 전시하면서 판매해주는 사람만 앉아 있기도 했다. 어떤 곳은 이름만 대면 다 아는 유명한 화가들의 작품을 조금씩 쫙 모아서 판매하는 편집숍 같은 곳도 있었다. 진짜 대단한 곳이었다. 5분, 10분이면 통과하는 골목을 한 시간이 넘도록 빠져나오지 못했다.

그중 한 갤러리에 간단하고 가볍고, 예술보단 상업적인 느낌이 드는 그림이 있었다. 이상하게 그림에 굉장히 밝은 에너지가 있어서 이게 뭘까 싶어서 뚫어지게 보고 있었다. 별 것 아닌 그림 같은데 왜 이렇게 생기가 있을까. 이게 뭘까. 너무 신기해서 계속 보고 있는데 데스크에 있던 아주머니가 마음에 드냐고 묻는다.

- 어메이징 하네요. 당신이 그린 건가요?

- 아니, 내 남편.

- 와우, 그림에 에너지가 있네요.

- 맞아요, 호호호.

아주머니는 나에게 어디서 왔냐고 했다. 나는 이제 코리아라고 하지 않고 사우스코리아라고 대답하는 전문 여행객이 되었다. "암프롬 사우스코리아" 라고 하니 아주머니가 그럴 줄 알았다고 하셨다. 에이, 모르셨으면서 괜히, 라고 생각했다.

- 우리 갤러리 들어오는 아시아 사람은 다 남한 사람이에요.

- 오 리얼리? 차이니즈? 재패니즈?

- 한 명도 없었어요. 다 남한 사람.

- 심지어 북한 사람도요? 장난입니다.
- 어디서 왔냐고 물어보면 다 사우스코리아예요.
- 와우. 한국의 수많은 젊은 여성들은 아트에 굉장히 큰 관심을 가지고 있어요.
- 그래, 맞아. 그런 것 같아요.

아하, 그래서 내가 남한이라고 했을 때 그럴 줄 알았다고 하셨구나. 말 되네. 끄덕끄덕. 근데 왜 중국 사람들하고 일본 사람들은 들어와서 구경을 안 하지. 우리보다 관광객 더 많으면서. 이렇게 어메이징한데. 세상에 어쩜 그렇게 아름다운 그림들이 많을까. 하나하나 다 집으로 가져가고 싶었다. 작은 포토 카드 말고, 오리지널 그대로. 조금 무리해서라도 살 수 있는 그림은 없었다. 방법은 단 하나, 로또뿐.

성벽을 빠져나오는데, 생폴드방스에 두드려 맞은 것 같은 느낌이 들었다. 머리부터 발끝까지 내면을 흠씬 두들겨 맞았다. 저 꼭대기에 있는 프로페셔널 아티스트들을 직접 목격하고 왔다. 물론 프랑스 남부의 작은 마을에 있는 갤러리 그림이 최고급 1등 아트는 아니겠지만, 지금껏 내가 경험했던 예술을 훨씬 뛰어넘는 경지여서 정신이 얼얼했다. 울고 싶었다.

능숙하게 버스를 타고 집으로 돌아왔다. 이제 이곳 지리는 빠삭하다. 내 동네처럼 버스를 타고 가는데 코가 아주 크고 입체적으로 둥근 할머니가 자리에서 일어나 버스에서 내린다. 어? 저

할머니는? 깨달았다. 〈하울의 움직이는 성〉에 나오는 할머니다! 아! 〈하울의 움직이는 성〉에서 소피가 사는 마을의 모티브가 됐던 마을이 여기 프랑스에 있다고 했다. 프랑스를 여행하는 사람이라면 꼭 한 번씩 간다는 '콜마르'다. 프랑스에서 영감 받아 가상의 마을을 만들어냈다면 캐릭터도 프랑스 사람을 보고 영감을 받아 만들었을 수도 있겠구나. 이제 알았다. 〈하울의 움직이는 성〉에 나온 마녀는 프랑스 사람이다. 미야자키 하야오가 프랑스를 좋아하는구나.

집으로 돌아와 반 통 남은 멜론을 와구와구 흡입했다. 밖에 나갈 땐 물을 가지고 다녀야겠다. 수분이 너무 부족하다. 여기 멜론은 속이 주황색이다. 아 맞다. 이거 신기하니까 사진 찍어야지, 라는 생각을 한 건 이미 다 먹고 접시까지 씻은 후다.

언젠가 오리지널을 내 방에 걸 수 있는 날이 올까. 누구의 어떤 오리지널이냐에 따라 다르겠지만. 내가 좋아하는, 내 마음에 쏙 드는 그림을 그 자리에서 사서 집으로 가져와 걸어놓을 수 있는 날이 올까.

오늘 봤던 그림들이 아른거린다. 하나같이 어머 이건 꼭 사야 해! 였는데. 통장을 탈탈 털어도 살 수가 없고 탈탈 털 통장도 없다. 그래서 울고 싶었던 건가.

내가 아티스트로서 그래도 아트 좀 안다고 생각했는데, 이렇게 아무것도 아닌 것을 보고도 넋 놓고 한없이 작아져버려서, 그 무력감에 울고 싶었던 것 같다. 그림이 싸대기를 때려도 나는 그 자리에 멍하니 서서 맞았을 것이다. 방 안에 두고 매일 볼 수만 있다면 얼마나 좋을까.

3년 전 그 화가에게 문득 편지를 썼다

나는 운명을 믿는다. 운명은 있는 것 같다. 인생은 정해져 있고 거기에 맞춰 굴러가는 것 같다.

2년 전에 쓴 글을 보다가 제레미를 다시 떠올렸다. 제레미는 어떻게 지낼까. 제레미의 인스타그램에 들어가보고 싶었다. 그러나 3년 전의 나는 인스타그램을 하지 않았다. 가입만 해놓고 사진 몇 개 올렸다가 안 맞아서 접었다. 그래서 그때 제레미의 인스타를 팔로우해놓지 못했다. 그렇다면 홈페이지라도 들어가볼까. 뭐라고 어떻게 검색해야 나오는지 모르는데. 혹시나 해서 북마크를 보니 다행히도 제레미의 홈페이지가 북마크 목록에 있다.

제레미의 홈페이지에서 인스타그램 주소를 찾아 들어갔다. 와, 대박. 화가의 인스타그램은 피드부터 다르다. 그는 계속해서 그림을 그렸다. 갤러리도 여전한 것 같다. 나는 그때보다 훨씬 더 뛰어나게 발전한 구글 번역기로 그에게 편지를 썼다. 영어 문장이 자연스럽도록 한국어 표현을 부자연스럽게 고쳤다. 오후 1시의 내가 새벽 5시의 그에게 메시지를 보냈다.

3년 전에 프랑스에 있을 때 당신의 갤러리에 갔었어요. 그림을 사고 싶었지만, 돈이 없어서 포스터만 하나 샀어요. 그때 당신이 하얀색 잉크로 사인을 해줬어요. 그런데 잉크가 너무 많아서 마르지 않는다고 당신이 작은 펜으로 다른 포스터에 다시 사인해줬어요. 그리고 당신은 포스터 두 장을 다 나에게 줬죠. 나는 당신에게 나중에 성공해서 돈을 많이 벌어서 다시 이곳에 와 당신의 그림을 사겠다고 말했어요.

나는 지금 에세이를 쓰고 있어요. 내가 프랑스에 갔던 건 '낯선 곳에서 한 달 살아보기'를 하기 위해서였어요. 혹시 이것을 알고 있나요? 낯선 곳에서 한 달 동안 살면서 자신을 돌아보는 휴가예요.

난 대학에서 영화를 전공했어요. 그래서 프랑스에서 한 달 동안 살며 칸 영화제에 갔다왔어요. 영화제가 끝난 후 프랑스를 여행하다가 생폴드방스에 갔어요.

나는 지금 영화를 그만뒀어요. 이제는 작가로 글을 써요. 3년 전 프랑스에서 지냈을 때 쓴 일기가 있어요. 그 글을 보며 지금 한국에서 지내는 생활을 비교해 에세이를 쓰고 있어요.

오늘, 당신의 갤러리에 방문했을 때 쓴 일기를 봤어요. 당신 생각이 나서 당신의 인스타그램을 찾아 들어갔어요. 3년 전 당신이 인스타그램 주소를 알려줬어요. 나는 그때는 인스타그램을 하지 않았어요. 이제는 해요. 당신을 팔로우하고 당신의 그림들을 봤어요. 정말 멋있어요. 계속해서 그림을 그리고 있는 당신을 보니 무척 행복합니다.

당신의 그림은 3년째 한국에 있는 내 방에 붙어있어요. 내 이름은 최예요. 그리고 감사합니다.

Your picture has been stuck in my room in Korea for 3 years. Hi, My name is Choi. And thank you.

내가 만든 작품이 누군가의 방에 있다는 건 작가에게 정말 큰 기쁨이다. 심지어 다른 나라라면? 와우. 내가 그렇듯이 그도 같은 마음일 것 같아서 나는 그를 오랜만에 떠올리자마자 망설임 없이 인스타그램으로 메시지를 보냈다. 그의 포스터가 3년째 내 방에 붙어있다는 걸 그가 알게 된다면 그는 기뻐할 것이다. 그가 내 메시지를 보지 않아도, 나에게 답장을 보내지 않아도, 나는 아무 상관 없다. 그에게 닿지 않아도 괜찮다. 나는 그의 그림 때문에 행복하고, 이 사실이 그를 행복하게 할 것이다. 전해지지 않는다고 사실까지 변하는 건 아니다.

제레미에게 메시지를 보낸 후 그의 피드를 구경하는데 이메일

알림이 떴다. 바로 알림을 눌러 이메일을 확인했다. 이 이메일 때문에, 운명이 존재한다는 글을 쓰기 시작했다.

나는 제레미에게 이제 영화를 그만뒀다는 편지를 썼다. 그리고 오늘, 지금. 나는 처음으로 영화로 돈을 벌었다.

나는 내가 찍은 몇 개의 단편 영화를 유튜브에 올려뒀다. 영화제 수상은 글렀고, 나 혼자 가지고 있는 것보다 누구든 볼 수 있게 유튜브에 올리는 것이 영화에 출연해준 배우들에게 조금이라도 더 도움이 될 것 같았다. 그러던 중 단편 영화들을 보여주는 유튜브 채널에서 연락이 왔다. 내 작품을 업로드하고 싶다는 거였다. 수익이 발생하면 배분하겠다고 했다. 나는 내 영화가 내 개인 채널에 있는 것보다 단편 영화를 전문적으로 보여주는 채널에 있는 게 배우들에게 더 도움이 될 것 같았다. 그래서 저작권에 대한 것만 확인하고 바로 계약했다.

1년쯤 지난 후, 우연히 친구가 내 영화를 발견했다. 네 영화가 왜 여기에 있냐고 물었다. 배급 계약을 했다는 내 말에 친구는 제대로 알아보고 한 거냐고 걱정했다. 그는 내 영화가 공짜로 소비되는 것 같아 안타까워했다. 나는 아무에게도 보이지 않고 썩히는 것보다 공짜로라도 소비되는 게 더 좋은 일이라고 생각했다.

며칠 전 그곳에서 이메일이 왔다. 수익이 발생해서 배분하겠다는 내용이었다. 만 원이나 될까. 나는 별 기대 없이 계좌번호를 보냈다.

그리고 조금 전, 내가 영화를 그만둔 사람이라는 메시지를 보낸 후, 이메일을 받았다. 수익 정산서였다. 수익금은 50만 원. 50% 분배해서 나는 25만 원. 여기에 원천징수 떼고 22만 8천 원이다. 태어나 처음으로 영화로 돈을 벌었다.

나는 영화감독을 해야 하는 게 아닐까? 그만두지 말라는 하늘의 계시가 아닐까? 신이 내 인생 피드를 쭉 보다가 이쯤에서 좋아요 하나를 눌러준 게 아닐까? 그래도 내가 못 알아들으니까 직접 메시지를 보낸 게 아닐까? 내가 너 때문에 기쁘다는 걸 네가 알게 된다면, 너도 기쁠 거라고. 내가 제레미에게 그랬듯 신도 날 보며 그랬던 게 아닐까.

왜 지금 이 순간에 이런 일이 일어날까.

종교가 있고 신을 믿지만, 마음 저 깊은 곳에서 혹시 신이 없는 건 아닐까 하고 의심하는 사람이 있을 것이다. 난 반대다. 종교도 없고 신을 믿지도 않지만, 마음 저 깊은 곳에서 혹시 신이 있는 건 아닐까 의심하고 있다. 모든 것을 지배하는 초인간적인 힘, 운명은 있다. 없다고 하기엔 살면서 딱 떨어지는 타이밍이 너무 많았다.

물론 영화를 그만뒀다는 편지를 쓰고 있지 않았더라도 의미부여를 했을 것이다. 집에서 혼자 멍하니 유튜브를 보다가 이메일을 확인했어도 어쩜 이럴 수 있냐고 생각했을 것이다. 그건 그런데, 그래도 이건 너무 했다.

프랑스에서 한국으로 돌아온 후, 앞으로 인생을 어떻게 살까 고민하면서, 나는 딱 한 가지를 결심했다. 성공하지 말자. 성공해서 유명해지고 많은 돈을 벌게 된다는 건 불행해 보였다. 나는 행복하게 살고 싶다. 그래서 성공하기 싫다는 생각을 했다. 그렇게 몇 년을 살아보니 생각이 조금 바뀌었다.

성공은 해야겠다. TV에 자꾸 성공했는데 불행한 사람들이 나와서, 성공은 불행이라고 생각했다. 같이 일했던 선배들이 불행해 보여서, 성공하고 싶지 않았다.

잘 모르겠다. 일단 지금은 불행한 것 같다. 그래서 지금에서 벗어나기 위해 데뷔든 뭐든 해야겠다는 생각이 든다. 아무것도 애쓰지 않고 그냥 숨만 쉬는 삶은 불행하다. 대박 나서 떼돈 버는 것에 아무 관심 없더라도 어쨌든 노력하며 살아야 행복한 것 같다. 불행해지기 싫어서 성공하기 싫어하는 삶 역시 불행하다.

나는 22만 8천 원 중 10만 원을 바로 친구에게 송금했다. 내가 힘들 때마다 돈을 빌려주는 친구다. 친구에게 보답하려면 훌륭한 아티스트가 되어야 한다. 나는 그의 장기 투자 상품이다.

내 또래의 친구들은 대부분 자기 인생을 결정했다. 결혼해서 애를 낳았고, 연봉협상을 해서 과장으로 승진했다. 나는 고민한다. 뭘 하면서 인생을 살까. 커서 뭐가 될까. 나는 아직도 뭐가 되어야 할지 모르겠다.

일단 주식 방송부터 챙겨 보면 되겠죠? 맞아요? 네?

2년 후의 나는 대답이 없다.

나도 2년 전의 나에게 대답해주고 싶다.

♥♡♥   339

야! 프랑스에서 재밌냐! 나는 한국이야! 지금은 코로나 때문에 여행은 꿈도 못 꾼다! 인생 쉽게 산 것 같다는 생각 하고 있냐! 그게 맞다! 인생이 갈수록 어렵다! 시간 지나 미래에 어떻게 살고 있을지 궁금해할 거 없다! 아무것도 안 하니까! 변한 거 아무것도 없다! 그냥 나이만 먹었다! 그럼 이만! 미안해!

2년 후의 나에게 대답 들을 필요 없을 것 같다. 지금 나의 대답과 다를 것 같지 않다. 나는 지금이면서 동시에 미래다. 지금이 아니면 미래도 아니다.

I like the way I dealt with the light. Even though the approach is dynamic and chaotic, it is one of my most realistic self portraits.

나는 내가 빛을 다루는 방식을 좋아한다. 접근 방식이 역동적이고 혼란스럽긴 하지만 이것이 가장 사실적인 나의 자화상이다.

- J. Kleinberg (제레미)

024

칸 영화제가 끝난 후의 칸

　　어젯밤, 9시에 불을 끄고 누웠는데 그때 딱 계단 올라오는 소리가 들렸다. B다. 조금만 늦었어도 큰일 날 뻔했구나, 휴. 근데 B가 내 방문을 두드렸다. 아 뭐야. 불을 켜고 나가보니 '냄새가 나서 쓰레기를 버리려는데 어디에 버리면 되겠냐'고 물었다. 내가 분명 가르쳐줬는데 뭐야. 밑으로 내려가 쓰레기 버리는 곳을 알려줬다. 이거 약간 그런 건가. 내가 쓰레기 안 치워서 자기가 치우는 거라고 생색내는 건가. 찝찝한 기운이 있긴 하지만 일단, 피곤해서 일찍 잔다고 하고 방으로 들어가려는데 B가 말을 붙였다.

　- 아, 너 아침에 9시인가 10시인가 나가는 소리 들었던 거 같아.

　- (아닌데 12시에 나갔는데) 어, 그랬구나.

　방으로 들어가며 문을 닫으려는데 B가 또 말을 붙였다.

　- 나는 오늘 1시에 일어났지 뭐야, 하하하.

　- 어, 그랬구나. 나는 너무 피곤해서 잘게.

문을 닫았다. B가 닫히는 문에도 말을 붙였다. 나는 문이 이미 닫혀서 대답은 그만두었다. 분명 피곤해서 잔다고 했는데 B가 부엌에서 노래를 흥얼거렸다. 층내소음이다. 게다가 화장실 문 열어놓고 도대체 뭐 하는 건지 몇 시간 동안 물 틀어놓은 소리가 들렸다. 매너 최악이다.

아침에 일어나 보니 빨래건조대에 빨래가 가득 널려있다. 아니, 밤새 빨래를. 인도 여자, 너의 매너는 정말. 네가 아직 어려서 사회생활이 부족해 그랬다고 생각하마. 인도에서는 혼자 커다란 방 쓰고, 아니 아예 한 층을 혼자 써서 잘 몰라서 그랬다고 생각하마. 제발 나보다 어리길 바란다. 그래야 이 가정이 들어맞으니까.

일찍 자고 일찍 5시에 일어나서 해 뜨는 거 찍으러 해변에 나가려고 했는데, 결국 해가 다 뜨도록 일어나지 못했다. 12시 넘어 일어나서 일단 수영을 했다. 방수팩이랑 카메라랑 싹 들고 가서 찍을 거 찍었는데 생각보다 잘 나오진 않았다. 그래도 찍었으니 됐다. 아마 마지막 수영이겠지. 여전히 힘들었지만 그래도 즐거웠다. 프랑스에서 수영도 해보고. 집으로 돌아와 씻고 시리얼을 탈탈 털어 먹고 버스를 타고 칸에 갔다. 이젠 칸에 가는 게 쉽다.

칸 영화제가 모두 끝난 후의 칸은 어떤 모습일까.

그냥 차분했다. 차들이 꽉꽉 주차되어 있던 도로는 텅 비어 훌쩍 넓어졌고, 펜스로 꽉꽉 막혀있던 거리는 뻥 뚫려 속이 다 시원했다. 레드카펫 입장하던 길이 엄청 길어 보였는데 다시 보니 되게 짧았고, 레드카펫 계단 올라가던 곳도 크고 넓고 높아 보였는데 짧고 좁고 낮았다. 참 이상했다. 분명 어마어마한 곳이었는데 사람들 좀 빠지고 조형물 좀 빠지고 했다고 이렇게 달라지나. 조명빨이 심했던 건가.

카메라를 들고 칸 여기저기를 걷고 또 걸었다. 감정이 폭발하든 터지든 뭐든 할 줄 알았는데 칸도 담담했고 나도 담담했다. 그래, 내가 애도 아니고. 시작하면 끝나는 거고 끝나고 나야 또 시작하는 거고. 다 알면서 뭘.

눈에 다 담아가고 싶었는데 칸이 너무 크고 넓어서 눈에 다 담을 수가 없었다. 마지막일 것 같은데. 눈에 다 담고 싶은데.

저녁에 마당에서 술 마실 거라던 집주인의 초대에 응하기 위해 6시까지 시간 맞춰 집으로 돌아왔다. 일단 방으로 올라가 정비를 하는데 창문 밖으로 사람들이 보였다. 마르실라의 가족, 친척들이 모두 모인 것 같았다. 꼬맹이들은 뛰어다니고 어른들은 둘러앉아 진지하게 이야기를 나눴다. 저런 자리에 초대한 거야? 세상 불편한 저런 자리에?

결국, 파티는 포기하고 해 지는 모습을 찍기 위해 바다로 향했다.

날씨는 흐리고, 해는 안 보인다

왜 좋은 날 다 놔두고 이런 날 와서 찍는 건지 참. 그래도 쨍쨍

한 날 찍었으면 흔한 광경이라 지루했을 거고 살도 다 탔을 거야. 그래, 그렇게 생각하자.

맥주와 콜라와 피자를 챙겨 앉았다. 해 지는 쪽을 똑바로 바라보고 앉아 음악을 틀어놓고 분위기를 즐겼다. 바람이 불었다. 시원해서 기분이 나쁘지 않았다. 우울하기엔 날씨가 너무 좋았다.

바닷물 표면이 매끈매끈해 보였다. 예전에 지하철 타고 등교할 때 봤던 한강 물의 표면과 같았다. 분명 만지면 갈라지는 그냥 물인데 햇빛이 비친 물의 표면은 매끄러워 보인다. 마치 젤리처럼 말캉하게 면이 만져질 것 같다.

한강은 따뜻하고 포근해 보였다. 학교 가는 길, 쏟아지는 졸음을 막아내며 지하철에 올라, 앉지도 못하고 창가에 기대서서 꾸벅꾸벅 졸면서 나는 저 멀리 내려다보이는 한강 물을 보며 참 따뜻하겠다, 저기 누워서 자고 싶다는 생각을 했었다. 뛰어내리고 싶었던 건 아니지만, 뛰어내리면 포근할 것 같다는 생각은 했다. 집으로 돌아오던 길에는, 너무 배가 고파서 편의점에서 김밥이나 샌드위치를 사서, 혹시라도 음식 냄새에 누군가를 기분 나쁘게 할까, 자리에 앉지 않고 일부러 창가에 서서 급히 우걱우걱 먹으며 이런 생각을 했다. 지금 누군가가 나에게 뭐하냐고 물어보면 한강을 바라보며 저녁을 먹고 있다고 대답해야 할 거라고. 물어보는 사람이 없어서 대답할 일이 없었다. 싼값으로 배를 채우고, 낭만으로 맛을 더하던 시절이었다.

프랑스를 떠나기 전에 뭐라도 하나 더 하고 싶어서 마르세유에 가기로 했다. 마침 그곳에 가는 동행을 구할 수 있었다. 내일 마르세유에 같이 가기로 한 동행이 내가 있는 해변으로 찾아왔다. 동행 친구와 만났다. 나보다 네 살 어린 그는 휴학생이라고 했다. 같이 먹으려고 피자를 미리 사 왔는데 잠깐 뚜껑을 열어놓은 사이 모래바람이 불었다. 피자에서 모래가 씹혔다. 이따위 피자를 주면서 내가 샀다고 생색을 내다니. 미안했다.

동행 친구는 취미로 사진을 찍는다고 했는데 카메라가 7D였다. 세상 부러웠다. 세븐디로는 영화과 졸업 영화도 찍는다.

해는 10시가 넘도록 지지 않았다. 그러나 한 번 넘어가고 나니 언제 이렇게 깜깜해졌나 싶게 갑자기 사방이 어두워졌다. 저 멀리 있는 산에서 하나둘씩 불이 켜졌다. 나는 난시라서 멀리 있는 건 경계선이 번져 보인다. 언덕에 있는 마을에 불 켜진 모습이 일렁이는 게 마치 성당 촛불들이 흔들거리는 모습 같았다.

밤에 해변에 나와 있는 건 처음이었다. 동행 친구는 어떻게 이곳에 지금 막 도착한 자기랑 한 달 동안 살았던 나랑 똑같냐고 했다. 그러게나 말이다. 한 달 동안 뭐했냐, 진짜.

이제부턴 하나둘 짐을 싼다. 다시 한국으로 돌아가야 할 시간이다. 너무 갑자기 홀쩍 떠나야 하는 것 같다. 끝은 처음부터 정해져 있었는데 뭐 이렇게 새삼스럽고 갑작스러운 건지.

어디 가서 시원하게 한 번 펑펑 울고 싶은데, 울 일이 없다.

나까지 주식 시작했으면
말 다한 거야

태어나 처음 영화로 번 돈을 어디에 쓸까. 그냥 생활비로 날리는 건 아쉽다. 저금해놓고 안 쓰자니 그럴 형편도 아니다. 어떻게 하면 좋을까. 나는 그럴싸한 상징을 찾아 온종일 고민했다.

그리고 오늘, 주식을 샀다.

영화로 번 돈이니까 영화에 쓰자. 넷플릭스 주식을 사자. 넷플릭스가 미래다. 주식 앱을 깔고 계좌를 개설하고 해외주식에서 넷플릭스를 검색했다. 559? 그럼 얼마나 살 수 있는 거지?

넷플릭스는 미국 회사다. 559원이 아니다. 559달러다. 한화로 1주에 618,890원이다. 나는 고작 12만 원을 들고 있어서 넷플릭스를 1주도 사지 못했다. 사람들이 삼성전자 주식을 두고 8만 전자, 9만 전자, 10만 전자 하길래 그 정도 수준이면 주식을 살 수 있는 줄 알았는데 아니었다. 물론 시가총액은 넷플릭스보다 삼성전자가 높지만.

주식은 자기가 잘 아는 것, 좋아하는 것, 앞으로 반드시 성장할 것에 투자해야 한다고 했다. 내가 편하게 잘 쓰는 걸 살펴보자. 유튜브. 이건 무조건이지. 유튜브를 사고 싶으면 구글 주식을 사야 한다. 어이구. 220만 원이다. 카카오! 이것도 무조건이지. 엄마야. 48만 9천 원이다. 배달의 민족? 이건 뭐 이젠 삶의 일부지. 어디 보자. 어디에 팔렸다고 했더라. 어이쿠. 17만 8천 원이올시다. 쉰네 이만 물러가옵니다. 깨갱.

2021년. 그 어느 때보다 많은 사람이 주식을 하고 있다. '나까지 주식 시작했으면 말 다 한 거야' 라는 말이 한국 곳곳에 울려 퍼진다. 오늘 나도 그랬다. 진짜 나까지 주식 시작했으면 말 다 한 거다. 국내 5대 증권사에서 개설된 신규 계좌 수가 2021년 1월에만 167만 개다. 2019년엔 320만 개였다. 2019년도 수치의 50%를 1개월 만에 채웠다. 광풍의 시작이었던 2020년엔 875만 개였다. 이 수치의 20%를 1개월 만에 채웠다. 모든 돈이 주식으로 쏠리고 있다. 나는 그냥 치킨 한 마리 값만 넣었다. 치킨 한 마리 안 먹은 셈 치고 주식에 얌전히 넣어두었다. 치킨 한 마리 값이면 두 배 올라 봤자 치킨 두 마리 값이다. 그래도 한 마리씩, 한 마리씩 모으다 보면 닭장도 생기지 않을까. 당연히 ETF 상품이다. 알게 된 지 얼마나 됐다고 벌써 단둘이 만나겠는가. 아직은 여럿이 오순도순 모이는 게 더 좋다. 매수가를 살짝 낮게 잡아서 계약이 체결되진 않았다. 어쨌든 산 거다. 지금 중요한 건 돈이 아니라 공부다.

3년 전엔 프랑스 바다에서 수영하던 사람이, 3년 후엔 방구석에서 주식 차트 분석하고 있다. 이럴 줄 몰랐는데 이렇게 되었다. 프랑스는 늦지 않게 갔다온 게 신의 한 수였다. 2018년이 아니었다면 평생 못 갔을 것이다. 주식은 너무 늦게 시작했지만, 이제라도 관심이 생겨서 다행이다.

집에만 있는 것에도 정도가 있다. 혼자 있는 시간이 하염없이 길어지자 이젠 할 것도 없고 볼 것도 없고 먹고 싶은 것도 없어졌다. 작년 10월쯤이 고비였다. 생일과 연말이 다가왔고 가끔 만나던 사람들도 3차 유행이 시작되며 더는 못 만나게 되었다. 한 글자도 쓰지 못했다. 유튜브 화면만 계속 새로고침하다가 새로운 채널 하나를 발견했다. 그것은 바로 침.착.맨.

무한도전 하이라이트 클립에서 웹툰편을 본 것에 연관되어 이말년 작가에서 침착맨으로 넘어가게 된 게 아닐까 싶다. 물론 나말고 유튜브 알고리즘이. 나는 그냥 알고리즘이 시키는 대로 끌려다닐 뿐이다.

침착맨이 없었다면 2020년 4분기를 어떻게 버텼을까 싶다. 한국인이라면 침착맨 채널을 구독해야 한다는 믿음이 있다. 내가 한국인이라서 참 다행이었다. 휴우우우우. 즉 시 구 독.

침착맨 채널에 주식 강의 영상이 올라왔다. 아침밥을 챙겨 먹은 후 따뜻하게 둥굴레차를 마시며 영상을 틀었다. 옆에 전기난로도 켜두었다. 최고민수 선생님의 목소리가 나긋나긋했다. 침착맨도 오늘따라 침착했다. 몸이 점점 앞으로 기울었다. 팔을 굽히고 얼굴을 기댔다. 나는 정말 오랜만에 책상에 엎드려 잠들었다. 14년 만인가. 잠깐 졸다가 깨니 개운했다. 하마터면 책상에 샤프로 낙서할 뻔했다. 짝꿍한테 쉬는 시간에 매점 가자고 할 뻔했다. 주식 공부하려고 했는데 ASMR이었다. 함정이었다.

요즘은 주호민 작가의 '위펄래쉬' 시리즈를 본다. 영화 〈위플래쉬〉에서 호되게 학생을 가르치던 선생을 패러디한 것이다. 신청한 사람들에 한해서 주호민 작가가 직접 작가 지망생들의 웹툰을 첨삭해준다. 나는 웹툰과 아무 상관이 없다. 그러나 창작자로서 '위펄래쉬'를 보면 공부가 된다. 다른 사람들 혼나는 거 보면서, 어떻게 해야 재밌는 이야기를 제대로 전달할 수 있는지 가늠해보고 있다. 슬슬 몸풀기하는 중이다. 이제 침체기는 끝내야 한다.

지금 쓰고 있는 이 에세이가 끝나면 밖으로 나가야 한다. 밖에 나가 뭐라도 해야 한다. 포카칩 안 먹어도 좋으니 밖에 나가라고 하지 않았으면 좋겠다. 하리보 안 먹어도 좋으니 집에만 있어도 된다고 했으면 좋겠다. 치킨 안 먹어도 좋으니 그냥 거기 있으라고 했으면 좋겠다. 그러나 그렇게 말해줄 사람은 없다. 나도 나에게 그렇게 말할 수 없다. 이제는 밖에 나가야 한다.

야한 얘기를 해볼까, 불쌍한 얘기를 해볼까, 신랄하게 남 욕을 해볼까. 할 수 있는 얘기는 많은데 해도 되는 얘기를 몰라서 아직 말 고르기가 어렵다. 혼자 쓰고 있는 글인데도 자꾸 쓰다 보니 이 글을 읽고 있을 누군가와 부쩍 친해진 기분이 든다.

지금 나는 3년 전의 나와 똑같은 기분이 들어서, 3년 전과 똑같은 문장으로 글을 끝낸다.

어디 가서 시원하게 한 번 펑펑 울고 싶은데, 울 일이 없다.

♥♡♥

025

혹시 이게 말로만 듣던 인종차별?

일찍 일어나 짐을 챙겼다. 오늘 마르세유로 함께 여행하기로 한 동행 친구가 차를 렌트해서 집 앞으로 오기로 했다. 나는 미리 집 밖에 나와 그를 기다렸다. 차 한 대가 내 옆으로 쌩 지나갔다. 아! 이게 뭐야! 물?

갑자기 물벼락을 맞았다. 차가 빠르게 지나가다 바닥에 고인 물웅덩이를 콱 밟아서 물이 튄 건가? 바닥은 깨끗했다. 차 조수석에 타고 있던 사람이 열린 창문 밖으로 팔을 내밀고 있었던 게 기억났다. 그 남자의 손에 들려있던 생수병도.

나는 동양인이다

생전 처음 겪어보는 일이라 이럴 때 어떤 감정을 느껴야 하는지 몰랐다. 머리부터 발끝까지 뒤집어쓴 물을 툭툭 털어냈다. 그나마 물이어서 다행이라는 생각을 했다.

어제 인터넷으로 마르세유에 대해 검색해볼 때, 누군가가 인종 차별 경험을 적어놓은 걸 봤다. 식당에서 일부러 주문을 받지 않거나, 지나갈 때 "니하오! 니하오!" 하면서 놀리거나, 일부러 오물을 투척하고, 도와주는 척 다가와 물건을 훔쳐간다고 했다. 그 글을 읽은 바로 다음 날, 이런 일이 생겼다. 다른 곳도 아니고 한 달이나 지냈던 동네에서. 물에 맞은 순간 바로 뒤돌아 "FUCK YOU!"를 외쳐야 했을까. 울려 퍼지게. 길이길이 기억되게.

칸에서 집으로 돌아오던 밤, 사람으로 가득찬 버스에서 내릴 때, 옆에 있던 남자애들이 나에게 "니하오!" 라고 했었다. 응? 생각해보니 한국에서도 중학생 애들이 외국인 보면 신기해서 괜히 "헬로!" 하니까 그냥 그런 거라고 생각하고 말았다. 근데 인종차별이었어? 꼬맹이들 호기심 아니었어? 나를 모욕한 거였어? 동양인으로 태어난 게 누군가를 기분 나쁘게 할 수 있다니. 프랑스 사람들이 나쁜 게 아니다. 그 새끼가 나쁜 거다. 근데 그 새끼가 프랑스 새끼다. 그 프랑스 새끼 나쁜 새끼.

함께 마르세유에 가기로 한 친구가 도착했다. 나는 얼떨떨한 기분으로 차에 탔다. 비가 오다 그쳤다 다시 내리기를 반복했다.

프랑스에서 두 번째로 큰 도시 마르세유

12시 30분. 마르세유에 도착했다. 앙티브에서 차를 타고 두 시간 정도 걸린다. 멀긴 꽤 멀다. 일단 배고파서 식당부터 가기로 했다. 세계 3대 수프 중 하나라는 생선 수프 '부야베스'를 먹기로 했다. 식당에서 주문을 늦게 받았고, 에피타이저를 다 먹은 후 메인이 나오기까지도 한참 걸렸다. 전에는 이런 일이 한 번도 없었는데 인종차별 글을 보자마자 이런 일들이 생긴다. 이상한 일이다.

부야베스는 내가 거의 처음으로 제대로 먹어본 프랑스 요리다. 뭐랄까. 설명하기 힘든 맛이다. 아주 연한 생선탕이라고 해야 하나. 제주도에서 2만 5천 원짜리 오분자기 뚝배기를 먹었을 때와 비슷한 느낌이었다. 맛있긴 하나 가격에 비해 허전한 맛. 오분자기 뚝배기는 꽉 찬 맛에 살짝 서운한 가격, 부야베스는 허전한 맛에 조금 더 섭섭한 가격이다. 함께 시킨 스테이크가 더 맛있었다. 그래도 이 모든 게 다 기억이고 기념이니 가치는 있었다. 자극적인 맛에 익숙한 나의 혀는 프랑스에 어울리지 않는다.

차도 직접 렌트하고 운전도 하고 고속도로 톨비도 내고 기름값도 낼 동행 친구를 위해 점심은 내가 샀다. 여행 와서 쓰기엔 많은 돈이었지만 한국에서 동생들 만나 밥 사준다 생각하면 이 정도는 당연히 내가 내야 한다. 더치페이 하기엔 내 나이가 너무 많다.

밥을 먹는 내내 식당 안쪽에서 술 취한 아저씨들이 큰소리로 노래를 불렀다. 성악 느낌이었다. 역시 유럽인가. 슈스케라도 나가시나. 약주를 많이 자셨나. 식사를 끝내고 계산대로 갔다. 얼큰하게 취한 풍채 좋은 아저씨들이 바로 옆 테이블에서 노래를 불렀다. 밥 먹는 내내 들렸던 목소리다. 계산하던 사장님이 말했다.

- 저분 유명한 가수예요. 신청곡 있으면 불러줄 거예요.

아이고, 프랑스 노래 하나도 모르는데 어떻게 신청을 하겠어요. 나는 그냥 웃고 말았다. 혹시 노땡큐 쌈디 파트 불러주실 수 있나요? 라고는 하지 않았다.

마조르 대성당을 구경했다. 노트르담 성당도 구경했다. 바람이 많이 불었다. 얼굴에 꾹꾹 눌러 바른 화장품이 바람에 풍화됐다. 잘 가, 그나마 정상인과 닮은 나의 얼굴. 어서 와, 숨기고 싶었던 원래 나의 얼굴.

유럽이야 늘 멋진 성당이 있고 건축물도 크고 우아하고 견고해 보이고 대단하지만, 마르세유에 있는 성당들은 색이 조금 달랐다. 베이지색과 어두운 회색이 교차해서, 어쩐지 서걱서걱 우유에 말아 먹고 싶었다. 5시 반에 동행 친구와 헤어졌다. 숙소로 돌아가는 기차는 6시 3분이 마지막이었다. 기차역 매표소로 가서 줄을 섰다. 사람이 꽤 많았다. 한국에선 표를 사는 행위가 척척 아주 빠르게 진행된다. 그러나 이곳은 그렇지 않다. 분명 30분이나 여유가 있었다. 내 앞엔 고작 열 명 정도의 사람이 서 있었을 뿐이다. 그런데 기차를 놓쳤다.

기차를 놓쳤다

자동판매기도 있었다. 20분쯤 남았을 때 저걸로 표를 살까 싶었다. 마침 어떤 아시아 여자가 자동판매기로 갔다. 그녀는 한참을 서 있기만 했다. 저걸로 표를 사는 것도 쉬운 게 아니구나. 괜히 갔다가 못 사고 다시 줄을 서야 하면 더 낭패다. 조금 기다려보면 아슬아슬해도 표를 살 수 있을 거야. 앞에 네 명이 남았다. 사람들한테 나 지금 기차 출발하는데 먼저 좀 사면 안 되냐고 말할까. 생각만 하고 그냥 기다렸다. 할 수 있을 거라고 생각했다. 막차는 6시 3분이다. 티켓 검사도 안 하던데 그냥 일단 올라탈까. 그래도 기다렸다. 아슬아슬하게 어떻게 되지 않을까. 6시 2분. 드디어 내 차례가 왔다.

- 주앙레빵 티켓을 주세요!

- 오, 투 레이트.

- 네?

나는 너무 늦었다. 자동판매기에서 티켓을 사는 것, 앞에 줄 선 사람들에게 양해를 구하고 먼저 사는 것, 어차피 검사도 안 하는 거 일단 기차에 올라타는 것 등, 여러 방법이 있었지만 나는 아무것도 하지 않고 그냥 가만히 줄을 서서 내 차례를 기다렸기 때문에 기차를 놓쳤다. 일단 밖으로 나왔다. 저쪽에 있는 시외버스표 파는 곳에 가서 앙티브 가는 버스가 있냐고 물어봤다.

- 없어요.

- 그럼 혹시 칸은요?

- 칸은… 너무 늦었네요.

벤치에 앉아 혹시라도 있을지 모르는 다른 버스를 검색해봤다.

354

인도 친구 B가 알려줬던 카풀 서비스도 검색해봤다. 다행히 7시 30분에 여기서 출발해 숙소 근처로 가는 차가 있었다. 사이트 회원가입을 하고 차를 예약했다. 그런데 결제가 되지 않는다. 아니, 왜? 결제하려면 휴대폰 번호를 입력해서 인증번호를 받아야 한단다. 그런데 한국 번호만 입력할 수 있다. 휴대폰을 끄고 프랑스 유심을 뺐다. 지갑에서 한국 유심을 꺼내 갈아 끼웠다. 그래도 되지 않는다. 속이 타들어갔다. 인터넷은 너무 느리고 할 수 있는 건 아무것도 없었다. 죽을 것 같았다. 커다란 개를 데리고 있는 노숙자가 나에게 와 말을 걸었다. 나는 금방이라도 울 것 같은 표정으로 "노노노" 하고 그를 보냈다. 결제는 못 했지만 일단 카풀 예약은 했으니 출발지에 가서 현금을 드릴까 싶어 자리에서 일어나 무작정 걸었다. 원래 길 진짜 잘 찾는데 패닉 상태라 자꾸 엉뚱한 곳으로 걸어갔다. 카풀 출발시각인 7시 30분이 지났다. 혹시나 해서 우버를 검색해봤다. 예상 가격이 30만 원이 넘었다.

프랑스는 6시 이후 이용할 수 있는 대중교통이 없다. 그나마 있던 것도 파업 때문에 없어졌다. 나는 "저기요" 한 마디를 끝끝내 하지 못했다. 프랑스는 9시가 넘어야 해가 진다. 아직 8시도 안 됐는데 주변이 어두웠다. 내 주변만 어두웠다. 울고 싶었다.

머나먼 프랑스까지 왔으니 뭐라도 해야 할 것 같았다. 유럽을 여행하고 있는 모르는 사람들을 세 번이나 만났다. 여기까지 왔으니 더 많은 곳을 구경해야 할 것 같았다. 집에서 차로 두 시간이나 걸리는 마르세유까지 왔다. 그 누구도 나에게 뭐라고 하지 않았는데 나는 혼자 채찍질하며 나를 몰아세웠다.

침착해야 했다. 일단 오늘은 집에 돌아가기를 포기하고 여기서 자자. 그리고 내일 아침에 집에 가자. 호텔 예약 애플리케이션으로 기차역 바로 앞에 있는 아주 싼 호텔의 싱글룸을 예약했다. 지도를 보고 호텔을 찾아갔다. 프런트가 텅 비어있었다. 가만히 앞에 서 있자 옆 카페에 앉아 있던 아저씨가 동그란 눈으로 나를 보며 천천히 일어나 프런트로 다가왔다.

- 인터넷으로 방금 예약했어요.

- 웨얼 알 유 프롬?

- 한국이요. 이게 저의 예약번호입니다.

- 나는 못 읽어요. 그 중국어인지 뭔지….

- 한국어예요.

- 오, 아임쏘리.

- 괜찮아요.

- 어쨌든.

아저씨에겐 예약번호 같은 건 필요 없는 듯했다.

- 왓 룸?

- 음, 싱글룸?

- 오케이.

아저씨는 말을 천천히 했다. 천천히 말하고 천천히 행동하니까 착해 보였다. 신뢰가 가고 더 귀여워 보였다. 마음이 조금 놓였다.

돈을 내고 키를 받고 2층으로 올라가는 나에게 아저씨가 묻는다.

- 어느 쪽 코리아?

- 남쪽 코리아요. 당연하죠.

내가 하하하, 아저씨도 하하하. 이 와중에 웃음이 나온다.

방에 들어가 문을 잠그고 들고 있던 짐을 내려놓고 방을 둘러 봤다. 싱글 침대 두 개가 놓여 있었다. 커다란 창문 밖에서 시끄 러운 거리 소음이 쏟아졌다. 작은 테이블과 의자 두 개가 있었다. 나는 그제야 무너진 마음을 깔고 앉아 편하게 울었다.

여행 다큐라면 아무래도 한 번쯤은 울어야 할 거라고 생각했 다. 모든 이야기엔 고저가 있어야 하니까. 기승전결이 있어야 안 정적이니까. 고난과 역경이 있어야 흥미로워지니까. 그러니까 이 여행에서도 영상을 찍는 이상 끝에 가서 한 번쯤 혼자 울고 그래 야 하는데, 라는 생각을 했었다. 막상 울어보니 그렇게 생각했던 과거의 내가 짜증 난다. 왜 이렇게 까부냐, 정말.

진짜 아무것도 아닌 일이다. 아! 막차 놓쳤네! 아! 버스도 없네! 아, 어쩔 수 없네. 오늘은 여기서 자고 가야겠네.

그런데 아무것도 아닌 일을 겪어놓고 고작 이걸로 힘들어하니 까 그게 더 싫고 속상해서 점점 감정이 북받쳤다.

나는 집으로 돌아가지 못한다는 것에 큰 공포를 느낀다. 버스 막차만 믿고 친구들과 헤어지고 캄캄한 정류장에 갔는데 버스가 없다거나, 마지막 지하철을 놓쳤다거나 했을 때, 온 세상이 무너 지는 느낌을 느낀다. 사고회로가 정지되고 갑자기 주변에 있는 모든 것이 위험해 보인다. 누군가 튀어나와 나에게 해코지를 할 것 같고, 여기에 갇혀 평생 헤맬 것 같은 생각이 든다. 나는 어리고 멍청했다. 막연하고 무서웠던 그런 순간들이 왜 그렇게 많았을까. 나는 왜 내내 멍청하게 살았을까.

나는 밤에 너무 무방비했다. 밤늦게까지 놀고 싶었고, 생각 있는 친구들이 일찍 들어갈 때도 억척스럽게 남아 있다가 늘 혼자가 되었다. 집에 들어가기 싫어했으면서, 어느 순간 집에 못 간다는 걸 알게 되면 나는 무너졌다. 공포에 벌벌 떨었다. 왜 그랬을까. 나는 왜 그걸 지금까지 반복하고 있을까.

그래도 그렇지. 이건 너무해. 5시 반에 집에 가려고 하지 않았나! 그런데도 집에 못 가다니! 진짜 너무한 거 아니야? 프랑스!

점심을 많이 먹어서 저녁 생각이 없었는데 지금 이 기분으로는 뭐라도 먹어야 할 것 같아서 밖으로 나왔다. 일단 기차역에 가서 내일 기차표부터 끊었다. 자동판매기에서 이것저것 시간과 가격을 비교해가며 표를 예약하고 카드로 계산했다. 쉬웠다. 아까 이렇게 했으면 되는 거였는데! 후회는 항상 언제나 그렇듯이 늦다. 투 레이트. 귀에 맴돈다. 프린트된 티켓을 곱게 가방에 넣었다.

마르세유가 프랑스에서 두 번째로 큰 도시라고 했다. 파리가 서울이라면 마르세유는 부산쯤 된다는 뜻이다. 그러면 맛있는 식당들도 많고 먹어야 할 것도 많을 것이다. 어디를 가볼까! 아니, 그냥 가만히 있자. 아직 마음이 진정되질 않았다. 숙소 건너편에 있는 가까운 레스토랑에 들어갔다.

중국인 아니거든요!

식당에 들어가니 세상 친절한 할아버지 직원과 내 나이 또래의 여자 직원이 웃으며 반겨줬다. 할아버지 직원분이 나에게 어디 사람이냐고 물었다. 사우스 코리아요. 오호! 할아버지는 조금 망설이더니 나에게 "니하오?" 라고 했다.

- 그건 중국어잖아요.

할아버지도 웃고 나도 웃었다. 여자 직원이 와서 나에게 아주 친절하게 메뉴를 설명해줬다. 나는 역시나 스테이크를 골랐다. 아무거나 먹어보고 싶지만 그러다 크게 실망하는 수가 있다. 잘 모르겠으면 스테이크라는 게 나의 신념이다. 더군다나 이렇게 뭔가 좋은 것을 먹어야만 하는 심리 상태일 때는 더욱.

고기와 함께 화이트 와인을 한 잔 시켰다. 마음을 조금씩 진정시키며 천천히 식사하고 있는데 할아버지가 다시 와서 뭔가를 얘기한다. "여기 한국에서 온 친구도 있어요!" 라며 저쪽 테이블을 보고 말한다. 벽에 가려져 있어서 누구한테 하는 얘긴지 알 수 없었지만, 동양 손님들인 것 같았다. 할아버지가 갑자기 "땡큐"를 한국어로 어떻게 하냐고 물었다. 한국에서 고맙다고 말하고 싶으면 그냥 "땡큐" 라고 하면 된다. 2살 꼬마도, 100살 어르신도 다 알아듣는다. 그러나 그가 원하는 건 한국어다.

- 감.사.합.니.다.
- 오마이갓.

- 하하하, 어렵죠? 나도 알아요.

- 음, 쎄쎄.

- 그것도 또 중국어잖아요!

할아버지는 푸하하, 나는 크히히. 역시 개그의 기본은 반복이다. 유머 감각이 있는 분이다.

오늘은 진짜 인종차별의 날이다. 할아버지의 개그는 따뜻한 농담이니까 문제없다. 사실 니하오! 라고 하거나 중국인이냐고 묻는 것도 괜찮다. 중국 사람이 지구에서 제일 많고, 선글라스 쓰고 걸어가면 내가 봐도 중국 아줌마 같으니까. 그래도 이 모든 일이 단 하루에 몰아치니 아찔하다. 유럽에서 인종차별을 당했다는 글을 어제 처음 봤다. 그런데 어떻게 바로 다음 날 이럴 수 있나. 누군가는 그 나라에서 감사하다는 말을 어떻게 하는지 궁금해하고, 누군가는 난데없이 물을 뿌린다. 마르세유에 오지 않았다면 겪지 않았을 일이었을까.

한국에서 자고 있을 친구에게 메시지를 보냈다. '일하는 사람 새벽에 깨우면 안 되는 거 알지만 대화 좀 하자.'

아는 사람과 대화하니 그제야 비소로 진짜로 마음이 진정됐다. 오늘 하루 고생한 걸 말하며 계속해서 부정적인 말만 쏟아내는 나를, 친구는 가만히 다 받아준다. 힘들었겠다. 대단하다. 무서웠겠다. 잘했어. 이젠 괜찮아?

나도 좋은 사람이 되고 싶다. 차분하고 튼튼한 사람이 되고 싶다. 친구들이 힘들 때 떠올리는 사람. 나를 찾아와 안 좋은 감정들을 다 쏟아내며 기댈 때 그 감정들을 다 받아주고 삼켜주고 나서도 끄떡없는 속 큰 사람이 되고 싶다. 이미 다 컸는데 속이 요만큼 뿐이라 어차피 안 되겠지만. 아니다, 속을 싹싹 비우면 어쩌면 자리가 좀 남을지도 모른다.

프랑스에서의 첫 외박

숙소가 아닌 다른 곳에서, 밖에서 잘 거라고는 한 번도 생각을 안 해봤기 때문에 상태가 엉망이었다. 가진 건 보조배터리 하나뿐이다. 카메라 배터리는 이미 포기했고 휴대폰이라도 잘 지키고 있어야 했다. 칫솔, 속옷, 아무것도 없다. 그대로 누웠다가 그대로 일어나 가야 한다.

침대에 누웠다. 베개에서 샤워하고 나온 아저씨 냄새가 났다. 아침에 지하철에서 맡을 수 있는 냄새. 그 아저씨가 누워있다가 방금 나간 것처럼 냄새가 생생했다. 이불은 아주 두껍고 털이 복슬복슬한 담요였다. 팔과 다리가 스멀스멀 간지러웠다. 미국 드라마나 영화를 보면 좋지 않은 호텔엔 빈대가 있다던데. 빈대들이 피부에 달라붙어 살을 갉아 먹는다던데. 내 상상이 만들어낸 건지 아니면 진짜 빈대가 있었는지는 모르겠으나 밤새 가려워 제대로 잠을 잘 수 없었다. 모기한테도 계속 물렸다. 내 몸 여기저기서 뭔가가 기어 다니는 것 같은 기분이 들었다.

오늘 아침에 물벼락을 맞았을 때 알아차렸어야 했다. 오늘은 집 밖으로 나가면 안 된다는 걸 알았어야 했다.

'저기요'를 쉽게 하는 사람

2년 후, 나는 "저기요"를 할 수 있는 사람이 되었을까. 당연히 아니다.

벤치에 앉아 지하철 막차를 기다리고 있었다. 12시가 조금 넘었고 막차는 몇 분 후였다. 귀에 이어폰을 꽂고 음악을 듣고 있는데 갑자기 옆에서 누군가 "저기요" 하고 말을 걸었다. 나는 뭔가에 집중하는 속도가 굉장히 빠르다. 그래서 뭐든 훅 들어오면 소스라치게 놀란다.
- 아! 깜짝이야!

황급히 이어폰을 뺐다. 얼굴이 발그레한 남자가 미안한 표정을 지으며 벤치 끝에 앉아 있었다.
- 혹시 지금 막차 있나요?

너무 큰 소리로 놀란 게 민망하고 미안했다. 그는 술을 조금 마신 것 같았다. 나는 막차가 올 거라는 걸 이미 알고 있지만, 그의 불안함을 확실하게 해소해주기 위해 지하철 어플을 한 번 더 확인하며 막차가 있다고 말해줬다. 그러자 그가 조심스럽게 레모나 하나를 내밀었다.

- 감사합니다, 이거.

- 아, 네. 감사합니다.

벤치엔 세 사람이 앉을 수 있다. 그와 나는 가운데 자리를 비워두고 양 끝에 나란히 앉아 막차를 기다렸다. 남자가 나에게 "저기요" 했듯이 나도 남자에게 "저기요" 하고 싶었다.

저기요, 혹시 술 드셨어요?

저기요, 혹시 한 잔 더 하고 싶으세요?

저기요, 괜찮으시면 같이 한 잔 더 하실래요?

그러나 나는 "저기요"를 하지 못하는 사람이다. 그래서 아무 일도 일어나지 않았다. 레모나만 만지작거렸다. 요즘 세상이 어떤 세상인데 낯선 사람한테 술을 마시자고 하냐고? 그린라이트는 저쪽에서 먼저 켠 거 아닌가? 레모나 정도는 그린라이트 아니라고? 레모나 주는 것도 흔한 일은 아닌데? 그 사람이 나쁜 사람이면 어떻게 하냐고? 그 사람 얼굴 보니까 '안 나쁜 사람'이라고 쓰여 있던데? '나쁜 사람 특) 나쁜 사람처럼 안 생김'이라고?

어쨌든 아무 일 없었다. 그냥 집에 잘 왔다. 다음에 또 그런 일이 생기더라도 나는 "저기요" 하지 못할 것이다.

명절은 "저기요"의 날이다.

저기, 오랜만이지.

저기, 잘 지내지.

저기, 나 안 잊었지.

성의 없이 아무렇게나 안부를 흩뿌리는 사람도 있다. 매년 잊지 않고 안부를 물어주는 다정한 사람도 있다. 나는 대답만 겨우 하는 사람이다. 네, 잘 지내요. 연락 주셔서 감사해요.

곧 명절인 건 알았는데 그게 오늘인 건 몰랐다. 명절이라 더욱 혼자인 기분으로 오늘도 카페에 나와 글을 쓴다.

다른 사람에게 다가가는 건 스킬이 필요한 일이다. 다짜고짜 급발진해서 들이대면 쿵 부딪친다. 앞니 나가고 싶지 않으면 조심조심 눈치 있게 행동해야 한다. 나는 다가갈 줄 모른다. 누군가 갑자기 술 마시자고 하면 좋다. 오예. 내가 그러니까 다들 그런 줄 알았는데 세상 사람들은 대체로 안 그랬다. 갑자기? 오늘?

많이 거절당했다. 거절은 두려움을 낳았고 두려움은 먼저 연락하지 않음을 낳았다. 대가족이다. 거절 할머니를 원망해야 하나. 아니다. 거절을 낳은 건 나의 급발진이다. 급발진 중조할머니가 잘못이다. 예술학교 다니던 성격 그대로 회사 생활을 하는 게 아니었다.

명절 안부 인사를 보내고 싶어 며칠째 고민했다. 지금도 고민 중이다. 내가 먼저 연락해도 될까. 나도 '저기요' 해도 될까. 그냥 잘 지내냐고 묻고 싶은데. 내가 많이 생각하고 있다고. 걱정도 하고 응원도 하고 있다고. 만나러 갈 용기는 없지만 여기서 혼자 조용히 안녕을 기원하고 있다고. 그것만 전하고 싶은데. 역시 안 될 것 같다. 이후를 감당할 자신이 없다.

'저기요'를 쉽게 하는 사람은 좋겠다.

저기요. 오랜만이죠. 잘 지내요? 나 안 잊었죠.

한달살기를 끝내고
한국으로 돌아가는 날

체크아웃 시간이 언제인지 알 수 없다. 따로 물어보지도 않았고 나가라고 쫓아낼 때 나가도 상관없다는 마음이었다. 11시가 넘어도 프런트에선 아무런 기척이 없었다.

밤새 여기저기 모기에 물려 온몸이 엉망이었다. 밖으로 나갔다. 내 속도 모르고 날씨가 화창했다. 1시 기차니까 두 시간 정도 여유가 있었다. 그래도 아주 중요한 교훈, '까불지 말자'를 배웠기 때문에 까불지 않기 위해 숙소 주변만 살짝 걷기로 했다. 어쨌든 이곳은 프랑스에서 두 번째로 큰 도시니까.

프랑스의 도시는 다른 나라의 도시와 매우 달랐다. 회색이나 검정이 없다. 모두 노란색에 기다란 창문이었다. 도시에 있다는 느낌이 전혀 들지 않았다. 사람들의 옷차림새나 거리의 분위기도 그랬다. 차마 멀리 나가지는 못하고 그냥 이 골목 저 골목만 조금씩 어슬렁거리다 기차역으로 향했다. 한 시간이 남았다.

뭘 먹을까 아니면 기념품을 살까 고민하다가, 프로방스 특산품 같아 보이는 라벤더 방향제를 저렴한 가격에 샀다. 남은 돈으로 아시아 레스토랑에서 라비올리가 들어간 쌀국수를 먹었다. 역시 한 그릇이 최고다. 한 접시 말고 한 그릇 요리. 적은 양이었음에도 속이 든든했다. 남은 동전 모두 싹싹 긁어다 먹은 거라서 이젠 진짜 돈이 없다. 기념품도 사고 점심도 챙겨 먹었으니 잘됐다.

TGV aka. 떼제베

떼제베는 한국으로 치면 KTX다. 고속열차를 타고 앙티브로 돌아간다. 기차는 지정석이라 내 자리를 잘 찾아야 한다. 몇 번 칸을 타야 하나. 아무리 표를 살펴봐도 모르겠다. 역무원한테 물어보니 저쪽으로 가란다. 저쪽으로 갔는데 모르겠다. 일단 탔다. 통로에 서 있는 젊은 여자에게 물었다.

- 저기… 좀 도와주시겠어요? 내 자리를 못… 못 찾겠어요.

그러자 여자가 티켓을 살펴보며 기꺼이 나를 도와줬다. 갑자기 어디선가 나타난 할머니 한 분이 자연스럽게 합류해 티켓을 살펴봐주셨다. 한참의 고민 끝에 그들이 내린 결론은 이렇다. 무슨 말인지 정확히는 모르겠으나, 어떠한 사고로, 사고라기보단 뭔가를 잘못 처리한 건지 파업으로 열차가 감축된 건지 뭔지, 내 칸이 없다고 했다. 없다고? 이건 또 무슨 일인가! 내가 긴장하자 그들이 손사래를 치며 나를 진정시켰다.

- 오! 노노노! 노 프라블럼! 그냥 앉고 싶은 자리 아무 데나 앉
  으면 돼요.

세상 친절한 사람들이다. 울컥. 씻지도 못하고 옷도 못 갈아입
고 머리는 기름졌고 얼굴은 푸석한, 냄새나는 동양인이 텅텅 비
어있는 4인용 자리에 앉았다. 나는 고등학생 때 그랬던 것처럼 책
상 위에 왼쪽 팔을 쭉 뻗고 그 위에 비스듬히 누워 창밖을 바라봤
다. 프랑스 집들이 지나갔다. 프랑스 말들도 지나갔다. 초록 들
판이 쭉 이어졌다. 그 사이 사이에 다시 프랑스 집들이 지나갔다.
속으로 생각했다. 우와 프랑스다.

프랑스에서 기차를 타고 어딘가로 오랫동안 가는 기분. 낭만적
일 것 같았는데 낭만적이었다. 좋을 것 같았는데 좋았다. 꿈꾸는
것 같은 느낌일 것 같았는데 그런 비슷한 느낌이었다. 너무 피곤
했고 더러웠고 졸렸다는 것만 빼면. 아, 내가 정말 프랑스에 있구
나. 다 끝났는데 이 무슨 감상일까.

프랑스 풍경은 창밖으로 계속해서 지나간다. 기차 안에는 가
만히 눈을 감고 자는 사람들과 구석에서 소곤거리는 대화 소리와
숨소리들뿐이다. 기차는 잔잔하게 덜컹거리고 창을 통과한 햇빛
은 내게 닿지 않고 그저 눈앞에 멈춰 있었다. 더 자도 된다고, 누
군가 나에게 말하는 것 같았다. 그러나 나는 불안해서 잠들 수 없
었다. 충전하지 못한 휴대폰이 결국 꺼졌다.

앙티브 기차역에서 버스를 타고 숙소까지 돌아왔다. 이제 이

동네는 훤해서 휴대폰으로 길을 찾지 않아도 집으로 돌아올 수 있었다. 일단 카메라며 보조배터리며 휴대폰이며 전원이 나간 모든 것들을 충전기에 꽂아두고 샤워를 했다. 씻으니 그제야 살 것 같았다.

벌써 4시. 오늘은 프랑스에서의 마지막 날이다.

자전거 정리하기

집주인 마르실라가 어쩌면 내일 아침에 공항까지 태워다줄 수 있을지도 모른다고 했지만 그건 정말 모를 일이다. 만약 마르실라가 안 된다고 하면 대중교통이 없으니까 아침에 공항에 갈 방법이 없다. 오늘 저녁에 당장 버스를 타고 공항에 가서 내일 아침이 올 때까지 기다려야 한다. 숙소는 어제 아침에 나갈 때 그대로다. 아무것도 정리하지 못했다. 시간이 없다.

젖은 머리를 말리지도 않고 우선 자전거를 끌고 나갔다. 자전거를 샀던 소피 앙트로폴리스까지 가려면 30분이 넘게 걸린다. 이 더위에 땀을 뻘뻘 흘리며, 자전거를 반은 끌고 반은 밀고 반은 타고 반은 욕하면서 200%의 출력으로 중고제품 가게에 도착했다. 얼굴이 엉망이었다.

한 달 전, 이곳에서 중고 자전거를 샀을 때, 다시 이곳에 자전거를 팔 수도 있냐고 직원에게 물었을 때, 당연히 된다고 했었다. 계산대로 다가가 가지고 온 자전거를 보여주며 자전거를 팔고 싶다고 했다. 그러자 "노 잉글리시!"화부터 낸다.

- 이미 자전거가 많아서 오늘은 자전거를 사지 않습니다. 나중
  에 다시 오세요.

가만 생각해봐. 재수 없을 거 알았잖아

프랑스를 떠나기 바로 전날, 마지막 날, 일찍 출발하는 기차가
없어서 오전을 날리고, 팔지도 못할 자전거를 끌고 왔다갔다 하
느라 오후를 날렸다. 시간이 있었다면 마지막으로 수영이라도
한 번 더 해볼 수 있었을 텐데. 그때 직원이 50에서 55유로 정도
로 되팔 수 있을 거라고 했으니, 자전거 판 돈으로 마지막으로 근
사한 레스토랑에 가서 맛있는 거 사 먹고 면세점에서 가족들하고
친구들 줄 선물도 사 가려고 했는데.

어제 맞았던 물벼락부터 생각해보면 말이 된다. 자전거를 팔
수 있을 거라고 당연하게 생각했던 내가 바보였다. 왜 세상이 나
에게 평탄할 거라고 생각했지? 누구 맘대로 순순히 내 계획대로
따라줄 거라고 믿은 거지? 가만 생각해보면, 이성적으로 찬찬히
따져보면, 지금의 흐름대로라면, 나는 절대 자전거를 못 팔겠구
나. 답이 딱 나오는데.

당연하지! 계속 재수가 없었잖아! 계속 안 풀리는데 갑자기 이
거라고 뭐 잘 되겠어? 그게 더 이상하지. 불운이 어디 가나. 정말

끝까지 되는 일이 없다. 다시 자전거를 타고 집으로 돌아왔다. 길바닥에 그냥 버리고 오고 싶었다.

집 정리하기

집으로 돌아오니 6시. 내가 나갈 시각은 8시. 남아 있는 파스타를 삶고 아직 먹지 않은 소스를 뜯고 하나 남은 달걀을 구웠다. 후루룩 먹고 후다닥 설거지를 마치고 서둘러 짐을 싸려고 하는 찰나, 아래층에서 B의 목소리가 들린다. 벌써 7시. 서둘러야 한다.

마르실라에게 자전거를 되팔지 못한 상황을 설명하며 집에 자전거를 두고 가게 돼서 미안하다고 메시지를 보냈다. 마르실라는 괜찮다고 했다. 그리고 내일 공항에 나를 데려다주지 못한다고 했다. 거봐, 그럴 줄 알았어. 논리적으로 이성적으로 딱딱 맞아떨어진다. 모든 일이 안 좋은 쪽으로만 일어나고 있다. 이것은 내가 프랑스를 떠나야 한다고 예전에 느꼈음에도 불구하고 계속 남아 있어서 받는 벌인가.

아무 기대 하지 말고 혼자 힘으로 집으로 돌아가자.

척척척 옷을 정리해 캐리어에 넣었다. 금세 반이 찼다. 옷은 다 넣은 건가. 돌아보니 딱 넣은 만큼 더 남아 있었다. 도대체 이 짐들을 어떻게 다 가지고 온 거야? 공항에서 절대 그 어떤 문제도 일으키고 싶지 않아서 이번엔 액체건 뭐건 눈에 띄는 건 뭐든 다 캐리어 안에 집어넣었다. 캐리어가 절대 터지지 않을 거라는 믿음 하에. 기내에 들고 타는 것들은 전부 퓨어하고 이노센트하고 클린한 것들만 남을 수 있도록.

　레슬링 하듯 캐리어에 올라타 끙끙 지퍼를 잠갔다. 빗자루 챙겨 들고 쓱쓱 방 청소까지 하고 나니 처음 이곳에 왔을 때처럼 방이 깔끔하고 허전해졌다. 감상에 젖고 싶었으나 그럴 시간이 없었다. B는 2층 부엌에서 누군가와 전화 통화를 하고 있었다. 꾸준하고 대단한 친구다. 나는 마지막 인사를 하고 싶지 않아서 그대로 캐리어를 들고 나갔다.

　버스 10회 탑승권을 꺼냈다. 확실하진 않지만 1회가 남아 있었다. 어제오늘 일진을 봐서는 진짜로 한 번 남았다고 하더라도 티켓이든 기계든 뭔가가 고장 나서 사람들 다 보는 앞에서 쫓겨날 각이었다. 그런 상황이 온다면, 돈으로 낼게요, 하고 지갑을 꺼내

그 자리에서 쿨하게 돈을 내면 된다. 하지만 돈이 없다. 나는 돈을 다 썼다. 쫓겨나면 어떡하지. 버스정류장에 서서 불안에 떨었다. 내 이성이 맞을까. 아니면 그것보다 더 확실한 불운이 맞을까.

삑. 다행히 파란 불빛이다. 티켓이 제대로 잘 찍혔다. 무사히 공항에 도착했다. 불운도 다 쓰면 닳는 건가.

한 달이나 프랑스에 있었더니 인사도 길다

공항은 한적했다. 전기 콘센트가 있는 의자 옆에 자리를 잡았다. 카트를 사용하려면 50센트 또는 1유로, 2유로짜리 동전을 넣어야만 한다. 야박했다. 나는 돈도 없는데. 가진 거라곤 영국 돈뿐인데. 혹시나 하는 마음에 괜히 가방을 뒤졌다. 갑자기 50센트가 튀어나온다. 어머, 이게 무슨 돈이지. 카트에 캐리어와 노트북 가방을 실었다. 혹시 모를 도난에 대비해 캐리어를 자전거 자물쇠로 의자에 묶어놓았다. 이제 다 끝났다.

노트북을 꺼내 메시지를 보내기 시작했다.
일단 집주인 마르실라에게 그간 고마웠단 장문의 메시지를 보냈다. 프랑스 잡지사 기자 R에게 고마웠다는 장문의 메일을 보냈다. 한 달 있었더니 간다고 인사할 사람이 많다. 번역기 돌리며 문장을 다듬고 있는데 B에게서 페이스북 메시지가 왔다.

- 어디야? 왜 없어? 괜찮아?

- 공항에 왔어.

- 내일 아침 비행기라며 왜 지금 갔어?

- 아침엔 공항 갈 버스가 없어서.

- 나한테 물어보지 그랬어. 다시 와서 자고 아침에 가.

그녀는 아침에 공항에 갈 수 있는 여러 방법을 나에게 마구 쏟아냈다. 나라고 몰라서 그런 게 아니다. 버스를 한두 번 갈아타거나 카풀을 기다리는 것들이 다 불확실하니까 그런 건데 잔소리는. 어휴 정말 피곤하다, 피곤해. 따뜻한 마음은 알겠지만, 난 제발 편안하게 혼자 있고 싶어. 제발 빠이 좀.

B는 나에게 조심히 가고 다큐멘터리도 잘 되길 바란다고 했다. 걱정해주니 미안하고 고마웠다. 그래도 나랑 안 맞아. 너랑 같이 사는 건 진짜 힘들었다고. 누군가와 함께 생활할 때 남을 배려해주는 태도가 최악이야. 다정하고 착한 사람인 건 알지만 그래도. 바이 바이. B.

이제 인사는 다 했다. 그동안 고마웠다고 조심히 가라고 잊지 못할 거라고, 끌어안고 눈물 흘리는 영화 같은 이별은 없었다. 그냥 끝났다. 자초한 일이다. 스페인어를 쓰는 남녀가 옆에서 끊임없이 싸운다. 자리를 옮겼다. 잠시 후 익숙한 소리가 들려 돌아보니 아까 그 커플이 옆에 또 있다. 왜 나를 따라다니면서 싸우시나.

충전할 거 충전하고 노트북으로 기록할 거 기록하는데, 왼쪽 옆 의자에 앉은 어떤 인도 여자애가 통화하는 소리가 들리기 시작했다. 조용한 곳으로 다시 자리를 옮기려고 짐 다 챙겨서 카트 끌고 공항을 한 바퀴 돌았다. 마땅한 자리가 없어 원래 있던 자리로 돌아왔다. 그래도 그 사이 통화가 끝나 다행이었다.

밤이 되었다. 오른쪽으로 6개 정도의 의자가 쭉 텅 비어있고 그 끝에 아저씨 한 명이 가방을 끌어안고 자고 있었다. 나는 노트북으로 영화를 한 편 보면서 낄낄거리고 있었다. 한국에서 맨날 하던 거였다. 영화 보고 컴퓨터 하고. 정말 편했다.

영화를 한참 보고 있는데 누군가 옆으로 다가와 섰다. 뭐지? 이어폰을 뺐다. 어떤 남자가 나에게 아주 작은 목소리로 무언가를 열심히 이야기했다. 목소리가 너무 작아서 잘 안 들렸다. 대충 조합을 해보니, 네가 계속 내 옆에, 여기 있었잖아, 누구 못 봤니, 하는 것들이었다. 남자가 뭘 잃어버린 것 같았다. 그러고 보니 남자는 내 오른쪽 끝에서 자고 있던 사람이었다.

- 오 이런. 나는 아무것도 못 봤어요. 노트북만 봤어요.

남자는 실망스러운 표정으로 공항 경비원을 찾아갔다. 남자는 무엇을 잃어버렸을까. 나는 그 어떤 기척도 느끼지 못했다. 영화만 봤다. 남자가 내 바로 옆에서 자고 있었어도 나는 몰랐을 것이다.

영화를 다 보고도 한 시간이 남았다. 졸리다. 지금까지의 일진으로 봐선 분명 무언가 도둑맞거나 사고가 날 것 같았다. 기운이 확실하게 느껴졌다. 정신 차리자. 잠은 한국에 가서 푹 자자.

♥♡♥ 375

친구 안 사귄 이야기

남들은 친구 사귄 이야기를 하는데 나는 친구 안 사귄 이야 기만 한다.

프랑스에서 돌아온 그해 가을. 친구와 오랜만에 홍대에서 만났 다. 갈 만한 곳을 찾아 골목을 헤매다가 잔디밭에서 버스킹하는 남자를 봤다. 밤이었고 주변에 듬성듬성 사람들이 모여있었다. 나는 남자가 부르는 노래를 같이 흥얼거리며 구경하다가 다시 길 을 걸었다. 그때 캄캄한 잔디밭 사이에서 그를 봤다. 찰나의 순간 이라 잘못 본 것일 수도 있다. 그러나 숨이 턱 멎었다. 나는 고개 를 돌리고 바로 그곳을 빠져나왔다. 한참 지나 친구에게 말했다.

- 우리 아까 버스킹 봤을 때 있잖아. 거기에 프랑스에서 만났던 남자가 있었어.

R과는 한국으로 돌아온 후 몇 번 이메일을 주고받았다. 마지막 으로 기억나는 건 곧 부산국제영화제 기간이라 그가 한국에 올 거 라는 내용이었다. R과 계속 연락하고 싶지 않았다. 편하지 않은 사람과 계속 말해야 하는 게 괴로웠다. 그래서 더는 이메일에 답 장하지 않았다. 생각해보니 부산국제영화제 기간이었다. 영화제 취재를 끝낸 그가 서울로 올라와 홍대를 구경하고 있었을 수도 있 다. 내가 본 사람이 R이 아닐 수도 있지만, R이 맞을 수도 있다.

- 프랑스에서 만났던 남자를 지금 여기서 봤다고? 진짜로?

- 어. 정확하진 않은데 맞는 것 같아.

- 대박! 인사를 하지! 왜 그냥 왔어?

- 인사하기 싫어서.

- 어떻게 여기서 만나? 운명 아니야?

나는 R과 '운명'이고 싶지 않았다. 그래서 인사하지 않고 그냥 도망쳤다. R이 못생긴 아저씨라 창피해서 도망친 건 아니었을까. R이 내 또래의 잘생긴 남자였다면 어땠을까. 과거의 경험에 비추어 장담하는데 그래도 도망쳤다. 대신 친구에게 사진을 보여주며 자랑은 했을 것이다. 그러나 그뿐이다. 도망은 무조건이다.

인생을 살다 보면 영화 같은 일이 생길 때가 있다. 나의 경우 자주 그렇다. 영화 속에서 사는 편이다. 그러나 함흥차사도 저 싫으면 그만이다. 나는 주인공이 싫다. 단역이 되기 위해 필사적으로 도망친다. 그냥 가서 인사하는 게 뭐 대수라고. 혹시 R 아니냐고, 어떻게 여기서 만나냐고, 반갑다고, 잘 지냈냐고, 악수하고, 웃고, 여긴 내 친구라고, 몇 마디 나누다가, 미안하지만 이만 가 봐야 할 것 같다고, 좋은 여행 하라고, 인사하고 헤어지면 되는 건데 그게 뭐 대수라고. 어휴. 글로 적는 건데도 식은땀이 난다.

나는 인간관계에 미숙한 사람이다. 좋아하는 사람은 미친 듯이 좋아하지만 그게 아니라면 아무에게도 관심을 주지 않는다. 그러니 탄탄하게 오래가는 관계가 없다. 누군가 아직도 초등학교, 중학교 친구들을 만난다고 하면 나는 감탄한다. 도대체 성격이 얼마나 좋은 거야! 대단해!

나는 그러지 못한다. 누군가를 오래 사귀지 못한다. 나는 친구와 사이가 멀어질 때마다, 이건 100% 상대의 잘못이라고 생각했다. 상대에게서 이유가 발생해서 멀어지는 거니까. 매번 그렇게 헤어졌다. 그런데 이제 와 다시 생각해보니, 모두 상대방의 잘못이었던 거면 그건 다시 말해, 다 나의 잘못이었다는 뜻인 것 같다. 그들이 다 잘못했다고 하는 것보다 나 하나 잘못했다고 하는 게 더 말이 된다.

글을 쓰러 카페에 가려고 준비하는데 대학 동기 언니에게서 카톡이 왔다. 요즘 내 생각이 많이 났다고. 잘 지내느냐고. 나는 너무 오랜만의 연락에 많이 놀랐다. 언니와 마지막으로 한 연락이 2016년이었다. 나도 몇 달 전에 언니 생각을 했었다. 언니는 어떻게 지내고 있을까. 다른 친구들도 생각했다. 다들 어떻게 지내는지 괜히 궁금했고 알 길이 없으니 그냥 잊어버렸다. SNS를 본다고 그들의 안부를 알 수 있는 것도 아니다. 내 안부도 그렇게 알 수 없듯이 말이다. 나는 생각해줘서 고맙다는 말부터 써놓고 망설였다. 다정한 안부 인사에 똑같이 다정하게 대답하는 게 이렇게나 어려운 일이다. 언니가 오랜만에 나를 불러서, 나도 오랜만에 언니를 떠올렸다. 언니의 오래전 얼굴과 함께, 언니에게 받았던 상처들이 하나둘 같이 떠올랐다. 그래서 답장을 보내지 못했다.

상처는 왜 아직도 상처일까. 이렇게 오래 놔뒀는데 왜 아직도 아물지 않았을까. 같이 보낸 즐거운 시간이 그렇게 많은데 그런 건 왜 하나도 기억나지 않고 상처 몇 개만 선명하게 기억나는 걸까. 나라는 사람은 왜 이렇게 설계된 걸까.

인간관계가 축구 같다면 어떨까. 잘못한 일이 1인데 잘한 일도 1이면 무승부다. 나쁜 일 하나가 좋은 일 하나와 똑같다. 아무리 잘못해도 결과적으로 잘한 일이 더 많다면 좋은 사람으로 남는다. 그러면 나는 많은 사람들을 용서할 수밖에 없을 것이다. 주변에 사람이 가득했을 것이다. 외로울 시간이 없어서 외롭고 싶었을 것이다. 내가 용서한 만큼 나도 그들에게 용서받았을 것이다.

사람은 다 나쁘다. 함께 지내다 보면 나쁜 모습을 보여주게 된다. 나는 나쁜 사람은 만나지 않는다. 조금 나쁜 사람도 만나지 않는다. 조금 나쁜 사람은 만날 걸 그랬다. 착한 사람도 아니면서 이상한 결벽이다. 그래서 지금 내 곁에 착한 사람들만 남아 있냐고? 그건 그렇다. 어마어마하게 착한 사람들만 남았다. 잠깐, 그럼 굳이 고칠 필요 없잖아?

세상엔 착한 사람들이 별로 없다. 나도 착한 사람이 아니다. 그래서 나쁜 사람을 멀리하면 결국 외톨이가 된다.

- 응, 언니. 생각해줘서 고마워. 언니도 잘 지내고 새해 복 많이 받아.

나는 웃음을 가득 넣어 답장을 보냈다. 언니는 심심하면 언제든 전화하라고 했다. 나는 알겠다고 했다. 5년 만이다. 끊긴 연락을 다시 이어 붙인 언니는 성숙한 사람이다. 답장을 할까 말까 망설인 나는 미성숙한 사람이다.

　모든 관계를 다 끌어안았다면 내 인생은 아수라장이 됐을 것이다. 내 마음은 호수고 잔잔한 수면 아래 개구리들이 가득찬 상상을 한다. 누군가 돌을 던질 때마다 수면 아래 얌전히 숨죽이고 있던 개구리가 돌에 맞아 죽는다. 한 마리가 울기 시작하면 옆에 있던 놈들이 우르르 따라 울며 난리가 난다. 나는 내 마음이 징그러워서 수만 마리의 개구리를 한 마리의 두꺼비로 합쳐야겠다는 생각을 한다. 그렇게 할 수만 있다면 그깟 돌 하나에 맞아 죽는 일은 없을 것이다. 인간관계는 평생 숙제다. 아무도 만나지 않아야지, 아무에게도 연락하지 않아야지, 여기 조용히 혼자 있어야지, 아무리 굳게 다짐해도 바람 한 번 훅 불면 그새 살랑거린다. 또 까분다. 그러다 다치려고.

027

밤비행기를 타면 꼭 창밖을 보세요

새벽 4시쯤 되니 공항에 사람들이 슬슬 붐비기 시작한다. 공항에서 조용히 밤을 새던 사람들의 분위기가 완전히 깨진다. 보통의 공항 같은 어수선한 분위기가 만들어진다. 5시가 되자 자리에 앉아 있던 사람들이 슬슬 일어나 출국장으로 향한다.

프랑스를 떠난다

나의 항공권은 부치는 수화물이 1개, 23kg까지 무료다. 어젯밤 카운터 레일에 슬쩍 캐리어 무게를 달아봤다. 20.3kg. 세이브였다. 데스크에서 체크인을 했다. 이미 온라인 체크인으로 자리도 지정해놨고 모바일로 티켓도 받아놔서 빠르게 척척 진행됐다. 한국에선 모바일 티켓을 받아놨어도 추가로 종이 티켓을 뽑아 줬는데 여긴 처음부터 끝까지 모바일 티켓으로 처리됐다. 티켓을 놀이공원처럼 팔찌로 채워주면 더 편할지도 모르겠다.

♥♡♥

금방이라도 고개가 뒤로 넘어가고 단잠에 빠질 것 같았으나 얼굴에 뜬 기름기를 화장으로 톡톡 눌러가며 버텼다. 면세점에서 와인이라도 사야 하는데 짐은 너무 많고 몸에 남은 힘이 없어서 아무것도 할 수 없었다. 졸려서 물욕이고 식욕이고 싹 사라졌다.

액체든 쇠로 된 거든 뭐든 캐리어 안에 싹 넣어 부쳤기 때문에 공항 짐 검사는 쉽게 통과했다. 비행기 탑승 게이트 앞에 앉아 기다리는데 바닥에 웬 새가 있었다. 내가 지금 제정신인가? 공항에, 그것도 건물 가장 안쪽에, 게이트 앞인데, 새가? 작은 참새가 바닥에서 쫑쫑쫑 뛰어다니고 있었다. 그러다 갑자기 푸드득 날아갔는데 스타벅스 매장 쪽이었다. 옆에 앉아 있던 외국인 아저씨가 "새가 커피가 땡겼나 보네! 허허허" 라고 조크를 해서 나는 아저씨를 향해 씨익 웃었다. 아니, 어쩌면 새로 나온 한정판 텀블러 사러 가는 거일 수도 있죠, 라고 조크를 치고 싶었는데 기운이 하나도 없어서 혼자 생각하고 혼자 번역해보고 혼자 웃고 말았다.

어제 자전거를 끌고 땀을 뻘뻘 흘리며 언덕을 오르던 그때, 신호에 걸린 차들이 내 옆에 멈춰 섰다. 창문이 내려가 있던 자동차 조수석 쪽으로 우연히 시선이 옮겨졌다. 그 안에 타고 있던 8살쯤 되어 보이는 여자아이와 눈이 마주쳤다. 무표정이었던 아이는 나와 눈이 마주치니 씨익 웃었다. 차는 다시 출발했고 나는 아이를 향해 웃어줄 기회를 놓치고 말았다. 세상에서 가장 아름다운 미소였을 것이다. 낯선 동양인에게 8살짜리 아이가 아무 이유 없이 미소를 지어준다는 것은. 이래서 화가들이 여자의 미소를 많이 그리는가 보다. 세상 그렇게 아름다울 수가 없다. 치유 능력도 있는 것 같다. 한 번의 미소는 많은 문제를 해결한다.

프랑스의 마지막 모습을…

프랑스 니스에서 영국 런던으로 향하는 비행기에 올랐다. 자리에 앉아 안전벨트를 채우자마자 곯아떨어졌다. 정신없이 잤다. 이륙할 때 프랑스 땅덩어리를 마지막으로 보고 싶었는데, 보고 싶다는 생각이 졸음에 파묻혀 너무 희미해져서… 마지막으로… 프랑스를… 순간 몸이 너무 왼쪽으로 기울어 흠칫 놀라 정신을 차려보니 비행기는 이미 착륙을 준비하고 있었다.

경유지인 영국에 도착했다. 런던은 프랑스보다 한 시간이 빠르다. 7시 30분에 출발해서 9시 30분에 도착하는 거였는데 도착하니 8시 30분이다. 런던 공항에서 세 시간을 기다려야 한다.

아무 레스토랑에 들어갔다. 40파운드가 있었다. 환전은 기본 100불부터 시작이다. 그래서 100파운드를 환전했는데 지난번에 제대로 먹은 게 없어서 돈이 많이 남아 있었다. 그래, 비록 공항이지만 여기서 빡세게 먹자! 그러나 안타깝게도 아침 시간이라 거나한 메인요리를 먹을 수는 없었다. 직원이 메뉴판을 갖다 줬는데 단출한 아침 식사뿐이다. 그렇다고 이것저것 가벼운 요리로 돈을 다 써버리는 건 바보 같아서, 그냥 기본으로 잉글리시 블랙퍼스트와 아메리카노를 시켰다.

아침은 영국에서

잉글리시 블랙퍼스트! 어디서 많이 들어봤는데. 브런치 메뉴로 들어봤나? 소시지랑 콩이랑 달걀이랑 구운 식빵. 뭐 그런 것들이 나온다. 다 합치면 샌드위치고 그냥 쭉 펴놓으면 영국의 아침 식사가 되는 것 같다. 한국식으로 따지면 반찬이 쫙 깔려있는데 조합이 딱 보기에 비비면 대박이겠다 싶은 그런 느낌.

유럽식 아침 식사는 시리얼에 과일, 요거트, 주스 같은 거다. 호스텔에서 조식 제공해줄 때 '유럽식 조식'이라고 되어 있으면 대충 시리얼이랑 주스뿐인 경우가 많다고 한다. 아침은 유럽식보다 영국식이 훨씬 나은 것 같다. 배부르다. 진짜 터질 뻔했다. 주황색 콩 통조림, 베이크드 빈즈가 진짜 맛있었다. 부대찌개가 생각났다. 오늘 아침은 영국에서 먹는구나. 제법 폼이 났다.

무거운 몸과 눈꺼풀을 끙끙 받치며 면세점 안을 돌고 또 돌아서 남은 20파운드로 작은 프랑스 와인 몇 병을 샀다.

비행기 출발 한 시간 전쯤, 게이트 넘버가 떴다. 셔틀 트레인을 타고 게이트로 이동했다. 그제야 한국인들이 조금씩 보이기 시작했다. 진짜 한국으로 돌아가는구나.

다들 영국엔 무슨 일로 왔을까. 나처럼 경유? 다들 유럽 일주를 했을까? 나처럼 한 곳에서만 오래 지낸 사람도 있을까? 혹시 칸 영화제에 갔던 사람도 있을까? 반쯤 감긴 눈과 반쯤 엉겨 붙은 머리를 하고, 몽롱한 정신을 겨우 붙들며 자리에 앉았다. 저 외국인들은 왜 한국으로 가는 걸까. 여행일까? 모르는 게 있다면 내가 알려줄 수 있는데. 어떤 음식을 먹어야 할지 모르겠다면 내가 스무 개 정도 순위를 매겨 리스트를 뽑아줄 수도 있는데.

한국으로 돌아가기도 참 힘들다

비행기를 탔다. 런던 히드로 공항은 이용자 수가 세계에서 2위로 많다. 그런데 항공길이 두 개밖에 없어서 수많은 비행기가 이착륙하기 전에 순서를 기다리느라 제자리에서 뱅글뱅글 돈다고 했다. 내가 탄 비행기는 이륙하기까지 한 시간을 활주로에 서 있었다. 이륙하는 순간을 마지막으로 촬영하고 싶은데, 찍고 빨리 자고 싶은데 왜 출발을 안 하는 거지. 졸음과 사투를 벌이다가 겨우 이륙하는 모습을 찍고 잠들었다. 창문을 위아래로 올리고 내리는 게 아니라 버튼을 눌러서 창문의 어두움 정도를 조절하는 거라 신기했다. 기내식은 맛이 없었다. 자다 깨서 밥을 먹고 다시 자다 깨서 영화 좀 보다가 또 자다 깨보니 밤이었다.

비행기의 창밖

비행기를 탔는데 밤 비행을 한다면 무조건 창밖을 봐야 한다. 예전에 미국에 갈 때 태평양 위를 날았는데 우연히 밤에 창밖을 봤다가 온 사방에 박혀있는 별들을 보고 정말 행복했던 기억이 있다. 눈 아래에도 별이 있다는 게 진짜 신기한 경험이었다. 그 후 밤 비행이 한 번도 안 걸려서 아쉬웠는데 이번에 다시 비행기에서 밤을 만나게 됐다.

커다란 보름달이 떠 있었다. 비행기 날개 끝, 저 멀리에 커다란 보름달이 환하게 떠 있었다. 달이 위가 아닌 내 앞에 떠 있는 건 정말 신기한 기분이다. 달이 너무 훤해서 가로등이 필요하지 않았다. 순간 와인이 간절했다. 승무원을 부르는 등을 켰지만 아무도 오지 않았다. 파란 등이 너무 밝아 괜히 다른 자는 사람들을 깨울 것 같아서 조금 더 버텨보다가 껐다. 한 시간이 지나고 다시 등을 켰지만 역시 아무도 오지 않았다. 다들 자는 시간인가. 불을 다시 껐다. 그냥 마시지 말자. 소심하게 포기하려 했지만 그러기엔 달이 너무 밝고 아름다웠다. 세 번째로 이젠 진짜 마지막이다, 하는 심정으로 눌렀을 때 지나가던 승무원이 와줬다. 레드 와인과 스낵을 부탁했다.

- 스낵은 어떤 거랑 아이스크림이 있습니다.
- 음. 아이스크림 말고요.
- 오케이.

잠깐. 첫 번째로 말했던 게 뭐였더라? 승무원은 내게 레드 와인과 컵라면을 갖다 줬다. 컵.라.면.을. 사람들 다 자는데 냄새나게 이게 뭐야! 나는 그냥 달 보면서 와인 한잔 하면서 기분 내고 싶었던 것뿐인데! 땅콩이나 아몬드 같은 거 주면 되는데! 아으 정말. 컵라면이라니! 그래도 영국 항공에서 주는 컵라면을 한 번은 먹어보고 싶긴 했다. 후다닥 컵라면을 먹었다. 맛은 별로 없었다. 어떻게 영국은 규격화되어 있는 컵라면이 맛이 없냐. 아무래도 뜨겁지 않은 물을 정량보다 많이 부어줘서 그런 것 같았다. 후딱 라면을 끝내고 치워버린 후, 레드 와인 한 모금 하며 휘황찬란한 달을 감상했다. 라면이 매워서 입술이 퉁퉁 붓고 자꾸 쓰읍 쓰읍 하긴 했지만, 그래도 아름다웠다.

여행이 다 끝났는데 아직도 현실이 아닌 것 같았다. 스크린에 뜬 지도를 보니 비행기 아래로는 러시아 땅이었다. 커다란 강물 위에 달빛이 비쳐 강물이 반짝반짝 빛났다. 비행기가 굉장히 빠른 속도로 날아가고 있으니까 날개 앞에 있는 달이 금방이라도 날개 뒤로, 비행기 뒤쪽으로 사라져 안 보이게 될 것만 같았는데, 달은 계속 그 자리에 있었다.

▬▬ # 한국 # 2021년 2월 14일

여행은 불행해서 떠나는 거잖아요

나의 프랑스 한달살기는 이렇게 끝난다. 이 글을 어디에 올린다거나 누군가에게 보여줄 거란 생각을 못 했기 때문에 아무

인사도 없이 그냥 끝났다. 감상적인 말을 남기지도 않았다. 한 달 밖에서 살아보니 어땠다거나 앞으로 어떻게 하겠다거나. 으레 하는 말 한마디 없이.

자신이 겪은 일은 시간이 좀 지나봐야 윤곽이 보이는 법이다. 특히 나는 다른 사람보다 사태 파악이 느리다. 그래서 아무 말 못 했을 것이다. 지금은 알까. 이 글은 어떻게 끝내야 하는지 나는 알고 있을까.

제대로 된 일을 하지 못한 지 오래됐다. 뭔가를 할 기운도 없었다. 무기력에 빠져 푹 쉬었다. 불안에 떨다 글을 쓰기 시작했다. 불행만 가득한 한심한 일상을 보내다 그런 생각을 했다. 내가 어쩌다 이렇게 됐지. 나 되게 괜찮은 사람이었던 것 같은데. 내 인생 반짝이던 것 같았는데. 그래서 프랑스에서 쓴 글을 꺼내 읽었다. 달력을 보니 벌써 2년 전이었다. 2년 전의 나는 이런 하루를 보냈구나. 나는 프랑스에 있었구나. 2년 후의 오늘은 이렇구나. 이 글은 이렇게 시작된 글이다. 오늘이 불행해서 가장 행복했던 오늘을 찾아냈다. 2년 전과 2년 후를 번갈아 비교해보며 뭐가 어떻게 된 건지 알아내려고 했다.

2년 전의 나는 서른한 살이다. 태어나 처음으로 여권을 만들었고 태어나 처음 프랑스 칸 영화제에 갔다. 2년 후의 나는 서른세 살이다. 영화는 포기했고 당장 생계가 막막하다. 뭐라도 해봐야 하는데 아무것도 하고 싶지 않았다. 한글 프로그램을 켰다. 빈 A4 용지에 프랑스에서 쓴 일기 하루를 채우고 그 밑에 오늘의 일기 하루를 채웠다. 친구, 부모님, 내 꿈에 대해서. 지금 나에게 벌어지고 있는 일들을 썼다. 하루하루가 불행뿐이었다. 우울한 얘기만 계속 쓰니 너무 힘들어서 중간에 글을 놓았다. 딱 한 달만 쓰면 완성되는 글인데, 그 한 달 내내를 버틸 수가 없었다.

다음 해가 되었다. 나는 서른셋에서 서른넷이 되었다. 2년 전의 나는 3년 전의 내가 되었고 2년 후의 나는 3년 후의 내가 되었다. 다시 글을 썼다. 새해 결심 같은 거였다. 끝내지 못한 일들을 하나씩 끝내야 했다. 그래야 다음으로 나아갈 수 있었다. 올해는 뭐라도 되어야 했다. 이건 우울한 시절의 나를 찍어 놓은 사진이다. 우울하고 어지럽고 혼란스러운 마음을 여기에 담았다.

한 달 내내 한숨만 쉬는 글을 누가 읽을까. 우울도 하루 이틀이지. 한 달을 어떻게 읽을까.

나는 이렇게 변명하고 싶다. 이건 한 달이 아니라 두 달이라고. 변명이 안 되나? 이건 한 달 동안 해외로 여행 가서 어떻게 살았는지 자세하게 기록한 여행기이며, 여행에서 돌아온 사람이 그 후 어떻게 다시 평범한 사람이 되어 살았는지 자세하게 기록한 생활기다. 혹시라도 여행을 계획하고 있고 그 후의 인생이 걱정된다면 도움이 될 것이다.

'프랑스' 라는 단어와 '한달살기' 라는 단어는 아주 잘 어울린다. 둘 다 낭만적이다. 어디 가서 어깨 으쓱이며 말하기에도 좋다. 나 프랑스에서 한달살기 했었어. 그러나 프랑스에서의 생활을 자세히 들여다보면 낭만 따위 없다. 돌아와서도 없다. 한달살기 했던 사람이라고 어디서 레드카펫 깔아주지도 않는다.

행복해서 여행을 떠나는 사람도 있지만, 불행해서 여행을 떠나는 사람도 있다. 여행은 너무 무섭지만 일단 지금의 불행에서 벗어나는 게 더 급하다. 일단 떠나자. 나보다 나을 것이다.

마지막으로, 이 글을 읽을 미래의 나에게 인사를 해야겠다.

언니,
지금 여기, 내 인생은 망한 것 같아. 그래도 이렇게 뭐라도 써서 남겼어. 그러니까 언니, 거기 언니 인생이 혹시 지금보다 더 망했더라도, 언니도 힘내서 뭐든 남겨. 뭐라도 만들어내야 해. 그래야 행복해. 알겠지? 그리고 언니. 데드풀3 재밌어? 가오갤은? 아바타는 개봉했어? 이번 크리스마스 때도 해리포터 봤어? 그건 봐도 봐도 재밌지? 우리도 그런 거 쓰자. 지금의 나는 못 쓰지만, 미래의 언니는 쓸 수 있을 거라고 믿어. 언니, 힘내.

좋은 글은 나를 좋은 곳으로 데리고 간다. 이 글은 나를 어디로 데리고 갈까.

MERRY CHRISTMAS
HAPPY NEW YEAR

라디시옹 실부플레*

서른한 살에 쓴 글은 서른세 살을 만나 서른네 살에 끝났습니다. 나이에 따라 문장도 생각도 달라지는 저를 보며 슬퍼서 울다가 황당해서 웃다가 혼자서 이러는 게 정신 나간 사람 같아서 반성도 했습니다. 저는 이렇게 여전합니다.

저는 곧 서른다섯 살이 됩니다. 지금은 어쩌다 보니 직장도 있고 이사도 했습니다. 어떤 사람이 될지는 아직도 결정을 못 했습니다. 어쨌든 서른다섯의 저는 계산서처럼 온 이 책의 값을 치러야 합니다. 과거의 어린 내가 말했던 대로 이제 언니가 됐으니까요.

제가 다음에 쓸 글에서 또 만났으면 좋겠습니다.

라디시옹 실부플레. 맥씨.

2021년 10월 최승희

---

* 라디시옹 실부플레 (L'addition, s'il vous plaît) = "계산서 주세요"
: 프랑스에서 한 달 동안 살았던 내가 유일하게 외워온 말이다.